KB132205

경찰서여,

안녕

경찰서여, 안녕

안녕

김종광 소설집

문학동네

이 책을 농사 짓고 소 키우는 아버지, 어머니께 바칩니다.

경찰서여, 안녕

그래, 들판에는 아무것도 없을지 몰라. 아무것도. 울음을 그치고 눈물을 닦았다.
언제 울었냐는 듯이, 나의 날카로우며 강인한 눈빛이 어둠 속에서도 빛나기를 원했다.
나는 누가 뭐래도 괴도 루팡을 뛰어넘는 위대한 천재 도둑이었다.
나를 기다려주는 것이 없어도 좋았다.
나를 기다리고 있는 것이 그 무엇이라도 좋았다.

아까부터 문을 두드리는 소리가 멈출 줄을 몰랐다. 더이상 견디지 못하고 눈을 떴다. "야, 이 개새끼야, 문 안 열어!" 욕을 섞지 않고는 말을 못하는 전투경찰 내무반 최고 고참 정수의 목소리였다. 식당 문을 열어주자 정수는 천재성이 가득 들어차 있는 내 머리통을 쥐어박았다. "씹새끼, 게을러터져가지고…… 디스 한 갑. 빵하고 우유." 정수가 이천원을 카운터에 올려놓았다.

"거스름돈은 너 가져." 정수는 호기롭게 선심 쓰고는 담배를 꼬나물고 초소를 향해 팔자로 걸어갔다. 정문 근무를 교대해주러 나가는 길일 것이다. 정문 초소에서 졸병들이 그를 향해 우렁차게 "충성" 하는 소리가 들려왔다. 전경들은 '충성'을 입에 달고 살았다. 또 늦잠을 잤지만 깨워준 정수가 하나도 고맙지 않았다.

천안댁과 이씨 할머니가 출근하는 여섯시 삼십분까지는 일어나서 식당 청소를 하는 시늉이라도 하고 있는 게 천안댁의 지청구를 조금이라도 덜 먹는 길이었다. 천안댁의 꼼꼼한 눈초리와 욕지거리를 생각하니 나름대로 열심히 쓸지 않을 수 없었다.

걸레를 비틀어 짤 때는 걸레가 유 형사라는 환상에 젖었다. 걸레가 아니라 유 형사의 엄장한 몸뚱이를 비틀어 짜는 것이다. 피가 쏙 빠지고 가죽만 남은 그의 시체로 가스레인지를, 이십 인용 국그릇을, 찬장을, 대형 냉장고를, 식탁을 벅벅 문지르는 것이었다.

"아가야, 별일 없었지야." 이씨 할머니는 열한 살이나 먹은 나를 꼭 '아가'라고 불렀다. "그럼유. 제가 지키고 있는데 어떤 놈이 감히 넘보겠슈." 그 뒤에 작은 키에 떡벌어진 어깨의 천안댁이 큰 눈을 부라리며 들어섰다. 그들은 고부 사이였다.

김칫독부터 열어본 천안댁이 새된 소리를 질렀다. "강수, 너 또 전경놈들한테 김치 줬지?" "김치 없으면 라면을 못 먹는대잖유." "이 새끼가 주지 말라면 주지 말아야 될 것 아냐. 김치가 하늘에서 쏟아진다냐. 너 다시 한번 김치 내주면 손모가지를 부러뜨릴 거야." 억울했다. 김치를 일부러 내준 게 아니었다. 전경들은 떼로 달려들어 나를 팰 것 같은 기세였다. 천안댁한테 야단 맞는다고 사정해보았지만 막무가내로 김치를 퍼갔다.

여덟시까지는 별의별 운동을 다 해야 했다. 나를 착하고 튼튼한 어린이로 바꿔놓고야 말겠다는 유 형사의 각오 때문이었다. 식당에서 출발하여 강당, 민원실, 정문, 본관, 무기고, 화단, 농구장, 형사계, 전경 내무반, 옥외 화장실, 창고를 차례로 거친 뒤 다시 식당으로 돌아오는 대략 백 미터쯤 되는 거리를 열다섯 바퀴씩이나 돌아야 했다.

어디선가 유 형사가 감시하고 있을 것이 뻔하므로 게으름을 피울 생각은 아예 하지 않았다. 아침부터 매타작을 당하기는 싫었다.

엎드려뻗쳐 팔굽혀펴기 오십 개, 뒷짐지고 쪼그려뛰기 오십 개, 피티체조 오십 개, 줄넘기 삼백 개…… 눈알이 핑핑 도는 것 같았다. 이런다고 정말로 튼튼해질는지 의문이었다.

그런데 유 형사가 보이지를 않았다. 아직 미혼이라 형사계 숙직실이나 직원 숙소에서 자는 그가 잠 덜 깬 낯으로 어디선가 살모사 대가리같이 생긴 눈을 빼꼼히 내놓은 채 나를 훔쳐보고 있어야 정상이었다.

운동을 마친 뒤에는 형사계 사무실을 청소해야 했다. 형사계에도 유 형사는 없었다. 백 형사 혼자 스포츠신문을 보고 있었다. 형사계에 딸린 숙직실에도 유 형사는 보이지 않았다. "청소는 않고 뭘 두리번거려?" "숙직실부터 치우려구유." "대충 빨리해. 거치적거리지 말고." 백 형사는 내가 형사계에 들락날락거리는 것을 드러내놓고 못마땅해했다. 원래 나의 잠자리는 형사계 숙직실이었는데, 식당의 쪽방에서 편히 자게 된 것은 모두 다 백 형사의 불평 덕분이었다.

일회용 그릇에 말라붙어 있는 감자탕과 탕수육의 찌꺼기와 소주병, 보나마나 어제도 한잔 한 모양이었다. 어제 성폭행 용의자가 한 명 잡혀들어온 것으로 아는데 역시나 취조실 바닥에는 핏자국이 떨어져 있었다. 또 한바탕 한 게 틀림없었다. 형사계 숙직실에서 자던 한 달간 나는 삼사 일에 한 번씩은 취조실에서 들려오던 짐승들이 울부짖는 것 같은 소리에 잠을 설치곤 했었다.

"청소 다 했으면 나가." 문 앞에서 쭈뼛거리는 내게 백 형사는 지청구를 했다. 나는 용기를 내 물어보기로 했다. "유 형사님은 어디 가셨대유?" "병원에 있다." "병원이라니유?" 그렇게 튼튼한 사람이. 키는 보통이지만 80킬로그램에 육박하는 몸무게와 부단한 운동으로 다졌다는 그의 근육질 몸매는 병원과 전혀 어울리지 않았다. 그렇다면 용의자가 부상을 당했거나 유 형사의 가족에게 무슨 사고가 생겼단 말인가.

"발목을 삐었다." "누가유? 유 형사님이유?" "그래." "거짓말 마세유. 유 형사님처럼 싸움 잘하는 사람이 발목을 삘 리가 있나유." "나가." "나가께유. 그런데 진짜로 유 형사 발목이, 아니 유 형사님 발목이 삐었대유?" "나가."

너무 좋아서 하늘로 솟아오르는 줄 알았다. 전경들에게 물어봤더니 유 형사의 발목이 삐었다는 것은 정말이었다. 발목 부위가 웬만한 여자 허리 굵기 뺨치게 부어올랐다니 삐어도 단단히 삔 모양이었다.

온몸이 만신창이가 되어 불 것, 안 불 것 다 분 성폭행 용의자가 오줌 마렵다고 애걸복걸하자, 유 형사는 그를 데리고 옥외 화장실로 갔다. 유 형사는 용의자의 요청대로 수갑까지 풀어주고 담배를 피우고 있었는데 용의자가 화장실을 나와서는 재빠르게 옆 계단을 밟고 올라가 옥상에서 뛰어내렸다. 당황한 유 형사는 물불 가리지 않고 용의자를 쫓아 뛰어내렸다가 사고를 당했다는 것이었다.

신이 난 마음을 감추려 해도 자꾸만 웃음이 나왔다. 나는 경찰서에서의 하루하루를, 숨막힐 듯한 일상을, 오로지 하늘이 내려준 것만 같은 이런 기회를 기다리며 견디고 있었던 것이다. "밥 처먹어." 천안댁이 막말을 해도 하나도 기분 나쁘지 않았다.

아침식사 이후의 일과는 식당에서 잔심부름을 하는 것이었다. 본관에서 경찰들이 자잘한 것들, 담배나 음료수 같은 것들을 시키면 잽싸게 배달해주는 것이 주로 하는 일이었다. 또한 전투경찰인 명오가 내주는 한글 쓰기 숙제를 해야 했다. 공책을 펴는데 천안댁이 마늘 한 양동이를 내주고는 까라고 했다. 차라리 잘된 일인지도 몰랐다. 마늘이라도 까고 있어야지, 가슴이 두근거려 주체 못 할 지경이었다. 유 형사가 발목을 삐어 며칠간 움직이지 못하게 되었다면 무조건 성공이 아니고 무엇이겠는가. 이런 기회는 두 번 다시 없을 것이었다.

"강수, 전화다." 누가 나한테 전화를? 나는 경찰서에서 생활하는 동안 개인적인 전화를 단 한 번도 받아본 적이 없었던 터라 몹시 뜻밖이었다. 문득 형의 얼굴이 떠올랐다. 그러나 그럴 리는 없었다. 내가 납치된 지 일 주일 만에야 경찰서를 방문한 형이 유 형사에게 시부렁대던 말이 아직도 귀에 생생했다.

"뭐라고 감사를 드려야 할지 모르겠습니다유. 지가 명색이 형이라고는 하지만 나이 터울이 스물도 넘는 판에 아들놈이나 마찬가집니다유. 아버님, 어머님이 늘그막에 무리하셨지유. 애새끼가 다섯 살 되는 것도 못 보고 돌아가실 거른서 그 무리를 했나, 나도 답답하다니께유. 근데 이 자식이 집안에 도통 내력이 없는 도적놈을 닮았나 하라는 공부는 절대로 않고 나돌아댕기며 도둑질이나 해대는데 난들 안 돌아버리겠습니까유. 아무리 쥐패도 그 개같은 버릇이 떨어지질 않으니, 내 속도 어지간히 끓었다니께유. 이 자식은 패서 될 놈이 아니고 정신머리를 뜯어고쳐야 될 놈이 마땅헌디, 나라의 정신개조기관이라는 소년원인가 뭐신가도 안 받아주고, 이 불상놈을 어찌할 바를 모르고 있던 판국인디, 이렇게 형사님이 나서주시니 이 은혜를 어찌 갚아야 할지 난감해버리네유."

더더욱 잊혀지지가 않는 것은 내가 처음으로 경찰서를 탈출해 집으로 갔던 새벽의 일이었다. 형은 반가워하기는커녕 바로 유 형사에게 전화를 걸어, 애를 데리고 갔으면 끝까지 책임져야 될 게 아니냐고 오히려 꾸짖었다. 형수님은 아예 쳐다보지도 않았다. 나를 반가워해준 것은 감나무에 쇠줄로 묶여 있던 검둥이 개뿐이었다. 형은 유 형사가 도착할 때까지 경찰서에서도 못 버티냐고 나를 때렸다.

어디 형한테 맞은 게 그때뿐이었겠는가. 그러나 그날 일이 유독 가슴에 아프게 남아 있는 이유는 한 달간이나 떨어져 있다가 내 딴에는 감옥 같은 경찰서를 빠져나와 찾아간 형의 품이었는데, 그런 대접을 받았기 때문이었을 것이다. 그날 이후로 형을 '형'으로 생각하지 않고 있었다. 어차피 그런 형은 없는 게 나았다. 그래도 아버지나 다름없는 형에 대한 미련이 내 가슴 어느 구석엔가 남아 있었던 것일까. 난데없는 전화의 주인이 형일 것이라고 지레 짐작하다니.

"강수냐?" 유 형사였다. 형일 것이라고 생각한 나는 바보였다. 그렇다. 나는 유 형사를 잠시 잊고 있었다. 그의 몸뚱이는 병원에 있지만 그의 예리한 눈은 경찰서를 떠나지 않고 여전히 나를 감시하고 있음을 잊어서는 안 되는 것이었다.

"운동했어?" "예, 그렇습니다." 유 형사는 전경들처럼 군대식으로 대답하지 않을 때에도 기가 빠졌다는 이유로 나를 때렸다. "형사계 청소했어?" "예, 그렇습니다." "파리 낙상할 정도로?" "예, 그렇습니다." "거짓말 아니지?" "거짓말 아닙니다." "좋아. 나중에 확인해봐서 거짓말이면 작살난다. 밥은 먹었냐?" "예, 먹었습니다." "너, 지금 내가 병원에 신세지고 있다는 거 알고 있지?" "예, 그렇습니다." "기분좋지?"

하마터면 '예, 그렇습니다' 라고 솔직하게 대답할 뻔했다. "아닙니다. 슬픕니다." "거짓말이지? 솔직히 말해봐." "정말입니다. 하늘

16

이 무너진 것처럼 슬픕니다."

"고맙다. 재수가 없으려니까 발목을 다 삐었구나. 네가 그렇게 슬퍼하는데 빨리 낫겠지. 깁스를 하고라도 글피까지는 나가마. 너 때문에라도 꼭 나가야겠다. 내가 없다고 게으름피우지 말고, 특히 튈 생각 하지 말아라. 열심히 일하고, 성심껏 공부하고 있어. 내가 수시로 전화할 거니까, 어디 짱박혀서 잘 생각은 안 하는 게 좋을 거다. 알겠냐?" "예, 알겠습니다."

마늘 양동이는 까도까도 줄어들지 않는 것만 같았다. 정문 쪽이 시끄러웠다. 보지 않아도 뻔했다. 오늘은 유치장에 있던 미결수를 지방검찰청으로 이송하는 수요일이었다. 미결수와 그의 가족은 한마디라도 더 나누려고 애쓸 것이고 경찰과 전경은 통제하려고 악다구니를 써대고 있을 것이다. 그 외에도 재미난 일은 얼마든지 많았다.

형사들의 용의자 취조, 전경들의 '한따까리', 데모진압훈련, 사고처리반 경찰들과 교통사고를 저지른 시민들의 따따부따, 전경 대 의경의 농구 시합…… 신바람 나는 난장판이 여기 경찰서처럼 빈번하게 펼쳐지는 곳도 드물 것이었다. 경찰서에서 처음 일 주일은 보는 것마다, 듣는 것마다, 겪는 일마다 새롭고 신기로웠다. 그러나 곧 지루해졌고 답답해졌다. 내가 감나무에 쇠줄로 묶여 있는 검둥이와 다를 바 없는 처지임을 깨닫는 데는 그렇게 오랜 시간이 필요하지 않았던 것이다.

나는 도둑질을 너무 잘했기 때문에 납치되었다. 나는 광철이처럼 다섯 살에 인터넷인가 뭔가를 마음대로 넘나드는 컴퓨터 도사는 아니었지만, 여섯 살 때 순희네 가보인 금덩어리를 감쪽같이 훔쳐냈을 정도로 뛰어난 도둑이 될 수 있는 재주를 지니고 태어났다.

여덟 살 때까지도 동네 어른들이 광철이만 천재라 하고 나는 천재로 보지 않기에 그때까지 했던 도둑질을 스스로 소문내지 않을 수 없었다.

아직도 이해할 수는 없는 일이었지만, 그때 나는 천재로 여김받는 것은 고사하고, 동네사람들로부터 '쳐죽일 놈' '호로 자식' '쌍수 노란 놈' '개만도 못한 놈' 등의 갖은 욕지거리를 얻어먹고, 형한테 돼지게 맞은 뒤 감나무에 이틀 동안 매달려 물 한 모금 못 마신 채 굶어야 했다.

초등학교 시절에도 나는 천재적인 솜씨를 숨길 수가 없었다. 아이들이나 선생이 가진 돈과 물건을 2학년 때까지 단 한 번도 발각되지 않고 훔쳐내서 실컷 먹고 놀았다. 뿐만 아니라 꾸준히 저금을 했다. 3학년 때에 두 가지 실수를 하는 바람에 그때까지의 모든 일이 들통나고 말았다. 사실 들통났다기보다는 이왕 걸린 것 신나게 자랑이나 한번 해보자는 속셈으로 스스로 모든 일을 밝혔던 것이다.

첫번째 실수는 선생이 꿈이 뭐냐고 물었을 때, 다른 아이들은 '서태지 같은 연예인' '박찬호 같은 야구선수' '박정희 같은 대통령' '아인슈타인 같은 박사' '슈바이처 같은 의사'를 말했는데, 나는 '괴도 루팡을 뛰어넘는 위대한 도둑'이라고 대답했던 것이다. 그렇지 않아도 없어지는 돈과 물건이 너무 많아 반 아이들 하나하나를 세세히 지켜보고 있던 담임선생은 나를 드러내놓고 의심하기 시작했다.

두번째 실수는 불우이웃돕기 성금을 모금할 때, 다른 아이들은 천원에서 만원까지 겨우 냈는데, 나는 그때까지 훔쳐 모은 이십 만원을 탈탈 털어 성금했던 것이다. 담임선생은 그 두 가지 나의 실수를 가지고 나를 닦달했다. 끝까지 아니라고 우기려고 했지만, 예쁜 처녀 담임선생이 나의 도둑질 때문에 교장과 교감, 학부모들에게 당한 게 미안해서 모든 것을 숨김없이 말해주었다.

퇴학은 면했지만 아이들에게 따돌림을 받아야만 했다. 그러한 불리한 상황에서도 괴도 루팡 버금가는 솜씨로 계속 훔쳐내는 데 성공했으나 오래 가지는 못하고 4학년 때 재수없이 한 번 더 걸렸다. 그때도 순순히 다른 사건까지 자랑스러운 마음으로 털어놓았다. 나는 더이상 '구제가 불가능한 아이'로 찍혀 결국 퇴학당하게 되었다.

그러나 퇴학은 나에게 새로운 전기를 마련해주었다. 학교라는 조그만 물에서 놀던 나는 '시내 중심가'라는 큰 물에서 마음껏 나의 능력을 펼칠 수 있게 되었던 것이다. 유치한 아이들과의 놀이가 아니라 세계를 손아귀에 쥐고 있는 어른들과의 다툼이었다. 어른들은 초등학교의 아이들처럼 그렇게 어리석지 않았다. 그게 내 마음에 꼭 맞았다. 아이들의 물건을 훔치는 것은 너무 쉬워서 재미가 없었다. 내가 원했던 것은 손에 땀이 나는 두뇌 싸움, 핏방울 튀기는 추격전 끝에 얻어지는 값진 승리였다. 시내에서 어른들과 싸우며 그 '값진 승리'를 만끽할 수 있었다.

그러다 보니 파출소가 그렇게 먼 곳에 있는 것이 아니었다. 세 번의 도둑질에 한 번꼴로 체포되어서 파출소를 들락날락거려야만 했다. 일 주일 이상 꼼짝 못 하고 누워 있을 정도의 매질로 나를 다스리던 파출소 경찰들은 차츰 지쳐갔다. 나란 놈을 아무리 때리고 타일러도 나의 도벽이 고쳐질 게 아님을 깨달은 것이었다.

"민생치안하느라 좆 볼 짬도 없이 바쁜 우리가 너 같은 애새끼까지 신경 쓰고 있어야 되겠냐?" 파출소 경찰들의 말은 그럴 듯했으나 자신들이 졌다는 것을 인정하지 않는 비겁함에 불과했다. 그들은 나를 소년원에 보내거나 감호 조치시킬 수도 없었다. 내가 아직 만 10세가 되지 않았기 때문이었다. 그리고 나의 책임보호자인 형은 나만큼이나 어쩔 수 없는 고집불통이었다.

"난 물러. 그 새끼는 그 새끼고 나는 나여. 어떤 시러베자식이 그 새끼가 나하고 핏줄이 같다고 씨부렁대고 다니는 것이여. 죽이든지 살리든지 마음대로 허라니께." 오히려 큰소리치면서 발뺌하려고만 들었다.

파출소 경찰들은 나란 놈을 어떻게든 처리해야만 관내가 조용해질 것이라고 생각한 게 분명했다. 그들이 고민고민하여 기껏 생각해낸 수가 나를 경찰서에 가두어놓자는 것이었다. 또한 내가 꼼짝 못 하고 경찰서에 갇혀 있도록 책임지고 감당할 적임자로, '험악한 얼굴'과 '무식한 수사방법'으로 민간인에게까지 악명이 나 있는 유 형사를 점찍었던 것이다.

나의 도벽은 파출소만의 문제가 아니라 경찰서 전체의 문제로 커져 있었기 때문에 경찰서의 경찰들도 협조적이었다. 유 형사도 코웃음을 치면서 순순히 나를 떠맡기로 했다. "그까짓 애새끼 하나를 가지고 그 난리들이야. 불알을 떼든지 경찰복을 벗든지 해야 할 순 병신들이잖아."

유 형사는 나의 형을 만나 경찰서의 뜻을 전했고 형은 혹 떼게 된 혹부리영감처럼 좋아라 굽실거렸다. 그렇게 해서 나는 떡볶이를 먹던 도중 대낮에 유 형사에게 납치되어 경찰서에 갇히는 몸이 되었던 것이다.

점심때가 되자 경찰서 사람들이 몰려왔다. 나는 마늘 양동이를 밀어놓고 열 평 남짓이 되는 식당을 꼬리에 불붙은 송아지처럼 정신없이 오갔다. "강수야, 전화 받어." 점심때 천안댁의 목소리는 보통 때보다 세 배는 더 신경질적이 되었다. 유 형사였다. 유 형사는 바빠 죽겠는데 이것저것 꼬치꼬치 캐물었다.

"내가 안 보이니까 좋지?" "도망갈 생각하고 있지?" "게으름 피우고 있지?" 오전의 전화의 내용과 크게 다른 바가 없었다. "강수야, 전화 후딱 못 끊어?" "유 형사님인듀." "그 백정놈은 병원 밥이나 열심히 처먹을 것이지, 왜 자꾸 전화질이여."

밀물처럼 밀려왔던 경찰서 사람들이 썰물처럼 빠져나갔다. 바닥에 떨어진 음식찌꺼기를 치우고 식탁을 행주로 훔친 뒤에야 점심식사를 할 수 있었다. 천안댁은 밥을 먹으면서도 쉬지 않고 떠들었다. 경찰, 전경, 여직원들의 흉을 보는 것이었다.

천안댁의 말을 듣고 있으면 이 경찰서에는 제대로 된 인간이 하나도 없다는 생각이 들었다. 물론 그녀의 이모부인 경비계장은 빼놓고였다. 시민의 등을 처먹기에 혈안이 되어 있는 합법적인 사기꾼들이고, 그까짓 무궁화 이파리 몇 개 단 것도 권력이랍시고 행세하려 드는 꼴불견들이고, 주면 주는 대로 처먹을 것이지 음식투정이나 해대는 좀생원들이고…….

다른 것은 모르겠는데 내가 생각하기에도 음식 투정은 하는 게 당연했다. 혓바닥이 고장나지 않았다면 모를까, 이 맛없는 밥과 반찬에 그 누가 불평하지 않겠는가. 하지만 나는 불평하지 않고 꼭꼭 씹어 항상 두 그릇을 비워냈고 반찬은 싹 긁어먹었으며 국물은 한 방울도 남기지 않았다. 체력은 천재적인 두뇌와 더불어 괴도 루팡을 뛰어넘는 위대한 도둑이 되기 위한 필수요건이라는 게 내 개똥철학이었기 때문이었다. 천안댁의 말마따나 거지 새끼 하나 경찰서가 잘 먹여 살려주고 있는 셈이었다.

"너 마늘 다 깠어?" "아뉴." "너 또 게으름 피웠지?" 정말이지 천안댁의 입은 가만히 있지를 못했다. 그와는 반대로 이씨 할머니는 말이 거의 없었다. 며느리에게 구박받을까 봐 입을 열 엄두를 내지 못하는 것인지도 몰랐다.

마늘을 다 까고 나니 세시였다. 눈알이 찌릿찌릿 아팠다. 거울에 비춰보니 빨간 실핏줄이 튀어나올 듯했다. 이씨 할머니가 천원짜리 한 장을 주며 머리를 쓰다듬어주었다. "아가야, 고생했다." "어머니 이런 놈한테 무슨 돈을 줘요." 천안댁이 내 손에서 지폐를 낚아채더니, 마늘 가지고 시비를 했다. "이게 뭐야? 꺼풀이 그대로 붙어 있잖아! 이 따위로 까면 안 된다니까. 너 똑바로 안 할래. 유형사한테 이른다."

천안댁은 진짜로 유 형사에게 고자질했다. 유 형사의 세번째 전화가 오자 그녀는 기다렸다는 듯이 내 욕을 한 양동이는 하는 것이었다. "이강수, 나 없을 때 더 잘해야 될 것 아냐. 똑바로 못 하겠어. 나, 지금 화났다. 일단 다섯 대 등록했다. 매수 늘어나지 않도록 똑바로 해. 알겠나?" "예, 알겠습니다." "대답이 작다."

유 형사는 나를 다스릴 때 항상 무기고 뒤로 끌고 갔다. 발가벗겨놓고는 야구방망이로 허벅지를 때리는 것이었다. 경찰서에 온 이후 내 허벅지에서 피멍이 가신 날은 없었다. 어제도 전경 졸병들한테 시건방지게 까불었다는 이유로 열 대를 맞았다. 명오는 약을 발라주면서 내 허벅지의 색상도 다양한 무수한 맷자국을 보고 백남준도 이렇게는 못 만들 거라는 뚱딴지같은 말을 웅얼거리며 혀를 찼다.

마지막이 될는지도 모르므로 다른 날보다 더 열심히 쓰기 숙제를 하고 싶었지만 천안댁 때문에 속이 뒤집어졌기 때문인지 글씨가 엉망진창으로 씌어지고 자꾸만 틀렸다. "강수야, 수경이년한테 갔다 와. 그년은 서장 비서가 무슨 벼슬이라도 되는 줄 안다니까. 젊으나 젊은 것이 상전 첩마냥 꼼짝 않고 시켜먹으려고 들어." 천안댁이 담배 한 보루를 던져주었다. 서장이 피울 담배일 것이다.

나는 수경의 심부름을 해줄 때가 제일 좋았다. 하루 종일 그녀가 뭐 가져오라고 시켜주기만을 기다린 날도 셀 수 없이 많았다. 서장 비서인 수경은 내 마음에 꼭 드는 여자였다. 그럼에도 불구하고 내가 결정적으로 그녀를 포기한 이유는 열두 살이라는 나이 차이 때문이 아니었다.

도벽에 관한 한 천재적으로 발달된 두뇌와 추진력, 그리고 출중한 외모로 나이 차 정도는 충분히 극복할 수 있었다. 내가 그녀를 포기한 것은 스승에 대한 예우 때문이었다. 나에게 한글을 가르쳐 주는 명오가 수경을 짝사랑하고 있었던 것이다. 명오가 사랑의 아픔을 겪게 하고 싶지 않았기 때문에 나는 눈물을 머금고 저수지보다 더 넓은 마음으로 물러섰던 것이다.

수경은 양코배기 글자가 난무하는 책을 펴놓고 뭐라고 중얼거리고 있었다. "강수구나." 나는 담배 보루를 탁자에 올려놓고 간이 의자에 엉덩이부터 붙였다. "누나 나 좀만 놀다 가면 안 돼?" 수경이 시계를 보았다. "서장님이 다섯시쯤 들어온다고 하셨으니까, 한 시간은 놀 수 있겠다." 평소에도 수경은 서장 비서실에서 홀로 지내기가 심심해서인지 나와 잘 놀아주었다. "누나 지금 뭐 해? 공부하는 거야?" "응." "무슨 공부?" "영어." "왜?" "그냥." "대학에 가려는 거지?" "누가 그래?" "식당 아줌마가." "그 아줌마 아는 것도 많네."

"누나, 명오 형이 누나 좋아하는 거 알지?" '명오'라는 말이 나오자 수경의 얼굴은 대번에 발갛게 물들었다. 수경도 명오에게 관심이 있다는 표시가 아니고 무엇이겠는가. 이게 다 내 노력 때문이다.

나는 툭하면 명오에 대한 이야기를 함으로써 수경의 머릿속에 '명오'를 계속해서 심어왔던 것이다. "보통 좋아하는 게 아니라 거의 상사병 단계야. 먼발치서라도 누나 얼굴 한번 못 보면 잠을 못 잔대." 수경의 얼굴은 더욱 붉어졌다. "경찰서 밖에서 한번 만나는 게 소원이래. 한번 만나주지 그래. 사람 하나 살리는 셈 치고." "그만 못 하겠니. 어린애가 못 하는 소리가 없어!" 화를 내는 수경의 얼굴은 아예 홍당무였다.

"누나, 나 소원이 있는데 들어줄 거야?" "들어줄 수 있는 거면 들어줘야지." "손수건이 필요해." "왜?" "요새 자꾸 눈물이 나. 휴지로 감당하기에는 벅차." "무슨 말이니?" "슬픈 일이 하도 많이 일어나. 오늘만 해도 그래. 유 형사님이 발목을 다쳐서 펑펑 울었지, 마늘 까다가 눈물 한 양동이는 흘렸지. 하지만 눈물을 닦을 손수건이 없었어."

"내가 그럼 내일 하나 선물할게." "안 돼, 지금 당장 필요해. 왠지 예감이 오늘 저녁에도 슬픈 일이 많이 일어날 것 같아." "그럼 어떡하지?" "누나가 가지고 있는 손수건을 주면 되잖아." "어떻게 내가 쓰던 걸 너에게 주니?" "나는 더 좋은데. 손수건을 펼칠 때마다 누나 생각을 할 수 있으니까. 누나 꺼 줘. 부탁이야. 소원이라구."

수경은 잠시 망설이다가 마지못하겠던지 제 손수건을 나에게 주었다. "나도 슬픈 일이 하도 많아서 손수건에 눈물이 많이 묻어 있다. 괜찮지?" 수경은 이내 웃는 낯을 지었다. 오늘 이후로 나를 보지 못하게 될 것이라는 말은 하지 않았다. 수경은 아름다웠지만 입까지 무거울 것이라고 함부로 장담해서는 안 되는 것이다.

저녁때 식당은 주린 배를 채우려는 경찰서 사람들로 또 한번 소란스러워졌다. 마지막 손님들은 전경들이었다. 그 분주한 와중에 유 형사는 전화를 걸어와 나를 또 귀찮게 했다. "숙제했어?" "예, 그렇습니다." "확실하게?" "예, 그렇습니다." "공부 열심히 해. 나 없다고 명오 말 듣지 않고 농땡이 피우면 그냥 안 봐둔다."

"성만이 나 좀 보자." 천안댁이 밥그릇을 비우고 일어서는 전경 내무반 반장 성만을 불러세웠다. "왜요?" "너희들 자꾸 김치 훔쳐 갈래?" "아주머니도 말이 지나치시네. 그게 뭐 훔쳐가는 거예요. 여기 강수도 알겠지만, 우린 강수한테 이야기하고……" "이야기? 이야기 좋아하시네. 불쌍한 강수 핑계 대지 마. 강수가 주고 싶어 줬겠냐? 너희들이 못살게 구니까 겁먹고 내주는 거지."

"참 나, 좋아요. 아줌마. 그렇다고 해요. 우리가 까짓 것 훔쳤다고 하자고요. 그런데 인간적으로 너무하신 거 아녜요. 그깟 김치 가지고……" "그깟 김치라니. 요새 배추 한 포기 값이 얼만지 알아?" "김치가 억만금이래도 그렇지, 아줌마나 저희나 같이 경찰서 생활하는 거 아닙니까. 서로 도와주고 이해해주고 그래야 되는 거 아닙니까?" "너희들이 언제 도와줬어? 아무튼 한 번만 더 김치 훔쳐가면 손모가지를 부러뜨릴 테니까, 그리 알아."

"아, 좆같네." 성만이 낮은 목소리로 혼잣말을 했다. 그것을 천안댁은 귀밝게도 들은 모양이었다. "너, 너, 지금 뭐라고 했어? 말버릇 좀 봐. 너, 그렇게 안 봤는데 정말 싸가지없다." 성만은 천안댁을 아니꼽다는 듯이 노려보더니, 아직 식사를 못 마친 졸병 전경들의 식탁에 다가가 식판을 하나씩 집어들어 던지기 시작했다.

쌓이고 쌓인 분을 한꺼번에 폭발시키는 한 마리 짐승 같았다. 식당은 밥알, 콩나물국물, 미역조림, 오이무침, 고등어조림으로 뒤덮였다. "내가 씨발, 여기서 다시는 밥 처먹나 봐라." 성만이 그러고 휙 나가버리자 나머지 전경들도 우르르 따라나갔다.

천안댁은 얼굴을 일그러뜨리더니 바닥에 주저앉아 눈물을 펑펑 쏟아냈다. 아무런 잘못도 없는 게 분명한 이씨 할머니와 약간의 잘못이 있는 것도 같은 나는 엉망진창이 된 식당을 치우느라 바삐 움직여야 했다.

본관에까지 들린 천안댁의 울음소리를 듣고 경비계장이 달려왔다. 천안댁의 이모부인 경비계장이 그녀의 하소연을 듣고 얼굴색이 시퍼레져서 돌아간 지 얼마 되지 않아 날카로운 칼로 유리를 긁는 듯한 벨소리가 울렸다. 간첩이 나타났을 때와 데모가 일어났을 때, 그리고 비상훈련 때에만 울리게 되어 있다는 오분대기조 출동 비상벨 소리였다.

나는 문을 열고 전경내무반 쪽을 바라보았다. 전경내무반에서 철모 쓰고 군장 메고 군화 신은 전경들이 쏟아져나오더니 본관을 향해 줄달음쳐 들어갔다. 오 분도 채 되지 않아 총, 포, 무전기 등을 각각 짊어지고 다시 몰려나오더니 어느새 운전병이 시동을 걸어놓고 대기중인 작전트럭에 재빠르게 올라타서 사방을 경계했다.

경비계장이 나왔다. 그는 전경들을 트럭에서 내리게 한 후 오리걸음부터 시켰다. 그 다음은 포복을 시켰다. 그 다음엔 사격자세 연습, 그러니까 긴급상황도, 비상훈련도 아닌 얼차려였다. 나는 구경꾼에 불과한 주제에 천안댁에게 괜스레 화가 났다.

그런데 알 수 없는 것은 천안댁의 표정이었다. 김치를 훔쳐먹은 것도 모자라 싸가지없이 대든 전경들이 땅바닥을 뒹굴어다니고

26

있는데도, 하나도 흡족한 표정이 아니었다. 그 정도로는 모자란단 말인가. 전경들과 함께 얼차려를 받을 각오로 나는 용감하게 천안댁을 비꼬았다.

"아줌마, 속 시원하시겠네유." 당장 욕지거리를 내뱉어야 마땅했을 천안댁은 딴사람이 되어 눈물을 글썽이는 것이었다. "어이구, 저 일을 어쩐대, 어쩐대야." 그리고 천안댁은 경비계장을 향해 죄지은 사람처럼 뛰어갔다.

이씨 할머니와 천안댁이 집으로 돌아가고도 한참 뒤, 명오는 다른 날과는 달리 세 시간 늦게 식당에 왔다. 얼차려를 받은 다음, 취침 점호까지 받고 왔을 것이다. 명오는 국어책을 펴놓기는 했으나 반쯤 넋이 나간 얼굴로 식당 천장을 멀거니 바라보고만 있었다. 명오는 본래 얼굴이 어두운 편이었다. 세상이 우울해서 얼굴이 펴지지 않는다는 것이었다. 그렇지만 나를 가르쳐줄 때는 잘 웃고 장난말도 곧잘 했다.

"유 형사가 하도 전화를 해대는 바람에 늦게나마 오기는 했다만 공부 가르쳐줄 마음이 영 아니다." 명오가 이십여 분 만에 처음으로 한 말이었다. 전화벨이 울렸다. 유 형사였다. "공부하고 있냐?" "예, 그렇습니다." "명오 좀 바꿔라." 피식피식 웃으며 전화를 받던 명오가 수화기를 내려놓고 담배를 꺼내면서 말했다. "유 형사가 네 걱정 때문에 십 년은 늙어서 퇴원하겠다." "그게 뭐 걱정이랴. 감시, 억압, 압박 이런 거지." "불안한가 봐. 아무래도 오늘 네가 튈 거 같대. 나보러 너랑 함께 자달란다."

나는 바늘 끝으로 가슴을 찔린 듯 뜨끔했다. "갑자기 얼굴이 사색이 되는 이유가 뭐냐? 너 진짜로 튀려고 했어?" "아녀, 아녀, 이렇게 재워주고 먹여주고 가르쳐주는 경찰서를 내가 뭐 때문에 나

간댜. 누가 칼끝 들이대고 위협하면서 나가라고 해도 나는 목이 잘
리면 잘렸지, 안 나간다니께." 나는 두 손을 내저으며 죽어도 아니
라는 시늉을 했다.

"네 탈출 이야기나 들어보자." 이것은 또 무슨 말인가. 명오가
내 속마음을 눈치 채고 있기라도 한 것일까. 그러나 다행히도 명오
가 듣고 싶어하는 이야기는 내가 경찰서에 갇힌 이후 석 달 동안
여섯 번 도망쳤다가 여섯 번 모두 되잡힌 실패담이었다.

"별것 아녀. 내가 미쳤지 왜 그랬나 몰러. 처음엔 아무 생각 없
이 집으로 돌아갔다가 형이 신고하는 바람에 되잡혔다니께. 황당
했지. 두번째에서 네번째까지는 탈출은 했는데 갈 데가 없잖아. 시
내를 멧돼지 새끼마냥 쏘다니다 그냥 잡혔지. 그 다음에 난 깨달아
버렸다니께. 이 도시를 떠나야만 한다는 거. 그래야 안 잡힌다는
거. 큰 데로 가서 크게 놀아야 크게 된다는 거. 형도 알다시피 내
꿈이 괴도 루팡보다 더 위대하게 되는 거잖여. 큰 데 하면 어디겄
어. 서울이잖여. 그래서 다섯번째, 여섯번째는 무작정 서울로 가려
고 했던겨. 최소한 서울로 숨으면 유 형사가 잡지는 못할 것이란
판단이 섰던 거여. 근데 다섯번째는 톨게이트를 통과하다가 고속
버스 검문에 걸려서 잡히고, 여섯번째는 서울까지 가는 데 성공은
했지만 고속터미널을 벗어나지도 못하고 자가용으로 쫓아온 유
형사한테 잡혔지, 뭐."

"또 탈출하면 이번에도 서울로 갈 거냐?" "형, 왜 이런댜? 나 마
음 잡았다니께. 나 이젠 도망 안 쳐." "그래 너 이제 도망 안 친다
는 거 알아. 이건 가정이야. 또다시 도망친다면?" "진짜로 안 간다
니께." "그래도 도망친다면?" "참말로 형이 왜 이런댜." 내가 자꾸
대답을 하지 않으려고 하자 명오는 묘한 표정을 지으면서 혼잣말

을 했다. "그래, 서울로 가는 게 좋겠지. 서울이 너에게는 길 같은 건가 보다. 희망 같은 것."

"그런데 너 왜 자꾸만 경찰서를 나가려고 했었냐?" "답답해서." "그것뿐이냐?" "그게 얼마나 중요한데. 나는 감나무에 쇠줄로 묶인 검둥이가 되고 싶지 않다니께. 먹여주고 재워주면 뭐해. 묶여 있는 걸. 난 멍멍 짖으면서 들판을 날뛰고 싶다니께. 안 가본 데 없이 싸돌아다니고 싶다니께." "그런데 지금은 왜 경찰서 생활에 충실하기로 마음을 바꿨지? 네 말대로라면 그건 감나무에 묶인 개로 안주하겠다는 것이잖아?" 명오는 무슨 뜻으로 말하고 있는 것인가. 나를 떠보고 있는 것인지도 몰랐다. "형, 왜 그리 복잡스럽게 이야기를 한댜. 나, 마음 잡았다니께."

"나도 너처럼 탈출하고 싶다." "탈영? 형 왜 그런댜. 군대 생활 다 해놓고. 이젠 다섯 달도 채 안 남았잖어?" "경찰서에서 탈출하고 싶다는 게 아니라, 이 길이 보이지 않는 구조에서 탈피하고 싶다는 거다." 명오는 나에게 말한다기보다는 연극에서처럼 독백하는 것 같았다. "그게 뭔 소리랴? 길이 보이지 않는 머시기라고?" "희망이 없다는 거다. 희망이……."

명오에게 줄 것이 있음을 기억해냈다. 내가 내민 포장지에 싼 것을 명오는 물끄러미 바라보았다. "이게 뭐냐?" "선물이구만." "선물? 네가 나한테 왜?" "형이 나한테 한글 가르쳐준 스승 아닌가베. 형 때문에 이제 읽고 쓰는 것 자유자재라니께. 내가 루팡보다 더 위대하게 되면 이것보다 더 좋은 걸로 보답할 것이여. 근디 이것보다 더 좋은 게 있을라는가 그것이 문제라니께." "지금 펴봐도 되냐?" "물론이여."

"웬 손수건?" 명오는 꽃무늬 손수건을 펴고는 갸우뚱거렸다.

"형, 냄새를 맡아보라니께." "왜?" "얼른 맡아보라니께." 명오는 손수건에 코를 대고 벌름거렸다. "여자 냄새가 나는 것 같다." "맞았다니께. 바로 그거라니께. 그 냄새가 바로 수경이 누나 눈물 냄새란 말이여."

열두시쯤 유 형사의 전화가 또 왔다. "강수야, 오늘은 명오하고 자라. 명오한테 신신당부했으니까." 그러나 명오는 유 형사와의 약속을 저버리고 내무반으로 갔다. 가기 전에 명오는 나에게 물었다. "나랑 같이 잘래?" 명오와 한 번쯤 자고 싶었다. 친형같이 느껴지는 그의 품에 안겨서 편안히 잠들고 싶었다. 그러나 나는 그럴 수 없었다. "다 컸는디 남부끄럽게 같이 잔댜. 그러구 형도 내무반에서 자는 게 편하잖여."

명오가 돌아간 뒤 나는 바빠졌다. 플래시를 들고 식당 창고에 가서 쌀포대 쌓아둔 틈을 비집고 들어갔다. 바깥의 벽과 맞닿아 있는 곳을 손으로 팠다. 묻어두었던 양은냄비는 어둠 속에서도 빛을 냈다. 냄비 속에서 동전 한 개까지 끄집어내어 주머니에 쑤셔넣었다.

식당에서 자투리를 슬쩍해서 모은 돈(천안댁은 김치에만 신경 썼지 내가 잔돈푼을 빼 돌리는 것은 까마득히 몰랐다), 전경내무반을 뒤져 모은 돈(그들은 내가 단순히 장난감이 되어주려고 찾아가는 줄 알았다), 본관 각 부서에서 훔친 돈(그들은 단순히 심부름을 시켰지만, 그것은 나에게 기회를 준 것이기도 했다), 경찰서를 방문한 민간인을 상대로 소매치기한 돈(서울에서 가장 손쉽게 적응할 수 있는 기술이 소매치기 기술이라고 생각했다. 나는 밤늦게까지 홀로 연습을 했고, 민간인을 상대로 경험을 쌓았다)을 다 합치니 이십만 사천사백사십원이었다.

방으로 돌아와 생일 때 유 형사가 사준 때깔 나는 옷으로 갈아

30

입었다. 백 형사에게서 훔친 일제 지갑에 지폐를 챙겼다. 동전은 바지 호주머니에 찔러넣었다. 유 형사에게서 딱 하나 훔친 물건, 스위스제 시계를 손목에 차는 것을 잊지 않았다.

식당을 나서려고 하는데 전화벨이 울렸다. 간이 떨어질 만큼 놀라서 식당문을 얼른 도로 닫았다. 전화벨이 열 번은 울리도록 놓아두었다가 받았다. 그리고 잠이 덜 깬 목소리로 가장했다. "여보세요, 경찰서 구내식당인듀." "강수구나. 걱정이 되어서 잠이 와야지 말이야." 마지막으로 듣는 것일지도 모르는 유 형사의 목소리였다. "명오는 자냐?" "예, 그렇습니다." "어라, 그놈이 그렇게 일찍 자는 놈이 아닌 것으로 아는데……."

"강수야, 넌 내가 보고 싶지 않냐?" "보고 싶습니다." "유치한 얘기다만 떨어져 있으니까 알겠다. 내가 널 얼마나 아끼는지. 내가 너를 왜 이렇게 끔찍이 아끼는지 아냐? 넌 모를 것이다. 나도 너 같은 과거가 있었다. 어쩌면 조실부모한 거까지 똑같냐. 너 하는 꼬락서니가 어릴 때 나를 꼭 빼닮았다. 내가 너마냥으로 개판 치고 다닐 때 내가 너를 챙겨주듯이, 나를 챙겨주는 사람 한 분만 계셨어도 내가 이 모양 이 꼴로 촌구석 형사나 하고 있겠냐. 내가 너 때리고, 야단치고, 일 시키고 그러는 게 너 미워서 그러는 게 절대 아니라는 거다. 다 너 잘 되라고 하는 사랑의 매라는 거다. 내 말 알겠냐? 내 마음 이해하겠냐?"

아직까지 한 번도 느껴보지 못한 감정의 덩어리들이 내 가슴속을 뜨겁게 채우는 것을 느꼈다. 유 형사가 술 먹고 주정하는 것임을 알면서도. 사랑의 매 좋아하시네. 나는 당신에게 스트레스 해소용 샌드백이었다.

"술 한잔 했더니 나답지 않은 말만 나오는구나. 그래, 그만 하자.

어서 자라." "유 형사님, 몸도 안 좋으신데 술 드시지 말어유." "야, 네가 내 걱정을 다 해주는구나. 기특하다. 우리 강수가 다 컸어. 곧 할 텐데 그만 자라. 좋은 꿈 꿔라." "유 형사님두유."

바닥에 주저앉아 펑펑 울고 싶었다. 방으로 되돌아가 유 형사의 말대로 좋은 꿈을 꾸며 편히 잠들고 싶었다. 그 유혹은 정말이지 참을 수 없이 짜릿해서 나를 꼼짝 못 하게 만들었다. 어두운 식당에서 카운터 전화기를 매만지며 방 쪽과 문을 쉴새없이 번갈아 보았다. 그렇게 한동안 떨었다.

수많은 얼굴이 보였다. 형, 형수, 3학년 때 담임선생, 파출소 경찰들, 백 형사, 이씨 할머니, 천안댁, 정수, 성만, 명오, 수경…… 그리고 유 형사의 얼굴이 오래도록 보였다. 삔 발목에 깁스를 하고 병실에서 소주를 마시고 있는, 나, 이강수만을 생각하고 있다는 유 형사가.

그리고, 그리고 또 무엇인가가, 이제까지 떠오른 얼굴들과는 다른, 전혀 다른 무엇인가가 보였다. 감나무였다. 그리고 또 보였다. 감나무에 쇠줄로 묶인 채, 문밖 불빛 가득 피어 있는 들판을 향해 고통스럽게, 있는 힘을 다해, 한없이 짖고 있는 검둥이가.

그 검둥이는 쇠줄만 풀어주면 나를 버리고 들판을 향해 달아났었다. 아무리 때려도, 아무리 구슬려도 쇠줄만 풀어주면 미련도 없는지 또다시 달아났었다. 들판에 뭐가 있기에. 바라보기에 좋은 불빛만 가득하고, 바람만 요란하게 불 텐데. 저를 반겨줄 것이라고는 고작해야 집 잃은 개, 아니면 보신탕 좋아하는 인간들이 다면서 뭐가 그리 좋은지 큰 귀를 펄럭이면서 뛰어갔었다. 그래, 들판에는 아무것도 없을지 몰라. 아무것도.

울음을 그치고 눈물을 닦았다. 언제 울었냐는 듯이, 나의 날카로

우며 강인한 눈빛이 어둠 속에서도 빛나기를 원했다. 나는 누가 뭐래도 괴도 루팡을 뛰어넘는 위대한 천재 도둑이었다. 나를 기다려주는 것이 없어도 좋았다. 나를 기다리고 있는 것이 그 무엇이라도 좋았다.

식당문을 열자 달빛이 쏟아져 들어왔다. 식당을 살그머니 빠져나와 정문 초소 전경들이 보지 못하도록 오리걸음으로 옥외 화장실까지 갔다. 화장실에서 본관 뒤쪽으로. 본관 뒤쪽에서 무기고로. 무기고에서 화단으로. 화단 뒤의 철조망 앞에 서서 허리를 조금 폈다. 튼튼하게만 보이는 철조망의 매듭 한 부분을 꽉 쥐고 잡아당겼다.

철조망에 내 한 몸 빠져나가고도 남을 넉넉한 틈이 벌어졌다. 보름 전 화단의 잡초를 뽑다가 이 틈을 발견했었다. 누군가 철조망의 매듭 여남은 개를 교묘히 절단해놓은 것이었다. 아마도 나처럼 경찰서로부터 탈출을 꿈꾸었던 천재가 있었나 보다. 내가 그렇게도 원하던 틈이었다.

철조망을 빠져나온 감격을 느끼기도 전에 담배연기가 훅 끼쳐왔다. 나는 너무도 놀라 그 자리에 자지러져 주저앉고 말았다. 누군가가 앞을 가로막고 있었다. 쇠줄을 끊고 달아났다가 돼지게 얻어맞고 다시 감나무에 묶이는 검둥이가 떠올랐다. 도대체 나의 앞길을 가로막는 당신은 누군가?

"기다리고 있었다." 명오였다. 명오에게 속았구나. 명오가 순순히 내무반으로 돌아가는 척한 것은 나를 현장에서 붙잡기 위한 잔꾀였구나. 수경이 손수건까지 주었는데, 빌어볼까. 하지만 그럴 수는 없었다. 나는 괴도 루팡보다 더 위대하게 될 천재인데, 빌다니. 나는 유 형사에게 그렇게 맞으면서도 기절하면 기절했지, 빌어본 적은 없었다.

"배웅하려고 나와 있었다. 누구 하나쯤 너의 길 가는 모습을 바라보는 것도 나쁘지는 않을 거다." 나는 다시 내부에 팽창하는 거대한 힘을 느끼며 일어섰다. 명오가 손을 내밀었다. 명오의 손을 힘껏 쥐었다. "잘 가라." 뭐라고 대꾸해야 될 것 같은데 말이 나오질 않았다.

"얼른 가라." 명오가 내 어깨를 툭 쳤다. 나는 아무 말도 못하고 뛰기 시작했다. 한참을 뛴 다음에야 뒤돌아보았다. 명오는 어둠 속에 묻혔는지 보이지 않고, 거대한 짐승처럼 웅크린 경찰서만 보였다. 되돌아서니 다시 길이었다. 나는 주저하지 않고 힘차게 뛰었다.

분필 교향곡

나도 이러고 싶지 않다. 다 참기로 하겠다.
그러나 다 참아도 자기 자신을 속이고 나아가 전체에게 피해를 주는 행위만큼은 용납 못 하겠다.
자, 솔직하게, 사내답게 손만 들어봐라. 누가 분필을 던졌나?

창가 쪽, 1분단 맨 앞줄, 두 개의 책상을 네 명의 학생이 둘러싸고 있었다. "틀림없어!" 종필의 말투는 거셌다. 책상에 턱을 괴면서 회창이 힘없이 말했다. "경찰서 놈들이겠지." 곧 소나기가 쏟아질 것 같은 창 밖에 주고 있던 시선을 거두며 인제가 덧붙였다. "검찰이거나 안기부일 수도 있어." 학생들은 서로를 멍하니 바라보았다. 다리를 꿈틀거리던 주영이 창가 쪽의 책상에 걸터앉았다.

깎은 지 얼마 되지 않아 짧고 날카로운 머리카락을 쓸어올리며 종필이 다시 입을 열었다. "일을 벌여야 되지 않을까?" 이제껏 한 마디도 하지 않고 있던 주영이 물었다. "일이라니, 무슨?" 인제가 종필을 대신하여 대답했다. "뭐, 데모밖에 더 있겠어." 주영이 코웃음을 친 뒤에 교실을 싸잡아 보면서 뇌까렸다. "저 새끼들을 데리고?"

복도 쪽, 4분단 다섯번째 줄, 두 개의 책상을 다섯 명의 학생이

에둘러싸고 있었다. 찬호가 돈을 챙기고 있는 승만에게 윽박질렀다. "빨리 접어, 새끼야." 승만이 지지 않고 응수했다. "알았어, 시발아." 찬호의 눈자위는 빨갛게 충혈되어 있었다. 승만, 동렬, 남준, 봉주의 눈자위도 따고 잃은 정도에 따라 약간의 차이가 있기는 했으나 붉은 실핏줄이 돋아나 있기는 마찬가지였다. 승만이 동전 한 움큼을 쥐고 뒤흔들기 시작했다. 봉주가 못 참겠는지 한마디 했다. "그만 흔들어라, 시발."

그러나 승만은 늑장을 부릴 만큼 부린 뒤에야, 오른손으로 왼손바닥에 쏠려 있는 동전 한 움큼을 떼어내 책상 위에 내밀고, 남은 돈을 쥔 왼손은 잽싸게 책상 밑으로 내렸는데, 그 오른손과 왼손의 움직임은 거의 동시에 이루어졌다. 찬호가 빈손으로 소리쳤다. "쌈에 삼천." 승만이 따졌다. "야, 임마. 현금 박치기 아냐?" "새끼야, 만원짜리라 그래." "안 돼." "안 되기는 뭐가 안 돼, 임마. 땄다고 지랄하는 거야?" "그래, 땄다고 지랄한다." "새끼야, 누가 안 준대? 준다니까." "시발, 안 된다니까. 만원짜리 꺼내놓으라니까." "좆같네. 너 진짜 그럴래?" 찬호의 표정이 험악하게 일그러졌다. 여차하면 주먹으로 칠 기세였다. 잠깐 동안의 눈싸움에서 진 승만은 좀 기가 죽어 말했다. "알았어. 하지만 이번이 마지막이야." 승만은 나머지 세 명에게 물었다. "너희들은?"

봉주가 불만을 나타냈다. "이천원 이하로 가기로 했잖아?" 찬호가 인상을 구기며 악을 썼다. "시발, 돈 잃었는데 그런 거 따지게 됐냐?" 남준은 꼬깃꼬깃한 천원짜리 지폐 한 장을 펴서 내밀었다. "나는 두비 천원." 동렬은 백원짜리 동전 두 개를 내밀었다. "나도 두비." "시발, 백원짜리는 좀 빼라." 찬호의 호통에 동렬은 울 것 같은 목소리로 말했다. "백원은 돈 아니냐?" 승만이 봉주를 쳐다보왔다. "너는 안 가?" "난 그만 할랜다." 찬호가 그냥 넘어가지 않았다. "새끼야, 따고서 그만 하는 게 어딨어?" "나도 이천원 잃었어." 봉주는 퉁명스럽게 대꾸하고 짤짤이판에서 벗어났다.

2분단 네번째 줄, 왼편의 건희는 『사람의 아들』을 읽고 있었다. 영삼이 오른편 의자에 털썩 앉았다. 영삼은 건희가 읽고 있는 책을 넘겨보다가 물었다. "그건 또 뭔 책이냐?" "사람의 아들이다." "누가 쓴 거냐?" "이문열." "이문열? 젊은 날의 초상을 쓴?" "그래, 맞다." "재미있냐?" "그저 그렇다고 말할 수가 있겠다." "지랄, 너 말버릇 좀 고쳐라. 듣는 사람 언짢다." "노력해보겠다고 말할 수 있겠다." "지랄, 옆차기하고 자빠졌네." 영삼은 책상에 머리를 묻었다.

눈을 감고 잠을 청하다가 갑자기 생각난 것이 있다는 듯이 눈을 번쩍 뜨고는 건희를 향해 머리를 돌렸다. "그렇다면 짜라스트라는 다 읽은 것이냐?" "이 무식아! 짜라투스트라다." "짜라스트라건 짜라투스트라건 간에 말이다." "그래, 다 읽었다고 볼 수가 있다." "그럼 한 가지 물어보자." "물어봐라." "짜라투스트라는 이렇게 말했다고 했잖냐?" "그랬지." "도대체 어떻게 말했다는 것이냐?" 건희는 책으로부터 시선을 떼더니 영삼을 넌지시 바라보았다. 곧 "이렇게 말했지" 하면서 『사람의 아들』로 영삼의 뒤통수를 냅다 후려쳤다.

3분단 두번째 줄 오른편의 정일이 왼편 우중의 옆구리를 찔렀다. "저것 좀 봐라." 『정석 수학』의 문제를 풀고 있던 우중은 "뭔데?" 하고 대꾸하기는 했으나 연습장으로부터 눈을 떼지도 않았고 볼펜도 멈추지 않은 상태였다. 정일은 창 밖을 주시하고 있었다. "구름이 몰려오고 있어." 그제야 우중은 볼펜을 멈추고 연습장으로부터 눈을 떼었다. 그리고 창문을 바라보았다. 정일의 말처럼 창 밖 하늘에 구름이 잔뜩 끼어 있었다.

정일은 중얼거렸다. "햇빛이 모두 다 사라졌어." 우중은 다시 연습장으로 눈을 돌렸다. 정일은 못마땅한지 찡그렸다. "너는 구름이 끼었는데 하나도 기쁘지 않은 거냐?" 우중이 되물었다. "너는 뭐가 그렇게 기쁜 건데?" "말하자면 곧 소나기가 내릴 전망이 있다는 것이지. 그것은 다시 말해서 체육을 교실서 한다는 것이지." "너도 병이다, 병. 체육 시간이 그렇게 싫으냐?" "응, 죽기보다."

구름을 찢어발기듯 형광색의 번개가 번쩍한 뒤에 비가 쏟아지기 시작했다. 창문 쪽의 학생들은 황급히 열려진 창문을 닫았다. 1분단 마지막 줄 오른편에 앉아 있던 일성은 빗소리를 듣고 잠에서 깨어났다. "아니, 뭐야. 비 아냐? 이런 개같은 경우가 있나." 일성의 굵직한 고함 소리가 빗소리보다 더 크게 교실 안을 울렸다. "이거, 시발 이러면 축구 못 하잖아. 공이라도 좀 차야 스트레스가 확 풀려버리는데. 난데없이 웬 비야. 야! 반장, 반장!"

일성의 고함 소리에 3분단 다섯번째 줄 오른편에서 오수에 빠져 있던 반장이 부스스 깨어났다. "왜 그러는데?" "야! 임마, 비 오잖아." 반장은 창문을 때려부술 듯 내닫는 빗줄기들을 멍하니 바라보고 있다가 말했다. "그래서 뭘 어쩌라고?" "수업 어디서 하냐고 체육 선생한테 물어봐야 될 거 아냐?" "교실서 하지 어디서 해. 비 오는데." "야! 임마. 체육관은 뻘로 있냐." "체육관 수리 공사 들어 갔잖아. 어제부터." "뭐, 수리 공사?" 일성은 우람한 주먹으로 책상을 쿵 내리쳤다. "에이, 시발 그럼 축구는 고사하고 배구도 못 하잖아."

4분단 맨 앞줄 왼편의 정희는 영어 단어를 외우고 있었다. 지금 외우고 있는 단어는 'agriculture'였다. 입으로 "애그리컬쳐"라고 발음하는 동시에 볼펜으로 연습장에다 알파벳을 적었다. 무엇인가가 연습장으로 떨어져내렸다. 분필 도막이었다. 또하나가 이번에 정희의 머리통을 때리고 떨어졌다. 천장 쪽을 보았더니, 벽과 천장에 잇대어진 곳에 부착되어 있는 스피커를 맞히고 또 한 개의 분필 도막이 떨어져오는 것이었다. 정희는 자기 쪽으로 날아오는 분필 도막을 보고 다급히 몸뚱이를 움직여 피했다. "어떤 개새끼들이……" 정희는 교실 뒤쪽을 향해 눈을 부라렸다.

3분단 맨 끝줄의 대중과 두환은 분필 던지기를 하고 있었다. "맞혔다." 두환은 두 팔을 번쩍 들고는 환호했다. 그가 방금 던졌던 분필 도막이 스피커의 정중앙을 맞혔던 것이다. "빨리 대." 두환은 엄지와 중지 끝을 동그랗게 이어 붙여 퉁길 준비를 했다. 생강을 씹었을 때의 얼굴을 하고서 대중은 머리를 숙였다. 두환은 있는 힘을 다해 대중의 이마를 퉁겼다. 딱, 투명한 소리가 났다. 대중은 악, 신음을 내뱉으며 이마를 열나게 문질렀다. "애새끼, 좆나게 세게 때리네."

점심시간이 끝나고 5교시 시작종이 울렸다.

앞문과 뒷문으로 학생들이 밀려들어왔다. 몇 명의 옷은 흠뻑 젖어 있었다. 몇 명의 몸에서는 담배 냄새가 물씬 풍겼다.

태우는 교실에 들어서서 마지막 모금을 빨았다. 엄지손가락으로 담배를 퉁기자 불똥이 마룻바닥으로 떨어졌다. 태우는 실내화 신은 발로 불똥을 짓이겨 재로 만들고 담배꽁초는 휴지통에 던져넣었다. 태우는 1분단 여섯번째 줄 오른편 자기 자리에 앉자마자 『젊음의 축제』라는 빨간색 표지의 책을 서랍에서 끄집어냈다. 벌거벗은 남녀가 얽혀 있는 컬러 그림이 펼쳐졌다.

"새끼들아, 고만해라. 종쳤다. 너희들은 언제 철들래?" 일성은 아직도 분필 던지기에 열중하고 있던 두환과 대중에게 소리쳤다. "딱

한 번만 더 하고." 대중은 일성의 눈치를 살피며 능쳤다. "우리 그
만 하자." 두환이 말했으나 대중은 막무가내였다. "그럼 네가 먼저
던져라." 두환이 체념한 듯이 말했고 대중은 분필 도막을 들고 눈
대중을 시작했다. 이윽고 대중이 "이얏!" 외마디 기합을 지르며 분
필을 던졌다.

분필 도막은 스피커 정중앙을 맞히지는 못했으나 거의 근처에
맞았다. 분필 도막이 떨어져내릴 때, 닫혀 있던 교실 앞문이 열렸
다. 교사는 분필 도막이 마룻바닥에 부딪히는 것을 보았다. 교사는
문을 닫았다. 교단에 올라서려던 교사는 되돌아섰다. 허리를 굽혀
분필 도막을 주웠다. 교사는 왼손으로 분필 도막을 꼭 쥐었다. 교
사의 오른손에는 체육 교과서와 출석부, 왼손에는 봉걸렛자루 반
토막에 기름을 먹인 지시봉이 들려 있었다.

교사가 교탁 앞에 서자 반장이 일어섰다. "차려!" 반장의 구령이
있자 학생들은 부스럭거리며 몸을 바로 했다. "경례!" 56명의 학생
들의 머리가 동시에 숙여지며, "안녕하세요" 이구동성이 있었다.
반장이 앉았다. 고개를 까딱도 하지 않은 채 학생들을 노려보고 있
던 교사는 학생들의 머리가 원래 위치로 돌아가자 큰기침을 했다.
교과서와 출석부와 지시봉을 교탁의 가장자리에 내려놓았다. 왼손
에 있는 분필 도막을 치켜들었다. "이게 뭔가?" 멀뚱멀뚱하고 있던
학생들 중에 몇몇이 입을 모아 대답했다. "분필입니다."

"그건 나도 안다. 누가 던졌냐 말이다." 이번엔 아무도 대답하지
않았다. "누가 던졌나?" 교사의 음성이 약간 높아졌다. 역시 아무
도 대답하지 않았다. "귀먹었나? 이 분필 도막 누가 던졌냔 말이
다." 교사는 엄지와 검지에 분필 도막을 끼운 뒤에, 학생들 모두가
똑똑히 볼 수 있게 높이 쳐들고 가만가만 흔들었다. "이거 던진 사

람 이 반에 없어?" 교사는 잠시 기다렸으나 아무도 반응하지 않았다.

교사는 분필 도막을 교탁 위에 내려놓고서는 학생들을 휘둘러보았다. 학생들은 교사의 시선을 따라가며 서로의 얼굴을 쳐다보았다. 교사는 피식 웃으며 농담을 했다. "좋다. 밖에는 비가 내리고 교실 천장에서는 분필 도막이 떨어져내리고." 학생들 몇몇이 교사를 따라 웃었다. "웃어?" 교사의 표정이 싸늘해지자 웃었던 몇몇 학생들은 움찔 놀라며 웃음의 흔적을 얼른 감추었다. "누가 던졌나?" 이번에도 학생들은 서로를 훔쳐보았을 뿐, 아무도 자기가 던졌다고 나서지 않았다.

교사는 창문 쪽을 바라보았다. 창문에 비가 달라붙듯이 흐르고 있었다. 빗소리가 교실 안을 누비고 있었다. 교사는 학생들에게로 시선을 확 되돌렸다. "이것들이 진짜 사람 열 받게 하네. 책상으로 올라가!" 교사가 버럭 소리를 질렀다. 학생들은 우당탕탕, 책상으로 올라갔다. 잠잠해져 다시 빗소리만이 교실에 가득 찼을 때 학생들은 책상 위에 무릎을 꿇고 앉아 있었다. "누가 던졌나? 나오지 못해?" 그러나 역시 아무도 나가지 않았다. 교사는 어이없어하며 혼잣말을 했다. "이것들이 오늘 작정을 했군." 이어서 악을 썼다. "눈 감아, 새끼들아!" 학생들은 눈을 감았다. "손 올려, 자식들아!" 학생들은 두 팔을 높이 치켜올렸다.

장님이 되어 팔을 치켜올리고 있는 학생들을, 교사는 한동안 노려보았다. "이놈의 자식들아! 오 분도 안 됐다." 교사의 호통이 떨어지자, 기울어지고 구부러지고 바르르 떨던 팔들이 곧고 쭉 뻗은 자세로 돌아가려고 바동거렸다. 학생들은 울상이었고 기괴한 신음소리를 토해내며 힘들어했다. 교사는 갑자기 무엇인가가 생각난 듯한 얼굴을 했다. 체육복 호주머니에서 담배를 꺼냈다.

담배를 두 모금 피우고 교사는 말했다. "반장!" 반장이 "예!" 소스라쳤다. "눈떠봐." 반장이 눈을 떴다. 반장의 팔도 매우 기울어져 있었다. "내가 말하지 않았었나? 비가 오나 눈이 오나 수업 시작 오 분 전에 수업을 어디서 할 것인지 물으러 오라고." "했습니다." "그런데 왜 오지 않았나?" "비도 오고 체육관도 수리중이라……" 다 죽어가는 목소리였다. "네가 선생인가?" 반장은 대답하지 못했다. "네가 선생이냔 말이다!" "아닙니다." "반장이란 놈이 그 모양인가. 이리 나와!"

반장은 후닥닥 책상 위에서 내려왔고 교탁 앞으로 뛰어갔다. 교사 앞에 선 반장의 얼굴은 심하게 상기되어 있었다. "엎드려." 반장은 책상과 교단 사이의 틈에 엉덩이를 높이 세우고 엎드렸다. 교사는 담배를 마룻바닥에 발로 짓이겨 끈 뒤 지시봉을 움켜잡았다. 교사는 지시봉을 휘둘렀다. 반장의 허벅지에서 요란한 소리가 났다.

반장은 다섯 대까지는 이를 악물고 참았다. 그러나 여섯번째의 매에는 온몸을 뒤틀었다. 일곱번째 매에는 쓰러졌다. "일어나지 못해!" 반장은 겨우 일어섰다. 교사는 다시 한 대를 때렸다. 반장은 윽, 신음을 토해냈다. 교사는 두 대를 더 때렸다. 열번째 매에 반장은 다시 엎어졌다. "들어가." 반장은 다리를 절뚝거리며, 그러나 빠른 속도로 제자리로 돌아갔다. 다시 책상 위로 올라갔고 무릎을 꿇었으며 눈을 감고 두 팔을 높이 치켜올렸다. 하지만 곧 팔은 기울어졌다.

교사의 눈에 짓이겨진 담배꽁초가 보였다. 교사는 담배꽁초를 주웠다. 창가로 갔다. 창문을 열었다. 비가 교실로 쏟아져 들어왔다. 교사는 담배꽁초를 힘껏 던졌다. 담배꽁초가 빗속으로 사라졌다.

교사는 창문을 닫았다. 교탁으로 되돌아왔다. 학생들을 휘둘러보았다. 얼굴들은 하나같이 일그러지고 구겨져 있었다. 몇몇의 학생들의 얼굴에는 땀이 빗줄기처럼 흐르고 있었다. 교사는 한숨을 내쉬었다. "내려!" 교사의 말이 떨어지기 무섭게 모든 학생들의 팔이 한꺼번에 내려갔다. "앉아." 모든 학생들은 우르르 책상 위에서 내려갔다. 우당탕탕, 소리가 잠시 빗소리보다 컸다. 학생들의 얼굴이 금세 안정되어갔다. "눈떠." 모든 학생들이 눈을 떴다.

"다시 한번 묻겠다. 분필 누가 던졌나?" 교사는 한동안 기다렸지만 아무도 대답하지 않았다. 잠시 펴졌던 교사의 얼굴이 도로 굳어갔다. "나하고 장난하자는 건가?" 음울한 목소리로 대중 없이 물은 뒤에, 교사는 학생들의 책상을 훑어보았다. 거의 대부분 체육 교과서가 없었다. "교과서 안 가져온 놈들 손 들어봐." 올라가는 손들이 머뭇거렸다. 학생들의 거의 대부분인 52명이 손을 올렸다. "이것들이 진짜!" 교사의 얼굴이 험악하게 일그러졌다. "손 내려 새끼들아!" 학생들이 손을 내렸다.

"올라가." 학생들은 다시 책상 위로 올라가서 무릎을 꿇었다. 교사는 지시봉을 들고 1분단 쪽으로 갔다. 교사는 1분단 맨 앞줄 왼편의 종필부터 시작해서 4분단 맨 끝줄 춘삼까지, 정확히 56명 전부의 허벅다리를 세 대씩 내리쳤다. 거의 대부분의 학생들이 맞기 전에는 잔뜩 겁에 질린 안색으로 조마조마했으며, 맞는 순간에는 비어져나오는 비명을 삼켰고, 맞은 뒤에는 허벅다리를 열이 나도록 손으로 문질렀다. 교탁 앞으로 되돌아온 교사는 지시봉을 던졌다. 지시봉이 둔탁음을 내며 교탁을 네 바퀴 뒹군 뒤 교단으로 떨어졌다.

"체육복 안 가져온 놈들 이리 나와!" 잠시 숨을 가다듬던 교사는 소리쳤다. 다섯 명의 학생이 나와 일렬로 섰다. "네 놈들은 체육복도 안 가져오고 교과서도 안 가져오고 수업을 하겠다는 놈들이냐, 말겠다는 놈들이냐? 엉?" 다섯 명의 학생은 한결같이 고개를 밑으로 떨구고 뒷짐을 지고 있었다. "임마, 대답해봐!" 교사는 다시 집어든 지시봉으로 맨 앞에 서 있던 정일의 배를 꾹 찌르며 다그쳤다. 정일은 반 걸음 이상 밀려나갔다. "이놈아, 벙어리야?" "잘못했습니다. 다음부터는……." 정일이 기어들어가는 목소리로 겨우 대답했다. "대가리 박아, 새끼들아!" 다섯 명의 학생은 교단 밑의 마룻바닥에 머리를 박았다.

"교과서도 없고 체육복도 안 가져오고 뭘 어쩌자는 거냐? 엉? 이놈들아!" 교사는 방금 전 다섯 명에게 했던 말을 이번엔 나머지 51명의 학생들에게 했다. "국어 영어 수학만 중요하고 체육은 아무렇게 해도 상관없다는 것인가? 그런 거냐. 조우중! 그런 거야?" 느닷없이 지목을 받은 우중은 진저리를 쳤다. "대답해봐, 임마!" 우중이 대답했다. "아닙니다. 다 중요합니다." 교사는 뜸을 들인 뒤에 약간 목소리를 낮추어 말했다.

"이놈들아, 네 놈들이 아무리 공부를 잘 해봐라! 나는 지금 국영수 못지않게 체육 과목도 중요하다는 말을 하자는 게 아니다. 너희 놈들은 국영수를 핑계 대고 스승에 대한 기본적인 예의조차 저버리고 있다고 말하는 거다. 너희 놈들은 예의가 안 돼 있어. 예의가……." 교사는 말을 잇지 않았다. 교사마저 침묵하자 교실은 빗소리만 가득 찼다.

"앉아, 자식들아!" 교사가 문득 소리치자 책상 위에 무릎을 꿇고 앉아 있던 51명의 학생들이 우당탕탕, 자리에 앉았다.

교사는 또 담배를 물었다. 교사가 세 모금째 빨았을 때 쿵, 소리가 났다. 머리를 박고 있던 다섯 명의 학생들 중에 하나가 쓰러졌다. 하나가 쓰러지자 그 옆에 나란히 머리를 박고 있던 두 명의 학생도 연이어 쓰러졌다. 세 학생은 얼른 다시 머리를 박았다. 또 쿵, 소리가 났다. 이번엔 정일이 쓰러졌고 정일의 몸에 부딪혀 그 옆의 학생도 쓰러졌다. "들어가!" 다섯 명의 학생은 발딱 일어서서 제자리로 뛰어들어갔다. 교사는 신경질적으로 담배를 짓이겨 껐다.

"분필 어떤 새끼가 던졌나?" 교사가 소리쳤다. 아무도 대답이 없었다. "이것들이 진짜 사람 미치게 하는군." 교사는 또하나의 담배를 피웠다. 교사의 눈길이 창문 너머로 향했다. 운동장은 이미 물바다가 되어 있었다. "이거 던진 새끼 나오지 못하겠나!" 교사는 악을 쓰며 분필 도막을 학생들에게 던졌다. 분필 도막은 2분단 네 번째 줄 오른편 책상의 정중앙을 맞힌 뒤, 크게 튀어올랐으며 학생들의 머리를 비행한 뒤, 교실 뒷벽의 학생 게시판에 붙어 있는 시화의 제목 '함께 가자! 우리'의 '우'자를 맞히고 떨어진 뒤 마룻바닥을 데구루루 굴렀다.

"한 놈 때문에 전체가 피해를 보고 있지 않은가!" 교사의 음성이 메아리가 되어 울렸다. "2학년 4반!" 교사가 소리쳤다. "2학년 4반!" 교사가 재차 소리치자 그제야 학생들은 한꺼번에 "예!" 대답했다. "2학년 4반." "예!" 이번엔 교사의 음성이 낮았으나 학생들의 대답은 매우 컸다. "네 놈들 중에는 암적인 존재가 있다. 내 말이 무슨 말인지 알겠는가?" 교사가 물었다. 학생들은 표정이 없었다. 옆 반에서 합창에 가까운 소리들이 날아왔다. "보이즈 비 엠비셔스. 보이즈 비 엠비셔스. 보이즈……" 2학년 4반 학생들도 아까 4교시, 영어 시간에 '보이즈 비 엠비셔스'를 열 번 정도 암송한 바 있었다.

교사는 교탁 한 모서리에 있던 출석부를 집어들었다. 출석부를 펴고 죽 훑어보았다. "지찬호!" "예!" "너는 선생이 불렀는데도 앉아 있으라고 배웠나?" 찬호는 벌떡 일어섰다. 그 결에 그가 앉았던 의자는 뒤로 쓰러지면서 다음 책상에 부딪혔고 반작용에 의해 원상태로 되돌아왔다. "너는 어떻게 생각하는가? 내가 이 상태에서 수업을 할 수 있겠는가 말이다. 그 하찮은 분필 도막 하나 때문에 양심을 팔아먹는 놈이 있는데 말이다. 사내새끼들이 이게 뭔가? 쪽 팔리지도 않나? 지찬호 말해봐라. 어떻게 했으면 좋겠는가?" "모르겠습니다." "뭘 모른다는 것인가?" "모르겠습니다." "이 병신아, 뭘 모르겠다는 것인가?" "모르겠습니다." "병신. 앉아." 찬호는 안도의 한숨을 내쉬며 앉았다.

"네 놈들도 그 한 놈 때문에 고통을 받고 있지만 나도 고통스럽기는 마찬가지다. 내가 너희들의 선생인 것을 떠나서 네 놈들보다 이십 년을 더 살았다. 내가 이마빼기에 피도 안 마른 네 놈들한테 이렇게 우롱당해야 되는 것이냐?" 교사는 또하나의 담배를 피웠다. 출석부를 덮었다. 창문께까지 걸어갔다. 되돌아서 교탁께로 걸어왔다. 다시 되돌아서 창문께로 걸어갔다. 다시 되돌아 교탁께로 돌아왔다. 교사는 그 행위를 정확히 다섯 번 더 반복했다. 그렇게 시간이 흘러갔다.

교사의 기색을 살피던 학생들은 차츰 해이해져갔다. 교사와 가까운 거리의 앞쪽 학생들보다 거리가 먼 뒤쪽 학생들이 그 정도가 더 심했다. 몇몇은 졸음에 시달리기 시작했다. "네 놈들은 오늘 너희들의 담임선생이 결근한 이유를 아나?" 교사가 우뚝 멈춰 서더니 말했다. 축 처져 있던 학생들은 언제 그랬냐는 듯싶게 모두들 긴장 상태로 표변했다. 교사는 학생 전체를 낱낱이 훑어보았지만 아무도 입을 열지 않았다. 교사는 길게 한숨을 내쉬었다. 천장을 바라보았다. 시커먼 먼지가 거미줄에 잔뜩 걸려 있었다.

"서종필!" 교사가 느닷없이 호칭했다. 종필은 쭈뼛쭈뼛 일어섰다. "너라면 알 듯도 한데. 모르나?" "잘은 모릅니다만 대충은……" 종필은 기어들어가는 목소리로 말했다. "말해봐!" "그러니까, 그게……" "됐다. 앉아라!" 얼굴이 붉어질 대로 붉어진 종필은 얼른 앉았다. "너희들도 너희들의 담임이 여느 선생과 남다르게 생각하고 남다르게 행동했다는 것을 알고 있을 것이다. 서종필! 너는 내 말이 무슨 뜻인지 알겠지?"

종필은 다시 일어났다. 종필의 눈은 동그래져 있었다. 종필은 무엇이라고 말할 듯하면서도 끝내는 말하지 못했다. "'그의 자살에 관하여'라는 수필인가 소설인가를 쓴 것이 너 아니었나?" "예, 접니다." "앉아라." 종필은 앉았다. 교사는 창문께로 시선을 주었다. 시커먼 구름이 신나게 비를 뿌려대고 있었다.

"나는 너희들의 담임이 자신의 생각과 행동을 일치시키기 위해 노력하는 사람이라고 믿어왔다. 그렇기 때문에 나는 너희들의 담임과 의견의 일치보다 차이가 더 많은 사람임에도 불구하고, 너희들의 담임에게 무한한 애정을 가지고 있었다. 그러나 오늘 나는 말할 수 없이 안타깝다. 너희들의 담임에 대한 생각을 고쳐먹지 않을 수 없다. 너희들의 담임 정도면 적어도 자기가 담임을 맡고 있는 반만큼은 자신이 참교육이라고 상정한 그 격을 만들어가고 있을 줄 알았다. 그런데 그게 아니라는 것을 알고 말았다. 너희 놈들은 그 하찮은 분필 도막 하나를 가지고 양심을 속이고 있지 않은가? 너희들의 담임이 제대로 가르쳤다면 이럴 리가 없다. 그렇지 않은가?"

교사는 학생들 모두를 한 눈에 담을 듯이 넓게 노려보았다. 교탁의 두 귀퉁이 모서리를 잡고 있는 교사의 두 손이 가늘게 떨렸다. 교사가 막 고개를 떨구려는 순간, "선생님!" 하고 누군가 부르짖었다. 주영이었다. 주영은 이글이글 타는 눈을 하고 일어서 있었다. "뭐야?" "선생님! 선생님 말씀은 옳습니다만…… 분필 도막 따위를 가지고 담임 선생님의 지도력까지 끄집어낸다는 것은……" 주영의 눈과 입술 그리고 목소리는 부들부들 떨고 있었다.

　교사는 눈을 가늘게 모았다가 크게 떴다. "네 말이 맞을 수도 있다. 그러나 나는 다르게 생각한다. 좁쌀만한 틈 하나가 댐을 무너뜨린다. 나사 하나 잘못 끼워서 건물이 무너져 내린다. 아주 사소한 문제이지만, 그런 사소한 것에 자존심까지 버리면서 양심을 저버리는 놈 하나 때문에 너희 반 자체가 엉망이 되고 나아가 학교 전체가 엉망이 되고 나아가서……" "선생님! 논리 비약이십니다." 교사의 말을 자르면서 주영은 부르짖었다. 주영의 목소리가 어찌나 컸던지 학생들의 대부분이 흠칫 놀랐고 교사는 할말을 잃은 듯 멍청한 표정을 지었다.

　교사가 갑자기 웃었다. "네가 선생 같고 내가 학생 같구나!" 계속해서 교사는 웃어댔다. 그 웃는 모습이 매우 자연스러웠다. 몇몇의 학생이 따라 웃었다. 곧 웃음은 학생들의 반 수 이상에게로 확대되었으며, 웃음소리는 빗소리를 물리치고 교실을 웃음의 도가니로 만들었다. 그러나 교사가 웃음을 뚝 그치고 인상을 쓰자 학생들 역시 웃음을 잽싸게 거두고 인상을 썼다. 주영은 할말이 남은 듯했다. "선생님의 말씀은 어딘가 분명히 잘못되어 있습니다." "그만 해라!" 교사는 버럭 소리를 질렀다. 주영의 어깨가 들썩였다. "앉아!" 교사의 고함이 이어졌다. 주영은 무너져내리듯 앉았다. 교사는 주영의 눈을 뚫어져라 노려보았다. 주영은 그 시선을 이겨내려고 눈에 힘을 주어보았으나 곧 시선을 거두고 고개를 떨구고 말았다.

교사는 찡그리는 동시에 웃었다. 그래서 그 표정은 학생들이 보기에 매우 괴기해 보였다. 잠시 그렇게 있다가 교사는 말없이 창문 쪽으로 시선을 돌렸다. 무엇인가 많은 생각들이 그의 뇌리 속에서 오가는 듯했다. 간혹 한숨을 내쉬기도 했다. 학생들은 그런 교사의 옆얼굴을 빤히 바라보며 하릴없이 앉아 있었다. 얼마간의 시간이 더 흘렀다. 서서히 학생들의 얼굴에서 긴장이 풀려나가기 시작했다.

주영은 아직도 머리를 푹 수그리고 있었다.

우중은 슬그머니 펜을 들어 연습장에 수학 공식을 적었다.

찬호는 입이 찢어져라 하품을 했다.

두환은 책상 서랍의 분필 도막들을 더 깊숙이 밀어넣었다.

건희는 『사람의 아들』을 꺼내, 읽다가 중단한 쪽을 찾기 시작했다.

정일은 책상 위에다 연필로 '죽으러 가는 사람들'이라고 휘갈겨 썼다. 그리고 이어서 '인생이 허무하다고 느낄 땐 옥상으로 올라가요'라고 썼다.

일성은 몸이 근질거리는 듯 들썩들썩했다. 그가 움직일 때마다 삐걱 소리가 났다.

정희는 영어 단어·숙어장을 폈다.

승만은 호주머니 속에 손을 집어넣었다. 그리고 수십 개의 동전을 만지작거렸다.

태우는 책상 서랍에서 빨간색 표지의 책을 끄집어냈다. 책을 펴자, 남자의 성기가 여자의 음부에 반쯤 들어가 있는 상태의 컬러 그림이 나타났다. 한 페이지를 더 넘겼다. 이번엔 두 남자의 성기와 한 여자의 음부가 미묘하게 연결된 그림이 나왔다. 태우는 침을 꿀꺽 삼켰다. 청바지 앞섶이 불끈 솟아올랐다.

봉주는 그림을 그리고 있었다. 연습장에는 날카로운 선으로 그려진 인물 군상들이 제법 분위기를 풍기며 널려 있었다. '이현세'의 만화 주인공들을 닮았다.

"그런데 대체 어떤 놈이 던졌나?" 교사가 소리쳤다. 그의 갑작스런 일갈에 교실과 학생들은 순식간에 얼마 전의 상태로 되돌아갔다. 모조리 풀려 있었던 긴장들이 한순간에 학생들의 얼굴로 되돌아온 것이다. 학생들의 웅성거림으로 인하여 잠시 기세가 죽어 있었던 빗소리가 다시 교실 안을 장악했다. "도대체 어떤 놈인가?" 아무도 입을 열지 않았다. 오히려 숨소리마저 내지 않으려고 애썼다.

"나도 이러고 싶지 않다. 대체 얼마만의 교실 수업이냐? 나도 너희들에게 해주고 싶은 말이 많은 사람이다. 그런데…… 그깟 분필 도막 하나 때문에 이게 뭐냔 말이다. 내가 얼마나 지금 감정을 억제하고 있는지 아나? 배운다는 놈들이 수업 준비를 해오기를 했나? 분필 도막 한 개 때문에 양심을 팔아먹지 않나? 다 참기로 하겠다. 그러나 다 참아도 자기 자신을 속이고 나아가 전체에게 피해를 주는 행위만큼은 용납 못 하겠다. 자, 솔직하게, 사내답게 손만 들어봐라. 누가 분필을 던졌나?" 교사는 학생들을 휘둘러보았다. 학생들도 서로를 두리번거리며 분필을 던진 누구인가가 손을 들어주기를 바라기만 했다.

결국 아무도 손을 들어올리지 않았다. 교사는 긴 한숨을 내쉰 뒤에 입을 열었다. "너희들도 곧 사회에 나간다. 먼 일 같지만 금방

52

이다. 너희들이 나갈 사회라는 곳은 연대 책임하에 움직인다는 것을 알아야 한다. 암적인 존재 하나 때문에 전체가 고통받는다고 해서 불평할 수 없는 곳이란 말이다. 왜냐하면 암적인 존재를 키운 당사자가 다름아닌 그 전체이기 때문이다. 연대 책임이 뭔지를 가르쳐주겠다. 모두들 마룻바닥에 그 잘난 머리꼭지를 박도록 한다. 엉덩이는 하늘 높이 세우고. 내 말이 들리지 않나! 머리를 박으란 말이다."

말 끝무렵에는 조용조용히 일관하던 교사의 목소리가 펄쩍 뛰어올라 빗소리를 압도했다. 학생들은 우당탕탕, 마룻바닥에 머리꼭지를 박아대기 시작했다. 빗소리가 잠시 동안 들리지 않았다. 학생들의 엉덩이가 천장을 향해 한결같이 솟아오르자 빗소리가 다시 교실을 지배했다.

그런데 한 명의 학생, 건희는 엉거주춤 서 있었다. "넌 뭔가?" "말씀드릴 것이 있습니다." 건희의 얼굴이 비장했다. "말해봐!" "선생님께서는 연대 책임이라고 말씀하고 계십니다만 이것은 다만 체벌에 불과한 것 같습니다." "체벌에 불과하다고?" "더 나아가 폭력에 불과합니다." "나한테 훈계하는 것인가? 좋다. 네 말대로 체벌이며 폭력이라고 하자. 나는 선생의 직분을 다하기 위해서 폭력을 사용해서라도 너희들의 잘못된 바를 바로잡아야 한다고 보는데……" "그렇지 않습니다. 폭력은 폭력일 뿐입니다." "폭력은 폭력일 뿐이라고? 좋다. 그러면 너는 대체 이 상황에 대해서 어떻게 생각하고 있단 말이냐? 분필 도막 하나 가지고 양심을 팔아먹는 존재에 대해서 말이다."

"제가 생각하기엔 지금과 같은 경우는 양심을 팔아먹었다고 거창하게 말할 수 있는 경우가 아니라고 생각합니다. 그러니까 누구인가가 분필을 던졌을 것입니다. 물론 그 행위는 선생님에게 위해를 가하려는 그런 목적은 전혀 아니었을 것입니다. 다만 장난이었을 것입니다. 그런데 처음에 선생님께서 나오라고 했을 때 걘 매가 두려워서 나가지 않았을 것입니다. 그리고 상황은 더더욱 악화되어서 나가고 싶어도 나갈 수 없는 상황이 돼버린 거고요……"
"나가고 싶어도 나갈 수 없다니?"

쿵, 소리가 여기저기서 들려오기 시작했다. 학생들이 나무토막처럼 넘어지고 있었다. 쓰러졌던 학생들은 재빨리 일어서서 다시 자세를 취했다. 그러나 곧 쓰러질 듯 기우뚱거렸다. 대부분의 학생들 자세는 그렇게 위태로웠다.

"그렇지 않겠습니까? 누가 던졌는지 모르겠지만, 걘 한 시간 내내 전체를 괴롭게 만들었습니다. 이 시간이 끝나고 전체가 걜 그냥 놔둘 것 같습니까?" 교사는 건희를 차갑게 바라보았다. 쿵, 쓰러지는 소리가 점점 늘어가고 있었다. "그럼 너는 대체 어쩌자는 것이냐? 내가 어떻게 했으면 좋겠느냐는 말이다." "외람된 말씀입니다만 이 상황에서는 선생님께서 없었던 일로 덮어두는 것이 좋을 것 같습니다." "그렇게는 못 하겠다. 다른 경우는 용서해도 이 경우는 용납할 수 없다. 할말 다 했으면 너도 너희들 동료들처럼 연대 책임을 져라!" 건희도 머리꼭지를 마룻바닥에 박았다.

학생들이 쓰러질 때 나는 소리가 빗소리와 어우러져 묘한 화음을 이루었다. 교사는 마지막 한 개비 남은 담배를 뽑아 불을 붙인 뒤 빈 담뱃갑을 우그러뜨렸다. "잘 들어라. 너희들은 음악 시간에 교향곡을 배웠을 것이다. 너희들도 잘 알다시피 교향곡을 아주 간단히 말하면 심포니. 동시에 울리는 음, 완전 협화음을 뜻하는 것이지. 한 악기의 선율만 어긋나도 그 교향곡은 망치게 된다. 연주자의 미세한 단 하나의 실수도 교향곡을 엉망으로 만들기에는 충분하다는 말이다. 알아듣겠는가? 내 말을?"

누군가 벌떡 일어섰다. "넌 뭔가?" 일성은 대답하지 않고 학생들의 엉덩이를 헤집고 교탁으로 다가왔다. 일성의 허벅지에 부딪힌 학생들은 푹푹 쓰러졌다. 일성은 교탁 앞에 우뚝 섰다. 일성의 발은 마룻바닥에 있었음에도 불구하고 발이 교단 위에 있는 교사보다 머리통 하나만큼 더 컸다. 몸집에 있어서도 일성이 교사보다 훨씬 엄장했다. "넌 또 뭔가?" 교사가 소리쳤다.

"내가 던졌어요." "뭘?" "뭐는 뭡니까? 분필이지." "그럼 왜 이제껏 가만히 있었나?" "그냥요." 일성은 쉽게, 될 대로 되라는 식으로 대답했다. "그냥요? 이 새끼가……" 교사는 지시봉으로 일성의 배를 힘껏 찔렀다. 일성의 배 부분이 잠시 들어갔다가 나왔을 뿐 일성의 몸뚱이는 꿈쩍도 하지 않았다. 일성의 거센 눈빛이, 마치 싸움판에서 서로의 눈빛을 제압하고자 할 때처럼 강한 눈빛으로 교사를 노려보았다. 교사는 그 눈빛에 맞서면서 호통쳤다.

"덩치는 남산만한 놈이 그깟 분필 도막 하나 가지고 양심을 팔아먹어. 이 덩치값도 못하는 놈." "그렇게 따지자면 선생님은 그깟 분필 도막 하나 가지고 이 무슨 난리입니까? 아무 일도 아니지 않습니까? 이건 뭐 파리 잡자고 초가삼간 때려부수시는 것도 아니고." 일성이 교사보다 더 큰 목소리로 소리쳤다. 교사의 눈이 휘둥그레졌다. "너 이 새끼, 지금 맞장 뜨자는 거냐?"

그때였다. "선생님, 발작입니다." 누군가 당황해서 외쳤다. 1분단, 창가 쪽이었다. 엉거주춤 어쩔 줄 몰라하는 학생들에게 둘러싸인 채 태우는 두 팔과 두 다리를 사정없이 버르적거리고 있었다. 입에서는 하얀 거품이 마구 비어져나왔다. "주물러 새끼들아!" 교사가 소리질렀다. 교사를 뒤따라온 일성의 손은 이미 태우의 두 다리를 한꺼번에 붙잡고 있었다. 주변의 학생들도 태우의 몸 한군데씩을 붙잡고 정신없이 주물렀다. 학생들의 얼굴에 땀이 번들거렸다. 뒷전에 서 있는 교사도 땀을 흘렸다.

문득 창문을 바라보니 비는 더욱 거세게 쏟아지고 있었다. 태우의 몸이 경련을 멈추었다. 학생들의 손에서도 힘이 빠졌다. "됐어. 야! 책 좀 몇 권 줘봐!" 일성이 말했다. 주변에 있던 학생이 『맨투맨』과 국민 윤리, 국어 교과서를 내밀었다. 일성은 그 책들을 태우의 뒤통수와 마룻바닥 사이에 우겨넣었다. 학생들은 호흡이 차차 안정되어가는 태우를 말없이 지켜보았다.

5교시 끝종이 울렸다.

"다들 앉아." 교사의 말이 떨어지자 태우를 제외한 학생들은 모두 제자리에 앉았다. 빗소리가 교실을 마음껏 유린했다. "보이즈 비 엠비셔스!" 합창에 가까운 소리가 옆 반에서 들려왔다. 교탁으로 되돌아온 교사는 체육 교과서와 출석부, 봉걸렛자루 반 토막에 기름을 먹여 만든 지시봉을 챙겨들었다.

반장이 일어섰다. "차려!" 반장이 마지못해 소리쳤다. 교사는 학생들을 쳐다보지도 않고 앞문 쪽으로 걸어갔다. "경례!" 반장이 다시 마지못해 소리쳤다.

열 명 정도의 학생이 "감사합니다!" 소리치며 고개를 숙였다. 몇몇의 학생은 고개를 숙이지 않은 채로 "감사합니다!" 했다. 열댓명의 학생은 말없이 고개만 까딱했다. 스무 명 정도의 학생들은 멀뚱멀뚱 교사를 바라보았다. 몇몇의 학생은 뻑큐와 쑥덕을 먹였다. 교사는 끝내 학생들에게 눈길을 주지 않고 교실을 나갔다.

잽싸게 뒷문까지 도달해서 문을 막 열려던 찰나, 대중은 일성의 고함 소리를 들었다. "야, 이대중! 개새끼, 너 이리 와봐." 대중은 잔뜩 겁먹은 채로 뒤돌아섰다.

종필은 주영에게 다가갔다. 고개를 푹 수그리고 있던 주영은 종필을 보자 쓰게 웃었다. 그 웃음에 종필도 역시 쓴웃음으로 답했다.

건희는 『사람의 아들』을 폈다. "야, 건희야! 나 이번 시간 내내 짜라스투라가 뭐라고 말했는지 생각해봤는데 드디어 알아냈다." 영삼은 호들갑스러웠다. "짜라스투라가 아니라 짜라투스트라, 라니깐!" "어쨌든 궁금하지 않아?" "뭐라고 말했는데?" "이렇게 말했지" 하면서 영삼은 『국어 2』로 건희의 뒤통수를 냅다 후려갈겼다.

"접어, 빨리." 찬호는 승만을 놓아주지 않을 기세였다. "좀 그만 하자!" 승만은 싫은 소리를 했다. "야, 시발놈아! 내가 잃은 게 얼만데. 시발, 이만원이나 잃었어." "누가 잃으래?" "이런 시발아. 누가 잃고 싶어서 잃었냐? 빨랑 접어."

태우는 겨우 일어나 자리에 앉았다. 잠시 멍하고 있다가 한 떨기 미소를 머금었다. 책상 서랍에서 빨간 책 『젊음의 축제』를 꺼냈다. 태우는 생기를 되찾았다.

정희는 영어 단어·숙어장을 펴들었다. 'revolution'이라고 휘갈겨 쓰는 동시에 입으로는 "레벌루션, 레벌루션" 웅얼거렸다.

"어디 가냐?" 정일은 막 일어서는 우중에게 물었다. "갈 데가 화장실밖에 더 있겠어." "그건 그래." 우중의 멀어져가는 등을 멀건히 쳐다보고 있던 정일은 볼펜을 잡았다. 연습장을 폈다. 수업 시간에 썼던 '…… 옥상으로 올라가는 거예요' 밑에 '뚝 떨어지는 거예요. 완전히 박살나는 거예요'라고 썼다.

봉주의 발바닥에 무엇인가가 밟혔다. 분필이었다. 봉주는 분필을 주위들었다. 봉주는 창가로 갔다. 창문을 열었다. 비가 쏟아져들어왔다. "문 닫어! 씹새끼야!" 누군가 윽박질렀다. 봉주는 힘껏 분필 도막을 던졌다. 분필 도막이 비가 무섭게 퍼붓고 있는 허공 속으로 날아갔다. 봉주의 눈에는 그 분필 도막이 갑자기 사라지는 것처럼 보였다.

　한순간에, 흔적도 없이.

많이많이 축하드려유

당신이유? 나유. 합격혔슈. 합격해버렸단 말유. 뭐라구요? 큰일하셨다구요? 그럼 큰일혔쥬.
내 평생 국가가 보장혀주는 증맹서를 딴 게 처음인디 나가 시방 감격 않게 됐슈. 뭐유? 잘 안 들려유. 예?
저녁때 콩국수 해먹자구요?

장덕호(68세)는, 한때 원동기의 대명사로 일컬어졌던 88(대림, 88cc)을 목욕 재계해주고 있었다. 수돗물 아까운 줄 모르고 흠뻑 적신 뒤에 퐁퐁 묻혀 구석구석 훔쳐내기를 세 차례, 상추 씻고 있던 아내에게 남우세당하고 있는 것도 못 알아챌 만큼 오랜 시간 공을 들였다. 마침내 유월 땡볕에 보송보송하게 잘 마른 행주로 물기를 가셔냈다. 덕호는 검은 선글라스를 쓴 뒤에 담배 한 대를 꼬나물고, 오토바이와 나란히 서서 짝다리를 짚었다.

　　"할망구 어떤가? 신성일이 뺨치나?" "이른 점심 자시더니 가관이시네유. 생전 안 닦던 오토바이 광을 내질 않나, 신성일이 들으면 기겁할 말씀 하시질 않나." "임자 결전의 날이 밝았구만." 아내는 중천에 뜨겁게 떠 있는 해를 흘깃 보았다. "날 밝은 지가 언젠디." 덕호는 오토바이에 올라타서 시동을 걸었다. "오늘은 어떤 다방이서 죽치실 거래유? 긴급 사항 있으면 바로바로 연락혀드려야쥬?" "해튼 할망구하고는. 국가고시 보러 가는 길이여." "구까고시 다방유? 알겄슈. 댕겨오슈."

새낭골 당구장 젊은 사장이 초크 가루 묻은 손으로 가슴을 비비 댔다. 오늘은 왜 안 만지나 했다. 서초애(18세)는 찻잔을 챙기기 시작했다. "오늘은 했네?" 사장이 브래지어 끈을 퉁겼다. 가슴 언 저리가 따끔했다. "사흘에 한 번은 해." "왜?" "계속 안 하면 처지 잖아." 사장의 친구들(알아보나마나 백수임에 틀림이 없는)이 성화 를 했다. "임마, 칠 겨 말 겨?" "쳐야지." 사장은 큐를 비스듬히 세 우고 초크질을 했다. 초애는 보자기 네 귀퉁이를 잡아 매듭을 엮고 는 일어섰다. 사장이 방금 때린 흰 공이 저쪽 벽에 부딪고 돌아나 와 빨간 공 두 개를 차례로 맞혔다. "벌써 가려고?" "시험 본다니 까."

초애는 카운터에서 기다렸다. 사장은 보름 전 아이엠에프 타령 을 한 사발 늘어놓더니 공 닦는 애를 내보냈다. 한 오 분이 지난 뒤에 사장은 큐를 든 채로 왔다. 사장은 금전관리기를 열어 동전까 지 정확히 셈해주었다. 검은 지갑에 지폐는 지폐대로 동전은 동전 대로 챙겨넣는데, 사장의 큐 끝이 미니스커트 자락을 들먹거렸다. "검은색이네. 실큰가?" "오빠, 가게." "오늘밤 어때?" 초애는 대답 하지 않았다. 막 출입문을 밀어젖히는데 사장의 목소리가 뒤따라 왔다. "시험 잘 봐라."

박정수(18세)가 다니는 명실고등학교는 남녀공학이었다. 아이들 은 대개 학교의 자랑인 연못가에서 쉬는 시간을 보냈다. 정수는 예 닐곱의 급우들에게 둘러싸여 신나게 말발을 세우고 있었다. 이야기를 듣는 아이들의 얼굴에는 정수에 대한 존경심, 부러움, 열등감 같은 감정들이 표나게 어려 있었다.

아까부터 느티나무께서 얼찡거리고 있던 혜수가 결심한 듯 다가 왔다. 정수가 머쓱해져서 입을 다물자, 눈치를 챈 급우들은 시샘 어린 얼굴을 하고 자리를 비켰다. 혜수는 수줍은 척, 붉은색 포장지로 둥글고 길게 싼 무엇인가를 내밀었다. "뭐야?" "뜯어봐." 포장지를 뜯는 정수의 흰 손이 가늘게 떨렸다. 깨엿 두 가락이었다. "고마워." 불쑥 나타난 시커먼 손이 엿가락을 채갔다.

옥외화장실로 담배 피우러 갔던 조만기(18세)였다. 혜수가 눈흘기며 종알댔다. "넌 먹지 마." "나도 시험 치는데?" 혜수가 엿을 도로 빼앗아 정수의 손에 쥐어주었다. "쟤 주지 말고 너만 먹어." "치사하다. 치사해. 안 먹는다. 안 먹어." 4교시 시작종이 울렸다. 연못가의 아이들은 부리나케 교사를 향해 뛰어갔다. "시험 잘 봐." 정수에게 다정하게 속살거린 혜수도 교복 치마를 출렁거리며 멀어져갔다. 곧 연못가에는 정수와 만기만 남았다.

둘은 바위 옆에 던져놓았던 책가방을 메고 교실이 아닌 교문을 향해 슬슬 걸어갔다. 만기가 깨엿 한 뭉텅이를 베어 물고 으드득거렸다. "넌 좋겠다." "이 녀석들 보게." 둘의 앞을 가로막은 것은 별명이 '해골'인 교감이었다. "안녕하세유." "안녕은 접어두고 시방 뭐 하는 작태여?" "오토바이 시험 보러 가는듀." "담임선생님한티 얘기혔슈." "오토바이 시험?" "예." "면허증 따서 뭐 하게? 이유 없는 반항 할라구?"

정인혜(35세)는 경찰서 3층 회의실에 홀로 앉아 있었다. 운전면허 시험 문제집을 펼쳐놓고 한 자라도 더 외우기 위해 골머리를 앓고 있는 중이었다. 인혜는 경찰서에 들어오기 직전, 그러니까 한 시간 십 분 전에 문제집을 샀다. 필기시험 장소인 텅 빈 회의실에 입실하여 벼락치기에 몰두, 한 시간이 어떻게 가는 줄 몰랐다. 중학교 졸업 이후 이십여 년 만에 처음으로 해보는 공부였다.

열두시 사십분께 이등으로 들어온 명옥희(40세)가 알은체를 했다. "이게 누구시래유? 우유 배달 아줌마 아닌감유?" 인혜도 옥희를 알아보았다. 동화 1차 아파트 105동 303호 안주인으로서 딱 부러지는 으뜸 고객이었다. 몇푼 안 되는 우유값 가지고, 내일 와라, 일 주일 뒤에 와라, 다음달에 받아라, 하면서 여러 걸음 시키길 예사로 아는 여느 사모님들이 본받아야 마땅할, 제 날짜에 제값을 제꺽제꺽 치르는 깔끔한 아줌마였다.

"아줌니도 면증 따시게유?" "갖고 있으면 폼날 것 같아서유. 근디 아줌마도 면증이 없었슈?" "없었쥬. 쯥 없으면 짤라버리겠다고 난리잖아유." "그렇구만잉. 노가다판에서 이력서 써갖고 오라는 푼수구만잉."

경찰서 정문 앞에는 신호등이 있었다. 빨간 불로 바뀌어 막 액셀러레이터를 밝으려던 시내버스 운전사는 기겁을 해서, 황급히 발을 떼었다. 갑자기 뛰어든 택트(대림, 50cc) 세 대가 부다다당 지나치고 있었다. 오토바이에는 각기 다음과 같은 눈에 잘 뜨이는 글자와 전화번호가 적혀 있었다. 일출다방 96-3476. 아미타불다방 33-0989. IMF다방 452-6754. "저 쌍년들을 그냥!" 운전사의 악다구니를 모르쇠한 아가씨들은 정문 앞에서 제지당했다.

작대기 두 개짜리 계급장을 단 전경이 절도 있게 경례를 붙였다. "잠시 실례하겠습니다. 어떻게 오셨습니까?" 정인자(19세), 심정희

(21세), 구원정(26세)은 한마디씩 이기죽거렸다. "어떻게 오긴, 잘 왔지." "새로 오셨나 봐." "구엽게 생기셨네." 전경은 얼굴이 벌게져서 어쩔 줄을 몰라했다. 정문 초소 파란색 비닐을 덧씌운 쪽문이 열리고, 작대기 네 개짜리 계급장을 단 고참 전경이 얼굴을 내밀었다. "어라, 연합전선이네. 누가 어느 다방 커피가 제일 맛나나 시음회라도 여나 보지요?" "신삥 교육이나 잘 시키셔." "쟤가 뭔 실수라도 했나요?" '쟤'라는 발음에 신임 전경은 부동 자세를 취한 뒤 "예, 이경 박진만!" 하고 기합 든 소리를 버럭 질렀다. 구원정은 짐짓 거친 목소리로 꾸몄다. "레지들도 몰라보고 쓰겄어." 고참 전경은 씨익 웃었다. "어서들 들어가세요. 늦으시겠어요."

한시 오 분 전에 입실한 명실고등학교 정인재(18세), 김성인(18세), 양치현(18세)은 자판기 커피를 홀짝거리고 있었다. "할아버지들 좃나게 많다." "저 나이 먹도록 뭐 했다냐? 저 나이쯤 되면 기사 붙여갖고 그랜저 끌고 다녀야지, 쪽 팔리게 원동기 시험 보러 오냐?" "그래도 저 할아버지들이 정주영이 그런 애들보다 더 열심히 살으셨을걸." "무슨 소리야?" "뼈빠지게 열심히 일한 사람일수록 가난하고, 뺀질뺀질해도 교활한 인간일수록 뻔드르르하게 산다는 거지."

인재와 성인이 멀뚱하니 대꾸가 없자, 치현은 말끝을 이었다. "난 말야, 하면 된다, 땀 흘린 만큼 얻는다, 베짱이보다는 개미가 되어라, 같은 말들이야말로 우리가 배운 최고의 거짓말이라고 생각해. 구조적으로 모순된 사회지." 성인이 남은 커피를 단숨에 마신 뒤 종이컵을 우그러뜨렸다. "시발, 어서 주워들었는지는 모르겠다만, 그딴 소리는 집어치워라." 인재가 갑자기 냉랭해진 분위기를 전환시키듯 그들처럼 교복 차림인 세 아이를 가리켰다. "쟤들 대고 애들 아니냐?" "맞아, 저 새끼들 토요일날 난리가 아니었대지." "완전히 영화 찍었대." "시발, 재미있었겠다."

"어느 다방 냄비들인가 젖통 한번 큼직하네." 정원형(62세)은 옷차림이 유난스러운 여자들 쪽을 흘깃거리며 입맛을 다셨다. 확실히 벗던가, 좀더 입던가, 거참 살벌나게 입어번졌네. 저게 그래도 시험 친다고 한 가지씩 덧입고 온 행색일 것이라고 원형은 생각했다. "아엠에뿌 땜이 다방 물 하나는 맑아졌당께." 가까이 앉은 이재만(63세)이 누런 이를 드러냈다.

"아엠뿌가 뭔 죄 있다고 사사건건 아엠뿌를 붙이냐." "아니, 그럼 내 말이 글렀는가. 거 뭐냐, 니, 거 단란주점이니 룸싸롱이니 하는 것들이 손님 없어 문 처닫는 시국에 김대중이 유곽 때려잡겠다고 설치는 시점 아닌개비. 배운 거라고는 뭐 파는 재주밖에 없는 가시나들이 어쩌겄어. 급수 떨어지고 들어오는 돈냥 적어도, 날라야지. 찻잔이 금잔이니 하고. 마담들이 팔자 좋아졌지. 메주가 굴러들어와도 고맙수 환대하던 사람들이 이젠 미스코리아 선발대회 푼수로다 골라서 쓰잖남." "그런가? 나는 당최 물 사정에 어두워서 말이여." "긍께 논두렁에만 박혀 있지 말고, 나돌아댕기면서 살란 말이여." "그건 그려. 근디 저 양반은 밤새 선녀 꿈을 꿨나베."

원형이 가리킨 사람은 자신처럼 흰머리가 검은머리보다 많은 서용호(65세)였다. 접수 번호순으로 앉게 되어, 자신과 같은 늙다리들은 대개 이른 번호를 받아 창가 쪽에 몰려 있었는데, 유독 용호만은 번호가 늦었는지, 아가씨들 사이에 어울리지 않게 끼어 있었다. 재만이 코웃음쳤다. "꽃밭에 썩은 좆이 따로 없구만."

"아따, 증말 어지간히들 떠드시네유. 조용히 좀 해보슈." 김 순경은 숫제 악을 써댔고, 곁에 서 있는 손 경위는 만사가 귀찮다는 얼굴을 하고 간간이 하품을 해댔다. "할아버지 조용히 해보시라니께유." "그 사람 점심에 뭘 삶아먹었간디 소릴 빽빽 지르고 그란댜. 그렇지 안혀도 간당간당하는 귀청 그예 터져버리겄네." "거기 고등학생들, 자네들이 배우는 사람답게 솔선 수범 정숙해야 될 거 아녀?"

김영수(17세)가 박복진(17세)의 머리통을 때렸다. "애만 조용히 하면 된대유." "아가씨들도 좀 잠잠혀보슈." 구원정이 말대답을 했다. "미안허유. 침묵은 금인디, 그쥬?" 웅성거림이 겨우 잦아들었다. "시험에 앞서 몇 가지 말씀드릴 테니까 귀담아들으세요." "그럼 귀로 듣지 항문으로 듣남." 이만기(58세)였다. "응시원서 다 갖고 왔쥬?" "응션서가 뭐랴?" "손에 들고도 모르남." "잉, 이거." 홍석진(65세)의 가르침에 이성만(66세)은 고개를 끄덕이며 들고 있던 응시원서를 꽉 움켜쥐었다. "조용히 하시고 잘 들으시란 말유. 시험 중에 자꾸 질문해쌓지 마시고……."

김 순경의 열변을 간추려 간단히 정리해보면 다음과 같다. 응시원서를 책상 오른편에 놓아라. 8절지 문제지와 16절지 답안지, 각각 한 장씩을 나누어줄 것이다. 문제지에는 절대로 볼펜을 대지 마라. 문제지가 열 종류로 대개 서로 다른 유형의 문제지를 받게 될 것이니, 옆의 사람 것 싹 베끼는 멍청한 짓은 하지 마라. 오십 분 동안 시험을 본다. 다 푼 사람은 나가도 좋다. 답안지는 엎어놓고 나가라. 문제지도 가지고 나가서는 절대로 안 된다. 그러니까 책상에 문제지, 답안지, 응시원서 이 세 개가 나란히 놓여 있어야 한다.

김 순경의 끝말은 이랬다. "질문이 많으실 걸로 압니다. 질문 받다 보면 해 다 가니께, 질문은 문제 풀면서 그때그때 받는 걸로 하겠습니다."

문제지와 답안지를 나눠주던 손 경위는 석수삼(67세) 곁에서 잠시 멈추었다. "이번이 몇번째시쥬?" "수차례 되지. 나도 자세히는 몰러. 열 번 찍어 안 넘어가는 나무 있간디." "그류, 칠전팔기라는 말도 있슈. 오늘은 잘 좀 찍어보슈." "그려, 나가 오늘은 찍는 연습까장 하고 온 사람이여."

김 순경은 대꽃다방 김진이(23세)에게 지나가는 말을 했다. "공부 좀 했나?" "할 게 따로 있지." 진이의 천연스러운 대꾸에 뒷자리에 앉은 임민석(25세)은 풀풀 웃었다. "느덜은 어느 학교 댕기냐?" 손 경위가 떼로 앉은 교복 입은 아이들에게 대중 없이 물었다. 키 큰 장택기(17세)가 대답했다. "여러 학교서 왔슈."

지글지글 볶은 머리를 한 신양희(40세)가 문제지를 훑어보고는 체머리를 흔들어댔다. "보는 순간 어지러운 것이 대책이 없어번지네. 순경 아저씨, 컨닝구하면 안 되남유?" 옆자리에 앉은 지성호(40세)가 대신 응했다. "자유민주 대한민국인디 안 되는 게 어디 있겠슈. 요령껏 하슈. 우리가 이냥 나란히 앉은 것두 인연인디, 상부상조혀감서 잘 좀 풀어보쥬." "얼레, 이 아저씨가 추파를 던지네." "그게 다 아줌니 시들지 않은 미모 탓이쥬. 아무헌티나 던지는 게 추파가 아니잖남유?" "큰일 낼 양반이시네. 우리 죽은 남편 레이더에 포착되면 작살날 텐디."

김기석(30세)이 헬멧을 쓴 채 헐레벌떡 뛰어들어왔다. "오토바이 타구 왔어요?" "급한디 어쩐대유. 최고 시속으로다 날러왔쥬. 뭐, 잘못 됐남유?" "얼른 들어가슈." 김 순경은 말해봐야 입만 아프겠다는 듯이 문제지와 답안지를 내주었다.

석수삼은 문제 풀 생각은 않고 눈감고 있었다. 눈을 번쩍 뜬 그는 한순간 도통이라도 한 사람 같았다. 그는 시험지에는 눈길 한번 주지 않고 답안지만을 뚫어지게 바라보았다. 1번에 동그라미를 그렸다. 2번에도 동그라미를 그렸다. 그는 마지막 50번까지 모두 동그라미만을 그렸다. 수삼은 뿌듯한 얼굴로 이름 적는 난에 이름 석 자를 삐뚤삐뚤하게 적어넣었다. 그가 유일하게 쓸 줄 아는 글자였다.

수삼과 마찬가지로 오리 놓고 리을 자도 못 알아보는 이태형(72세)은 1번 ○, 2번 ×, 3번 ○, 4번 × 하는 식으로 동그라미와 가위표를 번갈아 그렸다. 답안지 작성을 끝낸 태형은 순경을 불렀다. "어이, 이리 좀 와보셔. 이름 좀 써줘야 디겄어." "알았슈. 나가 계슈." "그려, 오늘은 붙을 꺼 같응게 멋있게 좀 써줘잉." 김 순경은 태형의 답안지를 보고 한마디했다. "그 할아버지 참, 동그라미면 동그라미, 엑스면 엑스, 하나로 밀어붙이는 게 확률이 높다니께."

평생을 일자무식으로 살아온 사람은 또 있었다. 민철해(65세). 게다가 그는 수삼이나 태형처럼 몇 번의 경험이 있는 것도 아니었다. 그는 오늘 처음으로 필기시험을 보는 거였다. 답안지와 답안지보다 두 배 더 크게 생겨먹은 문제지를 눈앞에 두었으나 무엇을 어떻게 해야 할지 가리사니가 잡히지를 않았다. 옆자리 양성정(59세)에게 도움을 청했다.

"이보슈. 이거 어떻게 해야 되는 겨. 당최 모르겄어." "낸들 알간듀. 잘은 모르겄구, 작은 놈(답안지)이다 동그래미 아니면 각기표를 긋는 것인 모양이유." "뭣이라고? 땡그라미를 어쩌?" 성정은 손 경위를 불렀다. "여기 좀 봐유. 이 할아버지 까막눈인 것 같은디 설명 좀 자상히 해주셔야 되겠오." 경위는 철해의 깨끗한 답안지를 보고는 말했다. "처음이쥬?" "뭐가?" "시험 말유." "시험? 말하면 잔소리지. 난 국민핵교도 귀경 못 하고 산 사람여." "볼펜을 잡으세유." "니, 잡았어." "요기 칸에다 동그라미나 가위표 중에서 아무거나 해보세유." "뭘 어쩌라고?" 경위는 방금 가리켰던 칸에다가 직접 동그라미를 그렸다. 2번 칸에는 가위표를 그렸다. "이런 식으로 하시란 말유." "그럼 되는 겨?" "그류."

몇 년 전까지만 해도 웬만한 글자는 읽고 살았으나 지금은 돋보기를 쓰고도 우리나라 말인지 미국말인지 구별 못 하게 된 사람들도 있었다. 그들도 경위와 순경을 자꾸만 불렀다. 글자 해독 능력이 없는 노인들은 크게 두 부류였는데, 질문 없이 답안지를 꾸미고 나가는 사람들은 몇 달에 걸쳐 부단히 드나드는 경험자들로, 자꾸만 질문을 해대는 부류들은 오늘이 첫 경험인 응시자라고 보면 틀림이 없었다.

질문은 오히려 글자 해독 능력을 유지하고 있는 노년들에게서 더 많았다. 글자는 읽었는데 뜻을 이해하지 못해 구절풀이를 해달라는 주문이 속출하는 것이었다. 아예 답을 가르쳐달라고 대놓고 졸라대는 사람도 있었다. 동그라미를 큰놈(문제지)에다 쳐야 되는지 작은놈(답안지)에 그려야 되는지 묻는 사람도 있었다. 이름을 어디다 적어야 되냐고 묻는 사람도 있었다.

"아까 설명해줄 땐 뭐 했슈?" "백번을 차근차근 얘기혀도 못 알아들을 판국인디, 기차 달려나가듯 쏘아붙인 걸 무슨 수로 알아듣느냐." 문제지에 낙서를 하지 말라고 했건만 기어이 낙서를 하고야만 사람, ○표에 두어 줄 쓱쓱 그어놓고 그 옆에 × 적으면 무조건 틀린 거라고 강조했건만 하고야 만 사람, 경위와 순경은 할말 또 하느라고 입을 쉴 수가 없었다.

제일 먼저 회의실을 나간 것은 임민석(25세)이었다. 그는 문제지 받은 지 오 분 만에 답안지를 덮어놓고 나갔다. 고등학생들도 경쟁 붙은 듯 앞다투어 퇴실했다. 십 분 안에 못 나가고 미루적거리고 있으면 학교의 명예를 실추시키는 쪽 팔리는 일을 저지르는 것이라고 생각하는 듯했다. 아가씨들과 청장년 축도 금세 나갔다. 몇 번의 경험을 바탕으로 허심탄회하게 찍어버린 노인들도 빨리 나간 편에 속했다.

시험 개시, 이십 분이 넘도록 의자에서 엉덩이를 못 뗀 사람들은 대부분의 노년층과 몇몇 중년 여인들이었다. 노년층은 어찌 되었든 버티고 있으면 무슨 수가 날 거라고 믿는지, 쉼 없이 부산떨며 두 경찰을 괴롭혔다. 중년 여인들은 백일 불공 드리러 온 신실한 신도처럼 지대한 정성을 기울였다. 박말자(50세)의 경우 문제를 다섯 번씩 거듭하여 읽었으며, 동그라미와 가위표를 선택하는 데 있어서는 쇠다리도 두드려보는 조신함을 보였다.

경찰서 구내식당은 필기시험을 일찍 끝내고 남은 시간을 때우기 위해 몰려든 사람들로 북적거렸다. 서 있어도 땀이 줄줄 흐르는 바깥 날씨 덕에 대형 선풍기 두 대가 탈탈탈 돌아가는 식당은 때아닌 성수기를 맞았다. 남녀노소를 불문하고 시원한 것 하나씩 사서 빨거나 홀짝였다.

김영수(17세), 이무진(17세), 최철민(17세)도 오백원짜리 아이스크림을 아껴 먹으며 '블명대전'을 떠들고 있었다. 아이들 사이에 '블명대전(블랙킹파와 명왕성파의 대격전)'으로 최종 정리된 패싸움 얘기는 그들이 지난 토요일부터 최신 정보를 덧붙여가며 재탕, 삼탕, 사탕 해먹고 있는 화젯거리였다.

'블명대전'의 서막은 토요일 새벽에 올랐다. 대명고생 중심의 명왕성파 다섯과 상업고생 중심의 블랙킹파 하나가 해수욕장에서 우연히 마주쳤다. 사소한 시비 결과 다섯이 하나를 묵사발 내놓았다. 비보를 접한 블랙킹파가 책가방 대신 쌍돌, 쇠파이프, 사시미칼 등을 숨긴 채 오서대교에 집결한 것이 오전 열시였다.

블랙킹파는 4교시가 거의 끝나갈 무렵 대명고 교문을 통과했다. 종례를 마치고 가방을 싸던 얼굴이 잘 알려진 명왕성파 하나가 느닷없이 난입해 들어온 블랙킹파의 사시미칼에 가슴을 찔렸다. (최신 정보에 따르면 심장을 아슬아슬하게 비껴가 목숨을 건졌다고 한다.) 그 기습적인 칼질을 신호로 명왕성파와 블랙킹파는 대명고 교정, 오서대교, 구시가지 등을 옮겨다니며 다섯 시간 동안 난투극을 벌였다.

그날, 육 년 전에 실업계에서 인문계로 전환한 대명고는 하루도 빠짐없이 실시해오던 자율학습(타율학습이란 말이 타당하겠지만)을 사상 처음으로 실시하지 않았다. 학교에 남아 있으면 위험하니 서둘러 귀가하라는 교내방송이 있었다. "늬덜만 좋아졌다잉?" 철민이 다 먹은 아이스크림 껍데기를 쪽쪽 빨며 말했다. 무진과 영수는 명왕성파 타도를 꿈꾸며 새로이 들고 일어난 대명고 신흥조직 각설이파 회원이었다.

필기시험 응시자 마흔세 명 중, 여섯 명이 떨어졌다. 백점 만점에 육십점 이상만 맞으면 합격이었다. 총 50문항으로 한 문제당 2점이었으니까 탈락자들은 30문항을 못 맞힌 거였다. 모조리 동그라미를 그린 석수삼은 붙었다. 그가 받은 C형 문제지의 정답은 〇가 33개, ×가 17개였다. 동그라미와 가위를 번갈아 그린 이태형은 떨어졌다. 민철해도 첫 경험의 한계를 극복하지 못해 떨어졌다.

나머지 네 명의 탈락자 중 셋도 노인인 관계로 누구도 이상하게 여기지 않았으나, 장만호(36세)가 떨어진 것은 의외였다. "무시라구요? 내가 불합격이라고요. 그 무슨 말도 안 되는 소리를 하고 있대유. 백점을 맞아도 시원치 않은 판국인디 떨어져야. 초등학생도 눈감고 풀 문제를 내가 틀려." 만호는 기어이 답안지를 확인해 보았다. "아이구 이, 돌팍아." 자신이 작성했던 답안지를 들여다본 만호는 제 머리통을 마구 두들겼다. 그는 4번 문제를 깜빡 풀지 않고 넘어간 뒤, 한 칸씩 당겨서 정답을 적었다. 5번 답을 4번 칸에, 6번 답을 5번 칸에 적는 식이었다. 문제를 다 푼 뒤 50번 칸이 비어 있는 것을 대수롭지 않게 보아넘겨 실수를 끝내 발견하지 못했다.

김 순경은 탈락자들에게 응시원서를 도로 내주었다. "이거 갖고 다음달에 오세유." 한 번 접수하면 일 년 동안은 계속해서 필기시험 응시자격이 주어졌다. 필기시험에 일단 합격하면 일 년 동안 실기시험 볼 자격이 주어지는 것이나 매한가지였다. 합격자들은 경찰서를 나와 실기시험 장소인 운전학원으로 향했다. 그곳은 지름길 도보로 이십 분쯤, 오토바이로는 오 분쯤 떨어져 있었다.

운전학원의 원동기면허 실기시험장은 한 달에 한 번 사용되는 탓에, 평상시에는 주차장이나 마찬가지였다. 많은 차들이 ㄱ자 코스, S자 코스, 턱 코스를 가뭇없게 가리운 채 빽빽이 주차되어 있었다. 연습할 요량으로 시험 예정 시간을 한참 앞당겨 온 박영진

(65세)과 이윤호(68세)는 혀를 끌끌 차며 공원 나무그늘 밑 벤치에 앉아 낭패를 달래고 있었다.

그들과 좀 떨어져서 땀을 뻘뻘 흘리며 컵라면을 먹고 있는 양선우(18세)와 김석진(18세)도 재시험 응시자였다. 그들은 그깟 오토바이 시험도 떨어졌다고, 이미 면허를 딴 친구들로부터 한 달 내내 비웃음을 당했다. 그들은 억울했다. 선우는 1차, 2차 모두 선을 밟아 실패했다. 아슬아슬하게 비껴갔을 뿐 절대로 밟지 않았다고 믿는 선우는, 될 수 있으면 고등학생은 합격시키지 않겠다는 의도를 가진 경찰들의 도끼눈에 재수없이 걸린 것이라고 생각했다.

1차는 긴장한 나머지 넘어져서 실패했지만, 2차는 손톱만한 오점도 없이 잘 탔다고 자신하는 석진도 경찰에게 감정이 많았다. 제한시간 초과라니, 그건 터무니없는 억지 누명이라고 생각했다. 그들은 지난 한 달 동안 자신들을 떨어뜨린 경찰들을 향해 다섯 양동이는 넘을 욕지거리를 퍼부어댔다.

여고 3학년인 이은영(19세)도 재시험 응시자였다. 집에 들러 사복으로 갈아입고 나와 시험장에 다 와가는데 배에서 요상한 소리가 났다. 아침도 굶었고 점심도 먹지 못했다. 주머니에 돈 같은 것은 없었다. 어머니는 일찍 죽고 아버지는 소식이 없어, 동생 하나 데리고 여든세에 육박하고 있는 조부모와 살고 있는 그녀를 두고 사람들은 소녀 가장이라고 불렀다.

소녀 가장은 뉘 집 자식들인지 귀티 잘잘 흐르는 꼬마 아이들 셋이 골목으로 들어가는 것을 보았다. 은영은 꼬마들을 붙잡았다. "어느 학교 다니니?" "청룡초등학교유." "몇학년이니?" "육학년유." 은영의 다정한 물음에 꼬마들은 의심스러운 눈초리를 풀지 못하면서도 꼬박꼬박 대꾸했다. "얘들아, 누나 무섭게 생겼지?" 서로 눈치를 보다가 하나가 대답했다. "안 무섭게 생겼어유." 은영은 그 꼬마의 머리를 쓰다듬었다. "어머, 너 그렇게 사람 보는 눈이 없어서야 되겠니. 이 누나는 아주 무서운 사람이란다. 어느 정도로 무서운지 보여줄까."

은영은 바지 주머니에서 잭나이프를 꺼냈고, 약간 뜸을 들였다가 팔뚝을 그었다. 핏줄기를 본 꼬마들은 울상을 지었다. "무섭지?" "무서워유." "이렇게 무서운 누나를 만나면 어떻게 해야 될까?" 꼬마들은 벌벌 떨면서 지갑을 열고 주머니를 뒤집었다. 은영은 돈을 챙기며 물었다. "집에 가서 뭐라고 할래?" "아무 일 없었다구유." "그렇게 말씀드리면 안 되지. 군것질했다고 해야지. 알았지?" 은영은 꼬마들에게 빼앗은 돈 오천사백오십원을 밑천으로 비빔밥을 사먹었고, 공원 자판기에서 콜라를 뽑았다.

은영은 담배도 피웠는데 그걸 본 양선우와 김석진은 못 볼 꼴 봤다는 듯이 들어도 좋다는 식으로 욕했다. "좆나 까진 년이구만." "똥통 들어가서 피우면 예쁘게라도 봐주지." "야, 고삐리들 나한테 씨부린 거야." "그럼, 여기 까진 년이 너말고 또 있냐?" "이 씹새끼들이." 갑자기 날아온 은영의 발길질에 선우와 석진은 한 군데씩 얻어맞고 얼빠진 표정이 되었다. 은영의 공격은 멈추지 않았다. 잠시 후 한 대도 못 때려보고 일방적으로 얻어맞기만 한 선우와 석진은 무릎을 꿇고 빌었다. 은영은 분이 안 풀린 듯, 둘의 뺨을 세 대씩 후려쳤다. 이 광경에 박영진과 이윤호는 기가 찬 듯 입을 다물지 못했다. 겨우 한마디씩 했다. "말세는 말세여." "여장부 났구먼."

"원동기면허 시험장에다가 주차하신 분들은 조속히 차를 빼주시기 바랍니다. 시험이 늦어지고 있습니다. 다시 한번 말씀드리겠습니다. 차를 원동기면허 시험장에……" 안내방송이 몇 번이고 계속되었다. 실기시험 재응시자 다섯 명과 오늘 실기시험에 합격한 서른일곱의 응시자는 차가 모두 빠지기를 기다리고 있었다.

손 경위는 오토바이들을 살펴보았다. 오토바이를 가지고 온 사람이 절반을 넘었다. 몇 달 전까지는 오토바이를 타고 오지 않는 사람들이 이용하라고 시험 전용 오토바이 두 대를 따로 준비했는데, 낡은데다가 체형에 맞지 않아서 대부분의 사람들이 쳐다보지도 않았다. 해서 요즘은 아예 내놓지 않았다. 사람들은 자기들이 직접 타고 온 것이나 만만하게 보이는 오토바이를 빌려서 실기를 보았다. 대개 다방 아가씨들이 타고 온 택트가 각광을 받았다.

고등학생들이 타고 온 오토바이는 대부분 장신구를 장착한 125cc로 요란한 데가 있었다. 후위부를 높여 가장 튀어 보이는 VF(대림, 125cc) 앞에서 경위의 눈길이 매섭게 빛났다. "이거 누구 오토바이입니까." 이정욱(21세)이 자랑스럽게 나섰고 아이들은 부러운 눈길로 쳐다보았다. "불법 개존 건 알아, 몰라?" "불법이라고요?" "알았든 모르든 간에 압수니 그리 알아. 키 내놔." 해맑았던 정욱의 낯빛은 순식간에 어두워졌다. "아, 얼른 내놓지 못해." 정욱은 열쇠를 내놓을 수밖에 없었다.

차들이 모두 빠지고 시험코스가 드러났다. 넓이 일 미터쯤 되는 ㄱ자 코스, 길이 이십 미터쯤 되는 S자 코스, 마지막으로 높이 십 센티미터에 넓이 사십 센티미터쯤 되는 턱이었다. 시간 제한은 이십오 초였으며, 두 번의 기회가 있었고, 선을 밟거나 오토바이에서 발을 내려놓으면 실패였다.

미리 와 있던, 지난번 실기시험에서 고배를 마셨던 사람들 중에 재응시하러 온 박영진 등 다섯 명이 첫 순서였다. 영진은 지난번처럼 다방 오토바이를 빌려 탔다. 운명의 ㄱ자를 그리지 못하고 선 밖으로 이탈했다. 김 순경이 혀를 찼다. "연습 좀 하고 오시라니께유." "이기 연습한다구 되는 거가니." "선 밟아도 봐드린다니께 그걸 못 꺾으세요." "난들 안 꺾고 싶간." 영진은 2차 시도에서도 여지없이 실패했다. 다섯 차례에 걸쳐 열 번 시도해서 열 번 모두 ㄱ자를 꺾지 못하는 순간이었다.

이윤호도 ㄱ공포증 걸린 사람처럼 발발 떨다가 발을 내려놓고 말았다. 2차도 마찬가지였다. 그는 사전 사패였다. 먼저 실패한 영진이 윤호에게 웃으며 말했다. "안 되는 사람은 백날 혀도 안 되나벼." "글게 말여, 오토바이 면허 따기가 하늘 별 따기네." 한 달 동안 오토바이로 조간 석간 가리지 않고 신문을 돌려 실력이 무척는 이은영은 1차에 합격했다. 양선우와 김석진도 무난히 합격했다. 재응시자 다섯 명 중, 셋은 붙고 둘은 떨어진 거였다.

오늘 필기시험에 합격한 서른일곱 명의 차례였다. 1번 장덕호는 몇 년만에 때 빼고 광낸 제 오토바이 88을 고집했다. ㄱ자와 S자를 우습게 통과했으나 턱에서 미끄러졌다. 긴장한 덕호는 2차 시도 턱 코스에서는 최대한 속도를 줄여 안전운행을 했다. 제한시간에 십오 초나 늦은 사십 초에 통과했으나 손 경위는 합격을 선언했다. 2번 홍석진은 1차 시도에서는 ㄱ자에서, 2차 시도에서는 S자에서 물을 먹었다. 석진은 어이없다는 듯이 중얼거렸다. "시상에 만만한 것은 읎다는 말이 생판 그른 말은 아니었구먼." 양성정은 선을 마구 밟아대며 1, 2차를 마쳤다. 경위는 망설이다가 "합격유"

해버렸다.

주일해(58세)도 아슬아슬하게 합격했다. 일해는 사 년 전 기가 막힌 일을 당해 쌓여온 울화를 한방에 털어버린 듯한 후련함을 맛보았다. 그해 여름 늦은 밤, 일해는 물꼬 보고 오다가 경찰들에게 잡혔다. 나중에 알고 보니 그날 그 검문소 치들이 자정이 가까워가는 시각에 들판 한가운데 있는 비포장 도로에까지 나와 검문을 하고 있었던 연유는 하루에 세 건씩 기소중지자든, 무면허든 단속해내라는 경찰서 윗대가리들의 압력 때문이었다. 핏발 선 검문소 치들에게 잡혔으니 용코 없었다. 물장화 신은 발로 검문소에 끌려가 조서 쓰고, 한 달 뒤 원동기면허 없이 오토바이 몬 벌금 이십만원을 에누리 없이 물고 말았다. 재수없는 한여름밤의 악몽으로 치부하고 살기에는 너무나 기가 차고 원통 치통한 일이 아닐 수 없었다. 오늘의 이 영광으로 울분이 그나마 좀 풀린 듯 싶은 거였다. 노년층은 합격자 반, 불합격자 반이었다.

청장년 축은 1차에 긴장한 나머지 약간의 실수를 하는 사람은 다수 있었으나 한 사람을 제외하고는 모두 무사 합격했다. 유일한 탈락자인 이정욱은 오토바이를 빼앗긴 이후 넋빠진 얼굴을 하고 있더니 시험을 포기하고 사라져버렸다. 다방 소속 아가씨들은 선수였다. 모범 답안을 작성하듯 제한시간 안에 사뿐히 통과했다. 아름다워 보이기까지 해서 휘파람 연호와 박수를 받은 아가씨도 있었다.

고등학생들도 선수 뺨쳤지만, 손 경위와 김 순경의 날카로운 지적에 다섯 명이나 불합격 판정을 받았다. 시험 응시자 누구나 느낄 수 있을 만큼, 노년층에게는 가능한 합격할 수 있도록 관대하게 적용되는 법이 고등학생들에게는 가능한 떨어지도록 철두철미하게 적용되었다. 선을 살짝만 스쳐도 경찰은 냉정하게 불합격을 외쳤다. 그러나 그 점을 대놓고 따지고 드는 응시자는 없었다. 떨어진 고등학생들은 경찰에게 불만이 있기는 하지만, 꼬투리 잡힐 건더기가 없는 완벽한 솜씨를 보이지 못한 제 탓을 더 하는 것 같았다. 그들은 태어나서 가장 사내답지 못한 짓을 방금 저질렀다고 생각하는 듯 몹시 낙담한 얼굴이었다.

박정수는 합격 판정을 받은 후 공중전화 부스로 들어갔다. 혜수의 호출기에 음성을 남겼다. "나야, 붙었어. 네가 준 엿 때문인가 봐. 저, 거기서 기다릴게. 그럼 이따가 봐." 박말자는 합격 판정을 받자마자 화장실로 뛰어갔다. 오줌을 누러 간 게 아니었다. 문을 걸어 잠그고 소리 없는 만세를 열 번도 넘게 외쳤다. 그녀는 감격과 환희를 주체하지 못하고 끝내 눈물을 떨구고 말았다. 명옥희의 감격도 만만치 않았다. 그녀는 휴대폰이 부서지도록 급하게 남편에게 신호를 보냈다. "당신이유? 나유. 합격혔슈. 합격해버렸단 말유. 뭐라구요? 큰일하셨다구요? 그럼 큰일혔쥬. 내 평생 국가가 보장혀주는 증맹서를 딴 게 처음인디 나가 시방 감격 않게 됐슈. 뭐유? 잘 안 들려유. 예? 저녁때 콩국수 해먹자구요?"

합격자들은 운전학원의 학과 강의실에 모여 손 경위로부터 반 시간에 걸쳐 안전교육을 받았다.

"날도 더운디 시험치시느라고 수고들 많으셨습니다. 인자 안전교육 받으시고 집에 돌아가셔서 푹 쉬시다가, 보름 있다가 교통계로 오셔서, 거 원서 접수한 디 있쥬, 거기 오셔서 면허증 찾아가면 되는 것입니다. 그럼 안전교육을 시작하겄는디, 교육이라고 할 것도 없습니다만, 할 것은 해야 되니께 잘들 들어주시기 바랍니다.

특히 고등학생들, 자네들이 문제여. 자네들이. 어이, 거기, 여기가 학교여? 여기까지 와서 졸고 있게. 흠, 고등학생들은 특히 정신 똑바로 차려갖고 들어주기 바라면서, 자, 두서없이 대중 없게 그냥저냥 막 생각나는 대로 유의사항을 말해보겠습니다. 요목조목 차례 잡아 해봤자 우이독경하는 소리니께유.

파이버 꼭 쓰고 다닙니다. 파이버! 파이버의 중요성은 다들 알고 계시겠지요? 여자분들한테 잠시 실례되는 말씀이겠습니다만, 거 불알 같은 거 아니겠습니까. 불알 떼놓고 돌아다니는 사람들이 왜 그렇게 많난 말입니다. 앞으로는 불알 꼭 달고 다닙니다. 파이버 안 쓰고 다니면 불이익도 상당할 것입니다. 지가 교통순경을 대표히서 맹세하건데 앞으로 파이버 미착용으로다 걸리면 얄짤리 없이 딱집니다. 특히, 고등학생. 자네들 파이버 쓰면 폼 안 난다고 생각하는 경향이 있는 거 같은디, 폼 충분히 나니께 꼭 쓰고들 다니셔.

다음에, 면허증 꼭 소지하시고 다니십니다. 면허증 다락 궤짝 속에다 꼭꼭 숨겨놓고 안 가지고 다니는 분들 많은디, 그럴라믄 뭐러 땁니까. 땄으면 동네방네 보란 듯이 자랑하고 다녀야 될 거 아닙니까. 냉혹한 말씀 같지만, 앞으로 면허증 안 가지고 다니셔도 에누리 없는 딱집니다. 알으셨쥬? 면허증 꼭 가지고 다닙니다.

다음은 특히 문제적인 고등학생 여러분을 위한 당분디 광분하지 맙니다. 오토바이에 엉덩이만 올려놓았다 하면 광분해버리는 경향을 보이는데, 광분은 절대 금물이여. 오토바이가 무슨 스트레스 해소용 애만 줄 아는 청춘이 많은 걸로 아는디, 어라, 이것도 교육이라고 벌써 오락가락하는 양반들이 쎴네. 어이, 눈들 뜨슈. 대충이라도 주워 듣고 가야 될 거 아닌감유? 안 되겠구먼. 그럼, 여기서, 잠을 깨우는 취지로다, 할아버지 눈 떠봐유. 이거 재미진 얘기닝께 들을 만할 뀨. 잠을 깨우는 취지로다가 사고 사례 하나 얘기하고 넘어가겠습니다.

이건 거짓말 한 자락 안 보탠 알짜배기 실화유. 작년에 발생한 사곤데, 특히 고등학생 자네들 잘 들어. 자네들의 친구들이 일으킨 사고닝께, 배울 점이 많을 껴. 새벽 두시였습니다. 시티백(대림, 100cc)이라고, 크지도 않은 쥐꼬리만한 오토바이에 셋이나 탔다는 겁니다. 난 당최 이해가 안 가는디 지우 열여덟 살 먹은 소년 둘, 소녀 하나가 왜 새벽 두시에 그 지랄빼기하고 있었느냐 말야. 어쨌거나 시티백 엔진 후달리거나 말거나 요것들이 백십, 백이십 막 밟아댔단 말입니다. 자, 오수대교에서부터 빠다다당 죽을 줄 모르고 달립니다. 어찌 되겠습니까. 결과는 뻔에 뻔자였지 뭐. 명대 들어가는 디 교차로 있죠잉? 거기서 트럭 한 대가 슬며시 나왔던 겁니다. 박치기 났죠. 맨 앞에 운전했던 남자애, 이십칠 미터 날아갔습니다. 당연지사 즉사했고, 가운데 탔던 낭랑 18세 소녀, 십팔 미터 날아갔습니다. 심각한 중상. 그 다음 마지막 탔던 소년, 육 미터 날아가서 경상 입었습니다. 이와 같은 사고를 통해서, 여러 가지 교훈을 얻을 수 있었습니까 없었습니까. 첫번째 교훈은 뭣이었습니까. 오토바이 탈 때는 절대루……."

장덕호의 아내가 막내아들의 전화를 받은 것은 저녁 여섯시께였다. 지금 기차역에 도착했으며, 며느릿감을 데리고 왔는데, 곧 들어가니 인사받으실 준비 하고 계시라는 거였다. 어릴 때부터 유난스럽게 느닷없는 짓만 골라 하던 자식이었다. 아내는 전화를 걸었다. "거기 일일사쥬잉? 거 뭐시냐, 구까고시 다방 좀 갈쳐주슈. 뭐셔,

그런 다방이 읎슈? 아닐 뀨. 우리 바깥양반이 구까고시라고 분맹히 애기허구 나가셨는디."

그때 장덕호는 운전면허시험을 함께 치르고 공히 합격을 한 또래들과 어울려 한잔을 꺾고 있었다. 구면보다는 초면이 많았지만, 그들은 당당한 합격자라는 유대로 인해 천년지기처럼 스스럼이 없는 사이가 되어 있었다. 다들 기쁨이 크겠지만, 석수삼이 가장 기쁨이 큰 모양이었다. 옷깃만 스쳐도 인연인데, 큰 경사까지 겹쳤으니, 우리 한번 코 삐뚤어지게 마셔보자, 쐬주값은 얼마가 되었든 내가 내마 하고 술값을 예약하고 나설 정도였다.

수삼은 공중전화로 서울 사는 며느리에게도 자랑을 했다. "니, 나여. 별일 없쟈. 여그? 별일이 있어야. 어디 편찮으시냐구? 어허, 니는 별일이면 나쁜 것부텀 떠올린다니. 좋은 별일도 많은 법인디. 니, 별일이 뭣이냐면, 나가 드디어 면증을 따부렀다. 그려, 칠전팔기 혀부렀다. 뭐 그렇게 경하받을 일은 아닌디, 축하혀준다닝께 고맙다. 축하잔치허러 이번주에 내려오겠다구? 어허, 야 좀 보소. 아엠뿌 시국이 언제 끝날지 모르는디 그런 것까장 잔치를 한다니. 그냥 식구끼리 간단히 식사 한끼 하면 되지. 그럼, 언제들 내려올텨? 잉 그려, 케이크도 사갖고 온다구. 그런 걸 뭐 하러 사온다니. 돈도 아까운디. 작은놈으로다 사라잉."

이재만(63세)은 메시지(대림, 50cc)를 타고 국도의 화단을 따라 시속 십킬로미터로 달리고 있었다. 자전거 타고 출퇴근하는 딸이 제 자전거보다 느리다고 빗대는 속도였지만, 안전한 게 제일 아니겠는가. 오늘도 어김없이 저쪽 건널목 자리에 교통경찰 둘이 단속을 서고 있었다. 그중에 장 순경은 돋보기 시력에도 똑똑히 보였다. 저 새파랗게 젊은 순경놈한테 당한 수모를 생각하면 자다가도 욕지거리가 퉁겨나왔다.

두 달 전인데 그날 따라 장씨 성 가진 순경놈이 정지 신호를 보내왔다. 면허증을 보여달라는 거였다. 면허증이라는 것은 자동차 몰고 다니는 사람들한테나 필요한 것이지, 오토바이는 경운기나 자전거처럼 그런 거 없이 몰고 다니는 건 줄 알았던 재만은 젊은 놈이 다짜고짜 세우는 것에 은근한 부아가 나 엇나갔다. 그랬더니 순경은 나이 대접하는 셈 치고 다소곳해지는 게 아니라, 기어이 그 면허증이라는 것을 내놓으라고 장날 자릿값 뜯어내는 깡패처럼 악다구니치는 것이었다.

왕년에 성질 있다고 삼동네에 소문을 떨쳤던 재만은 죽은 성질 되살려 바락바락 훈계조로 나갔는데, 순경도 만만치 않았다. 순경은 무면허운전 어쩌구 하면서, 벌금이니 구속이니 하는 무시무시한 말을 막 해댔다. 법 냄새 나는 말들이 속출하니, 환갑 지난 나이에도 법 무서운 줄은 아는 재만이 밀렸다. 순경은 기어이 무면허운전자 처리를 하겠다고 설쳤는데, 뒤늦게 온 얼굴 알고 있던 경찰의 도움을 받아 겨우 선처를 받았다.

재만은 건널목께에 이르러 날 잡아보소 노래부르듯 일부러 느리적거렸다. 눈길을 안 주던 장 순경은 할 수 없다는 듯이 다가왔다. "아저씨, 또 타고 나왔슈? 면허를 따든가, 버스 타고 다니든가 하라니께유. 왜 자꾸 사람 속을 썪여유." "이 사람, 정말 말 한번 곱게 하는 법 없구만." "내가 말 곱게 하게 생겼슈? 그렇게 말해도 타고 다니는디." 재만은 칼을 뽑아들 때라고 생각했다. "젊은 순사 양반, 이젠 함부로 말하지 말드라고. 나가 이젠 무면허운전자가 아니구만." "무슨 소리래유?" "지금 면허증 따갖고 오는 길이란 말여. 그

쭝인가 하는 것은 보름 있다 준다니께 보여줄 수가 없지만서두, 어찌되었거나 나는 따부렀네. 알겄는가. 나도 면허란 말여." "면허 따면 다유? 파이버는 왜 안 쓰고 다뉴?" 순경은 재만의 헬멧 쓰지 않은 반백머리를 가리키며 호통쳤다.

임민석과 서초애는 무슨 동화책에 나오는 마을 흉내를 낸 듯 내부 인테리어가 독특한 커피숍에 들어갔다. 초애의 오토바이를 얻어 탄 민석이 보답을 하고 싶다고 해서 이루어진 걸음이었다. 삼층이었는데 창가여서 시내 풍경이 약간 보였다. 가도에 붐비고 있는 사람들과 차도를 메우고 있는 차들을 바라보던 초애가 피식 웃었다. "사람들이 웃깁니까?" "아뇨, 내가 우스워서요. 저수지 하나 채울 만큼 마셨는데, 이런 데 들어와본 건 처음이네요."

들어온 지 반 시간쯤 되었을 때 초애가 말했다. "나랑 술 한잔할래요?" 민석은 잠깐 생각한 뒤에 고개를 저었다. "왜요? 바쁜 일 있어요?" "바쁜 일은 없지만 해야 될 일이 있네요." "공부?" "아뇨, 소들에게 밥을 줘야 됩니다. 방학 동안 제가 소밥을 책임지기로 했죠." "아, 그래요. 근데 소들은 뭘 먹죠?" "지푸라기, 물, 사료 이런 순서로 주죠." "풀은 안 먹나요?" "풀도 먹죠." "난 소들이 풀만 먹는 줄 알았어요." 민석은 사료와 지푸라기도 풀이지 않느냐고 말하려다가 그만두었다. 대신 엉뚱한 소리를 하고 말았다. "내가 하찮아 보이죠? 남들은 휴대폰 들고 차 끌고 다니는 나이에, 오토바이 시험이나 보러 다니고." 초애가 누나처럼 말했다. "그건, 자각지신(자격지심)이에요. 오토바이도 못 타는 남자들이 얼마나 많은데요."

박정수와 혜수는 성심당에서 피자를 먹었다. 정수는 늘 붙어다니는 조만기를 떼어내기 위해 약간의 거짓말을 해야 했다. 그들이 교사들 흉을 보며 한참 즐거워하고 있을 때 이은영이 들어와 카운터에 석간신문을 올려놓았다. 다른 날처럼 후딱 나가지 않는 그녀를 보고 주인은 "아, 참 내 정신 좀 봐!" 하고 밀린 신문 대금을 치렀다.

　은영은 새냉골 당구장에도 신문을 넣었다. 사장이 스포츠란을 펼쳤을 때 아미타불 다방 심정희가 보자기를 들고 들어왔다. 정희의 몸매를 멀리서 훔쳐보고 있던 김성인이 찬탄 어린 표정을 지었다. "새로 온 냄빈가, 쥑여주네." 그는 정인재, 양치현과 더불어 자장면 내기를 치고 있었다. 불합격자의 멍에를 썼기 때문인지, 치현은 당구를 이기고 있으면서도 기분이 좋지 않은 듯했다.

　IMF다방에도 신문을 넣은 이은영은 교통단속 나와 있는 경찰을 발견하고 파이버를 썼다. 신호 바뀌기를 기다리던 은영은 무심코 중얼거렸다. "씨이발, 덥네."

　은영의 캡(효성, 50cc)은 부다다당, 한 떼의 고등학생을 지나쳐 갔다. 오늘 원동기면허증을 딴 김영수와 박복진도 그중에 있었다. 둘은 국영수 전문학원에 가는 중이었다.

　필기시험 보다 눈이 맞은 신양희와 지성호는 학원 밑 중국집에서 탕수육 안주에 고량주를 두 병째 음미하고 있었다.

　"오늘 한번 막가버리자구요. 이래도 한세상, 저래도 한세상인디 뭐가 무서워요? 안 그류, 양희씨?" "좋은 생각이시네유. 이왕 말 나온 김에 쫑 딴 기념으로다 막 달려볼까유. 해수욕장까지." "니, 그거 참 좋은 생각이시네유." 양희는 오 년 전에 죽은 남편의 얼굴을 잠깐 떠올렸다. "자, 성호씨 우리 마셔유." "좋지유. 건배!" "니, 참 늦었는디, 면허증 따신 거 진심으로 축하드려유." "지두, 많이많이 축하드려유."

전당포를 찾아서

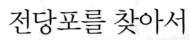

제가 오늘 서울로 데모허러 왔다가 잽혔거든유.
그런디 우덜을 버스에 태워가지고 돌아다니다가 암디다 뿌리고 가더라구유. 제가 뭘 알아유.
돈은 하나두 읎지. 잡어갔으면 책임을 져야 될 거 아녀유. 책임 지세유.

1

녀석은 또 결강을 한 눈치였다. 녀석의 동기들이 전공필수 영어 듣는다고 몰려간 지 한 삼십 분쯤 되어 어슬렁어슬렁 나타났다.

나(이정호, 25세)도 녀석처럼 결강을 밥먹듯이 한 대가로 복학하여 고생깨나 하고 있었다. 동기들은 자기가 듣고 싶은 과목을 골라, 이틀 사흘에 몰아때려 열대여섯 학점만 듣고 있는 데 반해, 나는 20학점 꽉꽉 채워 일이학년 때 가끔 들은 과목들을 다시 선택, 닷새 내내 또 듣고 있는 신세였다.

녀석은 좀 귀여운 후배였다. 후배라면 인상부터 찌그러지는 나 같은 인간이 가끔 술도 사주고 할 정도로.

언젠가 녀석에게 1학년 때 강의에 등한시하여 학사경고라도 받는다면 나중에 얼마나 고생하는지 자세히 얘기해준 적이 있었다.

녀석은 우이독경한 모양이었다. 자식, 그래 너도 한번 당해봐라. 나에게도 학사경고의 무서움을 몇 번이고 주입시켜주던 선배가 있었다. 그 말 안 듣고 내가 이 모양인데, 아마 녀석도 군대 갔다 와야 정신 차릴 것이다.

빗기는 빗은 모양인데 바람에 흩날렸는지 곱슬머리가 지저분했다. 이 동네 바람이 좀 센가. 내가 돈 있으면 강력한 스프레이 하나쯤 사주고 싶은 심정이었다. 돈이 늘 없었던 건 아니다. 문제는 모처럼 돈이 생기면 스프레이 같은 것은 까맣게 잊어버리고 술집으로 달려가게 된다는 것이다.

내게 꾸벅 인사하고 학과 차원으로 구독하는 한겨레신문을 숙독하던 녀석이 불쑥 고개를 쳐들었는데 뭔가에 얻어맞은 듯한 표정이었다. "왜 그래, 곰팡이?" 녀석의 별명이었다. 학과 엠티를 다녀온 이후 나를 비롯한 거의 모든 고학번은 녀석의 이름 대신 별명을 부르는 데 익숙해져 있었다.

"선배님, 개값도 안 된다는 말은 시정되어야 할 것 같아요." "그게 무슨 개같은 소리냐?" 이상하게 녀석한테는 말이 항상 상스럽게 나갔다. 그게 다 귀엽고 편하니까 그런 거라는 합리화를 하고는 있었다. 그런데 장난말 한 것이 겸연쩍게 녀석은 울상이었다.

"소가 개보다 싸졌대요." 나도 소값 폭락 기사를 읽었다. 날이 새는 게 무서울 정도로 떨어지고 있다는 소의 몸값. 고기로 인기가 없는 젖소 송아지의 경우 정말 개보다 더 싸다는 기사. 그리고 언젠가 술자리에서 자기는 우골탑의 전형이라면서 스물몇 마리의 소와 그 소를 키우는 아버지의 삶에 대해서 털어놓던 녀석의 슬픈 얼굴이 떠올랐다.

2

솔직히 말하자면 강의를 들은 게 아니라 무현이를 기다렸다. 혹시나 지각이라도 하지 않을까 해서. 시간이 지나 결강이 확실하게 된 이후에는 걱정했다. 술은 깼나. 아침은 먹었나.

오늘따라 하필이면 나(이민희, 21세)를 지목한 미국인 교수가 몇 페이지를 해석하고 있었는지도 몰라 능숙하게 읽고 풀이하는 대신 동기들의 우스개를 당하는 참사도 있었다. 교수가 무슨 생각을 하고 있었느냐고 서투른 한국말로 묻기에 능숙한 영어로 대답해주었다. "마이 보이 프렌드!"

강의 끝나고, 점심 먹으러 가자는 동기들한테 이러니 저러니 핑계 대고 학과 쪽으로 뛰어갔다. 눈치 빠른 누가 귓등에 매달아주었다. "곰팽이, 아직 안 나왔을걸." 애들한테 소문 다 나 있었다. 나와 무현이가 보통 사이가 아니라는 것. 까짓 숨길 것도 없다.

학과를 이 잡듯이 뒤져보는 데 삼 분도 걸리지 않았다. 이게, 아직도 안 나왔나. "곰팽이 찾나?" 3학년 선배다. 이것 봐라, 선배들한테까지 소문 나 있지. "곰팽이가 뭐예요? 좋은 이름 놔두고." 선배는 껄껄 웃은 뒤, 무현이가 사막을 걷는 낙타처럼 축 처진 등을 보이며 옥상으로 올라가는 것을 보았다고 가르쳐주었다.

무현이는 넋 나간 얼굴로 하늘을 바라보고 있었다. 옥상에서 내려다보는 세상은 오월은 푸르구나, 즐거운 노래를 부르고 있었다. "뭐 해?" "그냥, 있어." "밥은 먹었어?" "아니." "하긴 네가 무슨 수로 밥을 먹었겠냐. 가자."

여자 동기들은, 아니 남자 동기들까지 내게 묻는다. 어디를 보고 곰팽이 같은 놈을 좋아하느냐고. 동기들한테까지 곰팽이로 불리며 나보다 한 살이나 적은 이 위인을 나도 좋아하지는 않는다. 가슴에 손을 얹고 진실을 밝히건대, 먼저 좋다고 고백한 것도 무현이었다.

그 고백을 발로 차버리거나 수돗물에 닦아내지 못했던 것이 천추의 한이 되는지도 모르겠다. 나 아니면 밥도 못 얻어먹고 돌아다닐 것만 같았다. 강가에 내놓은 막내동생 돌보는 큰누나 같은 마음으로, 테레사 수녀님 같은 심정으로 챙겨주고 있었다.

"민희야." "왜?" "우리 아버지 인생은 소값도 안 되는 거 같애." 이 처음 들어보는, 어째 엉뚱한 것 같다는 느낌이 팍팍 드는 말에, 나는 된장찌개 먹다가 사레들릴 뻔했다. "그게 무슨 말이야?" 감자탕을 그새 다 먹어치운 무현이는 구겨진 담뱃갑에서 꼬불꼬불한 담배를 끄집어내고 있었다. 나는 무현이의 건강을 걱정하여 담배만은 절대로 안 챙겨주고 있었다.

3

이사장은 참 나쁜 새끼다. 환갑 지나고 칠순을 바라보는 나이면 그 나이다운 처신을 해야지, 이건 나이를 똥구멍으로 처먹은 건지. 하긴 나이 많은 저명한 인사치고 조국과 민족 앞에 떳떳한 인간이 몇이나 있을까 궁금하다만.

이사장님께서 학교발전기금으로 적립된 수백억원 중 수십억원을 탁월한 수작으로 빼돌려 저와 제 가족만 잘 먹고 잘 사는 데 할애하셨다는 혐의로, 검찰의 출두명령서를 받으셨다는 뉴스를 보고 우리들(소급하여, 한민대 총학생회 임원들)은 조금도 놀라지 않왔다. 우리가 벌인 일이었으므로.

　사실 조금 부끄러웠다. 우리들 스스로의 힘으로 해결하지 못하고 신창원도 못 잡는 경찰과 사악한 언론의 힘을 빌려야만 했다는 것이. 우리들의 작전이 두 달 만에 성과를 얻어 검찰과 경찰은 수사에 나서지 않을 수 없었고, 언론은 떠들지 않을 수 없게 된 것이다. 아직 구속되거나 진실이 밝혀진 것은 아니었지만 일단 언론에 대문짝만하게 나왔으니 다 된 밥이나 마찬가지였다.

　아무튼 우리 한민대학교는 상당한 이미지 손상을 입을 것이다. 한민대학교에 다닌다는 게 부끄럽고, 게다가 2캠퍼스 총학생회의 문화국장이란 직함까지 갖고 있는 나(정철주, 23세)로서는 쥐구멍이 아니라 실뱀구멍도 마다할 입장이 아니다.

　하지만 그런 거 걱정할 때가 아니다. 이사장이 구속되거나 말거나 그런 건 별로 중요한 게 아니다. 문제는 이사장 새끼가 빼돌린 기금을 어떻게 찾아내느냐 하는 것이다. 우리 총학생회는 그 방법의 일환으로 이사장이 사장으로 있는 (주)성산신용 본사로 쳐들어가 집회를 벌이기로 했다. 우리 학생들의 요구와 입장을 확실히 보여주자는 것이다. 웬만한 신문사에 모두 전화를 해놓았다.

　화염병을 던지자는 것도 아니고, 쇠파이프를 휘두르자는 것도 아닌데 벌떼같이는 아니더라도 천 명 이상은 지원해올 줄 알았다. 그러나, 넘쳐나는 지원자들 중에서 정예로 이백 명만 선발하려 했던 우리들의 예상과 계획을 비웃듯 2캠퍼스 재학생의 0.5퍼센트에 해당하는 오십여 명만이 결사대에 지원해왔다.

　말이 결사대지 간단한 집회에 반나절만 할애해달라는 것이었는데, 아무리 운동 부재의 시대라고는 하지만 이런 아이엠에프 시대에 이사장 같은 더러운 인간이 있다는 게 분하지도 않나. 그래서 그나마 나와준 오십여 명이 너무나도 고마웠다.

홀로 떨어져 담배를 피우는데 참 썼다. 내게 다가오는 키 작고 추레한 몰골의 학생이 있었다. 집회 단골인 학과 후배였다. 사학과에서 나온 것은 무현이뿐이었다. 한때 '반미 사학'이라고, 시위 집회만 있다 하면 과반수가 떨쳐일어나고는 했던 우리 학과에서.

"선배님 안녕하세요." "그래, 나와줘서 고맙다." "뭘요. 그냥 심심해서…… 저, 그런데……" "뭐?" "담배 하나만……" 녀석에게 담배 한 대를 뽑아주었다. 1학년 때 선배에게 담뱃불 좀 빌려달랬다가 귀싸대기 얻어맞았던 일이 잠깐 생각났다.

4

우리들이 탄 버스는 서울로 달려간다. 내(김상기, 22세)가 다니는 한민대학교는 서울에 1캠퍼스가 있고 혼주시에 2캠퍼스가 있다. 수원 캠퍼스가 있는 경희대, 안산 캠퍼스가 있는 한양대, 천안 캠퍼스가 있는 단국대, 안성 캠퍼스가 있는 중앙대처럼.

전두환 정권 초기에 서울에 밀집되어 있는 대학들을 지방으로 이전시켜 대학생들의 정치세력화를 견제하려던 정책이 추진되다가 흐지부지되는 바람에 그런 대학들이 여럿 생겨났다는 설명을 어떤 선배들에게 들은 것도 같다. 정확히는 모르겠다. 어찌된 연유인지 꼭 알아보아야겠다는 결심을 신입생 때 했던 것도 같은데…….

그런 사소한 것말고도 알고 싶은 게 참 많았었다. 아, 그런데 벌써 3학년 봄이라니. 동기들은 지금 도서관에 있다. 그들은 잘 견디는 것 같다. 나처럼 답답하고 미칠 것 같아서 엉뚱하게 데모하러 가거나 하지는 않는다.

여섯시에 자취방에서 나왔다. 열시까지 도서관에서 미국말을 수 없이 써갈기며 외웠다. 열시부터 열두시까지는 전공과목인 경제학 원론 강의를 들었다. 열두시 십분에 아침이자 점심인 대식당 밥을 처먹었다. 그리고 자판기 앞에서 백원을 투자하여 커피를 마실 것 인가 말 것인가 고민하는데 갑자기 욕지기가 치밀었다.

도서관, 강의실, 대식당, 자취방 이 네 곳으로 국한된 스물두 살 의 봄을 전복시키고 싶었다. 일과성 권태일 뿐이다. 어디 가서 바 람이라도 쏘이면 괜찮아질 것이다. 그러나 시내버스 탈 돈도 아깝 다는 이성적 판단이 바짓가랑이를 붙잡고 늘어졌다.

그때 서울 어딘가에 가서 데모 한판 할 학우를 기다린다는 교내 방송을 들었다. 공짜로 서울 구경이나 하고 오자는 생각으로 버스 에 올라탔다.

내 옆자리에 앉은 애는 1학년인 것 같았다. 촌티가 바글바글 났 고 나처럼 무슨 남북도 출신인 듯싶었다. 1학년답게 호기심 많고 앞으로 닥칠 일에 기대가 많은 얼굴이었다. 서울까지 보통 한 시간 걸리는데, 나와 그 시간 동안 대화를 하고 싶어하는 눈치였다. 모 른 체하고 창 밖에 던진 시선을 거두지 않았다.

나를 제외한, 이 버스에 탄 애들은 무슨 결사대원인 모양인데 무 리의 지도자는 그냥 조용히 가기를 원하지 않았다. 방문투쟁의 의 의를, 무슨 장자 붙는 직함을 가진 애가 설명했고, 사회자로 뽑힌 잘 놀게 생긴 애의 유도를 따라 몇 곡의 투쟁가가 합창되었다. 또 노래 잘한다고 자신 있게 일어선 몇몇 아이들이 가무 솜씨를 뽐냈 다.

거기까지는 나와 상관없는 일이었는데 한 사람씩 일어서서 자기를 밝히는 한편 결사대에 지원하게 된 배경과 투쟁에 임하는 각오 등을 밝히는 일이 진행되고 있었다. 예외가 없는 분위기였고 그 화살은 내 옆에 앉은 촌놈에게 이르렀다. 다음은 나라는 얘긴데 참 지랄맞다. 뭐라고 말해야 되나. 사는 게 뭐 같아서 그냥 탔다, 라고 말해버려.

촌놈은 말하고 있었다. "투쟁의 각오 같은 건 없고요, 그냥…… 그냥 소값이 개값 되는 시국에 이사장 같은 놈이 있다는 건, 잘못된 것 같다는 생각에…… 그냥 좀 화가 나고 그래서……" 녀석은 말끝에 마침표를 찍지 못했으나 버스의 결사대원들은 열렬한 박수를 안 아꼈다.

아, 시발. 녀석은 소 핑계라도 대는데, 난 뭔 핑계를 대야 하나. 기름값 너무 비싸고 고기는 잡히나 마나 수지 타산이 안 맞아 통통배도 못 띄우는 아버지 얘기를 하며, 황소 오백 마리 북한 갖다 주는 정주영이도 있다는 건 뭔가 잘못된 것 아니냐고 말해볼까. 아, 결사대원들의 시선이 나에게로 몰려온다.

5

서른 명째 인터뷰를 마쳤다. 커피 한잔 하고 계속할 요량으로 나왔다.

자판기 앞에 서면 잠언처럼 떠오르는 구절이 있다. 미제의 똥물! 80년대와 90년대 초반의 선배들은 커피가 미제국주의의 똥물이라고 은유하며 될 수 있으면 안 마시려고 했었다고 한다. 커피 색깔을 음미하며 중얼거렸다. "똥물은 똥물이지."

삼십 분 후에 두세 명씩 짝을 지어 교문을 나서게 될, 삼백 명의 결사대원들의 구호 제창 소리가 들려왔다. 스무 명씩 한 조로 열다섯 개의 원을 이루어 진행되고 있던 분임토의가 막 끝난 모양이었다.

나(정소희, 21세)는 한민언론 편집국 소속으로 아직 수습 딱지를 떼지 못한 기자였다. 편집국장 선배는 최소한 오십 명을 인터뷰해오라는 무식한 명령을 내렸다. '성산신용 방문투쟁(가제)'이라는 헤드 아래, 사진 들어가고 어쩌고 하는 5단통 기사이며, 결정적으로 기사의 맥점은 성산신용 빌딩에서의 투쟁을 얼마나 생생하게 전달하는가 하는 것에 있다. 때문에 투쟁의 각오 등을 듣고자 하는 개인 인터뷰는 안 실릴지도 모르고 실린다 해도 한 사람 것만 겨우 실릴 것이다.

그런데 오십 명이라니. 이건 순전히 나의 인내와 끈기를 시험하고자 하는, 편집국 전통에 충실한 선배님의 온고지신적 처사다. 만약 내가 편집국장이 된다면 전통 따위는 무시하고 한 사람을 인터뷰하더라도 제대로 해오라는 단순하면서도 합리적인 명령을 내릴 것이다.

학생본관 1층은 결사대원들의 투쟁가 소리로 지진 난 듯했다. 나머지 스무 명은 2캠퍼스에서 올라온 친구들로 채워볼 생각이었다. 결사대답지 않게 음울해 보이는 시골뜨기가 눈에 확 들어왔다. 녹음 버튼을 눌렀다.

"인터뷰 좀 할게요." "예? 아이, 저, 그런 것 못하는데요." "어려운 건 안 물을게요. 무슨 과죠?" "저, 싫은데…… 사학과요." "일학년 맞죠?" "예." "이름이?" "박무현요." "결사대로 나서게 된 이유가 뭐죠?" "그냥……요." "그냥이 어디 있어요. 간단하게라도 좋으니까 몇 마디만 해주세요." "정말…… 잘 모르겠어요."

녹음을 정지했다. 이런 친구는 붙잡고 있어봐야 시간만 낭비다. 내가 가장 싫어하는 부류다. 자신이 하고 있는 일에 대해 딱! 부러지게 설명하지 못하는 자들. 주체적이지 못하고 수동적이며 타의에 휘둘리는 줏대 없는 작자들이 아니겠는가.

이 아이도 그렇다. '그냥'이라는 말을 무기 삼아, 말하지 않고 실천하겠다, 식의 표정을 짓고 있는데, 나는 천만의 말씀이라고 본다. 왜 투쟁에 참여하게 되었는지 제대로 밝히지 못하는 자는 실천하는 데에 있어서도 흐리터분한 모습을 보이게 마련이다. 이런 한심한 애 때문에 결사대가, 나아가서는 학생 운동이 욕을 얻어먹는다. 초등학교로 돌아가서 발표력이나 길러가지고 오라고 권하고 싶다.

어쨌든 인터뷰 한 건 한 거다. "고마워요!" 싱긋 웃어주고 다음 2캠퍼스 학우에게로 움직였다.

6

주영이는 무, 누구라고 했더라, 아, 그래, 무현이를 동물원 원숭이 만난 듯 신기해 못 견디겠는 모양이었다. 이것저것 쉴새없이 묻는다. 무현이는 선배의 질문이니 충실히 대답해야 한다는 사명감에 제압당하기라도 한 것처럼 고민고민해가며 말대답을 하고 있었다. 그러나 그렇게 지성으로 한 대답은 주영이의 웃음소리에 묻혀 훨훨 가벼워졌다.

무현이가 말하고 있는 농촌도시와 그 도시에서 고교 시절을 보낸 무현이의 삶은 주영이에게는 아마도 텔레비전 드라마 〈육남매〉의 육칠십년대적 풍경과 삶 같은 것으로 들릴는지도 모르겠다.

주영이에게 농촌과 가난한 농부, 또 그 농부의 아들에 대한 얘기는 텔레비전의 개그적 화면에 불과할 것이다. 나(김병훈, 23세)도 무현이처럼 농사 짓는 아버지를 가지고 있다. 주영이는 우리와 다르다. 주영이는 도시에서 태어나 도시에서 자랐고 가난을 모를 만큼 부유한 부모를 가지고 있었다.

우리 셋은 한 조였다. 3인 1조가 되어 목표 지점 주위에 퍼져 있다가, 정각 두시에 목표물이자 거사 장소인 (주)성산신용 빌딩 현관을 향해 뛰어들기로 약속되어 있었다. 주영이가 "선배님, 우리 먹고 투쟁해요!" 햄버거 타령을 해대서, 데리고 들어온 패스트푸드점이었다.

주영이에게 농촌은, 또 가난은, 그저 어쩌다 기차 여행길에 주마간산 격으로 스쳐 지나가는 이상한 세계에 불과할 것이다. 그 이상한 세계를 놀랍게 우습게 혹은 어이없게 바라볼지언정, 추하게 불쌍하게 한심하게 바라보지 않는 것만 해도 고마워해야 할 것이다.

무현이는 멍청할 만큼 순진한 것 같다. 나는 그렇지 않았다. 나의 농촌과 아버지의 삶이 도시 출신 아이들의 입에서 웃음으로 노닥거려지는 것을 용납할 수 없었다. 방법은 간단했다. 나의 내부를 숨기고 드러내지 않으면 되는 것이었다.

그래서일까, 동기들은 내가 어렵다고 했었다. 도시에서 재수하여 한 살 더 먹고 들어간 나이 탓이 아닐 것이다. 동기들은 내가 마음을 열지 않는다고 생각했을 것이다. 그리고 앞으로도 동기들과 마음으로 교통해볼 기회는 없을 것 같다. 동기들은 4학년이라 너무들 바쁘다. 2학년인 나에게 내어줄 시간이 그리 많지 않다. 그렇게 공부하지 않으면 사회에 발붙일 수 없을 것이기에.

동기들은 복학한 나를 여전히 어려워한다. 거부감일 것이다. 그들은 나를 대단한 운동권으로 생각한다. 내가 1996년 연세대 학생회관에 있었다는 사실은 그들에게도 명징하게 기억되고 있는 것이다.

육 개월 방위를 마치고 복학하여서도 집회와 시위 현장을 전전하고 있으니, 운동권 꼬리표를 떼기는 글러버린 것 같다. 그래, 나는 운동권이다. 활동가라고 자부한다. 전복을 꿈꾼다. 개새끼들. 세상은 우리 아버지 같은 농부 노동자가 존경받고 대우받으며 이끌어가는, 그렇게 되어야 한다. (이런 얘기를 하면 80년대 후일담으로 치부하는 작자들, 나는 그들과 다른 시간을 살고 있는 게 틀림없다. 하지만 묻고 싶다. 도대체 뭐가 달라졌단 말인가?) 그러나 그게 될 일인가. 우리 학교 이사장 같은 개새끼들이 모든 것을 틀어쥐고, 역사를 가지고 노는데.

"어머, 선배님 시간 됐어요." 웃음기가 싹 가시고 긴장감이 들어선 주영이와 무현이의 얼굴이 왠지 우스꽝스럽다.

7

젊은놈 몇이, 아니, 여남은이, 아니, 떼거지로 몰려온다. 경비 5년 만에 이런 구경은 또 처음 해본다. 내(박순복, 54세) 옆에 앉아 있던 사복형사가 무전기에다 대고 뭐라고 짧게 왼다.

학생들이 쳐들어올 것이라는 경비과장의 언질을 들었을 때 오늘 경쳤구나 하고 앞이 샛노랬었다. 나랑 양씨랑 달랑 둘이서 뭘 어쩌란 말인가. 그러나 지레 짐작하고 겁먹은 게 쑥스럽게 우린 경비 제복 어울리게 폼 잡고 구경만 하고 있으면 되는 상황이었다. 빌딩 뒷골목에 전경 아이들이 즉각 출동 태세로 배치되어 있다는 것이었다.

"검찰은 확실히 수사하라!" "아이엠에프보다 더 나쁜 이만재 나와라!" "한민대 망친 이만재 자폭하라!" "만재 만재 나쁜 만재!" "처먹은 것 게워내라!" "이만기 발가락에 때 같은 만재 나와라!" "만재는 개과천선 환골탈태하라!" "돌리도, 우리 돈!"

학생들이 스크럼을 짜 앉으며 외치는 소리들이었다. 어떻게 알았는지 신문사 기자들도 플래시를 터뜨리며 들어오고 있었다. 형사의 무전이 있은 지 삼 분도 안 된 것 같은데 전경들도 쏟아져 들어왔다. 학생들의 악다구니는 빌딩을 무너뜨릴 듯 요란했다.

지금 사장은 빌딩 안에 없다. 아예 출근도 안 했다. 사장이 주는 녹으로 입에 풀칠하고 애들까지 가르치는 입장으로 할 소리는 아니다만, 돈 보따리 싸들고 불알에 땀나도록 사방팔방 쑤시고 다니며 살길을 도모하고 있으리라 싶다.

"밀착, 밀착!" 학생들은 악을 쓰며 어깨걸이를 단단하게 옥죘다. 학생놈들은 참 알다가도 모를 놈들이다. 지들이 아무리 날뛰어봐야 되고 안 되고는 어차피 가진 놈들끼리 통박 싸움일 텐데. 하라는 공부는 않고. 쯧쯧.

전경들은 오징어 다리를 찢어내듯 학생들을 떼어냈고 아직 떼어지지 않은 학생들은 피를 토할 듯 이만재를 욕했다. 기자들의 플래시가 번쩍번쩍 잔치를 벌이는 듯했다. 학생들은 전경버스에 실리고 있었다. 건물 안에서 발악하던 것과는 달리 순순히 올라타고 있었다. 하기는 순순히 안 굴면 맞기밖에 더하겠냐만.

모든 학생이 실리고 전경버스는 빌딩 앞을 떠났다. 남의 일 같지가 않다. 혹 배부른 소리다 할 사람도 있겠지만, 대학생 자식 가지고 있는 게 마냥 마음 흡족한 것만은 아니다. 학생놈들이 무슨 지랄했다고 텔레비전에 비치기라도 하면 저기에 혹 태민이 녀석이 있는 건 아닌가 하고 어김없이 조바심이 났다.

저번달에 와서 개나 소나 다 들고 다닌다고 휴대폰을 조르는 녀석에게 두말 하지 않고 사준 것에는 녀석의 동태를 손바닥 위에 올려놓겠다는 노림수도 있었던 것이다. 녀석은 한참 벨이 울려서야 받았다.

"애비다." "어, 아빠가 웬일이세요?" "지금 어디냐?" "여기요, 강의실 복돈데요. 수업 들어가기 직전예요." "틀림없지?" "틀림없지요." "너 데모 같은 거 하지 마라." "데모요?" "그래, 너 데모하는 날이 이 애비 눈에 시멘(트) 가루 들어가는 날이니까 그리 알어."

"참, 아빠두, 요샌 데모하는 애들 없어요." "없긴 왜 없어, 이놈아! 방금 전에도 내가 수백 명을 봤는데." "진짜요? 서울엔 아직도 정신 못 차린 애들이 많나 보네요. 지금 세상이 어떤 세상인데 데모를 한대요?" "내 말이 그 말이다, 녀석아."

8

슬며시 머리를 들고 주위를 둘러보는 학생이 있었다. "고개 안 숙여!" 나(강진호, 24세)는 곤봉으로 내려칠 듯 위협하며 빽 소리를 질렀다. "거기, 왜 그래?" 옆에 있던 정욱이가 접은 팔소매 밑 벌겋게 부풀어오른 자국을 보고 물어왔다. "긁혔어. 머리핀인 모양이야.""넌들, 데모할 땐 좀 빼고 할 것이지."

학생들을 의자에 앉게 한 뒤 상체를 차 바닥으로 바싹 수그리게 해서 고개를 못 들도록 해놓았다. 군데군데 졸병들을 박아놓고, 나와 정욱은 뒷문쯤에서 노닥거리고 있었다. "외박 나가서 뭐 할 거야?"

정욱이 오른쪽 눈썹 위에 짧고 굵게 팬 흉터를 꿈틀거렸다. 졸병 시절에 짱돌에 맞은 자리였다. 나에게도 정욱 못지않은 상처가 있다. 진압복을 뚫고 정강이에 날카롭게 박힌 화염병 파편을 들어낸 자리였다.

그 상처를 입기 몇 달 전에는 나도 전투경찰을 상대로 화염병을 던지던 데모꾼이었다. 몇 개월의 시차를 두고 정반대의 입장을 공유한 것이었는데, 누굴 욕하기 이전에 씁쓸하기가 이루 말할 수 없었다.

"나가고 싶지도 않다. 할 일이 있어야 말이지. 전화해보았자 술 사줄 놈도 없고." 정말 그랬다. 나는 내일 특별한 사태가 발생하지 않는다면 외박을 나가게 된다. 이박 삼일짜리. 전역이 얼마 남지 않아서 그런 것일까. 외박이고 휴가고 달갑지가 않았다. 반납하고 싶은 심정이지만 나갈 것 안 나가고 있으면 졸병들 불편할까 봐 나가기는 나가야 할 거였다.

지난겨울까지만 해도 외박에 웃고 휴가에 춤을 추었었다. 아직은 졸병 때라 내무반이 감옥 같기도 했었지만 밖에 나가면 나와 놀아줄 확실한 보증 수표가 있었다. 선숙이. 그애에게 차인 뒤로는 오히려 바깥 세상이 감옥처럼 느껴져 재미도 해방감도 느낄 수 없었다.

"하긴 아이엠에프 세상에 어떤 미친놈이 군바리를 만나주겠냐.

······아, 시팔, 대중이 성이 대통령 되면 데모 같은 건 없어질 줄 알았는데 더하구만 더해. 좀 데모 없는 나라에서 살아봤으면 좋겠다." 정욱이도 선숙이를 안다. 내가 선숙이를 떠올렸음을 눈치 챘는지 접속사도 없이 말을 돌렸다.

쇠그물 창으로 한강이 흘러갔다. "강 수경님! 이 새끼 코피 흘리는데요." 뒷좌석께에 있던 이 상경이 소리쳤다. "좀 알아서 처리해, 씹새꺄." 분대장 견장을 달고 있는 정욱이 나 대신 받았다.

"한강 넘으면 떨구자고." "좀더 가야 되는 거 아냐?" "제주도까지 가게? 어이, 운전! 한강 넘으면 세워." 졸병 몇이 두루마리 휴지를 들고 법석을 떨고 있었다. "우리한테 맞은 거 아냐?" "별걸 다 걱정하네. 맞으면 좀 어때."

"학생들 말이 맞을 거야." "뭐가 맞아?" "성산신용 사장놈 말야." "그거야 맞겠지 뭐. 가진 놈치고 사기 안 친 놈이 어딨어." 버스가 섰다. 우선 나와 정욱의 주변에 있던 학생들을 곤봉으로 가볍게 찔러 지적했다.

여섯이 내렸고 버스는 다시 출발했다. 쇠그물에 의해 수십 조각으로 분절된 서울 거리가 충혈된 눈으로 쏟아져 들어왔다. 오 분쯤 가서 또 섰다. 다섯번째로 내리던 여학생이 코피 흘린 남학생을 가리키면서 뭐라고 했다. "아, 빨리 안 내려!" 정욱이 냅다 소리질렀다. 버스 문이 닫혔다.

"죽이는데." "뭐가?" "방금 내린 년." 정욱이 빈 의자에 털썩 몸을 부리며 씩둑였다. 아까부터 무전기를 붙잡고 악을 쓰던 서 상경이 버스 따라 흔들리며 다가왔다. "강 수경님 어떻게 하죠?" "뭘?" "외박 못 나가시겠는데요." 정욱이 대신 물었다. "왜?" "애들 버린 다음에 즉시 명동성당으로 오래요." "아, 시팔 또 언 놈들이라데?"

104

"실직자들이랍니다."

9

전경버스 뒤꽁무니가 시야 밖으로 사라져갔다. 우리는 마지막으로 버려졌다. 전경버스에서 코피를 흘린 애는 우리와 대여섯 발짝 거리를 두고 따라왔다. 그애는 자기 조원들과 내리지 못하고 우리 조와 동행하게 된 거였다. 2캠퍼스에서 올라온 학우가 아닌가 싶다. 그 동안의 집회와 농성을 통해서 웬만한 1캠퍼스 학우들과는 안면을 익혔다.

"종로 가는 버스다!" 선배가 지나가는 버스를 가리켰다. 이곳은 정확히는 잘 모르겠지만 변두리로 우리가 농성을 벌였던 강남과 상당히 멀고 학교와도 거리가 있는 지점인 것 같다. 종로에 가서 갈아타면 될 것이다. 일단 학교로 돌아가 정리 집회를 하고 이후의 일정을 진행하게 될 것이다.

나(장수경, 19세)는 코피 흘린 학우에게 손짓했다. "같이 가요." 애는 막 뛰어오다시피 했다. "수경아, 사오정 얘기 증보판 없냐?" 3학년 선배가 담배에 불을 붙이며 하는 소리였다. "사오정판은 없고 화장실 구닥다리판은 있는데요." "어, 그래, 해봐."

"야한 직업 여섯 가지 알아요?" "모르지." "첫번째가 교사예요." "왜?" "교사가 잘 쓰는 말 중에 이런 게 있잖아요. 참, 잘했어요. 또 해봐요." "정말 야한데." 선배들은 낄낄 웃었다. 버스가 왔다.

버스카드를 든 선배는 여섯 번만 찍었다. 제일 늦게 탄 애 것을 계산하지 않은 것이다. 그애는 천원짜리를 요금통에 밀어넣고 있었다. "저 거스름돈 안 주시나요?" 그애의 어눌한 목소리를 나는 들었는데 운전사는 못 들은 모양이었다. 차라리 못 들은 게 다행일 것이다. 싹수머리 없게 생긴 운전사 두상으로 보아, 오히려 애가 욕 얻어먹었을 것이다.

나는 괜히 조마조마해서 애가 재차 질문하지 말기를 바랐다. 다행히 애는 잔돈에 대한 미련을 버린 듯했다. 서울서는 잔돈 거슬러 주는 일이 절대로 없다는 것도 모를 정도면 보통 촌닭이 아닌데.

선배가 옷소매를 잡아끌었다. "아까 하던 얘기 계속해봐." "간호사가 또 야한 직업이에요." "왜?" "벗으세요, 엉덩이 대세요, 그러잖아요." 선배 둘이 "학교에서 보자" 하고 다른 데 볼일이 있다며 먼저 내렸다.

촌닭은 버스에서도 우리와 거리를 두고 있었는데, 우리에게 가까이 오고 싶지만 꼴에 낯가림을 심하게 하는지 가까이 붙지 못하고 어정쩡한 기색이었다. 동기 하나가 또 볼일 있다며 내렸다. 그런데 촌닭이 그 동기를 따라 내리지요?" "뭐, 쟤도 볼일이 있겠지." "혼주 애 같은데." "수경아, 세번째 직업은 뭐냐?"

10

젊은놈이 옆구리를 건드리고 지나가는 바람에 엎어질 뻔했다. 저런 싸가지없는 새끼가 있나. 지팡이를 톡톡 찍으며 분노하고 있는데 또다른 젊은놈 하나가 툭 치고 갔다. 이번엔 도저히 못 참겠다.

106

"이놈아, 늙은이가 동네북이냐?" 콧가에 피 흔적이 있는 학생놈은 우뚝 멈춰 서더니 죽을 죄 지은 시능을 해 보였다. 지 죄를 인정하는데 안 봐줄 수도 없는 노릇인지라, "조심혀!" 차원에서 화를 거두었다.

오늘은 이래저래 기분 잡친 날이다. 장기 하면 나(이홍수, 68세)였는데, 오늘 세 판이나 깨졌다. 어디서 굴러먹다 온 개뼈다군지 참 기가 막힌 장기였다. 인정하긴 싫지만 실력에서 졌다. 열도 받고 해서 나와버렸다만 너무 일렀나 보다.

집구석에 가봤자 뭐 볼일이 있다고. 게다가 아직 며느리가 출근하지 않았을 시각이다. 며느리는 학원강사다. 출근 준비한다고 얼굴에 한참 처바르고 있을 텐데 때맞춰 들어갔다가 또 무슨 퉁바리를 맞을지 모른다.

언제 봐도 현기증 돋는 아파트 단지. 서울살이가 벌써 어언 몇 해던가. 방문을 열면 들판이 덥석 덤벼들던 육십 평생 정든 마을이 가물거릴 정도니 꽤 되었지. 손바닥만한 공원이라도 있다는 게 어디냐. 그네 앞 나무벤치에 몸을 부렸다.

저쪽에 젊은것들이 늙은 게 보거나 말거나 착 달라붙어 있다. 이 시각에 저러고 있다면 요새 흔한 젊은 백수거나 학생이겠다. 암튼 참, 기차게 좋은 시절들이여. 젊은애들 즐거운 꼬라지 보면 조카 땅 산 거 구경한 삼촌처럼 배아프고 늙은 신세 분통만 터진다.

차라리 눈을 감아버리자. 꿈인 것도 같고 현시인 것도 같고 흐물흐물하다가 깨어났다. 오월 햇살이 눈부시다. 늙은이에게도 공평한 것은 이제 저 햇빛뿐인가 보다.

어디서 본 듯한 놈이 옆 벤치에 털썩 무너진다. 어디서 보았더라. 이 아파트 단지 젊은것은 아닌 것 같은데, 하, 옳아. 아까 나를 두번째로 밀쳤던 놈이잖아. 근데 왜 저게 여기 나타났누.

"할아버지." "왜 그라?" "이 근방에 전당포 없나요?" "전당포?" "아무리 찾아봐도 안 보이네요." "글쎄, 못 본 거 같은데." 아파트 단지에 전당포 같은 게 있을라는가 모르겠다. "근데 대낮부터 왜 전당포는 찾고 난리여?" "그러게 말이에요." 학생놈은 날벼락 맞고 넋 빠진 놈처럼 하늘바라기를 했다.

"전 한민대학교에 다니거든요. 차비가 없어서 물어물어 걸어가 볼라고 했는데 한 시간쯤 걷다 보니까 출발했던 그 자리잖아요. 기가 막히더라구요." 나라도 기가 막히겠다. "그래서 손목시계라도 맡겨서 차비 좀 융통해보려는 건데 그놈의 전당포가 안 보이잖아요." "저쪽 동네로 가보지그랴."

한강 너머 저편에 좀 못사는 동네에 가면 전당포가 있을 것도 같았다. "저쪽이 어딘데요?" 한강으로 가려면 어떻게 가야 되던가. 말로만 서울 시민이었지, 집하고 늙은이들 전세낸 거시기 공원만 시계 불알로 왔다리갔다리하는 내가 한양 지리를 알 턱이 있나. 대충 가리켜주었다. 학생놈은 "고맙습니다" 고개를 주억거렸다.

11

등 언저리를 훑고 지나가는 바람 소리가 내(양미정, 30세) 젊은 날을 부둥켜온 주제 음악 같다. 천재지변의 심장부 같은 삶 속을 정처 없이 헤매고 있는 미친 여자가 보인다. 그 광녀의 욕망은 스스로 목숨을 끊을 수 있는 용기를 얻는 순간에 직면하는 것.

대교를 질주하는 차들이 만들어내는 굉음이 귀청을 부숴놓을 듯하다. 흔들린다. 마구 흔들린다. 날아갈 듯. 바람이 좀더 세차게 분다면 나는 붕 날아올라 한강물에 퐁 빠질 수도 있을 것이다. 그러나 흔들리기만 하고 날아가지 못한다.

고독에 익숙해져 있지만, 아직도 못 견디게 어지러운 날이면, 한강을 잇는 대교 위에서 출렁이는 검은 물과 유람선, 멀리서 보아도 즐거운 것 같은 강변의 시민들을 바라보는 것이 해묵은 버릇이다. 이렇게 흔들리다 보면 갑작스러운 용기가 치솟아 기쁘게 이 세상을 떠날 수 있는 날이 반드시 오리라.

새벽, 나에게 무슨 일이 있었던가. 나를 타고 끙끙거리는 남자에게 신음처럼 뇌까렸었다. "난 자본주의에 저항하는 유일한 방법을 알고 있어." "뭐, 뭐지?" "자살이야." 정액을 내 자궁에 쏟아부은 남자는 거짓말처럼 조용해졌다.

여관을 나오기 직전 생애 최초로 만난 그 남자가 눈물을 흘리고 있는 것을 보았다. 나는 비웃어주고 나왔다. "울려거든 차라리 네 좆을 잘라버려."

무심결에 난간을 붙잡았다. 허리를 들어올렸다. 치마가 부풀어오르고 발이 공중에 떴다. 부르르 떨었다. 눈물이 나온다. 나에게는 없는 것인 줄 알았던 눈물샘이 서너 해 전부터 툭하면 터졌다.

누군가 구원처럼 다가오고 있었다. 발을 내려놓았다. 스무 살쯤 되었을까 앳된 얼굴이다. 키가 작고 옷은 싸구려 티가 덕지덕지하다. "저 말 좀 묻겠는데요." 아이가 말을 걸어왔다. 나는 어느새 대학에서 아이들을 대할 때와 같은 강사적 자세를 취하고 있었다.

지적 우월을 풍기면서도 모나게 보이지 않으려는 부자연스러운 몸가짐. 나는 시간강사였다. 학문에 대해 조금 남아 있는 열정을 바탕으로 교수가 되기 위한 사투를 벌이고 있는.

"여길 건너면 전당포가 있나요?" "뭐라고요?" "저쪽에 전당포가 있는가 해서요." 아이는 제가 걸어온 쪽 반대편을 손가락으로 가리켰다. "있겠죠 뭐." 아이는 고맙습니다, 50도쯤 허리를 굽히고는 다시 걷기 시작했다. 차들이 지나쳤고 바람이 아이를 뒤흔들었다. 아이의 뒤안길은 몹시 지치고 힘들어 보였다.

하지만 부지런히 걷고 있었다. 나는 좀 멍청해져 아이가 멀어져 가며 점이 되어가는 것을 바라보았다. 다리는 길었다. 아, 아이는 전당포를 찾기 위해서 이 다리를 건너고 있단 말인가. 전당포를 찾기 위해서. 아이가 시야에서 영영 사라졌다. 웃음이 나왔다. 참을 수 없는 웃음이.

12

네온들이 잠 깬 괴물처럼 하나둘씩 형광색 기지개를 폈다. 서울은 어디를 가도 사람이 많다. 양복에 넥타이, 전형적인 회사원 차림의 사내들 뒤로 그가 보인다.

그의 눈알은 뱅뱅 돌아가고 있다. 그의 눈길이 버려진 담배꽁초에 잠시 달라붙었다. 그의 만원짜리 운동화 바닥이 담배꽁초를 밟고 갔다. 그가 멈췄다. 그는 죽었다가 깨어난 사람처럼 감격에 겨운 얼굴이었다. 그의 눈길은 반대편 도로변 우중충한 건물 2층에 나붙은 '전당포' 간판에 박혀 있었다.

그 전당포 네온은 불이 들어와 있지 않았다. 그가 육교를 건너고 건물 안으로 들어가는 동안 이내는 더욱 짙어져갔다. 계단을 다 올라간 그는 휘청거렸다. 전당포 쇠창살 창구에 이렇게 씌어진 표찰이 걸려 있었다. 금일 정기 휴업. 그는 울음이 터지는 것을 억지로 주체하는 듯 보였다.

그는 십 분쯤 또 걸었다. 정해진 곳이 있는 것 같지는 않았고 아무렇게나 골목, 골목을 헤집고 있었다. 드디어 그는 또하나의 전당포를 찾아냈다. 이제 거리는 어둠이 이내를 덮어버리고 네온들의 세상이 되었는데, 그 전당포의 네온은 유독 깜깜했고 그의 표정도 그만큼 어두웠다. 그 두번째 전당포도 '금일 정기 휴업'이었다.

그는 스르르 무너져 계단에 주저앉았다. 그는 아무것도 생각하지 않는 것 같았다. 아예 생각할 힘 같은 게 없는 것도 같았다. 시커먼 어둠이 계단에 쌓여갔다. 그는 건물을 나와 다시 거리를 헤매기 시작했다.

이십 분쯤 걸었을 때 그는 또하나의 전당포 간판을 발견했다. 네온은 들어와 있지 않았으며, 그도 기대하지 않는 것 같았다. 그래도 혹시나, 하고 들어간 모양인데 나올 때 모습으로 보아 역시나, 였던 모양이다.

누군가 담배를 휙 버리고 지나갔다. 채 반도 안 태워진 담배에는 불꽃이 붙어 있었다. 그는 그것을 주웠다. 반소매 배꼽티에 반바지를 입은 아가씨가 거지 피해가듯 그를 지나쳐갔다. 그의 입에서 회색 연기가 보풀처럼 퍼져나왔다. 연기 속에서 그의 눈알이 번뜩였다. 그의 마지막 안간힘을 다 쏟아부은 것 같은 시선이 저쪽 '보문당'이라는 간판에 닿아 있었다.

그 간판은 네온이 휘황했다. 그는 필터 끝까지 피운 뒤에야 꽁초를 던졌다.

13

스물대여섯쯤 되어 보이는 사내는 들어오자마자 "수표는 안 받나요?" 물었다. "왜 안 받아요. 이서만 하면 되지." "주민등록증이 없거든요." "없어도 됩니다." "그래요? 아, 고맙습니다. 저쪽에서는 절대로 안 된다잖아요." 아마 다른 금은방에 들렀다 온 모양이었다.

보아하니 돌반지나 찾을 것 같다. 직감은 정확했다. 사내는 내(성민영, 43세)가 열어서 내민 케이스 속은 볼 생각도 않고, 급한 행색 그대로 수표를 꺼내놓고 이서를 했다. 이런 싸구려 손님이라도 많이만 있으면 숨통이 좀 트일 것 같다.

금모으기운동까지 벌어지는 귀신 배꼽 잡는 시대지만, 결혼식은 주말마다 거행되는 것으로 아는데 어째 예물 시계 반지 찾는 인간이 뚝 끊겨버렸다. 요샌 정말 유지비도 안 나온다.

"돌잔치 가시나 보죠?" 물어보나마나 한 것을 그래도 물어본다. "생전 처음 가보는 돌잔치라 고민 많았는데, 반지밖에 달리 생각나는 게 없네요." "그럼요, 반지가 최고예요."

오늘 하루 종일 바퀴벌레 잡았는데 막판에 끗발 좀 서려나 또 손님이 들어온다. 근데 행색을 보니 영 아니다. 뭐 살 형편으로 보이지 않는 허릅숭이다. "저, 시계 좀 팔 수 있을까요?" 전혀 예상치 못한 것이었다.

새삼스럽게 손님을 짯짯이 내리 훑어보았다. 나이는 스물이나 됐겠고 쓰레기통 뒤지다 온 행색에, 아무튼 좋은 물건 가지고 다닐 주제는 아님에 틀림없다. 도둑질이나 했다면 모를까. 도둑질할 배포도 없어 보이는데. 돌반지를 산 손님에게 거스름돈을 내주었다.

팔기만 하지 사지는 않는다고 하려다가 물건이나 보자는 욕심이 생겼다. 혹 모르는 일이다. 좋은 물건을 가지고 있을 수도 있다. 보아하니 세상 물정 모르는 시골뜨긴데 적당히 우려낸다면 보통 이익이겠나. 물론 장물일 수도 있다. 뭐, 그땐 범죄 소탕에 일조하는 셈 치면 되고. "물건을 좀 보죠."

사내가 바삐 나가고 허릅숭이가 손목의 시계를 풀어 내밀었다. 첫눈에 오만원 주고 샀으면 바가지쓴 게 틀림없는 싸구려 시계임을 알았다. 받지 않으려다가 허릅숭이의 간절한 얼굴에 바로 내치기가 뭐해 받기는 받았다.

시계는 역시 보나마나였다. 건성으로 훑어보았는데 그나마 기스투성이여서 그냥 줘도 받을 사람 없을 그런 시계였다. 허릅숭이는 제가 기대하는 대로 되지 않는다면 울어버리기라도 할 것 같았다. 그러나 내가 무슨 자선 사업간가. 형편은 되게 어려워 보인다만. 내가 누구 돕고 그럴 처지는 아니다. 나도 따지고 보면 도움을 받아야 할 불우이웃이다.

"이런 건 취급 안 해요." "다만 만원이라도 안 될까유?" 유? 충청도 사투리잖아. 만원이 아니라 십원도 못 주겠다. "전당포에 가보세요." "전당포가 다 문을 닫아버렸어유. ……저, 오천원이래두?" "안 된다니까." 나는 보았다. 허릅숭이의 눈에서 물방울이 흘러내리는 것을.

허릅숭이는 내가 내민 시계를 받아 호주머니에 넣고는 휘청휘청 걸어나갔다. 창 밖으로 보니 보도에 우두커니 서서 하늘을 쳐다보고 있었다. 불우이웃돕기 성금 내는 셈 치고 다만 천원이라도 줄 걸 그랬나. 어째 좀 안쓰러웠다.

깜짝 놀랐다. 허릅숭이가 차도로 뛰어든 것이었다. 저게 죽으려고 작정을. 후닥닥 튀어나갔다. 허릅숭이는 이미 도로를 건너 맞은 편 파출소로 뛰어들고 있었다. 파출소 정수리에 붙은 무궁화가 노랗게 밝아 있었다.

14

문 부서져라 확 열어젖히고 냅다 난입해 들어오는 놈이 있었다. 신창원인 줄 알았다. 허리춤의 권총을 잽싸게 잡았다. 난입자는 신창원과는 비교도 안 될 만큼 신체 발달이 안 된 어린애였다. 녀석은 씩씩거리며 눈망울을 굴렸다. 허 순경이 어떻게 오셨냐고 물었다.

녀석은 허 순경 앞에 서더니 좌악 말했다. 울먹이면서. "저는유 한민대학교 혼주 캠퍼스 사학과 1학년 박무현이라고 하는듀, 제가 오늘 서울로 데모하러 왔다가 잽혔거든유. 이사장이 비리가 많아가지구유, 항의방문 데모였슈. 그런디 우덜을 버스에 태워가지고 돌아다니다가 암디다 뿌리고 가더라구유. 제가 뭘 알아유. 서울에 온 게 두번짼가, 세번짼디 뭘 알아유. 돈은 하나두 읎지. 잡어갔으면 책임을 져야 될 거 아녀유. 책임 지세유."

허 순경은 너털웃음을 터뜨리더니, 담뱃갑을 집었다. "야, 임마. 너 지금 무슨 소리 하는 거야?" 녀석은 울고 있었다. "다 큰 놈이 병신같이 왜 울어. 울음 그치고 자세히 좀 얘기해봐." "데모를 했단 말이유. 근디 잡어갔으면 책임을 져야 될 거 아니냐구유." 허 순경은 어이가 없어도 너무 없는가 보았다.

"소장님, 이거 어떻게 하죠?" 녀석은 자세히 말은 하고 싶은데 울음이 치밀어올라서 그것을 되삼키느라고 울먹울먹하기에도 바빠 보였다. "허 순경, 상황실에 확인이나 해봐. 한민대 애들 오늘 데모했나. 너 이리 좀 와봐." "가봐 임마, 소장님이 부르시잖아."

내(이정길, 48세) 둘째아들 또래였다. 정신이 어떻게 된 놈인 것도 같고 철모르는 대학 신입생 같기도 했다. 녀석은 내 책상 앞에 와서 팔뚝으로 눈물을 쓱쓱 훔쳤다. 녀석의 몸에서 땀냄새가 훅 끼쳤다.

"임마, 데모했어?" "그랬다니께유." "너 미친놈 아냐? 데모하고 파출소 와서 책임지라는 놈이 세상 천지에 어딨어?" "데모는 데모고 진압은 진압이쥬. 진압을 했으면 책임을 져야쥬." "이, 자식 진짜 웃기네. 임마, 뭘 책임져. 엉, 이 자식 이거. 좀 논리정연하게 말해봐. 대체 뭔 짓거리를 하다 온 거야?"

허 순경이 경비 전화를 끊었다. "하기는 했다는데요." "그럼 뭐야?" "변두리 지역에다 몇 명씩 떨궈버린 모양예요." "그럼 이 녀석은 낙오병인가. 임마, 넌 병신같이 왜 나 홀로가 됐어." "그게, 그렇게 됐슈." "뭐가 그렇게 돼 임마." "암튼 책임지라니께유." "어떻게 책임을 져. 유치장에서 하루 재워줘?" "귀가할 수 있게 해줘야쥬."

"소장님, 차비 없는 거 아녜요?" "너, 진짜 그래? 차비가 없어서 이 지랄이야?" "예." "하, 나 참, 얼마야?" 녀석은 그 점에 대해서는 미리 생각해놓았던 듯 명쾌하게 대답했다. "오천원유." "오천원?" "혼주시까지 삼천원이구유, 시내버스 네 번은 타야 되니께."

나는 지갑에서 퇴계 선생님 다섯 장을 꺼냈다. "빨리 꺼져." 녀석은 돈을 받아들고 "감사합니다." 파출소 떠나갈 듯 소리치며 허리를 90도쯤 숙였다. 불구덩이에서 헤어난 것 같은 얼굴이었다.

"인사는 됐으니까 얼른 가. 그리고 데모 좀 하지 마. 너희들 아니더라도 신창원인가 개창원인가 때문에 마누라 얼굴도 잊고 산다, 내가."

15

철야농성 이틀째였다. 보안법 위반 혐의로 사흘 전 긴급구속된 총학생회장의 석방을 요구하는 농성이었다. 각 조별로 분임토의중이었다. 농성에 참여중인 69명 전원은 오후의 (주)성산신용 방문투쟁의 결사대로 참여했었다.

우리 조의 발언자들은 오늘의 방문투쟁을 중심축으로 삼아 의견을 개진해갔다. 오늘의 투쟁을 총학생회장 구출 투쟁과 연계 짓지 못했다는 아쉬움을 지적하는 학우들이 많았다.

회장이 구속된 것에는 미미한 반응을 보이던 학우들도 이사장의 비리에 대해서는 큰 관심을 보였다. 결사대에 지원하겠다고 몰려든 학우들의 기다란 줄을 보고 알 수 있는 일이었다.

그 학우들에게, 회장은 통일운동에 주도적으로 나섰을 뿐 용공행위를 한 적이 없다. 따라서 회장은 강제로 납치된 것이나 다름없다는 진실을 적극적으로 홍보했어야 하고, 그 홍보를 통해 69명만의 구출 투쟁이 아닌 1캠퍼스 모든 학생의 구출투쟁이 될 수 있도록 만들어야 했다는 것이다.

지도부의 결의 부족과 무능력을 지적하는 과감한 발언자도 있었다. 발언자들은 대개 선배들이었지만 나(정훈, 20세)와 같은 새내기도 몇 있었다. 내가 생각은 했어도 명쾌하게 정리하지 못한 바를

116

그들은 하고 있었다. 혹시 의견을 발표하라고 시킬까 봐 전전긍긍 눈치를 살피고 있는 나와는 다른 학우들이었다.

　그러고 있는데 낯선 학우 하나가 우리 조의 둥근 원으로 슬금슬금 다가왔다. 조장 선배가 경계의 눈초리로 맞았다. 두 사람은 한동안 애기했다. 이야기를 마친 선배는 푸푸, 웃고 나서는 모두를 향했다.

　"여러분, 혼주 학우를 소개하겠습니다. 뜨거운 박수로 맞읍시다." 나는 박수를 치며 갸우뚱거렸다. 혼주 애들은 다 내려간 걸로 알고 있었다. 혼주 학우는 내 옆에 앉았다. 꾀죄죄해 보였다. 하기는 여기 있는 모든 학우들이 꾀죄죄하다. 이틀 동안 강의실을 집 삼고 교정과 거리를 쏘다니며 투쟁을 했으니.

　"우리, 혼주 학우의 투쟁 소감도 들어봅시다". 혼주 학우는 몹시 당황한 듯했다. "한말씀 하세요." 학우의 옆구리를 찔러주었다. 다른 학우들도 박수로 혼주 학우가 일어서기를 요구했다. 혼주 학우는 일어섰다.

　"혼주 캠퍼스 사학과 일학년 박무현이라고 합니다. 저, 전 말을 잘 못 합니다. 그래서 간단한 구호 하나 외치는 걸로 대신하겠습니다. 투쟁!" 소리치며 혼주 학우는 팔을 쭉 치켜올렸다. 참으로 간단한 구호였다. 황당해하고 썰렁해하는 학우들이 많았다.

　이 친구도 나처럼 말하는 데 재주가 없는 숙맥인가 보다. 나는 갑자기 무슨 생각이었을까. "투쟁!" 혼주 학우 흉내를 낸 것이었다. 다른 학우들도 이구동성 "투쟁!" 해주었다.

　분임토의가 마무리된 뒤 라면박스와 신문지를 강의실 바닥에 깔았다. 철야농성이라고 해서 잠을 전혀 안 자는 것은 아니었다. 강의실 뒤편 벽에 몰아 쌓아놓은 걸상이 거대한 산 같았다.

"다른 친구들은 저녁때 내려갔잖아요?" 혼주 학우는 라면박스 깔던 손길을 멈추고 어쩔 줄 몰라했다. 뭔가 말 못 할 복잡한 사연이 있는가 보았다. "담배 펴요?" 강의실 불이 꺼지기 전에 혼주 학우에게 권했다. 학우는 내가 생명의 은인이라도 되는 것처럼 굽실거리며 감사를 표했다. 학우는 참 맛나게 폈다. "살 것 같네요." 다 피우고 나서 말하는 것이었다. "한 대 더 줄까요?" "그럼 고맙죠."

16

현관의 벽시계는 자정을 넘어 있었다. 국문학부 1학년이라는 정훈에게 빌린 전화카드를 밀어넣었다. 사방 벽에 투쟁 구호를 적은 대자보들이 역사의 기왓장처럼 나붙어 있었다. 지역번호를 포함한 열 개의 숫자를 눌렀다. 신호가 가자 기다리기라도 했었다는 듯이 기숙사의 민희는 즉각 받았다.

"……나머지는 내일 얘기해줄게. 이거 빌린 거라 빨리 끊어야 돼." "아으, 이 바보. 내가 너 때문에 미쳐. 성격 다 버려." "미안해." "첫차 타고 내려와. 알았지?" "알았어." "대식당 문 앞에서 기다릴게." "그래. 내일 보자."

그러나 서로 못 끊고 뜸을 들였다. 민희가 비명 지르듯 말을 더했다. "무현아, 배고파서 어떡한다니." "참을 만해." "그러길래 데모는 왜 해. 나랑 놀지." "그만 끊을게. 잘 자."

나(20세, 박무현)는 민희에게 거짓말을 한 게 있었다. 실은 파출소를 나왔을 때 막차가 끊긴 시각은 아니었다. 그 이름 모를 동네에서는 고속버스 터미널로 직행하는 시내버스가 없었다. 시내버스

를 잘못 타 두 시간을 더 헤맨 것이었다. 서울에서 시내버스를 탄
다는 것이 치가 떨리게 두려운 일임을 실감하고 또 실감했다. 가까
스로 고속버스 터미널을 찾아냈을 때는 정말로 늦어버린 시각이
되어 있었다.

현관을 나와서 몇 발짝 걸으니 연못이었다. 1캠퍼스 학생들이
청룡호수라고 부른다는 곳. 문득 하늘을 올려다보았다. 뜻밖에도
서울의 밤하늘에도 별은 떠 있었다. 비록 혼주에서 날마다 보는 별
들에 비하면 보잘것없는 수와 크기와 밝기였지만.

모종하는 사람들

"이 길이 당신 땅이야? 국가 땅이야, 국가 땅. 국가 땅에다 국가가 꽃 심어보겠다는데, 뭐, 주차장?"
"니, 국가, 국가 좋다. 국가가 우리 농민들한티서 뺏은 땅 좋지. 이 시팔놈아!"

점심은 대개, 동사무소 휴게실에서 먹었다. 제각기 싸온 도시락을 펼쳐놓으면 소풍 분위기였다. 김치를 주종으로 해서, 고추장에 찍어먹는 마른 멸치에서부터 계란 두른 소시지까지 다양한 반찬에, '벤또' 시대 누르 황 직사각형 양은 그릇에서부터 요새 여고생들의 까다로움을 대변하는 패션 그릇까지 총집합이었다. "날고 뛰어봐야 노가다 아닌가베유. 점심 안 주는 노가다가 세상 천지에 어딨대유?" 따따부따하던 사람들도 사흘 지나서부터는 군말 없이 도시락을 싸가지고 다녔다. 그런데 오늘은 "악조건에서 특별 작업 허신다"고 동사무소 총무계장이 식당밥을 먹여주는 거였다.

　가짓수가 많아 흡족한 반찬 등속이 먼저 나오고, 우렁된장찌개와 김치찌개가 놓였다. 남들은 국물부터 한 수저 떠먹어보는데, 준칠(63세)은 꼴찌로 온 소주병부터 잡았다. "젊은 사람은 많이 마셔야 뎌." 동해(28세)에게 물 비운 컵 찰랑찰랑하게 따라주며 하는 소리였다. 동해는 술이라면 우선 마시고 보는 성격이었으므로 군소리 없이 받았다. "간이 안 좋아서 얼마 뭇 혀요." 술맛 떨어지는 소리를 하는 시현(57세)에게는 반 잔만 따라주었다. "요샌 아줌씨들이 술 더 잘 마시던디, 한잔들 하셔야지?" 술하고는 태평양을 사이에 두고 살아온 말숙(56세)은 준칠이 내미는 소주병을 숫제 외면했고, 옥자(42세)는 짧은 망설임 끝에 "맥주라면 자신 있는디" 해보았지만 아무도 호응해주지 않아 그냥 해본 말로 묻혀버렸다. "그럼 나머진 다 내 거여," 준칠이 선언했다.

"그 새끼는 북한놈들 줄 소 있으면 나한티나 주지, 뭐 하는 짓거린지 모르겄어." "요새 사료값이 금값이라는디 키울 수는 있으시대유?" "아따, 못 키우면 잡아먹으면 되지 뭐가 걱정여." "그 사람은 재산이 을매나 많간디 북한동포까지 돕고 그런대유?" "쓰고 써도 다 못 쓰고 죽는대요." "내가 스산 농장께서 살아봤는디 굉장하드만. 간 약한 사람은 떨어질 지경여. 이건 완전히 나라여, 정주앵이 나라." "대통령 헌다구 나온 적두 있었잖어유?" "나 그때 돈 고물 좀 떨어질라나 허구 그 사람 찍었었는디." "반 종필이 여기 있었구만요." "그류, 난 종필이라면 이가 갈류." "그 소 갖다 줘서 이쪽 소값이나 올라갔으면 좋겄네유." "소값이 그런다구 오르간디요." 여럿이 얼려 먹으니 말 반찬이 없을 수 없었다. 이러저러한 화제가 출몰했는데 황소떼 몰고 북한 간 노인은 몇 마디로는 정리가 안 되는 인물이었던지, 좀 오래 머물러 있었다.

한 공기로 부족했던 사람이 추가한 공기마저 바닥을 냈을 때가 돼서야, 나머지 세 사람이 왔다. 모종판에 남아 모를 뽑았던 양수(36세)와, 모종판과 공원 화단 사이를 1톤 트럭으로 오갔던 8급 공무원 성재(31세)와, 공익근무요원 지영(22세)이었다.

시청 뒤의 모종판에서 작업을 개시했다. 삼십여 개의 이랑 중 두이랑가웃이 혼지동 사무소 몫이었는데, 우선 떼거지로 달려들어 절반쯤 뽑아낸 다음 3개 조로 나누었다. 성재는, 나머지 절반을 뽑는 것은 한 사람으로도 오전 안으로 충분하다 판단했었던 것인데, 예상이 빗나가, 남은 모를 셋이서 끝장 봐버리고 오느라 늦어진 거였다.

미리 나와서 식어 있던 우렁된장찌개가 주방으로 되돌아갔다가 나오고, 소주 한 병도 새로 묻어 나왔다. 늦은 점심을 허발하는 세 사람 곁에 달라붙은 준칠은 술 권하고 따라주며, 덜 찬 제 술배를 채웠다.

새마을계 담당 성재는 자칭 '노가다'였다. 사무실에서 서류 붙잡고 있는 시간보다 밖에서 몸으로 때우는 시간이 더 많다는 거였다. 다른 정장 차림의 공무원들처럼 지시 감독 감찰로 그치지 못하고, 직접 일손 중의 하나가 될 수밖에 없는 경우가 허다한 성재는, 소매만 걷어붙이면 바로 흙을 묻힐 수 있는 평상복 차림이 대부분이었는데, 어느덧 공공근로자들에게 가장 친숙한 공무원이 되어 있었다.

"우비 딴 거 읎어?" "왜유?" "왜는 왜놈들 성씨고, 찢어져브렸으니께 하는 소리지." "난 두 개나 해먹어버렸어요." "나두 작살났는듀." "내 것두 그류." 준칠이 비옷 말을 꺼내자 찬조 발언이 잇달았다. "새로 사드리께유." "새로 사는 것두 좋은디 이껫것으로는 안 된다니께요." "거, 청소부들 입는 우비 읎어?" "니, 그 우비가 시상 읎어두 까딱 읎는 우비라구 소문났대유."

식당 옆은 '대덕 지물포'라는 간판이 붙었는데 금일 휴업 쪽지도 없이 셔터가 내려져 있었다. 처마에 잇대어 천막까지 붙어 있어

사람들 비 그으라고 준비되어 있는 듯했다. 동사무소 간 성재와, 통장 찍어보러 은행 간 여자들 빼고, 나머지는 천막 아래 있었다.

공원으로 실어다 줄 차를 기다리고 있었다. 점심 먹고 한 시간 휴식을 칼같이 지켜왔으며 뭉그적거리다 보면 반 시간 훌렁인 날도 많았었다. 하지만 이렇게 궂은 날엔 휴식이 더 곤욕스러웠다. 동사무소 휴게실말고는 엉덩이 붙일 곳도 없는 터수에, 흠뻑 젖은 몸으로 우두커니 있어보았자 여름 오한에나 시달릴 거였다. 다들 가능한 빨리 작업 끝내고 집에 돌아갈 생각뿐이어서, 휴식 없이 곧바로 작업 속개하기로 의견을 모았던 것이다.

보자고 해서 보는 것은 아니었고, 눈뜨고 있으니 꽉 차게 한없이 들어오는, 빗줄기에 난타당하고 있는 시가지 풍경이었다. 술은 쪼끔씩 해도 담배와는 철벽을 쌓은 시현은 껌을 질겅거렸고, 다른 이들은 골초 경연대회 나온 사람들처럼 열나게 피워댔다. 서른이 내일모레인 동해는 물론, 지영도 스물두 살 나이가 전혀 부끄럽지 않은 듯 어른 앞 담배질에 이골이 나 있었다.

아침에 잠깐 비가 기세 죽은 모양새를 보여주지 않았다면, 오늘의 작업은 이루어지지 않았을 것이다. 전날 성재가 웬만한 비에는 작업한다고 누누이 예고한 탓에, 모종 작업에 예정된 사람들은 동사무소 현관에 빠짐 없이 모이게 되었는데, 막 모종판으로 출발하려는 순간 장대비가 재개된 것이었다.

남자들은 "네미, 이만칠천원 벌자고 저 비를 맞어? 난 뭇혀." "약값이 더 나오쥬. 요새 감기 걸리믄 약도 읎대유." "그치기는 사리 더 오네, 더 와. 종 쳤어요. 집에들 가자구요." "쫭일 내린다고 일기예보서 죽으라고 떠들드만 공무원은 티비도 안 보나, 왜 불러낸겨." 불뚝댔고, 여자들은 "이깻것 비도 아니네유. 콩도 심겄네유. 쌔

126

빠지게 나와가지구 버스값도 못 벌구 가면, 그건 사람이 힐 짓이 아니라고 생각듀." "그류 이왕 나왔는디 허구 들어가야쥬." 왜자겼다. 급기야는 남자 대 여자 성 대결 벌이듯, 하네 못 하네 설전이었다. 결정을 내려야 할 당사자인 성재는 오일장 구경 나온 얼굴로 "지두 어찌할 바를 모르겠네유" 하고 있었다.

그러고들 있는데 총무계장의 일갈이 성재를 때렸다. "뭐하고 자빠졌냐? 왜 아직도 안 나간 겨?" "비 땜이 어렵겠듀." "비 오면 우비 입고 하면 되잖냐? 우비는 폼으로 있냐?" 총무계장의 비는 안중에도 없는 말에 여자들은 이미 쌍수를 들고 있는 처지라 문제 될 게 없었지만, 준칠과 시현은 열몇 살씩 덜 먹은 총무계장이 사무실로 들어가자 "니, 잘 헌다. 지는 사무실에서 펜대 굴린다 이거구만." "그려, 젊은 너는 호령해라. 늙은 나는 비 처맞을 테니께. 병나믄 지가 약값 댈 껴?" 연신 불퉁거렸다.

성재가 분위기 바꿔놓는 말을 했다. "이왕 나오셨잖유. 워칙히 한대유. 힘들더라도 해주셔야쥬. 작업 끝나는 대로 얼른 보내드리께유. 지가유, 벨 힘은 없지만서두 오늘 일당 이틀치로 쳐드릴께유. 그 정도 권한은 있슈." 이틀치라면 오만사천원이었다. 요새 세상에 하루 일당으로 오만사천원이 얼마나 큰 액수인지, 모두들 잘 알고 있었다.

입금되지 않았다는 사실을 확인한 말숙과 옥자가 돌아왔다. 돈은 시청에서 지급했다. 동사무소 공무원이 일 주일 단위로 아무개가 며칠 일했다고 서류를 꾸며 시청에 올렸다. 그러면 시청 회계과에서 통장 계좌로 입금시켜주는데, 어떤 규칙에 의거하는지 모르게 첫번째는 일 주일치가, 두번째는 삼 주일치가 들어왔다. 그러고는 한 달째 소식이 없는 터라 옥자와 말숙은 요즘 들어 통장 정리

하는 게 일이었다. 현금카드를 안 만든 것인지, 신용하지 않는 것인지, 꼭 통장을 들고 다녔다.

"뭐, 그걸 맨날 찍어보구 그란데요. 들어올 거니께 언젠가는 들어오겠지요. 글구 한꺼번에 들어오는 게 더 좋아요. 찔끔찔끔 들어오면 들어오는 대로 찾아 쓰게 된다니께요. 놔뒀다 목돈으로 찾는 게 한갓져요." 말숙이 함께 가자고 하면, 퉁바리 날리듯 해놓고서 뒷짐지는 시현도 퇴근할 때 현금카드를 찍어보지 않으면 집에 가지를 못했다. 반드시 하지 않으면 목에 걸리는 가시 같은 절차였다. 입금을 옥자와 말숙보다 더 기다리는 게 동해였다. 그는 아예 목을 걸고 있었다. 여동생 아니면 버스삯 담뱃값 융통도 못 하는 처지였으니, 일이십만원에 애가 탈 만도 했다.

차가 왔다. 지영과 양수는 성재가 운전하는 1톤 트럭에, 나머지는 여자공무원이 끌고 온 흰색 르망에 탔다. 동해는 손바닥으로 차창을 문질렀다. 국도변은 하염없는 빗줄기에 작신작신 젖고 있었다. 가로수로 서 있는 은행나무를 점 삼아 선을 긋듯, 씨를 뿌린 코스모스도 나무젓가락만하게들 솟아서는 푸르게 젖고 있었다. 다듬잇방망이만하게 자란 성미 급한 놈들도 숱했다. 혼지동 사무소가 담당하는 국도의 길이는 대략 4킬로미터였다. 네 군데 공원을 제외한 나머지 국도변에는 한 달 보름 전 코스모스를 파종했다.

코스모스 씨를 뿌리는 날에도 비가 왔었다. 오늘처럼 많은 비는 아니었고 가랑비와 소낙비 사이를 왔다갔다하는 줄거리 없는 비였다. 남자 두셋이 갓길과 도로둑 접경 지대의 지표면을 삼발괭이로 조금 파이게 긁고 지나가면, 여자들이 뒤따르며 거무스레하고 길쭉한 코스모스 씨를 뿌렸다. 그 뒤를 따르는 또 한둘이 밑동 넓은 연장으로 긁어 덮으면 그만이었다. 도로둑은 잡초나 끈질기게 살아볼까. 꽃이 제대로 피어보자고 운신하기에는 맞이 가도 한참 간 박토였지만, 누구에게나 그런 것은 아니어서, 코스모스란 놈은 대충 뿌려놓고 전혀 돌보지 않아도 활짝 만개해버리곤 했다.

르망은 오전중으로 모종 작업이 종료된 첫번째, 두번째를 휙휙 지나쳐, 세번째 공원 화단에 닿았다. 빗방울이 약간 얇아져 있었다. 여전히 구름 더께인 하늘이어서 이제 그만 그치겠다는 뜻은 아닌 것 같고 잠시 숨 가다듬는 모양이었다.

먼저 도착해서 기다리고 있던 성재가 손바닥만한 비닐케이스 뭉치를 내밀었다. 내용물은 플라스틱 단추를 열고 첫머리를 잡아 빼면 구깃구깃 펴져 비옷 꼴을 잡았다. 환경미화원들이 입는 비옷이 아니라 오전중에 입었던 그 잘 찢어지는 싸구려 것이었다.

"아따, 이거 뭇 입는다니께. 청소부 꺼 알아본 겨?" "알아봤슈. 집에 놓고 다닌대유." "미친놈들, 그걸 왜 집에다 놓구 댕긴다는 겨? 마누라 대신 끼고 잔댜?" "그거야 저두 모르쥬. 워칙이 한대유. 그냥저냥 입으셔야쥬."

국도를 흉내내어 좁은 폭으로 달리는 공원이었다. 공원에 존재하는 것들이 쏟아져 내리는 것을 갓길과 국도가 방어하는 형국처럼 보이기도 하고, 그 반대로 공원에 존재하는 것들이 갓길과 국도의 침입을 막는 것처럼 보이기도 하는 시멘트 블록이 장성처럼 길게 뻗어나가고 있었다. 멀리 보면 공원의 수목, 바위, 벤치와 시멘트 블록 사이에 검은 점이 무수히 박혀 있는 것 같았다. 초록으로 성성한 유월 잔디 뗏장을 송곳으로 뚫어놓은 것도 같았다. 가깝게 들여다보면 일정한 규칙에 의거하여 파인 작은 구덩이들이라는 것을 알 수 있었다.

누가 팠느냐에 따라 다르기는 했지만 구덩이의 폭과 깊이는 대체로 어른 주먹 하나 들어갈 만한 것이라고 보면 틀림없었다. 구덩이는 다음과 같은 규칙에 의거하여 파였다. 두 줄이었고, 줄 간격은 10센티미터, 칸 간격은 30센티미터였다. 좌우 정렬이 아니라, 훗날 꽃이 피었을 때를 상상하여 정면도를 그려본다면 한 줄의 두 꽃 사이에 다른 줄의 꽃 하나가 가운뎃점으로 박히게 되는 정삼각형꼴 혹은 역삼각형꼴이 나오게 어긋나 파여 있었다.

구덩이는 나흘 전에 팠다. 오늘과는 정반대로, 구름 한 점 찾아볼 수 없었던, 하늘 아래 세상이 염천처럼 들끓는 날이었다. 남자 넷은 괭이로 파고 여자 둘은 호미로 구덩이 속을 매만졌다. 준칠을 빼놓고 말한다면, 오늘의 용사들이 그날의 용사들이었다. 같은 구덩이를 팠지만, 파놓은 것을 보면 사색당파가 따로 없었다.

시현이 판 구덩이는 제 몸집 부끄럽지 않게 넉넉했다. 한 주먹이 아니라 두 주먹도 우기면 들어갈 만했다. 양수의 구덩이는 갓난아기 주먹도 못 들어갈 만큼 좁았다. 몸 약한 태가 괭이질 하나에도 드러난 것이어서, 뒤따르며 매만지는 여자들이 호미로 넓혀놓아야 했다. 동해의 구덩이는 털털했다. 팠다기보다는 파헤친 것 같았다. 공익근무요원 지영의 구덩이는 깊이가 모자랐다. 깊이 따위에는 연연하지 않고 어서 끝내야겠다는 작심이 강박이 되어 속도전을 펼쳤기 때문이었다.

오후 작업이 시작되었다. 한두 사람이 앞서나가며 구덩이에 모를 꽂아두면, 뒤에 따로 오는 사람들이 심었다. 일을 두 가지로 분담한 거였다. 한 사람이 화판을 끌고 다니거나 모를 한 주먹 들고 다니며 심는 것보다 확실히 효율적이었다. 심는 사람은 구덩이에 이미 꽂혀진 모를 바로 세우고 주위에 있는 흙을 그러모은 뒤 꾹꾹 눌러 다져주기만 하면 되는 거였다. 젊어서 뛰는 동해와 지영이

모 꽂아두는 일을 맡았다.

제 앞에서 시작했던 말숙의 출발 구덩이에까지 닿은 옥자는 허리를 툭툭 치며 일어섰다. 일렬의 연결점처럼 차례로 이어앉은 말숙, 양수, 시현을 지나쳤다. 또 준칠을 지나쳐, 선두로 나설 것이었다. 그렇게 자연스럽게 갈마드는 거였다. "아자씨, 기똥 후려차게 잘 심으시네유. 선수네유, 선수." 준칠의 호미질 솜씨를 지켜보고 있다가 옥자가 한 소리였다. "진짜루 그류?" "예, 죽여주시네유. 지보다 더 잘 심으시네유." "작것, 불알 달린 놈이 이런 거 잘해서 뭐 허겄어. 거시기 같은 걸 잘 혀야지." 육십대 노인이 한 소리치고는, 옥자가 듣기에 참으로 가당치 않았다.

좌우로 흔들흔들 춤추며 지나쳐가는 얼룩덜룩 줄무늬 몸뻬 속 옥자의 궁둥이를 바라보는 준칠의 얼굴에 야릇한 웃음이 잡혔다. 비옷자락은 옥자의 엉덩이를 다 가리지 못했다. 저걸 붙잡고 넣다 뺐다, 햐 죽여주겠는디. 쩝쩝. 다셔본 입맛이 멋쩍어서 구덩이 주위 흙 긁어모으는 호미질에 힘이 더 갔다. 은근짜한 농담으로 받아주었다만, 듣고 가만 생각하자니 살몃살몃 부아가 돋았다.

여편네는 딴에 칭찬이라고 나불댄 모양이었지만 듣는 입장에선 놀림을 당한 것만 같다. 기똥 후려차게 잘 심으신다니. 사내가 되어서 꽃모 잘 박는다고 칭찬받는 것은 따져보나마나 남우세스런 일이고, 그보다는 예순셋이면 손주 친구 삼아 방구석 사주 볼 나이지, 장대비에 매질당하며 모종이나 하고 있을 나이는 아니라는 뒷생각에 화증이 왈칵 치민 것이었다.

준칠은 목재 공장의 붙박이 잡부였다. 준칠을 포함해 출퇴근하는 사람이 넷이었고, 작업량에 따라 한둘에서 많게는 대여섯을 인력사무소에서 끌어다 쓰는 영세 공장이었다. 여편네 추켜세움이 그다지 엉터리는 아니어서 어느 공사판을 가든 일류 목수 소리를 들었을 만큼, 손놀림 하나는 타고났다. 본때 나는 직장처럼 정년 같은 것 없이 몇 년 세월은 더 월급 타먹을 수 있는 자리였는데, 그 공장이 그만 눈 녹는 것을 보지 못하고 부도를 맞았다.

빗방울이 도로 굵어졌다. "증말 개갈 안 나네." 시현이 모자챙을 올리며 모자란 흙 타박하는 소리였다. 파인 흙은 구덩이 주위에 모아놓았었는데 퍼붓는 비에 부서져서 잔디 속으로 스며들기도 했고, 갓길로 흘러가버리기도 했다. 모를 구덩이 바닥에 세우고 파인 만큼 덮자니 아무리 그러모아도 흙 부족이었다. 호미날 녹이 벗겨져 새하얀 윤이 나도록 주변 잔디 바닥을 박박 긁거나, 갓길을 도랑으로 흐르는 빗물 속을 뒤져 진흙을 건져내거나 해서 근근이 구덩이를 메웠다. 마음에 안 맞으면 어떤 상황 어떤 장소를 막론하고 우선 뱉어놓고 보는, 이 지역 사람들이 가장 즐겨 쓰는 말, '개갈 안 나네'가 안 나올 수 없었다.

"여께 통장님이 팠쥬?" 말숙이 지나다 말고는 사근사근 말 붙여 왔다. 말숙은 시현을 '통장님'이라 불렀다. 시현의 감투를 공공연히 인정해주는 거였다. 화력발전소 경비였던 시현은 텔레비전에 하루도 거르지 않고 나오는 '구조조정'이란 것에 첫차로 당하고, 넉 달 가까이 텔레비전 친구 노릇을 했다. 후보가 줄줄이 사탕으로 난립, 대통령 선거를 방불케 한다는 '통'도 있는 모양이었지만, 성지동 9통은 서로 안 하겠다고 발뺌하는 동네였다. 산비탈 허문 자리에 들어선 아파트 단지였는데, 하여튼 그렇게 하겠다는 사람이 없었다.

아파트 단지에서 '누구' 하면 알아줄 만큼 할 소리 다 하고 낄 데 끼고 산 보람이 있었는가, 마침 방구석에 들어앉게 된 시현을 옹립하려는 사람들이 많았다. 통장일을 볼 사람은 당신밖에 없다고 윗사람 아랫사람 구분 없이 추켜세워주는 바람에, 억지 비슷하게, 공석으로 있던 통장 자리를 올해 초부터 떠맡게 되었다.

통장도 권세랍시고 실속 있는 건 제 먼저 한다는 소리를 듣기 싫었다. 한 집도 거르지 않고 호별 방문하여, 실직자 혹은 대학 나오고도 밥줄 못 잡은 젊은이가 있느냐고 캐물었다. 그랬는데 이게 어찌된 일인지 지원서 접수 마감일이 지나도록 지원자가 단 한 명도 없었다. 시내에 직장 가진 젊은 층이 주로 사는 아파트여서 지원율이 저조할 것이라고 예상은 했지만, 전혀 없을 줄은 몰랐다. 늙은이 젊은이 안 가리고 대충 헤아려보아도 열댓 명의 자격 구비자가 있었는데도 그 모양이었다.

동사무소에서는 지원자가 없을 리가 있냐고, 통장님이 귀찮아서 신경 안 쓰신 거 아니냐고, 천불 나는 소리를 해댔다. "통장님, 생각 좀 혀보세유. 이기 보통 사업이래유? 김대중 대통령님께서 발 벗고 나선 사업이잖어유. 국가적 사업이라 이거여유. 근디, 이렇게 호응을 안 해주면 저희 동 체면이 뭐가 됩니까? 많아도 우습겠지만 적어도 한 통에 한 명씩은 있어야 할 것 아니냐구유?" "아, 이 사람아, 읊는 걸 워칙혀. 인신매매라도 혀?" "그기 아니라유, 통장님이 신경 많이 쓰신 건 알겄는디유. 쬠만, 쬠만 더 신경 좀 써달라 이거쥬." "참나, 미치겄구먼. 이놈의 통장 때려쳤본지던지 해야지, 이거 원." "저두 미쳐유." "차라리 내가 혀?" 그리하여 시현은 통장임에도 불구하고 공공근로자가 되었다.

"그류, 여께 내가 팠시요. 왜 글요?" "표나게 커서유." "크니께 심기 좋지요? 나는 뭘 해두 크게 혀요." "통이 크시니께유?" "아, 그럼이요. 배가 남산만한디 통 안 크게 생겼시오." 말숙은 앞으로 얼른 안 가고 늑장부리고 있었다. 앞서 나간 양수가 출발 신호를 끊은 구덩이에 닿았으므로, 시현은 주저하지 않고 일어났다. 시현은 성큼성큼 걸어 양수와 옥자를 차례로 지난 뒤, 동해가 모만 꽂아놓은 구덩이에 닿았다. 종종걸음쳐 졸졸 따라온 말숙은 시현 몇 발짝 앞에 앉았다. "아, 저만치 가서 히요." 퉁바리맞은 말숙은 섭섭하다는 뜻을 감추지 않았다. "알았슈. 성지동 9통 통장님." 말숙은 찬바람 나게 쌩쌩 걸어서는 삼십 미터도 더 앞으로 가버렸다.

준칠은 시현을 그냥 지나치지 않았다. 시현과 말숙이 말마디나 나누는 것을 뒤에서 보았는데, 한마디 하지 않고는 못 견디겠는 거였다. "둘이 새겨?" 그런 소문이 돌고 있었다. "이씨, 대체 왜 그러는 규?" "뭘, 왜 그런다는 겨?" "대체 어떤 것들이 저 아줌마하고 내허고 짝짜꿍이라구 떠들고 다니는 규? 이씨요?" "왜 승질을 내구 그랴. 난 그냥 물어본 것뿐인디…… 니, 나는 잘 모르겠는디, 취로사업 아줌마들이 다들 그러던디 뭐." "참나, 해튼 인간들이 말이여, 그러면 안 되는 겨. 그놈의 주둥아리들을 그냥 팍 뽀개뿌리던지 해야지, 이거 원." "아따, 무서워번지네. 아니면 아니지, 사람 무안허게 펄펄 뛴댜. 펄펄 뛰는 거 본께 영 읎는 소리는 아닌가베, 잉?" "이씨!" "아따, 사람 치겠네." "자꾸, 개갈 안 나는 소리 할 거요!"

동해가 빈 화판을 군데군데 쌓아놓는 것으로, 세번째 화단 작업이 끝막음되었다. 뒤돌아보면 구덩이는 없어지고, 푸른 막대기 같은 모종들이 삐뚜름하게 서서는 빗방울을 거듭거듭 받아쳐내고 있었다. 네번째 공원까지는 300미터쯤 떨어져 있었다. 사람들은 터벅터벅 갓길을 걸었다. 비옷은 벌써부터 몇 자리씩 찢겨 비바람에 나풀대었다. 흙물 단단히 밴 장갑 손에 쥐어진 호미는 사람들과 나

134

란히 걸으며 끄덕끄덕거렸다.

"참, 깜빡허고 있었네." 옥자가 몸뻬 호주머니에 장갑 벗은 손을 집어넣으며 하는 소리였다. 보통 사탕 두세 배 되는 것들이 한 주먹 들려 나왔다. 그녀가 단 것 즐기는 것을 잘 아는 외동딸이 어버이날 선물로다 비닐봉지 가득 사온 거였다. 오늘 일 나오면서 입 심심할까 봐 예닐곱 개 챙겨왔다. "아따, 사탕 한번 우라질나게 크네." "이놈이 거 뭐시냐, 왕사탕이라는 놈이구만요." "아줌니, 잘 묵겄네유." "뭐 이런 걸 다 가지구 왔댜."

사람들이 버린, 사탕 싸고 있던 비닐이 뒤로뒤로 날아갔다. 빗길에도 제한속도 '70'을 우습게 아는 차량들이 일으키는 바람 타고 휘청휘청 멀어져갔다. 도로둑 쪽으로 바싹 붙어 걸었건만, 사람들도 휘청거렸다. "저러니 사고 안 날 껴." "백번 나지. 나야 더. 저런 것들은 꽉 죽어뻔져야 더." "무슨 말씀을 그렇게 무섭게 한대유." "아따, 젊은 아줌마는 내가 뭔 말만 하면 혼꾸멍이시네. 아줌씨, 내가 뭐, 틀린 말 했남. 저렇게 좆 빠지게 달리는 것이 잘하는 일이여?" "잘하는 일은 아닌디유, 그리두 말이 씨가 된다고 그러니께……."

네번째 공원에서의 작업이 시작되었다. 동해는 한자리에 서서 구슬치기할 때처럼 좌우측의 구덩이를 겨냥하고 모를 획획 던졌다. 모는 정확하게 구덩이 속에 들어가 배스듬히 누웠다. 한 자리에서 구덩이 여남은 개씩을 해결하는 거였다. 처음부터 그런 재주가 생긴 것은 아니었고, 한 가지 일만 계속 하면 어떻게든 문리가 트인다는 말이 틀리지는 않아서, 공원을 차례로 거쳐오는 동안 저도 모르게 손에 익은 동작이었다. 하지만 잘하는 짓으로 보아줄 수는 없었다. 무엇보다도 성의가 없는 듯싶었고, 한 걸음에 한 구덩이씩 꽂는 것보다 더 빠른 것도 아니었다. 오리걸음으로 한 걸음씩 전진해온 지영이 지켜보더니 말했다. "수가 났네." "하다 보니께."

지영은 멀찍이 앞으로 가고, 시내버스가 지나쳐갔다. 양지면 아니면 화산면으로 가는 버스였다. 양지면은 동해가 사는 동네였다. 동해는 저 시내버스에 어머니가 타고 있을지도 모른다고 생각했다. 시내 제과점에서 청소일을 하는 어머니는 이 무렵이 퇴근 때였다. 나흘 전, 그러니까 구덩이를 파던 날이었다. 어머니는 시내버스 차창으로 아저씨 아주머니들과 얼려서 땀으로 뒤범벅, 땅을 파고 있는 아들을 보았다는 것이다. "지우 그러라고 대학 공부 시켜준 지 아냐. 속상혀서 눈물이 나드라." 오늘 또 어머니가 보았다면, 구덩이를 팠던 날보다 더 속상해할 거였다. 감기 걸리기에 딱 좋게 비 처맞으며 옴작거리고 있지 않은가. 그래도 그는 동사무소 사무실에 있는 것보다 실외 작업에 동원되는 것이 더 좋았다.

동해는 어버이날 하루 전날에 시장 성명 석 자가 '보내는 사람' 밑에 박혀 있는 봉투 한 장을 받았다. 5월 8일부터 7월 3일까지 8주(토요일과 일요일은 휴무) 40일간 혼지동 사무소에서 일하게 되었음을 알려주는 공문이 들어 있었다. 그 공문이 있기 한 달 전쯤, 서울살이를 견뎌내지 못하고 농사짓는 아버지 품으로 기어든 지 석 달째 접어들었다는 소문이 골골이 퍼졌던지, 이장이 손수 전화를 걸어왔었다. 공공근로사업에 참여할 의향이 있느냐는 거였다.

동해는 지원양식서를 받아다가, 졸업한 대학교 이름, 다니던 직장 상호와 맡았던 업무 내용, 직장을 잃은 경위, 일하고 싶은 분야 등을 거짓 없이 적은 다음 도장 찍어서 제출했다. '일하고 싶은 분

136

야'에서 고민을 좀 했는데, 1번은 사무 보조였고 2번부터는 실외 작업 종류의 나열이었다. 번호에 동그라미를 치는 것이었는데 엉뚱하게 '아무 일이나 상관없음'이라고 기입했었다. 그러고 까맣게 잊어버렸던 것인데, 불쑥 들이닥친 공문이었다.

사무실 근무였다. 오늘처럼 실외 작업에 동원된 며칠을 빼고는, 농지 소유주 성명, 농가 구성원 성명, 농지 주소, 농지 면적 등을 입력하는, 자판 두드리는 일을 했다. 기존의 농지 원부에 사인펜이나 볼펜으로 씌어진 숫자와 글자를, 아무 생각 없이, 컴퓨터 농지 원부 프로그램에 입력시켰다. 단순하고 지루한 일이었다.

"공무원은 까딱 읎쥬?" "모르는 말씀이시쥬. 공무원도 살벌해유." 양수의 물음에, 성재는 천만의 말씀이라고 장갑 낀 손을 사래 쳤다. 월급은 이미 삭감되었다. 아닌 말로 이놈의 공공근로(취로사업을 포함해서), 공무원들 월급 깎은 돈 가지고 하는 일 아닌가. 성재는, 뭉텅이째 잘려나간 자신의 봉급이 공공근로자들의 일당으로 지급되고 있는 것이라 믿고 있었다. 월급 삭감으로 그칠 상황이 아니었다. 모두들 지방공무원의 40퍼센트가 정리된다는 것을 움직일 수 없는 현실로 받아들이고 있었다. 다음주에 투표가 있는 지방의회 선거가 끝난 뒤부터, 인원 감축이 본격적으로 시작될 것이라는 게 동사무소 또래 동료들의 쑥덕공론이었다. "요새 세상엔 공무원이 제일 안전하다던디 그것도 아닌가뷰. 해튼 큰일여유. 으쩌다 대한민국이 이냥 아사리판 났는지 모르겄어유." 나라 걱정하는 양수의 얼굴은 의외로 여유로워 보였다.

옥자는 호미질을 멈추고, 차도 건너 비구름으로 뒤덮인 산을 바라보았다. 왜 저 산이 보이지 않는 곳으로 달아나지 못하고 있는 것일까. 딸이 다섯 살 때 남편은 저 산속 갱도에서 죽었다. 열두 명이 죽고 세 명이 열흘 만에 기적적으로 구출된 사고였다. 사고 발생시 즉사한 남편은 애초에 기적의 사나이가 될 수 없는 팔자였다. 2년만 더 살았어도 탄 깨다 죽는 일은 없었을 것이다.

남편이 죽은 지 2년 후, 저 산을 두더지굴로 연결해놓았던 광산들은 하나도 남김없이 문을 닫았다. 석탄산업합리화 방안에 의해 모두 정리된 거였다. "죽은 사람은 죽은 사람이고 산 사람은 살아야지." 문득 중얼거린 옥자는, 파랑새 미용실로 가야겠다고 생각했다. 저수지 가든 주방일을 했던 그녀는 내일 바닷가 횟집으로 면접을 보러 가기로 되어 있었다. 2주 후면 공공근로가 끝나는데 서둘러 알아본 보람이 있었다. 파랑새 미용실은 남편과 함께 갱에서 죽은 이의 아내가 운영했다.

네번째 공원은 다른 공원들에 비해 길이가 짧은 편이어서 일찍 판막음되었다. 삼거리께부터 갓길에 흙을 쌓아올려 만든 두둑이 남아 있었다. 삼거리까지는 백 보면 충분했다. 시현이 비옷을 벗어서는 여대생들처럼 허리춤에 매었다. 어느샌가 비가 그쳐 있었다. 다른 이들도 비옷을 벗어 손에 쥐거나 어깨에 걸쳤다. 여전히 먹구름 전쟁터인 하늘에는 천둥과 번개가 번갈아 들고 있어, 완전히 그쳤다고 보기는 어려웠다.

삼거리에는, 아무리 고민해봐도 '삼거리'만한 이름이 없었던지, '삼거리 슈퍼'가 있었다. 참새가 그냥 못 지나치는 방앗간 같은 곳이었다. 국도변 작업을 하다 보면 오후 새참 때 혹은 일 끝날 때쯤 삼거리에 닿고는 했다. 공무원들이 사줄 때도 있었고, 누가 나서서 살 때도 있었고, 추렴할 때도 있었다. 성재가 한마디 해주길 은근히 기다렸는데 사무실 볼일이 있는지 트럭 타고 동사무소 쪽으로 휭 가버리는 거였다. "아따, 술도 안 사주고 내빼네. 난 모르겠다.

삼수갑산을 가더라도 한 사발 들이붓고 가야겄다." "그려요. 비도 그쳤는디 좀 쉬었다 히요." 다들 비슷한 생각이었던지 표나게 찬동 발언은 안 했지만, 준칠과 시현의 뒤를 따랐다.

예외는 있었다. "어디 들어가세유? 빨리 해처버려야쥬." "아따, 넌 뭐가 그렇게 급허냐. 한 사발 허구 가자." "얼마 남지두 않았잖아유. 빨랑 끝내고 집이 가서 드시면 되잖어유." 마음 급한 지영이 시계를 보아가며 말려보았지만, 소용없었다. "시발, 벌써 세시 반이네. 쉬기는 다 틀렸네. 해튼 아저씨들하고는 일 못 헌다니께."

복무 2년째인 지영은 올해 들어, 작업한 날은 일찍 귀가하는 맛을 들었다. 그는 병사계 보조 공익근무요원이었지만 '계'를 초월한 거의 모든 작업에 동원되는 신세였다. 작업은 걸어서 10분 거리에 있는 집으로 내빼기에 더할 나위 없이 좋은 핑곗거리였다. 집이 가까우니 쉬다가 퇴근 시간 무렵 들러 얼굴 비쳐주고 나오면 되는 거였다. 작업 담당 공무원은 작업이 종료된 마당이라 애써 도와준 지영이 내빼는 것을 눈감아주게 마련이었다. 빨리 끝내는 만큼 시간을 버는 것이므로, 지영은 시간을 단축시킬 수 있다고 판단되면, 나이 든 아저씨 아주머니들은 따라오지도 못하게 최대 속력으로 일했다.

지영은 무엇보다도 휴식이 필요한 젊은이였다. 지영은 오후 여섯시부터 새벽 두세시까지 단란주점에서 일했다. 주방을 보조하면서 안주와 맥주병을 다리가 나무토막 되게 날라대는 일이었다. 강주정 부리는 남자들 뒤치다꺼리에 시달리기도 하고, 하는 짓은 노숙하지만 알고 보면 미성년 근처에 올망졸망 모여 있는 아가씨들 비위도 맞춰야 하는 일이었다. 아무리 길게 잡아도 편히 뻐드러질 수 있는 시간이 분침으로 시계판 다섯 바퀴를 못 넘는 하루하루였다.

간단한 술상용 탁자가 있는 슈퍼였다. 사람들은 탁자를 두르고 서거나 앉았다. 막걸리 두 병을 새우깡 한 봉지 놓고 남자 넷이서 갈라 먹었다. 안면을 익혀놓은 주인 할머니가 물김치 한 그릇을 내주었다. 옥자는 '갈아만든 배' 깡통을, 말숙은 바나나주스를 홀짝거리며 빵 한 봉지씩을 뜯었다. 지영은 불만이 가득한 얼굴로 좀 떨어져서는 죠스바를 뚝뚝 베어먹었다.

"박문일이가 또 나올라구 혔다대유." "원래 미친놈여. 해튼 대단한 시민들이여. 풍 맞은 노인네를 시장으로 앉혀놓고, 지극 정성 보좌했으니." "이번인 강석진이가 꼭 될 거요." "도토리 키재긴디 그 중 강석진이가 가능성은 젤 많지. 아, 그 동안 뿌린 돈이 을마여? 시장 슨거, 국회의원 슨거, 안 촐싹댄 디가 있어. 근디 자민련이 아니라는 게 쬐끔 문젤 껴." "자민련 공천을 왜 뭇 받았나 물러유." "니, 지금 총리서리 하시는 분허구 뭔가 틀려졌댜."

"시장 자리가 좋기는 한가베유. 그르케 될라구 하는 거 보면. 난 허라구 혀도 뭇 헐 자리 같은디." "좋지요. 좋아요, 시장. 일단유 당선되잖아요, 그 다음날로 고급차 한 대하고 비서 따라붙어요." "우리께서는 한만춘씨를 치던디유." "그 새끼는 안 뎌. 그거, 인간 아녀. 내가 개인적으로 그 한씨놈을 좀 아는디, 에렸을 때부터 돈 많은 지 애비 믿고 깡패질만 조신나게 한 놈여. 한마디로 드러운 놈이여." "남이사 시장을 하던 시장을 보든, 우리는 꽃이나 심으러 가쥬. 다 마셨는디." "오늘은 이씨가 사쇼. 맨날 내가 샀잖요." "아 따, 이껫걸 가지구 사라 마라여. 달면 되지."

준칠이 동사무소 이름으로 달아놓고 맨 나중으로 나왔다. 다시 굵은 비가 내리고 있었다. 사람들은 주섬주섬 비옷을 꿰었다. 신호등 때문에 서 있던 버스에 탄 사람들이 그들을 바라보고 있었다. "우리가 동물원 원숭이 같은가베유." 옥자가 한 말이었다. "뭘 봐, 새끼들아. 일하는 사람 첨 보나?" 준칠이 들리지도 않을 욕을 하며 승객들을 종주먹대었다. 그제야 성재가 왔다. "으쩐댜. 동사무소 달구 한잔씩 혔는디." "당연히 드셔야쥬. 왜 벌써 나오셨어유. 한잔들 더 하세유." "아뉴, 양껏 마셨슈."

준칠에게, 우산 든 사십대 여자가 말을 붙여왔다. 장에 다녀오는 길인 듯 시장바구니가 푸짐했는데 꽃모가 마음에 드는지 냄새를 킁킁거리며 부산떨던 뒤끝이었다. 준칠은 진작부터 여인의 몸에서 풍기는 냄새에 혹해 있었다. "이것 좀 얻었으면 좋겠네." "얼매나?" "한 스무 포기면 딱이겄는듀." "그럼 저녁때 이리 와보셔. 내가 한 스무 개 놔둘 티니께." "지금 가져가면 안 되남유?" "나두 당장 주고 싶은디, 간당간당혀. 남을 것 같기는 한디, 그래두 만약을 대비해야지. 아마, 남을껴, 이따 와보셔." "그류. 고마워유." "나한티 고마워할 건 읎구 동사무소한티, 고마워하셔."

두둑은 손끝으로도 폭폭 파였다. 비 맞은 폭으로 보아서는 곤죽이 되어 있어야 마땅할 텐데, 모래와 자갈이 알맞게 섞인 흙이라 배수가 잘 되어서인지 질척거리지도 않았다. 동해와 지영이 놓아두기가 무섭게, 모종은 나머지 사람들의 손에 들려 두둑에 꽂혔다.

주위에 집들이 이십여 채 있었다. 국도보다 낮게 논 사이에 들어앉아 있는 터라, 여름날 모기들을 어찌 대처하는지 걱정부터 되는 동네였다. 국도변에서 그 마을로 들어가는 입구는 당연히 두둑이 끊겨 있었다. 뿐만 아니라 입구 한쪽의 갓길도 차 한 대 주차할 수 있을 만큼 두둑이 없었다. 그 공간은 김씨의 주차장이었다. 김씨는 일보러 나갔는지 차가 없었다. 그 주차장에 다다른 사람들은 두둑 만들던 날을 떠올리지 않을 수 없었다.

산 깎아 도로를 확장하는 공사가 한창인 양지면에서 흙을 가져
왔다. 트럭이 한 짐씩 부려놓고 가면, 삽과 괭이를 들고 달라붙었
다. 도로둑에 잇닿게, 흙을 펴고 쌓아올리고 다졌다. 한참 잘 나가
다가 바로 이 공간에 주차되어 있는 스포티지 앞에서 작업이 중지
되었다. 스포티지의 주인은 국도변과 가장 가까운 집, 김씨였다.

"이 양반들이 지금 뭐 하고 자빠진 겨." "보면 물러요. 뚝 만들어
요. 차 좀 비켜줘야 쓰겠어요." "이 사람들이 눈이 있는 사람들이
여, 없는 사람들이여. 좀 봐. 댁들 눈에는 우리 마을이 안 보여?"
물론 안경 안 쓰고 1.5 나오는 시력들이라 준칠과 시현의 눈에도
김씨가 가리키는 마을은 똑똑히 보였다. 그런데 그가 왜 그렇게 서
슬 푸른 기센지 따져보는 건 둘째 문제고, 나이 어린 게 반말로
초면 대거리를 해오는 것에 우선 마주 성질이 났다. 대충 보아도
열 살 아래였다.

"아따, 무서워븐지네. 왜 그러는 겨? 언제 봤다고 초면에 언성 샷
대질여?" 그제야 준칠과 시현의 나이를 짐작하겠던지, 김씨의 입
에서 존댓말이 나왔다. "보시라구유. 마을이 저렇게 있는데 여기다
뚝을 쌓는 게 경우냐 말이여유." "좋지 뭘 글요. 오히려 고마워할
일 아닌가베. 마을 보기 좋으라고 꽃 심어주겠다는디." "지금 누구
염장 질러유? 꽃이야 지나가는 새끼들이나 보기 좋은 거구, 저 뚝
땜이 오는 피해는 어쩔 뀨?" "뭔 피해가 있다는 겨. 난 당최 이해
가 안 오네."

"진짜루 믈른다는 규? 미치겠네. 자, 봐유. 전체적부터 볼까유. 우
리 사는 마을이 저래 뵈도 무슨 잔치 있으면 차가 저께까지 다닥
다닥 밀리는 동네유. 그런디 일케 뚝을 만들어놓으면 찾아오는 사

람은 워따 주차시켜유? 개인적으로 봐두 그류. 나는 차가 두 대유. 한 대는 앞마당이나 주차시키는디, 마당이 적어서 한 대는 여기다 세워둬유. 지금 내 주차장을 위협하구 있는 거라구유. 뭐, 차를 비켜달라구유? 그게 말이유, 방구유. 치우라는 소리는 내가 할 소리유. 당장 저 흙들 도로 가져가유."

"그러니께 주차장 땜이 그런다는 거구만." "뿐만 아뉴. 애들 학교 갈라믄 간이정류소까지 걸어가야는디, 비라두 와봐유. 애들 흙원생이 될 것 아뉴?" "비가 맨날 오나." "개갈 안 나는 소리 하지 말구, 당장 치워유." "우린 못 치워. 동사무소가 시킨 일이여." "아저씨 고정하시구유. 제 말 좀 들어보세유." "니, 니가 동사무소 공무원이구나. 야, 너 잘 만났다. 지금 늬덜이 하는 짓이 잘하는 짓이냐?" 김씨는 열 살쯤 어린 성재를 대하자 맹수로 돌변했다.

"저두유, 위에서 시키니께 허는 입장인디유, 단지 주차장이 없어서 다 좋자구 하는 일을 반대하시는 건 경우에 안 맞는다구……." "야, 시발놈아. 경우구 나발이구. 당장 치워." "뭐유, 시발놈유? 아, 증말 열받어버리네. 시팔, 당신 지금 공무집행 방해하고 있는 거야, 알아? 이 길이 당신 땅이야? 국가 땅이야, 국가 땅. 국가 땅에다 국가가 꽃 심어보겠다는데, 뭐, 주차장?" "니, 국가, 국가 좋다, 국가가 우리 농민들한티서 뺏은 땅 좋지. 이 시팔놈아!"

김씨가 성재의 멱살을 잡았다. 성재도 공무원 신분 떼고 맞장 뜨겠다고 마주잡이 멱살이어서, 준칠과 시현이 말리지 않았다면 주먹질 오가고 누구 하나는 이빨 두어 개쯤 날아갔을 것이다. 양쪽이 진정한 뒤에, 성재 대신 총무계장이 나서 타협점을 찾았다. 김씨의 스포티지가 세워진 그 자리, 그러니까 김씨의 주차장은 두둑을 만들지 않기로 했다. 대신 김씨는 두둑 만드는 일에 반대하지 않기로 했다. 마을 사람들 중, 마을을 생각하는 사람이 김씨밖에 없었던 것인지, 아니면 갓길에 꽃 두둑이 생기는 것에 개의치 않았는지, 또 따지고 드는 이는 없었다.

그런데 그 며칠 뒤, 잡초 제거를 하던 날 새참 때쯤 김씨가 성재를 찾았다. "고생허네유." "또 뭔 시비래유?" "그날은 미안했슈." "저두 미안이야 했쥬." "집사람이 국수를 좀 삶아봤다는디 좀 자시구 허쥬." 국수만 삶은 게 아니었다. 큰 닭 한 마리 들어앉은 삼계탕 냄비와 막걸리 세 병이 먼저 눈에 들어오는 상이었다. 그래서 다들 김씨 집에 가서 잘 먹었다. 김씨와 성재는 상봉한 이산 가족처럼 이것저것 짚어보더니 호형호제 연을 맺기도 했다. 그 김씨의 주차장이 비어 있는 거였다.

벼모들이 빗방울이 그리는 동심원 속에서 파릇파릇 서 있었다. 그러고 보면 들판은 온통 푸르렀다. 이제 모내기 되어 있지 않은 논은 없었다. 시내버스에서 내린 계집아이는 논 사이에 난 자갈길을 걸어가고 있었다. 자갈길 끝에 논들에 둘러싸인 집 몇 채가 옹기종기 모여 있었다. 노란 우산 밑의 계집아이는 고왔다. 일손을 멈춘 채 계집아이를 바라보고 있던 양수는 개염을 삼키지 못하고 중얼거렸다.

"저런 딸내미 하나만 있으믄, 원이 없겄다." 귀밝게 들은 시현이 물었다. "고추만 있나뷰?" "무자식유." "어째 그란대요? 나이는 웬만하신 거 같은디." "지두 모르겠슈." "병원은 가봤고?" "그냥저냥 미루고 있슈." "자꾸 해야 뎌요. 나이 들었다고 부끄러워 말고 힘들고 귀찮더라도 해야 뎌요. 그래야 애 스지. 포기하면 안 스요."

떠돌이 양수가 산골 폐가에 정착한 것은 십여 년 전이었다. 육십대도 어른 대우 못 받는 도막이가 전부인 동네라 젊은이가 귀했다.

144

대낮에 귀신이 나와도 그런가 보다 할 도깨비집에서 밤낮을 소주병과 뒹굴던 양수는, 보 트는 가래질에 비칠, 황소 모는 쓰레질에 질질, 낫질에 식은땀, 짐질에 비지땀, 이런 모양이어도 산골에 없어서는 안 되는 귀중한 일꾼으로 자리매김하게 되었다.

아내는 방앗간 하는 집의 과년한 딸이었다. 오며 가며 마주치고는 해서, 다리 한쪽 팔 한쪽 못 쓰는 몸이라는 것은 알고 있었지만, 애오라지 처녀로 늙고 있다는 얘기는 방앗간 주인에게 들었다. 방앗간 주인네가 이상했다. 천원짜리 한두 장이면 받을 만큼 받았다고 할 수 있을 텐데 일당으로 오천원을 쳐주지 않나. 김치를 담가다 주지 않나. 제 생일날이라 부르고 부 제삿날이라 불러 따뜻한 밥을 먹여주지 않나. 싼 김에 하나 더 샀다며 옷가지를 주지 않나. 그래도 사람 사는 집인데 꼴이 뭐냐며 대문을 달아주지 않나. 멀리 출타중일 때 딸을 시켜 방걸레질을 해주지 않나.

그런데 그날은 그 집 딸이 안 가고 있었다. 달이 중천에 떠 있는 오밤중이었는데. 상갓집 잔심부름해주고 늘 그렇듯이 흠씬 취해서 들어온 길이었다. 어리벙벙하다가 잠들어버렸다. 새벽녘에 깨어나 보니 그 집 딸은 아직 돌아가지 않고 있었다. 약간 기운 자세로 오도카니 앉아 있는 거였다. "왜 안 가유?" "아빠가 가서 살래. 들어오지 말래." 정말 돌아가지 않았다. 한 사나흘 같이 있다 보니 얼떨결이었던지 서로 동했던 것인지 관계도 맺었다. 그러다 보니 어느새 한 달을 같이 살고 있었다. 동네 사람들이 우르르 몰려오더니 한 사나흘 뚝딱거렸고, 폐가는 새집으로 변했다. 방앗간 주인네는, 그러니까 장인 장모는 가을걷이가 끝나고 한가해졌을 때 동네 사람들 불러놓고 간단히 식을 올려주었다.

함께 살아온 지 10년, 대강 헤아려봐도 궁합 맞춘 횟수가 오백

번은 되는데 태기가 없었다. 겉이 불구인 아내가 속도 불구인지, 아니면 자신이 엉터리인지. 겉이 불구라고 생명의 근원까지 불구는 아닐 것이다. 아마도 자신이 문제인 쪽이라 싶었다. 남보다 모든 것에서 모자라지 않았는가. 애 낳는 일이라고 왜 그렇지 않겠는가.

작업 종착점인 양지교가 보이자 사람들은 더욱 빨라졌다. 결승 테이프가 보이면 없던 힘도 솟는 운동 선수들 같았다. 종료 시간을 점치고 있었다는 듯이 총무계장은 오늘의 일이 경각에 달할 때쯤 나타났다. 사람들은 콸콸 흙탕물이 턱까지 차오른 양지교 입구에 다다라 있었다. 하얀색 소나타에서 내린 총무계장의 우산은 비 오는 날 당연한 물건이었는데도 션찮은 비옷들 복판에 서자 별짜로 보였다.

사람들의 혹시나 하는 예상이 맞아떨어지는 사태가 발생했다. 모종이 이십여 개쯤 모자랐다. 막판에는 칸 간격 30센티미터를 무시하고 40, 50, 60 마구 늘렸는데 그랬다. 준칠은 슬쩍 뒤쪽으로 걸어가고, 사람들은 제갈량 뺨치는 얼굴로 고시랑거려보았지만 뾰족한 수는 나오지 않았다. 총무계장도 수를 내어보았다. "뿌리만 붙었으면 꽃 펴." 부러졌다고 생각 없이 버린 모종을 찾아보라는 거였다.

동해와 지영이 단거리달리기 선수처럼 뛰어다녀보았지만 두 개를 찾아냈을 뿐이었다. 똘똘한 방도는 애초에 없는 듯싶었다. 결국 성재가 모종판에 한 번 더 갔다 와야 할 모양이었다. 간다고 해서 또 금방 뽑을 수 있는 것도 아니었다. 혼지동 몫은 남김없이 뽑아내었으므로, 다른 동·면사무소 것을 얻어야 할 텐데, 그쪽 담당자에게 전화 연락하고 양해 구하는 것도 보통 일은 아닐 거였다.

준칠이 두 주먹 가득 모를 움켜쥐고 나타났다. "어디서 났대유?" "어, 저기, 저기 있더라구. 뭐들 혀, 빨리 심자구." 빼돌릴 게 없어 모종을 빼돌리냐는 힐난을 담은 성재의 물음에, 아낙네한테 선심 한번 쓰려다가 말도 안 되는 의심을 받게 된 준칠은 모를 나눠주며 설쳤다. 실망할 아낙네 몸 냄새를 떠올리니 미안했고, 나잇살깨나 드신 양반이 흰소리쳤다고 씨부렁거릴 것 생각하니 벌써부터 귓구멍이 따가웠다.

최후의 모를 꽂는 영광은 말숙이 안았다. 허리를 쭉 폈다. 뼈 바드득거리는 소리가 듣기에 좋았다. 집에 갈 때가 되자 집 생각이 더 났다. "당장 못 때려쳐. 누가 너보러 돈 벌어오라대? 망령여, 망령. 다 늙어서 무슨 쎗나락 까먹는 짓거리여! 때려쳐." 요새 남편이 입에 달고 사는 상소리였다. 배추 잎사귀 몇 장 벌어온다고 남편을 우습게 안다, 밖엣일 핑계 대고 집안꼴 나 몰라라 팽개친다, 툭하면 타박이었다.

평생 차려주는 밥만 먹다가 제 손으로 챙겨 먹으려니, 또 항상 청실홍실로 붙어 하던 호락질 농사를 홀아비처럼 혼자 아우르려니, 불쑥불쑥 분통터지기는 할 것이었다. 그래도 그렇지 종일 돈 벌고 들어온 마누라 다리는 못 주물러줄망정, 낮 동안 연습이라도 했다는 듯이 손가락 꼽아가며 조목조목 따져오는 잔소리에는 학을 떼겠다. 뭐, 그런 꽁생원이 다 있나. 저 배포 큰 성지동 9통 통장님 반만 따라가도, 그 모양이지는 않을 것이다.

출퇴근일을 하게 된 말숙은 이제까지 살아온 인생이 억울하다는 푸념이 절로 나오곤 했다. 정해진 시간에 출근하고 맞춰진 시간에 퇴근하는 재미가 이 정도인 줄은 생전 몰랐다. 것도 모르고 평생을 논두렁 밭두렁 시간 개념 없이 굴러다녔으니. 공공근로가 끝나도 출퇴근일을 계속할 생각이었다. 둘이서 목매달 땅뙈기도 아니다. 논 두 마지기에 밭 삼백 평, 그거 가지고는 노후대책 마련 택없다. 하나 있던 자식은 가르치고 살림 내줄 걱정 없게 싸가지 없이 한참 먼저 북망산천으로 가버렸다. 그래, 따로 돈 들어갈 데가 없는 편한 팔자이다 싶다가도, 늙어 한날 한시 죽을 때까지 먹고 살 것에, 제삿상 차려줄 양자라도 하나 만들어놓아야 편히 눈감지 않겠나, 걱정이 태산이다. 벌 수 있다면 벌어야 했다.

남편은 공공근로만 끝나면 집에 들어앉겠지, 앞날을 내다보는 모양이지만 천만의 말씀이었다. 곧바로 출퇴근 일을 이어나갈 거였다. 한 3년 주방일을 보았던 저수지 가든이 갑자기 망하는 바람에 식당업계를 떠나 있다는 아낙이, 책임지고 아주머니 자리까지 구할 테니 걱정 마시라고 장담했으니 어려운 문제 같지도 않다. 식당이든 공장이든 시켜만 달라는 거였다.

"그리두 비 덕을 봤어요." "말하믄 잔소리여. 물 주는 일이 보통 일이간디." "한 구뎅이 물 채우는 거나 한 구뎅이 심는 거나 맞먹었을뀨." "빨리 허기도 힛슈. 일쩍 집에 갈라구유." "비 맞기 싫으니께. 비 안 왔으믄 늙은 게 뭐 바뻐. 향단아 그네 뛰어라 했을껴." "맞어유. 비 안 왔으믄 내일까장 허야 했을뀨." 비가 오지 않았다면, 다른 날처럼 펄펄 끓었다면, 한 가지 일이 더 추가되었을 것이다. 구덩이를 흠뻑 적셔주어야 삶의 근거를 옮겨온 놈이 정신을 차리고 뿌리 뻗을 염을 낼 수 있을 것이다.

또 땡볕 쏟아지는 날 엉금엉금 호미질하다 보면, 욕먹을 때 욕먹더라도 (같잖은 작업에 투입되어 농땡이나 피우면서 일당 이삼만 원씩을 받아 챙긴다고, 그런 '공공근로사업'을 만들어낸 '정부'와 더불어, 도매로 욕을 얻어먹는 게 '공공근로자'들이었다. 공공근로

사업이 본 궤도에 오른 뒤부터, 노동 시장 여론은 '공공근로사업' 과 '공공근로자' 들이 노동판 분위기를 싹 버려놨다고 연일 성토대회를 벌이고 있었던 것이다) 잦은 휴식이 불가피했을 것이다.

비는 구덩이에 물 주기를 대신했고, 사람들에게 게으름 피울 여지를 안 주었던 것이다. 비! 작업중일 때는 웬수도 그런 웬수놈이 없었는데, 한갓지게 일 마무리가 된 상황이니 덕담도 나오는 거였다.

지영은 물타령 비타령을 듣고 있자니, 선하게 다가오는 광경이 있었다. 바로 저 모종이 자라고 봉오리를 터뜨리고 두어 달 나비와 벌을 부르는 향기를 뿜어내다가 말라비틀어지기 직전까지, 사나흘 거리로 물을 주는 자신의 모습이었다. "시발, 물 줄라면 또 죽었네." 작년에도 그랬다. 작년엔 다른 꽃을 심었는데, 성재와 함께 트럭에 물탱크를 싣고 다니며, 여름 내내 벌써 이름을 까먹은 그 꽃의 물시중을 들었다. 작년엔 비도 어지간히 안 왔었다.

"조금만 기다리셔유. 태우러 올规." 총무계장이 양지면 사무소에 볼일 있다고 양지교를 넘어간 뒤에, 성재가 모두에게 말했다. 점심 때처럼 그들을 태워줄 공무원이 지금 막 동사무소에서 출발했다는 거였다. "뭐러 오라구 그렀어요. 생차 또 버리라고." 시현은 깨끗한 차에 흙투성이 몸을 들여놓는 것이 생각만 해도 끔찍하다는 투였다. 그럼 어쩌냐고 모두가 시현을 생뚱같다는 듯이 쳐다보았다. 시현은 비대한 몸으로 안간힘 쓴 끝에 트럭 짐칸에 올라타는 데 성공했다.

"그려, 불편한 가마 타느니 소똥 묻은 우마차 타겠다. 나두 트럭 타버리겄어." 준칠이 뒤를 이었다. 아줌마들이 뒤에서 지켜보거나 말거나, 지나가는 차들이 손가락질하거나 말거나 도로둑을 내려가

논에다 대낮 방뇨하고 올라온 양수가 뒤를 이었다. "나는 숫다리라 뭇 올러가유." 짐칸 뒷문짝에 손을 대었다가 안 되겠다는 듯이 떼고 마는 말숙에게 시현이 손을 내밀었다. "숫타리 타령 안 해도 아줌마 다리 짧은 거 아니께 얼른 타시기나 허시요." "함부로 잡아두 다나 모르겠네유." 못 이기는 척 내미는 손을 시현이 휙 잡아 올렸다.

준칠은 기어이 한마디 했다. "시방 연애하는 겨?" "또 그놈에 개갈 딱지 안 나는 소리!" 시현이 성내는 것이 재미있는지 준칠은 활짝 헤헤거렸다. 양수의 손을 빌린 옥자가 오르고, 동해가 마지막으로 탔다. "비두 오는디 워칙이 허실라구들 그러세유. 조금만 기다리시라니께유." 말리던 성재가 헐수할수없다는 듯 운전석에 오르고, 그 옆에 지영이 탔다. 네시 반을 막 넘어선 시계를 보는 지영의 입은 두 발은 나와 있었다.

트럭이 동사무소를 향해 출발했다. 동해의 경우 여기께서 기다리고 있다가 양지면 가는 버스를 타면 되었지만 어머니가 싸준 도시락을 챙겨야 했다. 비바람이 자꾸만 얼굴을 때렸다. 처음엔 느슨하게 앉았던 사람들은 잡을 만한 것을 꽉 붙들어 쥐고 매달리다시피 했다. 모종을 떨어버려 빈 화판들이 헐떡거렸고, 풍경이 날아갔다. 오늘 심은 모종들도, 한 달 보름 전 씨 뿌렸던 코스모스들도, 은행나무들도 너무 빨리 멀어져갔다.

시현의 '경비' 모자가 휙 벗겨져서는 풍경 속으로 팽 날아갔다. "이봐유. 차 세워. 통장님 모자 날아갔어." "세워, 세우라니께." "세워유, 세워유." 사람들은 아무리 그래 보았자 들릴 것 같지 않건만 운전석을 향해 악을 써댔다. 모자의 주인 시현만 태평했다. "냅둬요. 저껫것 썼어요." "모자가 많나뷰?" "많아요. 상포계서 맞춘 거

있지, 동창회서 받은 거 있지, 통장 본다고 주지, 막 줘요. 쌓였어
요." "아따, 갑부구먼. 그르케 많으면 이 심판 읎는 짓 때려치고,
모자전을 펴셔." 그들은 그렇게 동사무소에 가까워지고 있었다.

편안한 밤이 오기 전에

"아야! 아야! 누가 감히 나를 때리는 겨? 어떤 새끼여?" "당신 망구유. 잘하는 짓이유. 당신은 좀 맞아야 뎌."
"왜, 하필이면 파리채로 때리는 겨?" "그럼 시방, 파리보다 낫다는 겨?"

손자며느리한테 예물로 받은 텔레비전은 커서 좋았다. 30인치라나 화면이 대문짝만했다. '최씨 슈퍼'라고 간판은 해 달았지만 슈퍼 수준은 터무니없고 구멍가게를 겨우 면한 꼴이었는데, 억지로 공간을 만들어, 등 기대고 텔레비전 시청하기 좋은 2인용 소파까지 들여놓으니 슈퍼 할아비도 안 부러웠다. 남들은 세계화 국제화 시대에 아직도 이런 션찮은 가게가 다 있느냐고 깐보는 모양인데, 본인은 도솔천으로 여긴 지 여러 해 되었다.

　그런데 남의 도솔천 못 잡아먹어 안달하는 것들이 있다. 농업협동조합과 집권당 지구당 사무실 틈바구니에 끼어 있는 '최씨 슈퍼'가 못 박힐 데 박힌 돌멩이로 뵈는가, 밤잠을 설치는 모양이다. 시청 공무원, 돈 좀 주무른다는 놈 대동하고 또 왔다 갔다.

　"할아버지가 이냥 붙잡고 있어봐야 뭐한대요. 시 발전 차원으로다 제발 좀 파세요. 여기는 이런 하꼬방이 폼 잡고 있을 디가 아니란 말여요." 희떱고 배때벗는 소리, 작작해두어라. 하꼬방 격하를, 그래도 젊은 사람 애쓰는 게 가상해서 참아주는 줄이나 알고.

공무원 끈질긴 건 알아주어야겠다. 그만하면 수문장의 의지를 알았으련만, 한결같은 문전박대에도 지치지도 않고, 돈 좀 있다는 놈들을 잘도 수소문하여 꼬여가지고 온다. 네 놈들 사정, 알아도 모르겠다. 본인은 여기서 백년 해로 끝장을 봐버릴 것이다. 개판 사판으로 들썩들썩한 대한민국이라지만 자기 땅 자기 마음대로 하는 권리야, 남산 위에 철갑 두른 저 소나무 아니겠나.

"디스 한 갑요." 불알 영글라면 몇 년은 더 떡국 먹어야 할 것 같은, 텔레비전에 나와서 오도방정 떨어대는 것들하고 생긴 골상이며 차림새가 판박이인, 노란색으로 물들인 머리통 하나가 불쑥 들어와서는 카운터에 천원짜리 한 장을 탁! 소리나게 펴놓았다. 하지만 속단은 금물이다. 요새 어린 것들은 외양만 보고 나이 짐작하기가 힘들다.

사나흘 전에도 체면을 팍팍 구겼다. 100퍼센트 미성년자라고 확신한 게 실수였다. 괜스레 안 해도 될 훈계까지 늘어놓았다가 녀석이 내민 주민등록증을 보고 얼마나 멋쩍었는지 모른다. 열여덟 이쪽저쪽으로 보았는데 스물둘이었다. 녀석이 남기고 간 말이 두고두고 씹을 만했다. "할아버지, 법규 수호 냉장고 이후로 담배가게 주인들이 꼭 주민등록증 확인하잖아요? 저희도 마찬가지라고요. 법규 수호 냉장고 이후로 주민등록증 꼭 갖고 다녀요."

"할아버지, 담배 안 줘요?" "누가 안 준댜. 거시기를 보여줘야 줄 것 아닌감." "거시기가 뭐여요?" "어떤 녀석은 알아서 다 갖고 댕긴다고 그러더만. 주민등록증 말여." "아, 그거요. 해튼 법규 수호 냉장고 땜이 담배 사기 좆나게 힘들어졌다니까." 어랍쇼. 좆나게?

"깜박했는데, 나, 바뻐요. 그냥 빨리 줘요." "대체 몇 살여?" "스무 살은 대충 넘었슈. 담배나 빨리 달라니까요." "주민등록증 안 보여주면 안 팔어. 법규 수호 냉장고는 알면서 그건 왜 모른다냐?" "참나, 바뻐 죽겠다니까. 씨발, 안 팔려면 처음부터 안 판다고 하든지." 녀석이 천원짜리를 도로 집어들고 나가면서, 것도 말이라고 뱉어놓고 갔다.

좃도 모자라 씨발까지. 헐수할수없이 백 살을 채울 팔잔가 보다. 이 나이 먹고도 욕을 얻어먹다니. 뉘 집 애새끼인지 집안 거덜벌 아구창이로고. 저런 거 낳고도 에미란 년은 미역국 사발로 퍼먹었겠제.

"드라마 하는갑네. 드라마 하면 부르랑께, 혼자서만 재미본다요." 슬리퍼 질질 끌고 나타난 아내의 손에는 파리채가 들려 있었다. 가끔 쓸고 닦아줘야 방이 온전하다나, 사글세방 청소를 한다고 오전 내내 법석 떨던 아내, 오후에는 집 안 곳곳을 돌며 파리떼와 육탄전을 벌이고 있었다. (집 허물고 가게 터 잡을 때, 뒤채를, 부엌 딸린 큰방 하나로 바꾸어서 사글세 놓아오고 있었다. 공장에 밥줄 건 젊은이들이 동거하다가 대망의 결혼식을 올리면서 전세로 옮겨간 봄 이후로는 죽 비어 있었다.) 부엌 파리 소탕을 완료했나 보다.

"드라마 같은 소리 하고 자빠졌네. 작금이 드라마 할 시국이여? 농사꾼들 다 죽게 생겼는디." "음마, 또 뉴스네. 아니, 저놈에 뉴스는 날마다 하구, 또 하구 그런대요. 쌔고쌘 게 드라만데, 그거나 하나 틀어주지 않고. 유선 방송을 끊던가 혀야지 안 되겠슈." 아내는 드라마라면 사족을 못 썼다. "드라마 못 보고 뒈진 귀신이 붙었나." 언젠가 점잖게 퉁을 준 적이 있었는데, 늙어갈수록 남편 알기를 우습게 아는 말본새 그대로, 말대답이 거창했다. "그류,

나는 드라마가 제일로 좋다니께요. 변강쇠 같은 서방 열 놈을 붙여줘도 난 드라마를 택할 것이오." "할망구 하고는. 그러니께 국민들이 정치에 무관심하다는 말이 나오는 겨. 뉴스 안 보고 순 눈물 질질 짜는 드라마나 볼라고 허니께." "음마, 내는 뉴스가 제일로 시답지 않데요. 양복 입은 까마귀 꽥꽥거리는 거…… 거 무신 놈의 잡소린지 당최 귀에 걸려야 말이지."

"음마, 데 뭐시기 아뉴? 저 애기들은 공부는 않고 허구한 날 저 지랄이랴?" "공부가 돼야 공부를 하지. 학상들이 오죽 답답했으면 길거리로 나왔겄어!" "애기들이 뭐가 답답유? 애기들이 농사가 뭔지나 알유?" "허, 답답한 거. 망구야, 학상들 공부시켜주는 게 누구여? 농사 짓는 지 애비 어미 아녀? 지 애비 어미를 생각허면 데모 혀야지. 백번 천번. 지 애비 어미가 망하면 학상들두 학교 다닌 겨!" "그리두 저건 배우는 사람으로서 할 짓이 아니라구 봐유."

"근디, 영감은 농사두 안 지면서 농사꾼들 편역을 든대유?" "으이구 무식헌 거. 저것이 농사꾼만 잡자는 짓거리여? 국민들 다 잡자는 거여, 다." "음마, 또 무식이라구 혔슈? 내가 무식이 찾지 말라구 혔쥬? 영감은 뭐 배운 거 있슈? 초등학교 울타리 한평생 고쳤다구 그걸 배웠다고 유세 떠는 규? 그런 규?"

아내, 열 받았다. 이럴 땐 별안간 벙어리로 돌부처 되는 게 최상수다. 그렇지 않아도 너무 많이 배운 자식놈들한테 말발 딸려, 학력 무(無) 인생을, 툭하면 한하는 사람을 건드렸으니. 아내는 산 보고도 시옷을 못 쓰는 사람이다. 앉혀놓고 가갸거겨 가르쳐준다고 폼 잡았다가, "갈쳐줄라면 젊은 때 갈쳐줘야지, 사잣밥 먹을 날 내일 모레 글피루 받아놓구 뭔 지랄이래유" 황천길 재촉하는 소리 듣고 나서는, 그래, 네 뚱 굵다! 관 뚜껑 닫힐 때까지 일자 무식으

158

로 살아라, 놔두고 살아왔다.

뉴스 내용이 진짜라면, 서울 부산 광주 같은 대도시는 보통 난리가 아닌 모양이었다. 최루탄인가 지랄탄인가 하는 시커먼 연기와, 돌멩이를 던지며 뛰어다니는 학생 떼거리가 화면을 가득 채우고 있었다. 잘 한다. 싹 때려부숴라. 김일성이, 김정일이 말이라면 하나 더하기 하나가 열이라고 해도 믿는다는 주사판지 파스판지 하는 것들만·아니라면, 무조건 학생들이 옳다고 본다. 이 아사리판 대한민국에서 학생들 아니면 누가 옳은 말 하겠는가.

학생들 편이 된 데에는 셋째와 넷째의 공헌이 컸다. 장남 차남은 고졸밖에 못 만들어줬지만, 삼남 사남은 공부만 열심히 해준다면 바다 건너 유학이라도 보내줄 생각이었다. 그런데 이것들이 연년생이라고 어렸을 때부터 어지간히도 붙어다니더만, 대학 가서도 이어달리기로 유치장을 드나드는 거였다.

자식놈들이 빨강물 들어 정신 못 차린다고 작대기 드는 것도 하루이틀이지, 곰곰이 따져보건대, 암만해도 장군이 잘못하는 짓거리 같았다. "군인 깡패놈이 내 아들 잡네" 소리가 절로 나왔던 것이다. 녀석들은 그때 얻은 빨간줄을 좋은 세상 만나, 동네방네 자랑하고 다니는 눈치다. 민주화를 위해 싸웠다나. 지 아비 복장 10년 세월 달궈 반쪽으로 만들어놓은 것은 까마득 잊은 눈치다.

그러고 보면 천상 아내가 까지른 새끼들이다. 봐라! 아내는 지금, "내 새끼가 뭔 죄 있냐? 이 까마귀 새끼들아. 내 아들 내놔라," 경찰 앞에서 악다구니 치던 거 다 잊고, 겨우 공부 않는다고 학생들을 나무라지 않는가. 아내야말로 까마귀구나. 자기가 당한 고초를 생각한다면, 어찌 학생들을 욕할 수 있을까.

"음마, 우리 동네 인물 나오셨네." 아내가 반색했다. 대통령이 연설하는 것을 공자님 말씀이라도 된다는 듯 열심히 듣고 있는 국회의원 중의 한 사람을 보고 하는 말이었다. "요새 들어 텔레비전에 안 나오는 날이 없으시구먼. 영락없는 대통령감 아니겠어." 그는 이 지방 소도시에서 4대 연속, 국회의원으로 뽑힌 이재임이었다.

작년까지 내무부장관이었다가 비리에 연루되어 모가지당했는데, 올봄 당 부총재로 전격 기용되더니 나날이 맹활약중이었다. 하여튼 무슨 사건만 났다 하면 이름 석 자가 텔레비전 화면에 내걸리는 인사니 맹활약이 아니고 무엇이겠는가. 차기 집권당 대통령 후보로 심심치 않게 거론도 되는 모양이었다.

아내는 가게가, 이재임의 지구당 사무실에 게딱지처럼 붙어 있는 것을 큰 자랑으로 알았다. 이재임이 사무실 지키는 날이 일 년에 열 번도 못 돼서, 국회의원 선거 있는 해말고는 얼굴 구경도 못 하면서.

아무리 생각해봐도 자랑으로 여길 까닭이 없다. 텔레비전에 대가리 번드르르 나오는 놈치고 자랑이 될 만한 놈을 못 보았다. 구체적인 증거도 있다. 아랫물을 보면 윗물을 안다고, 집권당 사무실 놈들 하는 꼬락서니를 보면 이재임의 인간성을 알 만하다. 집권당 놈들이 어떤 놈들인가 하면, 그 더운 여름날에도 옆구리에다 가게 놓고 저께 편의점 가서 아이스크림 사먹는 놈들이다. 뭐 비위생적이라나. 하여튼 껌 한 통 안 사주는 것들이다.

화면은 또 바뀌어, 학생들이 경기도 K시 집권당 지구당 사무실에 화염병을 던졌다는 뉴스였다. 불타버린 집권당사는 텔레비전 화면으로 보아도 흉측하기 이를 데 없었다. K시라면 여기 H시에서 시외버스로 한 시간 거리니, 그다지 멀다고 할 수 없는 거리였다.

"어째 불안한디." "뭐가유?" "이 쥐꼬리만한 고을에도 대학도 있구 집권당도 있고 다 있잖남. K시 같은 일이 우리 H시에 없을 거라구 보장 못 허잖여. 학상들이 집권당이다 화염병인가 뭐시긴가 던지면 우리 가게까지 불똥 튈 거 아닌개비." "걱정두 팔자유. 경찰은 폼으로 있슈. 글구 H대 야들은 얌전시러워서 데모 같은 거, 패 죽여두 뭇 헐뀨." 하기는 그랬다. H대가 이 촌구석에 기어들어온 지 어언 이십 년인데 한 번도 시위하는 꼬라지를 못 봤다. 고자하고 석녀들만 모였나.

고개도 안 아픈가 천장을 꼿꼿이 올려다보던 아내가 파리채를 날렸다. 창새기 터져 납작이가 된 파리 한 마리가 탁자로 떨어져 내렸다. 타박할 틈을 주지 않겠다는 듯, 아내는 파리 시체를 냉큼 집어 재떨이에 옮겨놓았다. 아내는 다시 천장의 파리들을 찾아 해바라기를 했다. 어째 아내의 키가 자꾸 쫄아드는 것만 같다. 색시 적에도 키 크다는 말은 건성으로도 못 들어먹은 아내였는데 저렇게 자꾸만 작아지면 종내는 밤톨만해지는 게 아닐까.

"그러다 고개 빠지겄어. 작작 해둬." "음마, 별꼴이여유. 내 걱정을 다 해주고. 그 걱정은 애꼈다가 나 죽고 나면 하시고, 당신이 좀 잡아봐요. 당최 닿지를 않네." "참 할 일 되게 없는가 보네. 누가 잡으라고 시켰어?" "음마, 파리 앵앵거린다고 밤새 잠 안 자고 고시랑거리는 게 누군디 그런댜."

벨소리가 텔레비전 아나운서 따따부따도 못 알아먹게 시끄럽건만 아내는 파리 잡는 데만 열중이었다. "전화, 안 받을 껴?" "파리 잡잖유. 임자는 손이 없슈, 팔이 없슈." 일흔 넘은 지 엊그제라고, 카운터까지 세 걸음을 걷는 데에도 힘이 부쳤다. 기력이 쇠한 데에는 사 년 전 고혈압으로 쓰러졌던 탓도 컸다. 그때 참 기가 막혔다.

사경 헤매다 깨어나 보니, 애비 죽는 걸로 장담한 자식 놈들이 지 엄마랑 짝짜꿍이 되어 수의까지 챙겨놓고 있었다. 그런 것들을 처 자식으로 보듬고 살아왔다니.

　"여보쇼. 여기, 슈퍼요." "건너오지 않고 뭘 하는 게야. 마누라 속살이라도 주무르고 있었는가." 길 건너 복덕방 장용만이었다. 녀 석은 농을 해도 꼭 아내를 걸고 넘겨졌다. "허어, 점심에 또 뭘 잘 못 자셨나. 혀 잘못 돌아가는 소리 요란하네그려." "아직도 아짐씨 허릿살이 탱탱한가? 낭창낭창 감기는 천안 삼거리 수양버들인가? 거, 부럽네." "이놈아. 작작 해두지 못허겄냐?" "싸게 건너와." "알 았다. 이놈아."

　금고를 열고 만원짜리와 오천원짜리 한 장씩을 뽑은 뒤, 천원짜 리는 세어보지 않고 대충 몇 장을 뽑아냈다. "또 고 뭐시긴가 하러 가는감요?" "그랴." "내는 잘 모르겠네요. 하고많은 짓 놔두고 모 여서 한다는 짓이 노상 노름이래유. 따기나 하면 물러. 맨날 잃음 서. 오늘은 또 얼마나 푸고 오실라나 모르겄네. 언제 한번 내는 낭 군이 돈 따서 사준 선물 받아볼라나."

　아내 입이 사사건건 나불대는 잔소리통 돼버린 게 언제부터였더 라. 초등학교 소사를 은퇴하면서부터가 분명했다. 이젠 니나 내나 자식들한테 용돈 받아 쓰는 처지 아니냐는 아내의 기세에, 예전처 럼 잘난 서방 못 만났으면 네 주제에 입에 풀칠이나 했겠냐고 거 들먹거릴 건덕지가 없었다.

　사실 아내가 잔소리를 해대도 불쾌하지는 않다. 가게를 차린 뒤 부터는, 아내의 잔소리가 마치 사장 노릇 하게 해줘서 고맙다고 알 랑방구 뽕짝으로 뀌어대는 소리처럼 들리기도 하기 때문이다. 아 내가 남편 잘 만나 노년에 사장 노릇 해보는 것이다. 부엌데기 반

162

세기 뒤끝에 사장 자리가 기다리고 있을 줄, 상상도 못 했을 것이다.

길 건너는 곳이라는 횡단보도 표시만 되어 있고 신호등은 없었다. 세상에 이 길 건너기보다 어려운 일이 또 있을까. 작년인가, 재작년인가 어린애 하나가 이 길 건너다가 피개떡으로 나뒹굴던 모습이 생생했다. 다음 선거 때는 다른 거 생각 안 할 것이다. 여기다 신호등 세워준다는 놈 있으면 정당 무시, 지역감정 초월, 무조건 한 표 찍어주리라. 하기는 하나마나한 다짐이다. 국회의원 해보겠다는 놈들 눈에 신호등 없는 횡단보도가 보일 리 없지.

이재임이만 봐도 그렇다. 될 성부르지 않은 사업만 공약인가. 덩치 큰 약속만 내걸어왔다. (선거 때마다 그 나물에 그 밥 공약하는 것으로 봐서 공수표도 그런 공수표가 없는데, 이 고을 사람들은 텔레비전에 신문에 이름 허구한 날 나오는 걸 정치 잘하는 것으로 해석해서, 공약 실천 하나 안 해도 찍어주고 또 찍어주는 것이다.) 신호등처럼 작은 것을 언급할 놈이 아니다. 선거 때말고 평소에 사무실 한 열흘만 지켜보면 이 횡단보도에 신호등이 얼마나 절실한지 깨달을 터인데. 하기는 그놈이 한 발짝을 가도 외제차 타고 움직일 놈이지, 제 발 사용할 줄 모르는 놈이기는 하다.

또 사고로구나! 눈을 질끈 감았다. 그러나 눈을 떴을 때 차는 급정거하여 서 있었고 부인네는 유유히 길을 건너고 있었다. 운전자는 기술이 좋고, 부인네는 배짱이 좋았다. 감탄하고 있을 때가 아니지. 얼른 건너야지. 차량 운행이 멈춘 틈을 타 차도에 발을 들여놓았으나, 차들이 도로 쏜살치는 바람에 얼른 발을 빼어야 했다. 길 건너려고 야단인 늙다리를 보았을 법도 하건만 서는 놈이 하나도 없었다. 젊은 것들은 한 번 머뭇거리는 법도 없이 마구잡이로 횡단을 시도하건만, 기가 막히게 사고가 안 났다. 참 재주들 좋다!

배짱 좋은 사람들이 건널 때, 얼른 따라 건너는 수가 있기는 했지만 위험했다. 움직임이 느린 탓이었다. 분명히 똑같이 출발했는데도, 중앙선께 다다랐을까 했을 때 이미 다른 보행자들은 길 건너편에 가 있었다. 며칠 전에도 중앙선에 오도가도 못 하게 끼여 욕을 삼태기로 얻어먹었다. "늙은이가 죽을라고 환장했나." "방구석에나 처박혀 있지 와 나댕기요?" "재수없으려니 초상 드럽게 치를 뻔했네." 저희들 딴에는 십년 감수했다고 말을 막 해대는 모양이었다.

꾸부정하게 서서 반 시간은 족히 보내고 나서야 차량이 끊겼다. 이쪽저쪽 모두 삼십 미터 안에 보이는 차가 없었던 것이다. 그놈에 복덕방은 길 건너편에 있어가지고 사람 고생을 이리 시키나. 허리를 펴면서 막 건너온 폭이 십 미터도 안 되는 길을 바라보았다. 다시 길은 차량들로 정신없었다. 저 길을 건너려고 한 반 시간을 발버둥쳤단 말인가. 이따가 돌아올 때 다시 길 건널 일이 벌써부터 걱정되었다.

장용만의 복덕방은 국민은행, 한광전자 대리점, 원조 곱창집을 차례로 거친 다음, 남부의류총판점 건물 이층 한귀퉁이에 있었다. 계단은 가팔랐다. 허리가 끊어지는 듯한 아픔을 느끼며 한발 한발 간신히 올라갔다. "어이구, 이렇게 힘든데, 기어코 여기 오려고 하는 내 속을 나도 모르겠네." 탄식이 절로 나왔다.

도장 파는 강판수가 제일 먼저 알은체를 해주었다. "두만강서 오셨대유? 왜 이리 늦으셨대유?" "낯짝에 땀이 번들한 것이 그여 재미 보고 애까지 빼고 왔구만." 뒤를 이은 건 장용만이었다.

장용만은 따로 잘 꾸며진 중앙의 의자에, 한쪽 소파에는 염홍기와 강판수, 다른쪽 소파에는 서복수, 이유종, 김두성이 차례로 앉아 있었다. 염홍기, 이유종, 김두성이 패를 쥐고 있었다. 강판수가 염홍기 쪽으로 붙어 앉았다. "멀거니 서서 뭐 허슈. 오느라고 힘들었을 텐디, 얼른 앉으슈." 강판수가 만들어준 자리에 몸을 부렸다. "느그들은 빈말이라도 인사가 없다냐?"

따먹은 패가 다섯 장에 불과한 염홍기가 구겨진 인상으로 대꾸했다. "이 판국에 누가 인사 차리고 싶겄냐? 판을 봐라. 한 판에 그냥 쪽박 차부리겄다." 염홍기의 말이 엄살이 아니라는 것을 증명해주듯 김두성이 흑사리 띠를 먹어가면서 기세 좋게 떠벌렸다. "볼 것 없지. 돌더라고. 쓰리고네. 쓰리고여. 영복이 왔는가. 내가 돈 따느라고 바빠서 결례해버렸네. 새벽 꿈에 도야지 새끼가 얼쩡거리더만 끗발 한번 기막히게 붙는구만."

"왔남." 다음 차례인 이유종은 알은체를 하면서도 화투패에서 눈을 떼지 못했다. "그만 혀도 먹을 만치 먹은 거 같은디 그만 스톱혀야." 이유종의 시르죽은 소리에, "무슨 소리여. 이런 운이 날이면 날마다 있는 거간디. 먹을 때 왕창 먹는 게 내 신조여." 김두성의 여유 만만한 응대였다. "나 피박이나 쪼깨 면하게 해주셔." 늑장부려대는 이유종에게 염홍기는 사뭇 애걸조였다.

"광이 네 장이니까 넉점. 십 끗짜리가 여섯 개에 고도리까지 일곱점이구만. 합혀서 열한점. 으이? 아까운 거 하나만 더 갖추었으면 멍따까지 혀부리는 거였는디. 띠는 홍단에다 청단까지 했으니께 육에 둘, 여덟점. 다 합혀서 열아홉점. 에다가 피가 하나, 두이, 서이…… 열둘이구만. 열아홉에다 열둘을 더혀서 쓰리고 석점을 보태면 서른넉점이나 나버렸네. 이를 어쩔거나. 친구들한테 부담되겄는디. 흔들고 쓰리고니까 네 곱이라. 서른넷에 곱은 예순여덟,

다시 곱하면 백서른여섯점이구만. 유종이 자네는 피바가지만 썼남. 그라면 이만칠천이백원인디 인심 썼다. 이만오천원만 주드라고. 홍기는 뭐 좋다고 광바가지까지 썼댜. 자투리는 빼고 오만원만 주드라고."

이유종과 염홍기의 얼굴이 시뻘겠다. 염홍기는 믿어지지 않는다는 듯 김두성의 패를 다시 살펴보았다. 다들 사오십 년 경력의 고스톱이라, 고스톱 문리를 훤히 꿴다고 자부하는 인사들끼리 모인 판에서 나온 액수치고는 어마어마했다. 덜 손해본 이유종이 지갑을 뒤져 돈을 꺼냈다. 이유종에게 거스름돈 오천원을 내준 김두성은 옴나위를 못 하고 있는 염홍기를 타박했다. "홍기 자네는 뭐 하고 있댜? 결재를 신속하게 해야 다음 판 돌 거 아닌가비. 영복이도 새로 왔는디."

"이건 속임수여." 염홍기가 오종종한 얼굴을 더욱 쪼그리며 소리쳤다. "뭐여? 속임수. 허어, 참." "속임수를 쓰지 않으면 이런 점수가 날 수가 있어? 자네들은 있다고 생각하는 거여?" "허 참, 그럼 증거를 대봐." 패를 챙기는 김두성은 만면에 의기양양한 미소였다. "속임수를 썼다니께. 무슨 증거여. 증거를 잡았으면, 그 자리서 손모가지를 잘라버렸제."

염홍기의 낯빛은 봐주기 민망스럽도록 붉었다. "더럽구만. 이리 오고가는 신용이 없어가지고서야 무신 놈이 판이 되었어. 치다 보면 이런 판도 있는 것이지. 만날 삼점짜리, 사점짜리 치나 마나 한 판만 나오겄냐 말이여. 그만 치자구. 관두자구." 김두성은 섞던 패와 이유종에게 받은 지전을 패대기쳤다. 담요는 동식물과 화폐로 뒤덮였다. 그림 좋다!

장용만이 심판처럼 나섰다. "홍기 네가 너무 계집년 속곳 들여다

보듯이 과민하게 보는 것이여. 든 사람은 몰라도 난 사람은 안다고 내가 다 감시하고 있잖여. 속임수는 아니다. 두성이 야가 사십 년 경력 발휘하는 거다. 씹질도 해본 놈이 잘한다고 고스톱은 오죽하겄냐. 늬덜도 잘 알다시피 김두성이 하면 노름혀서 논 오십 마지기 말아먹은 놈으로 소문 짠 혔잖여. 안 그러냐, 두성아?" "논만 팔아먹었냐. 집도 팔아먹어가지구 한 십 년 다리 밑에서 잤었다니께."

김두성은 노름과 유랑, 오로지 그 두 방면으로 젊은 날을 도배한 작자였다. 나이 오십에 오다가다 만난 애 딸린 과부가 그의 인생을 구제해줬다는 말을 들었다. 김두성의 역마살을 잡았다는 것만으로도 그 과부는 높이 보였다. 김두성은 과부와 새 살림을 차린 뒤로 사람이 확 바뀌었다. 상전벽해가 따로 없었다.

여기저기 손 벌려서 겨우 빌린 돈에다가 과부가 가지고 있던 쌈짓돈을 합쳐 포장마차보다도 못한 식당 하나를 차리더니 무섭게 돈을 벌어대기 시작했다. 중국집으로 잘 나가는 듯했더니 그 몇 년 뒤에는 알아주는 쇠고기 뷔페점으로 둔갑해버렸다. 사람이 갑자기 변하면 무슨 일 난다고 시샘하는 것에 아랑곳하지 않고, 동무들 중에 신수가 가장 훤했다.

"이번 판은 없었던 걸로 하고 다시 패 돌리더라고. 나도 한번 그림은 봐야 될 것 아닌가비. 낙동강 같은 길을 건너서 예까지 왔는디 섭섭시럽게 이리 끝나서야 되겠냐?" 신관 사또로 부임하여 첫 재판에 임하듯이, 끼어들어 한마디 추임새를 넣어보았다.

"영복이 성님 말이 딱 좋구만요. 성님들 얼굴 푸시고 새로 시작하자구요." 강판수가 돋보기 낀 안경을 추스르며 화투패를 그러모았다. 강판수는 나이 대여섯 살 덜 먹은 값을 톡톡히 했다. 말버릇도 존대어가 인이 단단히 박혔는지 항상 변하지 않았고, 혹 몸뚱이 움직일 일 있으면 남들 눈치 보기 전에 제가 나서 해치워버렸다.

청년 시절부터 "너 그렇게 사람 좋다가는 평생 사내 구실 못 할 것이다" 충고를 밥먹듯이 들었는데, 꿋꿋하게 제 본성을 지켜왔다. 지역 유지와는 영 거리가 멀고 도장이나 파고 있지만, 집안에서나 마을에서나 대우받는 어르신 되었으니, 강판수도 제 인생 후회하지는 않을 것이다. 복도 좋지, 뭐 잘한 게 있다고, 동네 후배 하나는 진국으로 받았다.

"그려. 그러자구. 늙어가지구 부끄럽지도 않혀. 자, 웃자구, 웃어." 서복수가 억지로 웃으며 분위기를 바꾸어보려고 했다. 초등학교 교장을 그만둔 이후로 서복수는 반쪽이 되었다. 직업 없는 인생이 돼버린 탓도 크겠지만, 몸 축난 데에는 중풍 들어 방에서만 지내는 안사람 탓이 더하리라.

가끔 서복수와 함께 근무했던 초등학교가 떠올랐다. 한 사람은 교장으로, 다른 한 사람은 소사로 5년 세월을 한 울타리에서 보낸 적이 있었다. 죽마고우라도 배운 높이가 다르고 직책이 하늘 천 땅 지니 소원할 수밖에 없었다. 한 울타리서 하루 해를 보내면서도 얼굴 마주치지 않으려고 서로간에 노력했었다. 그러나 옛일이었다. 어느새 까마득한 옛날 소학교 시절 너나들이로 돌아와 있었다.

눈치만 보고 있던 이유종이 나자빠진 이만오천원을 챙겼다. "그려유. 그러면 깨끗하게 새로 시작하는 의미로다 새로 온 영복이 성님이 패를 섞쥬." 강판수가 챙겨 내미는 패를 받아들었다. "좋아. 그럼 내가 개시를 허지." 패를 소리나게 섞으며 염홍기의 얼굴을 훔쳐보았다.

염홍기는 조실부모하고 나이 스물 터울지는 형 밑에서 종처럼 자랐다. 자수성가했으며, 자식들 다 대학 공부시키고, 남들한테 뒤지지 않는 자식들 살림 차려주고도 전자오락실 하나는 노후대책으로 움켜쥐고 있었다. 그의 별명은 소싯적부터 지금까지 일송정 푸른 솔로다 '좀생원'이었다. 좀생원 소리 들으며 그렇게 악착같이 살아내지 않았다면, 그가 이룬 업적은 불가능했을 것이다.

패를 돌리는데 염홍기가 벌떡 일어서는 일갈했다. "다 한통속이여." 그리고는 누가 잡고 뭐고 할 틈도 주지 않고 찬바람 나게 횡 나가버렸다. 새벽녘에 조깅 시작했다고 하더니 동작 한번 잽쌌다.

"신경 쓰지 말어. 원래 그래 처먹은 인간 아닌가베." "다 한통속이라니 그건 또 뭔 말이여?" "소외감 느낀 거지 뭐." "무슨 감?" "따돌림 말이여. 뉴스 보니께 왜놈들도 비슷한 말을 쓰드만. 이지메라고." "이지메! 그건 나도 들어봤어. 그것 땜에 왜나라 아가년들이 막 죽고 그런다데. 운우지교도 한번 안 해보고 말이여." 장용만은 말을 어떻게 하든 그 짓거리를 짚고 넘어가는 탄복할 만할 재주가 있었다. "나는 아직 잘 모르겄는디유. 이지메가 뭐랴. 일지매 동생인감유?"

"거참, 거기는 요샌 뉴스도 안 보고 사남. 간단히 말해서 여럿이 짜고서 하나를 따돌리는 것이여. 따돌리기만 하면 양반인디, 괴롭히고 못살게 굴어가지고 살맛 떨어지게 하는 거지. 생각혀봐. 다 자기를 피하고, 사사건건 못살게 굴면 어찌 사람이 살겄어. 피 말라 죽지. 피 마르기 전에 그냥 빌딩 올라가 떨어져버리는 것이여." 이유종이 침을 튀기며 마무리를 했다. 이유종은 삼십 년 경력의 택시 운전사였다. 지금은 반 은퇴 상태로 운전할 때보다 이렇게 죽치고 놀 때가 더 많았지만, 엄연히 현직 개인택시 운전사였다.

"아니, 그럼 우리가 그 좀생원을 따돌렸다는 말이여?" "꼭 그렇다는 게 아니고 그렇게 생각할 수도 있다는 거지." "아니, 그 좀생원을 당장 요절을 내버리고 와야 되겠네. 우리가 언제 따돌렸어. 지가 자초한 것 아녀. 누가 그러랴. 그라고 오만원이 뉘집 개이름여. 안 받으면 고맙다고 인사하고 가도 모자랄 판인디, 되레 우리들을 싸잡아 비난혀……."

이유종이 이만오천원을 도로 내놓았다. "야, 이놈아. 자꾸 좀생원, 좀생원 하니까 도저히 못 가지고 있겠다. 받아라. 이거라도 받고 그놈에 좀생원 소리 좀 그만혀." "야, 야, 넌 또 왜 이런다냐. 유종아, 너한테 돈 달라는 소리가 아니잖어?" "됐어. 받아." "왜 이랴, 참말로. 안 받는다니께." "받으라니께." "됐다니께." "받어!" "못 받어!"

"농심라면 포장지 흥내내구들 자빠졌네. 시끄럽게 형님아우질이여. 커피 한 잔씩 쭉, 하면 될 것 아녀?" 역시 장용만은 제갈공명과였다. "거 좋은 생각이구만요." "그 생각을 못 하고 있었네." "그라자구." "그려. 뜨뜻헌 커피가 그리웠어." 장용만은 전화기를 붙잡고 다른 사람들은 패를 들었다. 장용만이야 광 팔 사람 없을 때를 빼고는 사무 본다는 핑계로 치지 않았다.

장미 다방 미스 양은 손수건만한 미니스커트를 입고 왔다. "안녕, 오빠들. 허구한 날 동양화 사업이야. 오늘은 누가 차 사는 거예요?" 미스 양은 이 복덕방의 전속 레지라고 해도 과언이 아니었다. 언제부턴가 '차' 하면 장미 다방이었고, 그 다방의 세 레지 중에서도 '미스 양'이 배달을 오도록 주문했다. 장용만이 놓아준 의자에 미스 양은 다리를 쫙 벌리고 앉았다.

미스 양의 아랫도리에 어쩔 수 없이, 눈길이 갔다. 정말 어쩔 수 없이, 였다. 발정난 수캐처럼 그곳을 흘끔거리지 말아야지. 저만한 손주딸이 있는 늙은이가 채신머리 안 서게. 매번 듣는 이도 없는 단호한 결심을 내리고는 했지만 막상 미스 양이 오면 공염불이었던 게 드러났다. 콧구멍을 야리야리하게 들쑤시는 진한 화장품 냄새를 따라 어느 결엔가 눈길이 허연 허벅지로 향해 있는 것이었다. 미스 양은 대개, 저렇게 팬티 색깔까지 훤히 보이도록 초미니스커트였다. 팬티는 매일 바뀌었다. 아, 오늘은 꽃무늬였다.

"서울놈들 단풍놀이 간다고 정신 못 차리는 계절인데, 미스 양은 여직도 해수욕장 철이네 그려." "오늘은 왜 이리 늦었는고. 장미다방이 때아닌 장미 축제를 벌인 것도 아닐 테고, 지린내 나는 늙은이들이 부르니께 오기 싫었남." "우리 귀염둥이 왔남." "너 기다리다가 오장육부 탈 뻔했다야." "오늘 내 커피는 특별 서비스로다 타줘야 되겠다. 끗발이 형편없는 게 네 젊은 혈기 담긴 보약 아니면 만 가지 약이 불능하겠다."

다들 질세라 인사 겸해서 한마디씩 툭툭 던져댔다. 미스 양이 오기만 하면 다들 말이 많아졌다. 있는 말주변, 없는 말주변 총동원해서 미스 양에게 한마디라도 더 붙여보려고 안달했다.

"허어, 광 삼점 안 막고 뭐하고 있다냐. 어째 시선이 화투판 아닌 곳에 가 있는 것 같다. 추심이 동하더라도 염홍기 짝 안 날려거든 신경 쫌 쓰셔야지." 앞 차례인 서복수 말투가 엄중했다. 공산 달 껍데기로 새 세 마리 데불고 날아가는 달을 먹고, 똥 쌍피짜리를 까똥 광까지 접수했다. 신경을 놓아도 패는 알아서 잘 붙었다. 십점 나는 것은 문제도 아닌 것 같아 흐뭇한데, 다음 차례인 김두성이 다섯 끗짜리 초단을 치더니 흑사리 띠까지 박아서 그대로 초단으로 나버렸다. 김두성은 패도 안 살피고 그대로 "스탑!"을 외쳤다.

"홍기 오빠가 안 보이네." 미스 양은 큰 이변을 발견해낸 것처럼 호들갑스러웠다. 동무들은 기다렸다는 듯이 염홍기를 뒷말했다. 옹졸하고, 쫀쫀하고, 다시 상종 못 할 늙은이라고. 이 자리에 없는 게 염홍기가 아니고 다른 사람이었을지라도 그는 자리에 없다는 죄만으로 밥이나 축내는 쓸모없는 늙은이로 전락해버렸을 것이다. 이래서 미스 양이 있을 땐 화장실도 못 간다. 노란 물 찔끔거리는 사이에 반푼이가 돼버리는 것이다.

"옛다, 팁이다." 이유종은 커피값말고도 만원을 얹어주었다. 미스 양은 팁을 받으면 이야기를 하는 버릇이 있었다. "오늘은 무슨 이야기를 해줄라나, 우리 공주님이." 언제부턴가는 이야기를 듣기 위해서 팁을 주는 것인지도 모르게 돼버렸다.

미스 양이 이야기를 시작했다. "옛날에 금도끼하고 은도끼가 살았대요. 둘은 노처녀였죠. 탱탱하던 가슴은 남자 손 한번 못 닿아본 채 주름이 졌고요, 한 달마다 애꿎은 피만 빨갛게 흘렸지 뭐예요. 두 도끼 자매는 그녀들을 꼼짝 못 하고 동굴에만 갇혀 있게 옥죄던 산신령 오빠가 죽자 희희낙락했죠. 도끼 자매는 남자를 찾아 동굴을 박차고 나갔어요. 마을이 있다는 산 아래로 말이에요. 자매는 드디어 꿈에도 그리던 사내를 발견하게 되었죠. 나무꾼이었는데 생긴 것부터 마음에 꼭 들었어요. 밤일을 무지 잘하게 생긴 거 있죠. 두 자매가 달려들자 나무꾼은 웬 떡이야 하고 덥석 안았죠. 그 역시 노총각이었던 거죠. 그런데 안타깝게도 노총각은 일부일처제 신봉자였어요. 노총각은 솔직하게 자기의 고민을 털어놓았죠. 둘 중에 한 사람만을 사랑하고 싶다고. 하지만 나무꾼에게 홀린 두 자매는 서로 양보를 안 하려고 했죠. 결국 두 자매는 결투를 하게 되었죠. 싸움은 오래도록 계속되었어요. 너무나도 오랜 싸움에 지쳐 두 사람은 잠시 휴전을 하기로 했어요. 그런데 이럴 수가요! 그들이 싸우는 동안 나무꾼은 도끼 자루 썩듯 썩어버렸던 거예요. 나무꾼의 시체는 거름이 되어 은행나무 한 그루를 키워냈죠. 두 자매는 그 은행나무를 보고 커다란 것을 깨우쳤어요. 변신이 가능하다는 것! 둘은 바삐 동굴로 돌아와 마늘을 먹기 시작했죠. 마늘 먹고 사람으로 변신했다는 웅녀 아줌마가 생각난 거예요. 동생은 열흘째에 마늘 먹기를 포기했어요. 그러나 언니는 백 날 동안 마늘을 먹어 소원대로 남자가 되었죠. 남자가 된 금도끼는 평생 동안 동생 은도끼의 조갑지를 유린했어요. 은도끼는 섹스할 때 비명을 마늘, 마늘 하고 질렀대요 글쎄. 이 이야기의 교훈은 싸우지 말자예요. 늙은 오빠들."

판에 끼는 경우보다 안 끼는 경우가 잦아졌다. 대충 헤아려보니 만원쯤 잃고 있었는데, 본전 생각도 안 들었다. 김두성은 꾸준히 땄고, 이유종은 커피값에다 이야기값으로 날린 돈을 회수하려는 듯 야무지게 달라붙는 모양이 역력했으나 의욕만 앞서 보였다. 강판수가 개미 티끌 모으듯 야금야금 적은 돈을 따는 추세였고, 서복수는 제자리 맴맴을 도는 판세였다.

"뭔 생각을 그리 허냐?" 그 잘하는 관전평도 않고 시무룩이 턱을 괴고 있는 장용만에게 말을 걸었다. 장용만의 평소 모습은 남치는 화투에 고주알미주알 참견하면서 분위기를 흥청거리게 하는 것이었다. 또 끊임없이 화젯거리를 만들어내 동무들 입을 달싹거리게 하는 것이었다. 그러고 보니까 고스톱 판이 영 신이 나지 않는 게 미스 양이 이미 다녀갔기 때문이 아니라, 장용만의 잡설이 난무하지 않기 때문인 것도 같았다.

"손님이 없어서 그러냐?" 요즘 들어 방 알아보러 오는 손님이 거의 없다시피 한 눈치였다. 장용만의 복덕방에 손님 없는 것이야 어제 오늘 일이 아니었지만 그래도 일 주일에 한 번은 중개업자 노릇을 하고 입이 헤 벌어지고는 했었다. "손님? 손님이야 와도 그만, 안 와도 그만이지. 내가 개업사 때 말하지 않았남. 계집년 생리할 때 까먹듯 그새 잊었는가?"

장용만은 두 달 전 개업사랍시고 주절거렸었다. "손님 안 들어도 아수룩으로 보지 마라. 내가 이 나이에 돈 더 벌어서 뭐 한다냐. 다 너희들 시간 때울 데 없을까 봐 형님이 애틋한 마음으로 차린 것이니, 심심하다 싶으면 주저 말고 이리로 기어들 와라."

"그래도 손님이 너무 없네. 파리를 날리는 게 아니라, 파리도 안 오는 형편이구만. 그리고 보니께 이집 파리까지 우리 가게로 몰려드는 거구만. 우리 마누라 파리 잡다 해 다 보는 지경이여." "네가 지금 그 쥐새끼들 난리쳐대는 방 안 나간다고 트집잡는 것이야? 그렇게 안달하려면 딴 복덕방이다 넘겨라. 그 벼룩이냐 뭐냐 시장이다 내보든지. 네 방 없어도 장사 지장 없다."

장용만은, 사글세방이 왜 빨리 안 나가느냐고 시비 거는 것으로 알아들은 모양이다. (장용만이 복덕방을 개업한 뒤부터 사글세방을 그에게 맡겨오고 있었다.) 무엇 때문인지는 모르지만 평소답지 않게 우거지상을 쓰고 있길래 그 속 풀어주자고 딴에는 우스개를 한 것이었는데, 그런 식으로 받아들이다니 괘씸했다. 나가면 좋고 안 나가면 마는, 그런 방 아닌가.

그런데 방 안 나간다고 트집잡는 것이냐니? 그러니까 사글세 돈 몇 푼 때문에 친구를 닦달하고 있다, 이런 비아냥인가? 천지신명께 맹세하건대 사글세 그거, 돈 몇 푼 벌자고 내놓은 거 아니다. 이 나이 먹고 돈이 필요하면 얼마나 필요하나. 가게 변변치 않은 수입으

174

로도 충분하다. 자식놈들이 다달이 부쳐주는 돈도 주체 못 하겠다. 자식놈들 명절 쇠러 왔다 하면 추석송인지 설날메들린지 그놈에 가게 그만두라는 소리 합창을 해대는데도, 귀 틀어막고 굳건히 버티고 있는 것은, 사글세를 놓고 있는 것은, 돈 때문이 아니라, …… 돈 때문이 아니라면 무엇 때문인지 갑자기 생각하려니까 그럴 듯한 답이 안 떠오르지만, 하여튼 돈 때문은 아니다.

고혈압 도지는 것 같았다. "야, 이놈아. 내가 그깟 방 한 칸에 심장 졸이는 놈이라는 거냐?" "이 늙은이야. 농담이야, 농담. 그놈에 얼굴 그새 홍당무 맥칠이구나! 나잇값두 못 하고 즉각적으로다 노발이 대발이 찾는구먼." 장용만의 심각한 얼굴은 그새 평소 모습대로, 꼬맹이 장난기 뺨치는 얼굴로 돌아와 있었다. 장용만한테 당했다. 동무들도 한바탕 웃음꽃이었다. 여기서 또 화를 내면 그야말로 걷잡을 수 없이 좁쌀 영감태기로 몰릴 것이다. 할 수 없이 동무들을 따라 웃었다.

웃다 보니 왜 불뚝성이 났었는지 모르겠다. 제 발 저린 놈이 성낸 꼴 아니냐. 정말 이 나이 먹고서도 아득바득 돈 벌어보자고 가게 붙잡고 사글세 놓고 있는 건가. 착잡했다.

"근데 말이여, 미스 양이 많이 이상하다는 생각 안 드는가." 장용만이 심각하면서도 은근하게 미스 양을 화제에 올렸다. 그러고 보니 장용만은 미스 양의 허벅다리를 머릿속에다 그리고 있었던 모양이다. 그 음탕함을 근심거리라도 있는 것으로 생각했다니.

그런데 미스 양이 이상하다니. 미스 양의 엉덩이에 구렁이 문신이라도 대문짝만하게 새겨져 있단 말인가. 횟수까지는 몰라도 장용만이 미스 양과 그 짓거리를 했다는 것을 알고 있었다. 어제 단둘이 있게 되었을 때, 장용만은 너만 알고 있으라는 말을 열 번이나 더 하고 나서 그 침 넘어가는 얘기를 죄다 들려주는 것이었다. 듣기가 매우 민망했지만, 한마디도 놓치지 않으려고 고막의 신경줄을 팽팽히 세웠었다.

"실은 오늘 새벽에도 예약이 되어 있다, 이거여. 회춘의 소용돌이가 벌써 느껴지는구만." 장용만은 그 많은 나이를 먹고도 껄떡거릴 양기가 남았는지, 밤마다 젊은 것들을 품에 끼고 세월아 네월아 하는 작자였다. 장용만이 노는 꼴을 볼 때마다 돈이 좋기는 좋다는 생각을 하지 않을 수가 없었다. 돈이 아니라면 그 어떤 년이 쭈그렁 밤탱이 같은 그의 늙은 육신에 살을 부벼주겠는가. 섰는지 말았는지 힘아리 없는 좆에 구멍 맞춰주는 시늉하고 자빠졌겠는가. 돈 아니면 다 불가능한 거다.

장용만이가 미스 양에게 손을 댔다는 것을, 다른 동무들은 모르고 있었다. 아마 알면 동무들끼리 큰 싸움 벌어질 것이다. 도원 결의 같은 것은 안 했지만, 모두들 암묵적으로 미스 양을 건드리지 않기로 합의하고 있었던 것이다. 말하자면 미스 양은 공동의 연인이었다. 장용만의 짓거리를 동무들에게 밝힐까도 고려해보았지만, 입이 무겁다는 평판과, 동무들끼리의 평화를 택하기로 했다. 물론 장용만에게 연인을 강탈당한 듯한 참담함은 어쩔 수가 없었다.

"그 이야기 말이여. 미스 양이 이야기랍시고 하는 얘기, 그거 얘기 맞어?" 그러면 그렇지. 장용만이가 어떤 놈인데 스스로 본색을 드러낼쏘냐. 그런데 장용만의 말을 듣고 보니, 미스 양의 이야기가 이상하다는 느낌을 매번 받은 것 같았다. "그려. 나도 그런 생각을 했어. 내가 교장질 한 덕분에 책을 그래도 좀 읽은 편인데, 어떤 서적에서도 그렇게 요상하고 헷갈리는 이야기는 본 적이 없어."

"참새 시리즈니, 간 큰 여자 시리즈니 젊은 애들 시시껄렁하게 하고 다니는 얘기에도 없지, 아마." "난 물러. 갸가 무슨 얘기를 하는지는 맨날 모른다니께. 그런디 그냥 묘하게 맘이 짠혀진다니께." "두성이 너도 그러냐? 나만 그런 줄 알았는디." "성님도 그류? 나두 그런디. 무슨 주문을 듣고 있는 거 같다니께유." 미스 양을 화두로 올린 장용만은 동무들이 그 화두를 붙잡고 시끌벅적해지자, 살짝 빠져나가버렸다. 누가 말 잘하나 심사 보는 놈 같았다.

"부끄러워 못살겠다. 이재임 물러가라!" "농민 잡아먹는 집권당 박살내자!" "정치 개판 ○○○은 퇴진하라!" "농민이 살아야 나라가 산다." "농민이 죽으면 노동자도 죽고, 농업이 망하면 나라도 망한다!" "○○○의 개 이재임은 자폭하라!"

"이게 뭔 소리랴?" 모두들 화투패를 팽개치고 창문에 달라붙었다. "저것이 뭣이랴." "전쟁 난 거 아냐." "으째 어디서 많이 본 장면인디." "맞어. 저게 그 데모라는 거 아냐." "맞구먼. 데모구먼. 데모여."

대학생들이 차도를 완전히 덮고 있었다. 최소한 백 명은 되어 보이는 학생들이 팔꿈치를 치켜올리며 악다구니를 치고 있었다. 학생들의 목표는 집권당 사무실이었다. 대학생들보다 더 많은 숫자의 경찰이 학생들을 포위하고 있었다. 금방이라도 치고 박을 듯 분위기 살벌했다.

"내가 이상한 꿈을 꿨는디, 그게 돈 따는 꿈이 아니라, 좋은 구경할 꿈이었구만." "니, 죽여주네. 이런 귀경은 내 평생 처음여." "왜 안 붙구 얌전 떨구 지랄이랴. 붙어라! 붙어." "최루탄인가가 뒈지게 맵다는듀." "창문이 있는디 뭐가 걱정여." "참말루 돈 내구도 못 헐 구경이구만." "왜 소리만 지르구 있댜. 텔레비전서는 그냥 피터지게 싸우던디."

"어라라. 무신 뚱딴지같이 노래랴." "저게 데모가라는 것이여." "북한놈들 노래허구 비슷헌디." "저게 스키에토schietto 창법이라는 것이구만. 대학생 아이들 데모가하고 북한 애들 노래하고 비슷하게 들리는 게 다름아니라 창법이 같혀서 그런 겨." "니, 또 훈장티 내는구만." "넌, 무식을 깨우쳐줘도 성질이냐." "경찰은 왜 보구만 있댜." "저걸 평화적 시위라고 하는 겨."

동무들은 신이 나 죽겠다는 표정인데, 홀로 불안하여 섬뜩하였다. 텔레비전에서 보았던 흉측하게 불타버린 집권당 사무실이 떠올랐다. 집권당을 걱정하는 게 아니다. 집권당이야 불타버리든 무너져버리든 무슨 상관이랴. 집권당에 붙은 가게가 걱정이다. 학생들이 화염병을 집권당사에 던져보아라. 학생들이 한결같이 일등 사수도 아닐 테고 뭐 삐뚤어진 놈도 몇은 있을 것인데, 잘못 던진 불덩이가 가게로 날아든다면…… 생각만 해도 몸서리치게 끔찍했다.

학생들이 쇠파이프 하나 들지 않은 맨몸임을 살피고서야 마음이 놓였다. 시위 하면 무조건 화염병, 돌멩이 날아다니고, 최루탄 지랄탄 터지는 줄 알았는데 평화적 시위라는 것도 있는 모양이다. 학생들은 돌멩이도 들 의사가 없는 것으로 보였다. 그리고, 하다 못해 곤봉 하나씩은 들고 있는 경찰들이 학생들을 겹겹이 에워싸고 있으니 무슨 별일이 있을 것 같지는 않다. 이제 동무들과 한 동아리로 희희낙락할 수 있었다.

"근디 뭐 땜이 저러는 거래유?" "자넨 정말 텔레비전하구 담 쌓았구만. 거 뭐시기 라운드 땜이 안 그러나!" "농사꾼들 피바가지 쒸운 라운드유?" "그려, 학생들이 그게 잘못했다구 저러는 거 아녀." "근디, 우리 이재임 의원이 뭔 상관이래유." "아, 재임이두 집권당 아닌가베." "저 양반이 서장여?" "아녀, 저것은 경비과장이구, 그 옆이 짜리몽땅해갖구 성질 드럽게 생긴 애 있잖여. 쟤가 서장여."

"경비과장이 메가폰이다 대구 뭐라고 하는디. 좀 조용혀봐. 뭐라고 하는지 들어보게." "뭐라는 겨. 방금 뭐라고 혔어?" "같은 귀로 들었는디. 그쪽 귀는 맥혔나." "해산허랴. 십 분 이내로 안 흩어지면 잡겄댜." "십 분만 기다리면 붙는겨?" "붙어야 재미지. 저러다 평화적으로 흩어지면 뭐랴."

전화벨은 한참 전부터 복덕방을 볶고 있었나 보다. 장용만이 어서 건네받으라고 했다. "누구랴? 나 복덕방이 있는 건 부처님두 모르는디." "부처님보다 더 높은 마누라님이시구먼." 아내는 전화로 말하고 듣는 것을 두려워해서 생전 가야 먼저 전화하는 일이 없었다. 부녀회원들끼리 1박 2일 여행을 떠나서도 잘 놀고 있다는 안부 전화 한 통을 안 해줘. 밤잠 설쳐가며 "들어오기만 해봐라! 다리 몽댕이를 뿐질러버린다" 주문을 외우게 만드는 주변머리였다.

"별일이네. 임자가 전화를 다 하구." "니, 별일이나 찾구 태평성대구먼유. 시방 마누라는 무서워갖구 발발 떨구 있는디 남편이란 작자는 고 뭐시긴가나 쳐대구. 당신 믿구 살아온 칠십 평생이 원수 같구먼. 원수 같여." 어라, 분위기가 심상치 않다. 아내는 흐느끼고 있다. "임자, 왜 그랴. 무슨 일 났어? 왜 다 죽어가는 소리여?" "돈 잃느라 바깥이 난리 난 것두 모르쥬? 창문 좀 열어봐유. 육이오 난리가 따로 없슈. 무서워유. 빨리 와유."

아뿔싸! 가게 걱정만 하고, 가게 안에 혼자 있는 아내는 깜빡하고 있었다. 겁 없는 척은 혼자 다 하지만, 알고 보면 겁 많기로 둘째가라면 서러워할 사람 아닌가. 자식보다 재물보다 위에 둘 사람,

운운한 속생각 다 거짓이었구나. 코앞에서 경찰과 학생이 푸닥거리 떨고 있으니 얼마나 가슴 떨릴 것인가. 아내보다 그깟 가게를 먼저 염두하다니. 부끄럽다. 그러나 부끄러움을 어찌 드러낼쏘냐. 채신머리 안 서게.

"육이오 난리 같은 소리 하고 자빠졌네. 암것두 아녀. 여기 복덕방 창문으로다 죄 보고 있어. 저까짓 거 가지구 놀라구 그란댜. 임자도 마음 편히 먹구 구경이나 실컷 혀. 이런 구경거리가 자주 오간다. 우리 고을이 사일구 때, 이승만 물러가라 소리두 한 번 안 난 동네여. 못 봐두면 평생 후회할껴." 왜 이다지도 마음에 없는 말은 술술 잘 나오는가. 해놓고 후회 막급이다. 아니나 다를까 아내의 반응은 대못 따로 없다.

"뭐유? 시방 그럼 보고 있으면서두 안 오는규? 마누라 걱정은 눈곱만큼도 안 되쥬? 마누라야 뒈지건 말건 상관없다 이거쥬? 알었슈. 혼자 잘 먹고 잘 살어유. 당신 믿고 살아온 내 인생 오늘루 종 쳤슈. 좋은 귀경 많이 허슈. 나는 발발 떨다가 심장 떨어질 테니께, 혼자 극락왕생하란 말유." 그러고는 전화가 끊겼는데, 아무래도 전화기가 무사하지 못할 것 같다. 화증 치밀면 손에 잡히는 것 던져서 깨버리는 아내 성격 재발하고도 남았겠다. 전화기가 무슨 죄 있나.

"나 가네." 부리나케 복덕방을 나왔다. 동무들이 말리는 소리 귓등에 단 채였다. "미쳤나비. 비상 시국에 어딜 가." "지금 나가면 치여 죽어유." "열부 났구먼." "돈 잃구 그냥 간댜." "아줌씨한티 안부 전해줘잉." 속 편한 놈들. 하필이면 가게 옆에 집권당 사무실이 붙어 이 경황인가. 봐라! 도움 되는 거 하나도 없지.

가게를 낼 때만 해도 이 거리가 이 모양으로 잘 나갈 줄은 몰랐다. 가게 앞으로 옆으로 시원시원한 도로 뚫리더니. 그럴 듯한 것들이 간판을 붙여대는데 정신을 차릴 수가 없었다. 장사에 도움 되니까 쌍수 들어 환영하기는 했다만 집권당사 건물 올릴 때는 찜찜했던 게 사실이다. "정치하는 것들 가까이 오면 재수 옴팡이라든디." 중얼거렸던 게 나름대로 선견지명이었나 보다. 전생에 무슨 원한이 있길래 H시 많고 많은 땅덩이 중에 하필이면 (공무원 말마따나) '하꼬방' 옆에다 농민 때려잡는 사무실을 개설했나.

한국 사람 구경 좋아하는 건 알아줘야 할 모양이다. 어디 몸 들이밀 데도 없이 구경꾼으로 촘촘하다. 늙은 거 젊은 거 달린 거 안 달린 거 뚫은 틈이 없구나. 학생들 꽥꽥 질러대는 소리에 귀청은 떠나갈 듯하고, 길은 안 열리고, 답답하다. "비켜보쇼. 좀 지나자구!" 목청을 돋우어보아도 들었다는 시늉 하는 놈이 없다. 성질 난다. 가게에 고립된 아내 무서워 죽기 전에, 낭군이 먼저 고혈압으로 가겠다.

그럼에도 불구하고 사람들의 숲을 단기로 뚫고 오는 장부가 있었으니, 미스 양이었다. "미스 양아, 나 좀 도와주라!" 미스 양은 용감했다. 미스 양은 멀리 돌아가려 하지도 않았다. 바로 차도로 길을 잡았다. 미스 양은 우선 몸뚱이와 차 보자기를 들이밀고 보았다. 비켜달란 말도 하지 않았다. 돌진 또 돌진, 탱크가 따로 없었다. 이 얄팍한 몸뚱이 어느 구석에 이토록 저돌적인 힘이 숨어 있을까.

그런데 이 판국에 동하는 추심은 정신이 있는 놈인가 없는 놈인가. 미스 양 살갗 훤히 드러난 허리 붙잡고 있는 두 팔이 바르르 떨렸다. 이 참에 그렇게도 만져보고 싶던 배꼽을…… 참아야 하느니라. 사람은, 사람에 대한 예의를 지킬 때 비로소 사람이니라. 개떡 같은 주문을 외우고 있었다.

"오빠, 다 왔어요." 정신 번쩍 들어 보니 그새 가게 문 앞에 와 있다. 어떻게 저 구경꾼들과 경찰들과 차량들의 장사진을 건너왔나. 미스 양은 그대로 직진, 학생들이 중앙 무대로 삼고 있는 집권 당사 정문 앞으로 향했다. 최소한 오백 개의 눈깔이 주시하고 있는 곳을, 거리낌없이 횡단하는 것이었다. 학생이건 경찰이건 더벅머리 총각놈들 여럿, 눈동자 데굴데굴 굴렸을 것이다.

순간적으로, 미스 양과, 감투 하나쯤 썼는지 앞에 서서 무리를 이끌고 있는 여대생 하나를, 한눈에 담게 되었다. 거 참 희한한 대조였다. 털털하게조차 느껴지는 수더분한 의상의 여대생과, 거의 발가벗었지만 화려한 껍데기를 걸친 다방 레지. 둘 다 꽃다운 나이일 터인데, 어찌 저토록 다른 모습이냐. 머릿속은 얼마나 더 다르랴. 극단적으로 달랐을 두 계집애의 성장 배경이 대충 감 잡히는 것이었다. 살 만큼 산 인생으로 바라보건대 저 차이는 어떤 놈 장난인 것만 같다. 본인의 자서전을 이렇게 써온 그놈이 그놈일 것이다. 미스 양이 뚫어놓은 시야를 구경꾼이 다시 덮었다.

"어라, 이 할망구 샛서방 보나." 가게 문이 열리지 않는 것이었다. 매가리 없는 주먹이지만 열 번도 넘게 두드렸는데 열리지를 않았다. 가게 안에 아내 모습도 보이지 않았다. 무섭다고 우는 소리 하더니만, 문 걸어잠그고 방에 들어가 이불 쓰고 드러누웠나 보다. 초긴장 상태라 잊고 있었던 피로가 온몸을 깔아뭉개는 것 같았다. "문 열어. 이 빙충아."

분위기가 바뀌었다. 집단적으로 왕왕대더니, 목청 아픈가, 한 놈이 떠들고 다른 놈들은 듣는 것이었다. 녀석들은 한결같이, 팔꿈치를 치켜올리면서 '뭐뭐하자!'는 말로 끝맺었다. 그러면 입 다물고 듣고 있던 놈들이 일제히 주둥이를 한껏 벌리고, 역시 팔꿈치를 치켜올리면서, 그 '뭐뭐하자!'를 한두 번도 아니고 세 번씩이나 따라 하는 것이었다. 상판이 바뀌는 것과는 상관없이 하는 말은 대동소이한 것 같았다. 집권당과 이재임 똑바로 하라는 얘기 아니겠는가.

가게문 앞 보도블럭에 엉덩이 깔고 하염없이 구경하고 있었다. 신문지 깔개 하나 못 받쳤다. 이 무슨 우중충한 꼴인가. 학생들 해대는 것도 처음에나 신선한 구경거리 같았지, 몇십 분 지켜본 결과 뉴스보다 재미가 없다. 아내는 샛서방 따라 꿈속까지 갔는지 문 열 생각을 않고, 미치겠다.

그런데 이상하다. 농사꾼 살리자는 시위에 어찌 농사꾼은 한 명도 안 보이나. 뭐 복잡하게 생각하나. 머리도 어지러운데. 노동자들 시위에 농사꾼 안 보이고, 농사꾼 시위에 노동자 안 보이고, 학생들 시위에 노동자 농사꾼 안 보이는 거나 마찬가지지 뭐.

큰 적을 무찌르려면 여러 방향에서 찔러대는 게 상수이기는 하지. 그러나, 협공! 협조적인 공격이 담보되어야 뭐가 돼도 될 터인데…… 이런 게 손자병법에 나와 있던가. 하도 오래 전에 읽어 가물가물하다. 지금 그런 정치적 번뇌 하고 있을 때인가. 이 주책바가지. "할망구, 들어만 가봐라. 어디 하나는 기필코 부러질 것이다."

줄 맞춰 움직이기는 역시 학생들 전공인가 보다. 집권당 사무실 박살낼 것처럼 설쳐대던 학생들이 줄지어, 차도도 아니고 보도블럭 위로 지나갔다. 참 얌전스럽다. 학생들에 대한 예의인 것도 같고, 가만히 앉아 있다가 밟힐 것도 같아서 피해보려고 했는데 몸뚱이가 꿈쩍도 안 해서 그대로 있었다. 학생들 대열은 순순히 피해 가주었다.

그런데 쏘아보는 눈길이 '웬 빌어먹는 할아버지가 길을 막고 있댜?' 하는 것 같았다. "할망구가 죽일 년여!" 반대편 보도로는 경찰들이 줄을 지어 움직였다. 그러니까 학생과 경찰들이 나란히 철수하고 있었던 것이다. 경찰, 저것들은 학생들을 막겠다는 거여, 보호하겠다는 거여?

거리는 다시 평소와 같아졌다. 학생과 경찰과 구경꾼에게 잠시 점거당했던 차도는, 다시 차들의 세상이 되었다. "오빠, 왜 이러고 있어?" 미스 양이로구나. 너 참 오늘 자주 만난다. 물 나르는 직업이 H시에서 제일 바쁜 직업이라더니 오늘에야 동감하겠다. 그런데 자세가 그래서인가 그곳이 훤히 보였다. 그새 꽃무늬가 물방울로 바뀌었다. "할망구가 문을 안 열어준다야." "그러니까 평소에 잘하셔야죠." 그예 손녀뻘 되는 것한테 한 수 가르침받는구나. 하늘은 어느덧 황혼이었다.

얼굴 보는 대로 즉시 주먹을 날려 면상을 돌릴 생각이었는데, 그럴 힘이 없었다. "목청 애꼈다가 뭐 할라구 그랬슈. 가는귀먹었어두 들을 건 다 듣는디." 말할 힘도 없었다. 일단 저녁을 먹었다. 밥 먹은 힘이 생기는 대로 치죄고 뭐고 그냥 푸닥거리 한판 세게 놀 계산이었다. 그런데 피로가 활화산처럼 쌓였던가, 숟갈 놓는 즉시 용암 같은 잠이 쏟아져왔다. "니, 얼른 주무슈. 늙으면 그저 잠이 보약유." 눈치 살살 보던 아내, 얼른 이부자리 펴고 베개 받쳐준다. 눈알에 힘주고, "잠이 너 잠시 살려줬다. 이따 깨서 보자잉?" 겨우 입술에 힘주고 눈꺼풀 닫았다.

어라? 이게 누구랴? 미스 양 아닌개비. 그런데 미스 양 배 타고 노 젓는 거 또 누구여? 장용만이! 짜식, 힘도 좋네. 아닌데, 저거 장용만이 상판이 아니여. 어라! 최씨 슈퍼 수문장 본인 아녀! 미쳤나비. 미쳤어! 왜 내가 너를 타고 있다냐. "난, 오빠가 좋아!" 우아,

184

발가벗고 한 이불서 뒹굴며 들어보니 더욱 아름다운 목소리구나. 에라, 모르겠다. 나도 네가 좋다!

아야! 아야! 누가 감히 나를 때리는 겨? 어떤 새끼여? "당신 망구유. 잘하는 짓이유. 당신은 좀 맞아야 뎌." "왜, 하필이면 파리채로 때리는 겨?" "그럼 시방, 파리보다 낫다는 겨? 가슴에 손을 얹고 반성 좀 혀보란 말유." 맞아 죽네. 맞아 죽어! 그만 때려…….

머리맡에 놓여진 숭늉 마시고 정신 차려보니, 9시 뉴스 정치 얘기할 때쯤 되었다. 초저녁부터 실컷 자두었으니 오늘밤 잠 청하기는 다 글렀다. 어랍쇼! 그놈의 파리채가 문지방께서 노려보고 있다. 파리채를 질끈 밟아주었다. "파리나 잡을 것이지, 그 좋은 잠을 왜 깨우고 지랄여."

아내는 소파에서 끄덕끄덕 졸고 있었다. 도둑놈 들어와 싹 내가도 "누가 왔었대유?" 하겠다. 취침 전 각오도 있고 해서 지청구 일갈로 한바탕 시작을 벌일까 했는데, 참기로 했다. 꿈속이라지만 외도는 외도, 본인도 잘한 건 없다. 텔레비전 화면은 드라마인데 재미 어지간히도 없었나 보다. 드라마라면 자다가도 벌떡 일어나는 아내를 졸게 할 정도면 거의 수면제 수준일 터였다.

중무장한 젊은 놈 셋이 벌컥 들어섰다. 깨우기 안쓰러워 그대로 놓아두었던 아내, 소스라쳐 일어났다. "죠스바, 스무 개만 주세요." 옛날엔 여름 끝나면 바로 아이스크림 떼기를 그만두었는데, 요샌 계절을 가리지 않고 심심치 않게 팔리는 터라 종류야 일천하지만 약간량 구비하고 있었다. "죠스바는 없는디." "죠스바 없어요? 낭패네." "다 똑같은 아이스께끼여." "아녀요. 죠스바는 차원이 틀려요. 거의 예술예요." "해튼 읎어." "할 수 없죠 뭐. 아무 거나 먹죠. 야, 늬덜이 골라봐." 작대기 네 개 계급장 단 녀석은 사뭇 명령조였다.

복색을 보아하니 아까 시위 때 학생들을 포위하고 있던 어린 경찰들이었다. 전경이라던가 의경이라던가.

"근디 데모 끝났잖여? 왜 부대 안 가고 여기서 얼쩡거리냐?" "학삐리 새끼들을 믿을 수가 있어야지요." "그게 뭔 말이다냐?" "언제 타격받을지 몰라요." "타격? 타격이 뭐여?" "학삐리들이 쓰는 말인데요, 경찰서나 집권당 같은 데 기습 공격하는 걸 타격이라고 그러나 봐요." "아까 끝난 게 아니란 말여?" "그건 뭐, 그냥 집회고요. 학삐리들 한 번은 덤빌 것 같아요." "그려?" "운동권 애들도 똑같잖아요. 정치하는 것들하고……" "뭔 소리다냐?" "성과주의요. 한 건수 해야 뭐 했다고 생각하는 거죠. 전시효과 말예요."

"그럼, 시방 느그들은 집권당 지키고 있는 거구만?" "그렇죠, 뭐. 뭐 하는 짓거린지 모르겠어요. 우리가 뭐 집권당 새파튼가." "근디 날도 찬디 아이스크림을 먹구 그런다냐. 배탈 나면 어쩔라구." "아직은 시원해요."

"벌써 문 닫을라구요?" "열시두 안 됐는디 벌써 문을 닫어. 담배 한 갑이라도 더 팔아먹어야지." "그럼, 또 어디 뒤질르러 가는규?" 아내는 벌써 제 죄를 잊고 본 말투로 돌아와 있었다. "감찰 좀 할라구 그랴." "감찰유? 그게 무슨 낙동강 오리알 같은 소리래유?" "드라마나 봐."

차도 건너 국민은행 앞에 경찰버스 한 대가 서 있다. 창문마다 구멍 촘촘한 쇠철망 덧붙인 꼬락서니가, 닭장차라더니 영락없이 그렇게 보였다. 그 닭장차 안에 들어가 있는 대가리가 셋, 닭장차 앞뒤로 한 명씩 해서 둘, 장용만이네 복덕방 밑에 둘, (어라, 아직 퇴근을 안 했네. 미스 양 저기 들어가 있는 거 아냐?) 편의점께 둘,

186

집권당사 정문에 넷, 집권당 정문 왼쪽 안일 약국 앞에 둘, 집권당 오른쪽인 이쪽 농협 앞에 둘, 도합 열일곱이었는데, 저쪽 골목에서 네 녀석이 더 나타나 스물하나가 되었다. 새로 나타난 넷 중에 하나가 멀리 보아도 서른대여섯 살은 먹었음직한 게 소대장쯤 되는 것 같았다.

감찰 결과, 기가 막혔다. 지킨다고 해서 철통 같은 경계를 펴고 있나 했더니만, 엉거주춤 앉은 놈, 짝다리 짚은 놈, 벽에 기댄 놈, 찧고 까부느라 시끄러운 놈, 쇠파이프 들고 칼질하는 놈, 노래 부르는 놈, 닭장차에서 조는 놈…… 밤소풍 나온 놈들 같았다. 저런 것들 믿고 잠을 어떻게 잔단 말인가?

뉴스고 뭐고 불안해서 정신이 오락가락했다. 얼른 셔터 내리는 게 상수인 듯싶었지만, 앞으로 오는 거나 막을까 말까, 지붕 위로 떨어져내리는 것은 어쩔 것인가. 학생놈들 무조건 옳다고 믿는 것, 심각히 재고해보아야겠다. 이렇게 늙은 사람 노심초사하게 만들면, 백의천사도 아니고, 우호적일 수가 없다. 개인의 안위를 위협하는 그 어떠한 세력도 용서할 수가 없단 말이지.

함성 소리, 급박하게 뛰는 소리, 부딪히는 소리, 깨지는 소리, 비명 소리, 쇠 맞닥뜨리는 소리, 부르는 소리, 욕지거리, 그리고 총소리…….

아내는 벌써 땅바닥에 배를 붙이고 있었다. 그러고 보니 본인도 소파 앞 탁자 밑에 고개를 쑤셔박은 채였다. 육이오 난리 이후로 이토록 무서운 때는 처음이었다. "119, 119, 119……" 아내가 손가락으로 카운터 전화기를 가리키면서 입술을 바르르 거렸다. 못 본 척했다. 너만 무섭냐.

고요해졌다. "나가 봐유." 오늘 체면 막 구긴다. 겨우 일어서기는 했는데 가게 문 열고 나갈 엄두를 못 내겠다. "나가 좀 보라니께유." "진정 좀 허구." "사내가 되어서 뭔 겁이 그리 많대유?" "겁나서 그러는 거여? 정세 판단하는 거 아닌가비." "초등학교 울타리 지켰다구 툭하면 문자나 쓸 줄 알았지……" "주둥이 확 찢어버린다."

귀청을 갈짓자로 휘젓는 사이렌 소리. "이건 또 뭐래유?" 엉거주춤이던 아내, 다시 낮은포복이었다. 그러나 사이렌이라면, 이제 안심해도 좋다는 소리다. 국가가 주는 월급 타먹는 놈들이 왔다는 거 아닌가. 아무래도 밖의 동태가 위험하지는 않은 것 같다. 사람들이 왁자하게 떠드는 소리! 폭풍은 일단 지나가고, 구경 정국으로 선회했다는 증거가 아니고 무엇이겠는가. 짐짓 용감한 체 아내에게 떠벌렸다. "어떤 놈들이 남의 가게 앞에서 지랄여."

아하! 굼뜬 죄로 아까운 구경거리 놓쳤다. 소방서의 화력이 집권당사를 목욕시키고 있었다. 조금만 더 일찍 나왔어도 집권당사 태우던 불길 한자락은 보았을 것 아니냐. 장사진을 친 구경꾼들 흐뭇한 얼굴을 보니, 보통 재미있는 광경이 아니었을 것이다. 집권당 정문께에 유리 파편이 번뜩였고 돌멩이가 지천으로 깔려 있었다.

갑자기 도시 저쪽에서 총소리를 볶았다. 구경꾼들은 호기심 어린 시선을 그쪽 밤하늘로 옮겼다. "저쪽이도 뭐 있나?" "파출소 있잖여." "학생들이 겁대가리가 읋긴 읋네." "경찰놈들 바보 아녀?" "내가 아까 지나가면서 보니까 방비가 허술하더라." "오늘 낮에 한바탕 했으니까 오늘밤엔 조용히 넘어갈 줄 알았나 보지." "잡히는 놈은 징역 좀 살껴." "징역 가기 전에 맞아죽지나 않으면 다행이지." "하나두 못 잡았을껴."

"하나 잡혔어? 니, 여기는 상황 끝났나 벼. 볼 거 없어. 나두 그쪽으로 가야겠네. 그럼 그쪽서 만나자고." 혼자 왜 중얼거리나 했더니 핸드폰을 들고 있었다. 구경에도 최첨단 장비가 이용되고 있었다.

구경꾼들 말 들으며 고개를 끄덕거리는데, 망연자실해 있던 경찰들 자세가 뻣뻣해졌다. 폼나는 승용차가 질주해오더니 뒷문에서 작은 사내 하나가 내린 것이다. 낮에 창문으로 보았던 경찰서장이었다. 경찰서장 앞에 부동자세를 하고 선 건 아까 소대장쯤 되어 보이던 경찰이었는데, 서장이 볼 것 없이 그의 무르팍을 차버리는 것이었다.

"되게 아프겠슈. 그리두 처자식 딸린 나이는 되었을 것 같은디 얼마나 섭섭할까잉." 어디서 오지랖 넓은 소리 들리기에 고개 돌려 보니, 아내였다. 아내도 어느 결에 나와 구경에 신이 나 있었던 것이다.

가게 문 닫을 때 보니, 집권당을 지키는 경찰아이들이 배로 늘어 있었다. 비로소 학생이 아니라 무장공비가 쳐들어와도 막아낼 것 같은, 삼엄한 분위기가 감돌았다. 철통 태세가 뭔지를 알겠다. 윗놈들한테 작신 깨진 모양이었다.

"소 잃은 다음이 외양간 고치면 뭐 한대유?" "소가 있기나 했었남. 외양간만 있었지." "그럼 소를 잡아야지 외양간이다 왜 시비래유?" "무슨 뜻여?" "언제 내 말이 뜻이 있었간유. 그냥 나오는 대로 지껄였슈." "그려? 나오는 대로 지껄여두 간혹 뼈 있는 말이 나오는구만." "어련하겠슈. 누구 마누란디."

학생들이 또 오거나 말거나 이젠 불안하지 않다. 정예로 선발된 녀석들만 왔기 때문이겠지만, 타격인가 뭔가 한다고 나서는 녀석들 중에는, 뭐 삐뚤어진 놈은 없다는 것을 확인했기 때문이다. 녀석들은 정확히 집권당사만 타격했다. 집권당사 옆구리에 게딱지처럼 붙은 본인의 도솔천에는 돌멩이 한 개 날아오지 않았고, 불똥한 방 퉁겨들지 않았다.

그러나저러나 초저녁에 한 잠 족히 자두었으니, 이 길고 긴 밤을 어쩔거나. 장용만이 말마따나 간만에 아내 속살이라도 주물러볼까. 아내는 징그럽다고 펄펄 뛰겠지.

전설, 기우

증거를 사전에 없애버리겠다고 소설 수거에 들어간 것인데, 스스로 생각하기에도 터무니없는 짓이 아닐 수 없었다. 용공적인 문서도 아니고, 국가 전복을 꾀하려는 세력의 불온한 문서도 아닌, 하찮은 소설 나부랭이를 검찰이 미쳤다고 찾아나설까. 그럼에도 불구하고 나는 소설을 회수하려는 요란법석을 멈추지 못했다.

1

갑자기, 신병 하철주가 깊이를 가늠할 수 없는 저수지 속으로 뛰어들었다. 돌발적인 행동이었다. 내가 저지할 틈은 전혀 없었다. 철주의 젖은 머리가 수면 위로 솟았다. 철주는 헤엄을 치지 못하는 게 분명했다. 철주는 허우적거리며 "사람 살려! 사람 살려!" 필사적으로 울부짖었다. 나는 손바닥으로 두 귀를 틀어막았다. 철주의 팔짓이 약해져갔다. 철주가 물 속으로 빨려들어가는 광경을, 끝까지 바라보았다. 내 얼굴은 냉정했다.

언제 등장했는가, 서장과 조 형사가 나를 심문하고 있었다. "너는 수영에 '水' 자도 모르는 졸병한테 수영하라고 시켰다." 나는 두 손을 휘휘 내저었다. "아닙니다. 그게 아닙니다. 절대로!" "왜 가만히 쳐다보고만 있었나?" "그럴 수밖에 없었습니다. 저도 수영을 못

합니다. 저도 맥주병이라구요. 개를 구하기 위해서 무턱대고 뛰어들 순 없었습니다." "주위 사람들에게 알릴 수는 있었지 않은가?" "주위엔, 아무도 없었습니다." "나뭇가지라도 꺾어 던져주어야 했을 게 아닌가?" "주위엔 아무것도, 아무것도 없었습니다. 오직 바위뿐이었습니다." "바위라도 뽑아 던져야 했을 게 아닌가." "저는 바위를 뽑을 만한 힘이 없습니다."

"미필적 고의에 의한 살인이다. 너는 하철주에게 저수지로 뛰어들라고 명령했다. 고참의 명령이 아니라면, 그 어떤 미친놈이 수영도 못 하면서 물에 뛰어들겠나? 뛰어들라고 명령은 했어도, 하철주가 익사하기를 희망하거나 의도하지는 않았다고 치자. 그러나 너는 하철주가 익사해도 상관없다고 용인했다."

"아닙니다. 말도 안 됩니다." 서장이 조 형사에게 명령했다. "뭐 하고 있나? 어서 이 살인자를 감옥에 처넣어." 조 형사의 손아귀에는 수갑이 시퍼렇게 빛나고 있었다. "아닙니다. 억울합니다." 나는 무릎을 꿇고 두 손바닥을 싹싹 비벼댔다. 울부짖었다. 서장의 바짓가랑이를 부둥켜 잡았다. "살려주세요! 살려주세요!" 하철주가 허우적거리며 울부짖던 것만큼이나, 격렬하게 울부짖었다. 조 형사가 유연한 동작으로 내 손목에 수갑을 채웠다. 수갑 안에 감금된 두 손을 닳도록 비볐다. 살려달라고, 살려달라고, 발악했다.

나는 꿈에서 깨어나 한동안 얼얼했다. 새벽이었다. 불을 밝히고 책꽂이를 뒤져 국어사전을 찾아보았다. '미필적 고의'는 법률 용어로, '결과를 의도하거나 희망한 것은 아니지만 자기의 행위가 그것을 야기시키는 일이 있어도 상관없다고 용인하는 심리 상태'라고 적혀 있었다. 몰랐던 용어였다. 꿈이 가르쳐준 단어였다.

언뜻 경찰서 생각이 났다. 불길한 예감이 가슴을 가득 채웠다.

떨리는 손으로 전화기를 들었다. 외박이나 정기휴가중에, 경찰서에 전화 걸어보기는 처음이었다. 나는 마지막 정기휴가중이었다. 전화를 받은 상황실 졸병은 아직도 놀랐던 가슴이 진정되지 않았다는 듯이 말을 자꾸 더듬거렸다.

사고는 전날 대낮에 발생했다고 했다. 경찰서를 뒤흔드는 듯한 굉음이 들렸다. 모두들 정문 초소를 향하여 뛰었다. 정문 초소는 한순간에 벽돌 무더기로 변해 있었다. 몇 발짝 떨어진 곳에, 앞쪽이 찌그러진 15톤 덤프트럭이 서 있었고, 얼굴이 하얗게 질린 운전자가 발발 떨고 있었다. 운전자에게서는 술냄새가 났다. 모두들 달라붙어 건물의 잔해를 치우기 시작했다. 모두들 가슴을 졸였다. 벌써부터 눈물을 글썽이는 대원도 있었다. 정문 초소에서 근무하고 있던 대원들, 그들이 도저히 무사할 것 같지 않았다.

두 근무자의 모습이 보이기 시작했다. 그들은 살아 있었다. 모두들 환호성을 질렀다. 두 근무자는 각각 전치 2주, 전치 5주의 진단을 받았다. 사고에 비해 너무나 가벼운 부상이었다는 게 공론이었다고 했다.

"정말 다행이다. 정말 다행이다. 정말 다행이야. 그 운전사 새끼 반은 죽여버려." 나는 전화기에다 대고 자꾸만 되뇌었다. 전화를 끊고 나서도 "기적이다"라고 웅얼거리며, 몇 번이고 가슴을 쓸어내렸다.

만약 그 사고가 일어나지 않았다면, 나는 그 꿈을 곧 망각했을지도 모른다. ㄱ경찰서 정문 초소가 붕괴된 지 열다섯 시간 뒤에, 나는 기차로 세 시간 거리 떨어진 고향집에서 꿈을 꾸었던 것이다. 휴가가 끝날 때까지 하철주가 등장하는 꿈을 또 꿀까 봐 잠자리에 들기가 불안했다.

철주가 죽은 지 어느새 석 달인가 지나 있었다. 우리들은 철주의 일로 숱한, 달갑지 않은 방문을 받았다. 경비과의 내사, 지방경찰청의 조사, 규율대의 연달은 기습 점검, 검찰의 수사, 그리고 철주네 가족들의 방문……(철주네 가족들은 수시로 찾아와 "너희들이 우리 철주를 죽였다"고 했다.) 우리들은 차츰 짜증이 났다. 철주가 원귀가 되어 괴롭힌다는 원망을 대놓고 하는 동료도 있었다. 그러나 많은 시간이 흘렀다. 표면적으로는 검찰도, 경비과도, 심지어는 우리들도 철주로부터 자유로워진 것 같았다. 철주네 가족들의 방문도 끊긴 지 오래 되었다. 그러던 차에, 정문 사고는 일어났던 것이다.

나는 귀소한 뒤, 정문 사고가 일어난 시간을 전후로 해서, 하철주가 등장하는 꿈을 꾼 것은 나만이 아님을 알았다. 각각의 꿈 내용도 기묘했지만, 하루이틀 사이를 두고 일곱 명이 모두 하철주를 꿈에서 만났다는 것이 더 기묘했다. 철주와는 아무 상관이 없는 정문 사고가, 철주의 해코지인 것처럼 착각되었다. 붕괴된 정문 초소를 볼 때마다 철주가 생각났고, 철주를 떠올리면 등골이 오싹했다. 야간 근무를 설 때면, 어둠 속에서 하철주가 불쑥 뛰쳐나와 손을 내밀 것만 같았다.

2

나는 여름에 전역했고, 9월에 바로 복학하였다. 9월 첫째주 나는 생애 첫 소설을 쓰고 있었다. 선무당이 날뛴다고 첫번째 습작 소설은 일사천리로 써졌다.

소설을 쓰면서, 실제로 체험한 일이 꾸며낸 이야기보다 설득력이 없을 수도 있다는 생각을 하지 않을 수 없었다. 특히 그 꿈이 그랬다. 나는 분명히 그 꿈을 꾸었고, 경찰서 정문 붕괴 사고도 실제로 일어난 사건이었음에도 불구하고, 쓰는 나 자신부터가 억지로 꾸며낸 우연의 얘깃거리처럼 여겨지는 것이었다.

나는 실체험을 적당히 숨기거나, 왜곡하거나, 재구성할 수 없었다. 글재주가 형편없었기 때문이기도 했지만, 숨기거나 왜곡하거나 재구성하고자 하는 것은 철주에 대한 예의가 아닌 것 같았다. 있는 그대로 쓰는 것이 철주에 대한 예의라고 생각했다. 그러나 소설의 소재로 삼았다는 것부터가 철주에 대한 예의가 아니라는 것을, 나는 또 알고 있었다.

하지만 나는 소설을 쓰고자 하는 욕구를 접을 수 없었고, 철주의 탈영과 자살만큼 뼈대를 갖춘 이야깃거리를 내 짧은 생애에서 찾아낼 수 없었으며, 상상해낼 능력도 없었다.

아무튼 칠팔십 매를 목표로 했는데, 마침표를 찍고 보니 백 매가 넘어 있었다. 정신없이 써갈긴 소설을 찬찬히 읽어보니, 어찌된 일인지, 애초에 의도했던 바와는 다르게 씌어져 있었다. 하철주의 죽음에 대한 도의적 반성을 주제로 했는데, 결과는 도의적인 책임마저 없다는 식으로 씌어져 있었다. 오히려 개인적인 일로 인하여 스스로 비극을 향해 치달은 하철주 때문에 나머지 대원들이 시달렸다고, 너절하게 늘어놓고 있었다.

제목은 '전설'이라 붙였다. 사람들은 또 군대 이야기냐고 하면서도, 군대 이야기의 홍수 속에서 헤어나질 못한다. 군대가 사라지지 않는 한, 아무리 싫어도 군대 이야기를 듣지 않고는 살 수 없는 것이다. 군대가 없는 세상이 온다면, (꼭 그런 세상이 와야 된다고 믿는데) 이 시대의 군대 이야기는 후손들에게 다만 '전설'로 남을 것이다. 군대 체험을 쓴 소설들이야말로, 그 전설의 훌륭한 증거물이 아니겠는가.

「전설」을 합평회에 내놓았다. 이런 말들을 들었다.

"……또 지겨운 군대 이야기였습니다. 이문우 학형께서도 역시나 복학증후군을 뛰어넘지 못하고 군대 소설을 쓰고 말았습니다. 통과제의입니까 뭡니까, 이거. 군대 소설 한두 편 써야 군대 시절이 정리되는 겁니까? 군대 이야기는 잘 써도 본전입니다. 이미 한국 문단의 수많은 소설가들이 할 수 있는 이야기는 다 한 판국이 아닙니까……"

"……우리는 전투경찰 하면 데모 막는 전경만 생각하는데, 이 소설은 경찰서 지키는 전경 이야깁니다. 소재의 특수성은 있었다고 봅니다. 특히 전투경찰은 계급이 '경'으로 끝난다는 거, 육군 병장에 해당하는 게 전경에서는 '수경'이라는 거, 이런 것들을 처음 안 사람들이 태반이 아닐까 싶은데요, 그런 거 알게 해줬다는 것은 고무적이었습니다. 그러나……"

"……군대는 아직도 탐구가 끝나지 않은 소재의 원천입니다. 군대가 이 땅에서 사라지지 않는 한 그 탐구는 계속될 필요도 있습니다. 그러나 이 소설은……"

"……아주 편안한 구성을 택하고 있습니다. 너무 편해 보여서 성의가 없어 보이기까지 합니다. 신병이 없어진 것을 발견한 순간부터, 작중의 관찰자인 '내'가 신병이 등장하는 악몽을 꾸게 될 때까지의 일을 시간의 순서에 따라 그대로 나열하고 있습니다. 한마디로 단편소설의 덕목인 암시와 복선을 모르는 건지, 알면서도 일부러 그런 건지 모르지만, 철저히 무시하고 있습니다. 극언을 하자면 구성이 뭐고 없는 소설입니다……"

"……주제의식이 너무 미약합니다. 아니, 주제의식이 없다고 보는 편이 좋겠습니다. 신병이 왜 탈영해서 자살했는지에 대해 심사숙고하는 것도 아니고, 그렇다고 사건이 일어난 후 나머지 전경들의 심리를 추적한 것도 아니고……"

"……이 소설에서 소설적 장치가 그나마 있다면 악몽 이야기입니다. 그 악몽을 통해 주인공이 느끼는 심리적 압박감을 표현하고 싶었던 모양인데, 너무 뻔해 보이는 의도였습니다. 꿈을 통해 뭔가 이야기하려는 것은 이제 우려먹을 대로 우려먹은 진부한 방식이 아닙니까……"

"……이것은 소설이라기보다는 하나의 소재라고 봅니다. 이 소재를 묵히고 묵혀서 다음에 진짜로 소설이 씌어지기를 바랍니다. 머릿속에 명확히 정리되지 않고 삭혀지지 않은 소재를 남발하면서 소설이 되기를 기대한다는 것은……"

나는, 내가 소설을 쓴 게 아니고 체험수기 흉내나 내고 말았음을 인정하지 않을 수 없었다.

합평회가 끝나고 며칠 뒤, 나는 또 그 꿈을 꾸었다. 하철주가 저수지로 뛰어들고, 나는 서장과 조 형사에게 취조받는 그 꿈. 소름이 바늘 끝처럼 돋고 식은땀이 철철 흘렀다. 죽을 때까지 이 꿈을 잊어버리지 못할 것이라는 섣부른 예감이 들었다. 그리고 또다시 이 꿈을 반복해서 꾸게 될지도 모른다는 공포가 엄습해왔다.

3

바쁘겠지만 몇 가지 문의할 일이 있으니, 목요일까지 검찰청으로 출두해주면 감사하겠다는 내용의 관제엽서였다. 목요일이라면 바로 다음날이었다. 소인의 날짜로 보아 사나흘 전부터 학과 우편함에 방치되어 있었던 모양이다. 발신인은 'ㅈ검찰청 204호 검사실 이경기 검사보'였고, 전화번호가 적혀 있었다.

"⋯⋯이문우씨라고 했죠? 하철주, 하철주 알죠?" "압니다. 하지만⋯⋯" "그 일인데⋯⋯ 자세한 얘기는 나와서 검사님이랑 하시고⋯⋯ 됐지요?" "저 잠깐만요. 그 일은, 하철주 일은 다 끝난 게 아니었습니까?"

신호음이 윙 하고 흘렀다. 나는 멍청해졌다. 하철주라니. 담배 한 대를 피운 뒤에, 수첩을 뒤져보았다. ㄱ경찰서 경비과의 전화번호가 있었다. 안부 전화 한 통 하지 않다가 이런 일이 발생하자 전화를 한다는 것이 마음에 걸렸다.

전화를 받은 것은 임 순경이었다. 나는, 빼빼 마른 몸에 얼굴이 허옇던 임 순경의 외모뿐만 아니라 목소리까지 잊지 않고 있었던 것이다. "⋯⋯참, 검찰청에서 무슨 연락 간 것 없어?" "사실은 그거 때문에 전화드렸어요. 검찰청에서 오라고 하네요." "그렇지, 우리도 그것 때문에 그런다. 하기는 네가 그런 일 아니면 여기에 전화를 했겠냐만, 아무튼 전화 잘했다. 우리는 네가 그냥 검찰청으로 덜컥 들어가버릴까 봐 걱정 꽤나 했다. 마음 일단 놨다. 너 검찰청으로 가지 말고 여기부터 들러야 한다. 꼭."

수첩에는 하철주가 탈영했을 당시 고참이었거나 동기였던 청년들의 이름과 전화번호도 적혀 있었다. 하철주에 관한 문제라면 유

200

독 나에게만 출석요구서가 보내졌을 리 없었다. 사회에 나가서도 인연을 유지하자고 서로 나누었던 전화번호들. 하지만 나는 동기 조병호를 제외한 누구에게도 전화를 걸어본 적이 없었다. 조병호는 막노동판 생활을 하고 있었다. 늦은 밤 나는 남도 땅에 사는 병호에게 전화를 걸었다. "아니. 난 그런 거 안 받았는데." "그럼 나한테만 왔다는 거야!"

하얀 견사를 두른 전경이 어떻게 오셨느냐고 물었다. 처음 보는 얼굴이었다. 내가 전역한 뒤에 경찰서에 들어온 신병일 것이다. 나는 대답하는 대신 새로 지어진 정문 초소 안을 기웃거렸다. 예전의 정문 초소가 내려앉을 때 기적적으로 무사했던 명화가 바삐 뛰어나왔다. 명화는 내 손을 부여잡으며 활짝 웃었다.

"그간 어여 지내셨습니까. 오신다는 얘기는 들었습니다." 명화에게 이끌려 들어갔다. 내가 전역을 열흘인가 남겨두었을 때 완공된 초소 안은 제법 안온해 보였다. 갓 지어진 벽돌 건축물 특유의 냄새는 완연히 가시었고, 사물들은 제자리를 잡은 듯 보였다. 대형 냉장고와, 24인치 텔레비전 등은 전에 없던 것으로 눈에 확 띄었다.

명화가 인사 치례로 이것저것을 물었다. 건성으로 대답해주었다. 명화는 내가 여전히 고참이라도 된다는 듯, 꼬박꼬박 '이 수경님'이라고 호칭했다. "야, 나 이젠 사제인이야. 말 편하게 해라, 좀." "무슨 말씀이십니까. 한번 고참은 영원한 고참 아닙니까." "고참 되니까 좋지? 꼴 보기 싫은 놈들 사라지니까 말이야." "아닙니다. 차라리 그때가 좋았다니까요. 졸병놈들 하는 꼬라지 보고 있으면, 하루에도 천불이 열 번은 난다는 거 아닙니까." 내가 고참일 때, 누가 고참 생활에 대해 물으면 지껄이곤 하던 얘기를, 이제 고참이 된

명화도 지껄이고 있었다.

임 순경과 김 순경이 약간 과장된 목소리로, 부모님은 잘 계시는가, 대학 생활은 재미있는가, 설마 또 데모하고 다니는 것은 아닌가, 새로 사귀는 아가씨는 있는가, 한꺼번에 대답하기에 벅찬 질문들을 해왔다. 나는 머리를 긁적이며 대답을 회피했다. 부모님은 잘 계시다, 대학 생활은 그저 그렇다, 데모와는 완전히 담쌓았다, 그래서 데모하는 후배들에게 동참하지 못해 미안한 마음을 갖고 있다, 사귀는 아가씨는 없고 얼굴을 바라보면 행복한 아가씨는 있다, 하고 조목조목 대답하지 않았다.

경비계장은 형식적으로 주고받는 인사 절차도 못마땅하다는 듯 막바로 본론을 꺼냈다. "다른 말 필요 없고 딱 한 가지만 물어보자. 너, 하철주가 없어진 걸 발견한 게 정확히 몇시쯤이야?" 고작 그거 물어보자고 사람을 경찰서까지 불렀나 의아해하면서, 별 생각 없이 대답했다. "한시쯤이었던 것 같습니다."

"뭐라고, 한시?" "예, 그런 것 같습니다." "그러면 그렇지. 내가 그럴 줄 알았다." 경비계장은 성난 얼굴로 책상을 내리쳤다. 경비계장이 입을 다물어버린 대신, 이 경장이 입을 열었다. "검찰청에서 너를 왜 부르는지 알아?" "아뇨. 다 끝난 일인 줄 알고 까맣게 잊어버리고 있었는데 느닷없이……" "시간 때문이야." "시간요?" "그래 시간."

하철주의 가족이 다시 한번, 수사를 요구했다. 수사를 다시 하는 과정에서 뜻밖의 문제가 발생했다. 관련자들의 말이 일치하지 않는 부분이 생겼다. 사건 발생 당시 상황실에 근무했던 정상훈 상경과 김준우 일경의 진술이 의외였다. 그전까지는 하철주가 탈영한 것을 발견한 시간은 관련자들의 일치된 진술에 의하여 03시경이라고 되어 있었다. 그런데 3주 전 검찰청에 갔던 정 상경과 김 일경이 01시경이라고 진술했다는 것이다.

비로소 전역자 중 유독 나에게만 출석요구서가 날아왔는지 짐작할 수 있었다. 경비과에서 경찰서에 꼭 들렀다 가라고 한 이유도 알 만했다. 하철주가 없어진 것을 최초로 발견한 자가 바로 나였다.

정 상경과 김 일경도 오늘 다시 검찰청에 출두할 것이라고 했다. 01시경이었다는 진술을 03시경이었다, 라고 번복하기 위해서라고 했다.

"임마! 잘 생각해봐. 젊은 놈이 그렇게 기억력이 없어 되겠어. 이 늙은 머리도 기억이 또렷또렷한데." 잠자코 있던 경비계장이 벼락 치듯 한 말이었다. 그는 '늙은'이라고 말했지만 마흔 살이 조금 넘었을 뿐이었다. "글쎄요. 잘 모르겠습니다." "임마! 정신 똑바로 차려. 경찰서 안 들렀으면 어쩔 뻔했나. 섶을 지고 불로 뛰어들 뻔했잖아."

경비계장의 말은 03시경이라고 진술하라는 강요처럼 들렸다. 만약 내가 검사한테 01시경이라고 진술한다면? 내 수첩에 전화번호가 적혀 있는 동기와 고참들도 검찰청에 출두해야 될는지 모른다. "세시경이 맞는 것 같습니다." "맞으면 맞는 거지, 맞는 것 같은 건 또 뭐야?" "세시경입니다." "그러면 그렇지." 경비계장의 얼굴의 환해졌다.

"너 혹시 졸병들 때린 적 있어?" 이 경장이 콩나물국에 밥을 말며 물었다. 나는 소시지부침에 젓가락을 가져갔다. "저도 사람인데요." "하철주는?" "탈영하기 전날인가, 전전날인가 엉덩이 몇 번 걷어찬 일이 있습니다." "검사한테도 그렇게 솔직하게 대답할 거

아?" 이 경장은 눈을 부라렸다. "솔직한 것은 좋은데, 해서는 안 될 말이 있는 거야." 나는 말문이 막혔다.

"때린 적 있어?" 이 경장이 다시 물었다. "없습니다." "맞은 적은?" "없습니다." 오래간만에 먹어보는 경찰서 식당 밥을 말끔히 비웠다. 이 경장이 더 먹으라고 했지만 배부르다고 대답했다.

"어쨌거나 이 경장님이 제일 고생 많이 하시네요." "그건 그렇다. 그놈 탈영한 뒤로 밤잠을 제대로 자본 적이 없을 지경이니…… 그놈 시체 부검하는 거 생눈 뜨고 지켜보던 거 생각하면, 지금도 끔찍하다." 하철주와 관계된, 수많은 일처리 한가운데에, '전·의경 관리 담당'이란 직책을 가지고 있던 관계로, 이 경장이 있었다.

임 순경과 정 상경, 김 일경이 기다리고 있었다. 이 경장은 차까지 배웅해주었다. "가끔 들르겠습니다." "네 놈이 잘도 찾아오겠다. 이런 일이 아니라면 코빼기라도 보일 놈이야? 전화 연락이나 가끔 해. ……경찰서 들렀다 왔다는 말, 하면 안 된다." 이 경장은 갑자기 생각났다는 듯이 덧붙였다.

정 상경과 김 일경은 미안하다고 했다. 사실 울화통이 치밀었지만, 나는 웃으면서 괜찮다고 대답해주었다. 정 상경에게, 고참들 제대해서 군대 생활 편해졌겠다고 했더니, 별 말씀을 다 하신다고 했다.

문득 습작 소설 「전설」이 떠올랐다. 그 습작에는 01시경으로 적혀 있었다. 그리고 하철주에게 얼차려를 주고 몇 대 때린 것까지 자세히 적어놓았다. 만약에 그 습작이 검사에게 읽혀진다면? 기우는 빠른 속도로 확대됐다. 이미 검사가 그 소설을 증거로 확보하고 있을지도 모른다는 생각으로 발전했다. 03시경이라고 진술하고,

때리기는커녕 건드리지도 않았다고 우길 때, 검사가 그 습작 원고를 들이댄다면, 꽤 난처할 것이었다.

소설은 꾸며낸 이야기에 불과하다. 세상 천지에 소설을 현실과 동일시하는 사람이 어디 있는가, 말이야 해보겠지만, 내가 보아도 소설이 아니라 체험수기 같은데, 검사한테 말발이 먹혀들어갈 것 같지가 않았다.

4

정 상경과 김 일경의 출두 시각은 나보다 한 시간 늦게 잡혀 있어, 내가 검사 앞에 있는 동안 그들은 검찰청 앞 다방에 있기로 했다.

"이문우 씨?" "예." "앉아요." 나는 삼발이 의자에 앉았다. "혹시 경찰서에 들렀다 오는 것 아닙니까?" "아닌데요." "전화도 안 해봤습니까?" "예." "무슨 일인지 궁금하지도 않았습니까?" 나는 대답하지 못했다. 검사는 말을 끊고 담배를 피웠다.

"하철주 알아?" 이때부터 검사는 순전히 반말로 일관했다. "예." "하철주가 없어진 것을 제일 먼저 발견한 것이 본인 맞지?" "예." "그게 몇시쯤이야?" "세시쯤인데요." "확실해?" 나는 약간의 연기가 필요하다고 생각했다. 잘 기억이 나지 않는다는 듯이, 고개를 갸웃거리다가 말했다.

"하도 오래된 일이라 잘 기억은 안 납니다만, 세시쯤이 확실한 것 같습니다." "오래된 일이라 잘 기억이 안 난다? 그럴 리가 있나! 너는 그날 일을 잊을 수 없을걸. 아마 생생히 기억하고 있을 텐데." "왜 제가 못 잊습니까?" 새로운 담배에 불을 붙이며, 검사는 피식 웃었다.

"어떻게 잊을 수 있나? 사람을 때렸는데. 때리고 끝났으면 아무 일 없었겠지만 맞은 놈이 탈영하질 않았나? 게다가 너도 잘 알다시피 자살까지 했잖아? 그러니 당사자인 네가 잊을 수 있겠나?" "무슨 말씀을 하시는 겁니까? 때리다니요. 저는 사람을 때려본 적도 없고, 때릴 마음조차 품어본 적 없습니다."

"그래? 좋아! 다시 한번 묻지. 하철주가 없어진 게 정확히 몇시지?" "정확하게는 모르고 세시경입니다." "하철주가 없어진 사실을 누구에게 제일 먼저 알렸지?" "누군 누구겠습니까? 당연히 분대장이죠." "틀림없나? 즉시 분대장에게 알렸나?" "당연한 것 아니겠습니까? 하철주가 자리에 없길래, 관물함을 뒤져보았습니다. 쪽지가 있었습니다. 즉시 분대장을 깨웠습니다." "어떻게 관물함 뒤져볼 생각을 해냈지? 그렇게 머리가 좋은가?" "그 상황에서는 누구나 할 수 있는 생각 아닙니까!" 전화벨이 울렸다. 검사는 수화기를 들고 누군가에게 떠들어대기 시작했다.

그날 내가 하철주의 침상에 가서 자리가 텅 비어 있음을 본 것은 01시경이었다. 가슴을 턱 내려앉게 하는 어떤 예감이 들긴 했으나 설마 그럴 리야 있겠는가 싶었다. 어디 구석에 숨어 훌쩍거리고 있는 거겠지. 경찰서 이곳저곳을 기웃거렸다. 화장실, 식당 뒤, 전경버스 안, 형사계 뒤, 정문 초소, 그리고 상황실. 상황실에 가서, 혹시 하철주가 여기 오지 않았느냐고 물었을 것이다. 그때가 대략 01시 30분쯤 되었을 것이다. 그러므로 상황실 근무자인 정 상경과 김 일경의 01시경이었다는 진술은 대충 맞아떨어진다.

내무반으로 돌아가 하철주의 관물함을 뒤졌고, 그 문제의 쪽지를 발견했다. 고참들과 동기들을 깨웠고, 분대장을 깨웠고, 그러고 있는 동안 02시가 넘었다. 분대장과 대원들의 보고를 받은, 그날의 상황실장이었던 경비계장은 한번 더 찾아보라고 했다. 그때가 02시 30분 정도. 우리들이 경찰서 안과 경찰서 외곽을 살펴보고 돌아온 뒤에, 경비계장은 탈영보고서를 작성하라고 지시했다. 그때가 얼추 03시경. 당연히 경비계장은 03시경쯤이었다고 진술했었을 것이다. 그 이후 발견 시각은 01시가 아니라, 경비계장이 상부에 보고한 시각 03시로 못박혀 있었던 것이다.

그렇게 암묵적으로 묻혀졌던 그 최초의 발견 시각이 불쑥 솟아오른 것이다. 재수사에서 검찰이 지나가는 말로 물었든, 혐의점을 두고 물었든, 처음 발견한 시각이 정확히 몇시냐는 질문에, 경비계장은 03시라고 답한 반면, 정 상경과 김 일경은 01시라고 엇갈리게 답했기 때문에 나는 출두하게 된 것이다.

나는 무턱대고 03시라고 우길 게 아니라, 01에서부터 03시까지 벌어진 일을 있는 그대로 진술할까 고려해보았다. 그러나 그것은 위험하다고 생각되었다. 01시경 철주가 없어진 것을 발견했을 때 곧바로 경비계장에게 보고했다면 아무 문제가 없었겠지만, 한 시간 반쯤 지나서 보고한 게 문제였다. 그리고 그 한 시간 반쯤 가운데, 오십여 분 가량은 고참들과, 동기와 함께 있었지만, 사십여 분 가량은 나 혼자였다. 사십여 분 동안 나는 홀로 하철주를 찾았다. 이것을 검사가 믿어줄 것인가가 문제였다.

검사는, 그 사십여 분 동안 내가 하철주를 구타했다고 의심할 수도 있는 것이다. 그리고 그 의심은, 하철주가 개인적인 문제 때문이 아니라, 구타를 못 이겨 탈영했음을 감추기 위한 경찰서 차원의 조작이 있었으리라는 더 큰 의심으로 발전할 수도 있다. 이제서 생

각해보니 내가 홀로 하철주를 찾아 헤맨 사십여 분에 대해 증언해
줄 사람이 아무도 없었다. 나는 무조건 03시였다고 우겨야만 위태
로운 지경에 빠지지 않을 수 있음을, 이젠 절실하게 느꼈다.

　"너만 세시라고 말하는군. 다들 한시라고 하던데.""누가 그랬는
데요?""너만 빼고 다들 그랬어. 다시 한번 잘 생각해봐? 한시경
아니었나?""아닙니다. 세시였어요.""한시였잖아?""세시였어요."
"자꾸 거짓말할래?""진짭니다.""한 번만 더 묻자. 몇시?""세십니
다.""안 되겠군. 정상훈과 김준우를 대질시켜주지.""저도 원하는
바입니다."

　"왜 하철주가 탈영했다고 생각하나?""그거야. 나름대로 속사정
이 있었겠지요.""네 생각을 묻는 거야. 같이 고생한 졸병이 탈영
을 했는데, 자살까지 했는데, 아무 생각도 하지 않았단 말야? 사람
이라면 그렇게 몰인정할 수 있나?""같이 고생했다니요? 겨우 일
주일인가, 이 주일 생활했을 뿐입니다. 누구나 고민은 있는 것이고
요. 하철주는 제 고민을 못 이긴 겁니다. 저희들은 뭐 그만큼 고민
없이 군대 생활 했겠습니까? 저희들은 견딘 것이고, 하철주는 견
디지 못했을 뿐입니다."

　"넌 전혀 도의적인 책임을 못 느끼는가 보군?""저도 착한 놈은
아니니까요.""착한 놈이 못 되니까 사람도 많이 때렸겠군.""아뇨.
없습니다.""착하지도 못한 놈이?""그거하고는 틀리지요.""정말
때린 적 없나?""없습니다.""한 번도?""예.""한 대도?""예.""어
떻게 그럴 수 있나? 열 받아서 엉덩이 한 대라도 걷어차봤을 텐데.
더구나 하철주 같은 경우, 일등 고문관이었을 텐데?"

　"아무튼 저는 때린 적 없습니다.""슬쩍 건드린 적도?""없습니
다.""이문우씨. 나랑 한번 해볼까? 밤새도록 해보겠어? 누가 이기

나?" "뭘 말입니까?" "뭘 말입니까? 아쭈, 세게 나오는데. ……세상 많이 좋아졌어. 그렇지 않나? 옛날 같았으면 너 같은 놈들은……"

"하철주는 육군수첩을 가지고 있었나? 병역수첩 말이야." "글쎄요, 아마 가지고 있었을 겁니다." "너는?" "저는 없었습니다." "누구나 가지고 있는 것 아닌가?" 갑자기 육군수첩을 들먹거리는 이유는 무엇인가.

"제 기억으로는 훈련소에 있을 때, 돈 주고 사는 거였는데, 저는 안 샀거든요." "남들 다 사는데 왜 너만 안 샀지?" "필요가 없을 것 같아서……" 비로소 검사의 저의를 알겠다. 하철주가 남기고 간 그 쪽지는 육군수첩을 뜯어낸 것이었다.

"네가 처음 발견했다는 그 쪽지는 네가 쓴 거였어. 네 육군수첩을 뜯어낸 종이에다가 네가 쓴 거지. 넌 하철주가 탈영한 사실을 알고 조작을 했어. 순전히 개인적인 사유로 탈영한 것처럼 꾸몄어. 네가 구타한 사실을 은폐하려고. 그렇지 않나? 너는 탈영할 놈이 무슨 정신이 있어서 그런 쪽지를 써서 남길 수 있다고 보나? 결정적으로 하철주는 병역수첩이 없었단 말이야." 아니다. 하철주는 분명히 병역수첩을 가지고 있었다.

"그런 건 잘 모르겠습니다. 하지만 어쨌든 쪽지는 제가 안 썼습니다. 하철주가 썼습니다. 필적 감정을 해보면 될 것 아닙니까?" "필적 감정? 좋아. 해보자고. 자신 있으신가 본데. 그러다 진실이 밝혀지면 너는 끝장이야. 지금 복학해서 삼학년이지? 좋은 말 할 때 솔직하게 얘기하라고. 학교 다니는 데 지장 없게 해줄 테니까. 만약에 허튼 수작하면 학교고 뭐고 끝장이야!"

검사는 백지 한 장과 연필을 내밀었다. "써!" "뭐라고요?" "그 동안 잘해주셔서 감사합니다. 저는 순전히 개인적인 일로 나가니 찾지 마십쇼, 라고 써봐!" 나는 또박또박 썼다. 그 두 문장은 하철주가 남겼던 쪽지에 적혀 있던 것이다.

그날, 내가 하철주의 관물함을 열었을 때, 쪽지는 잘 개켜진 체육복 위에 놓여 있었다. 어둠 속에서 창문으로 흘러들어오는 가로등 빛에 의지하여 쓴 듯, 마구 흐트러지고 제멋대로였던 연필 글씨, 그 흐릿했던 글자들. 나는 그 마지막 두 문장을 읽으면서, 우선 안도의 숨을 내쉬었다.

만약에 하철주가, 고참들의 구타에 못 견뎌 탈영을 결심하게 되었다라거나 그 비슷하게만 썼더라도, 여러 사람이 영창에 가야만 했을 것이다. 하철주가 탈영한 뒤 우리들은 부단히 시달렸지만, 아무도 영창에 가지는 않았다. 하철주 덕분이었다.

나는 종이를 검사에게 내밀었다. 검사가 문서철을 뒤지더니 쪽지를 끄집어냈다. 그날 내가 하철주의 관물함에서 발견한 쪽지임에 틀림없었다. 검사는 필적을 비교하는 데 열중했다.

필적 감정 결과에 대해서는 가타부타 없이, 검사는 다시 묻기 시작했다. "하철주가 일기와 시를 쓴 거 알고 있지?" 검사의 손에는 하철주의 일기장과 시가 적힌 공책이 들려 있었다. 그 두 권의 노트는 하철주가 남긴 쪽지와 함께 조사 자료로, 여러 수사관의 손을 거친 끝에 드디어는 이 검사의 손에 정착하게 되었을 것이다.

"알고 있습니다." "읽어봤나?" "예." "남의 일기를 막 읽어도 되는 건가?" "어쩔 수 없었습니다. 고참의 입장에서, 새로 들어온 신병이 어떤 생각을 가지고 있는지 알기 위해서는……" "읽어보니 어땠나?" "글쎄요. 기억이 잘 안 나네요. 하도 오래 되어서. 그저 그랬던 것 같은데……" "내가 보기엔 상당히 염세적인 것 같은

데." "글쎄요. 그랬던 것도 같습니다만⋯⋯."

"그랬던 것도 같다? 그것뿐이었나? 위험할 정도로 비관적이지 않았었나? 그 누가 읽어도 충분히 느끼고 남을 만큼, 산다는 걸 혐오하는 내용이었잖아?" "글쎄요. 모르겠어요. 기억이 잘 안 납니다." "하철주는 세상을 증오하고 있었어. 네가 하철주의 시와 일기를 읽었다면, 넌 분명히 느낄 수 있었을 거야. 하철주가 탈영할 생각을 가지고 있다는 것도, 물론 알 수 있었겠지." "아닙니다. 저는 아무것도 눈치 채지 못했습니다." "너는 시와 일기를 읽고, 그걸 핑계로 하철주를 구타한 거야, 그렇지?" "아닙니다. 절대로!"

그날 밤이 하철주가 탈영하기 전날인지, 전전날인지는 확실하지 않으나, 내가 그의 엉덩이를 몇 번 걷어찬 이후의 일인 것만큼은 분명했다. 하철주와 단둘이 01시부터 05시까지 근무를 했었다. 그때 나는 이렇게 떠들었었다.

"⋯⋯누구에게나 좆같은 군대지. 일기 쓰고 시 써보라고 시키면 다 너처럼 쓸 거라고. 좆같다는 식으로. 그런데 훈련소하고 여기는 틀려. 아닌 말로 너는 훈련소에서 일기하고 시를 썼잖아. 그런데 여기 경찰서에서는 절대로 불가능하지? 나 같은 놈 안 만났으면 네 일기하고 시는 벌써 재가 되었을 거다. ⋯⋯훈련소하고 똑같게 생각했다가는 맞아 죽어. 왜 우리가 못 때릴 것 같아. 구타 신고해. 까짓 것 영창 갔다 오면 돼. 신고해봐. 네 신세가 어떻게 풀리나. 군대에서 제일 무서운 게 뭔지 아냐. 사람 취급 않는 거야. 구타한 사람은 영창 갔다 오면 그만이지만, 신고한 놈은 군대 생활 종치는 거야. 아무도 너한테 말을 걸지 않고, 아무것도 시키지 않는다고 생각해봐. 몸이야 편하겠지. 그러나 그게 사람이겠어. 철저히 외톨이가 되는 거라구. 그리고 고참이 뭐 괜히 때리냐. 다 너희

들을 위해서 그러는 거 아니냐. 외울 것은 빨리 외우고, 배울 것은
빨리 배워야 이놈에 경찰서에 빨랑 적응할 거 아니냐. 그래야 너희
들도 얼른 편해지지. 상투적이지만, 이런 말을 하고 싶다. 일기하고
시에 쓴 그런 냉소적이고 염세주의적인 생각은 집어던지고 참고
견디라고. 어려울 것 같지? 참고 견딘다는 게? 별것 아냐. 나도 너
만큼 염세주의자였고 허무주의자였다. 더했을지도 몰라. 나도 훈련
소 때 소설을 썼으면, 허무주의를 대표하는 소설 하나 남겼을 거라
구. 참고 견디다 보니 일 주일이 가고, 한 달이 가고, 일 년이 가더
라고. 금방 벌써 이 년이 흘렀다. 눈 깜짝할 사이에. 너도 눈 깜짝
한다고 생각하고 참으란 말이야. 그 따위 글이나 써갈기지 말고.
알겠나?"

그 다음날인가 다다음날에 있을 하철주의 탈영을 손톱만큼도 감
지하지 못한 채, 나는 그런 헛소리나 해댔던 것이다. 검사의 말마
따나, 나는 철주의 일기와 시를 읽었을 때 탈영 의도를 눈치 챘어
야 했다.

프린터에서 A4지가 차례로 밀려나왔다. "마지막으로 하고 싶은
말이 있나?" "없습니다." "읽어보고 이상 없으면 날인해." 검사가
A4지 묶음을 던져주었다. 진술서였다. 주의를 집중해서 세심하게,
세심하게 읽으려고 했다. 혹시 내가 말한 것과 다르게 적힌 내용이
라도 있는지.

그러나 마음대로 되지 않았다. 내 눈과 마음은 미친 개에게 쫓기
기라도 하는 것처럼, 마구 읽어나갔다. 진술서에 씌어진 글자들이
제대로 눈에 들어오질 않았다. 진술서를 다 읽고 난 후, 내가 확연
하게 느낄 수 있었던 것은 고작, 검사의 질문이 반말이 아닌 존댓
말로 쓰여 있다는 것이었다. 나는 날인했다. 손가락이 몹시 떨고

212

있었다.

"다 끝났어. 고마운 줄 알아. 학생이고 해서, 점잖게 대해준 거야. 평소대로 했으면, 넌 아마 제대로…… 많이 봐줬다는 얘기야. 나한 테도 대학교 다니는 동생이 있지…… 그런데 마지막으로 한 번만 더 물어보자. 이제 네가 무슨 말을 해도 상관이 없어. 날인한 조서 는 못 고친단 말이야. 때린 적 있지?"

검사가 진술서를 살살 흔들면서 은근한 목소리로 물었다. 믿을 말이 없어 검사의 말을 믿겠는가. "없습니다." 단호히 대답했다. "나가 봐. 오늘 일에 마음 쓰지 말고 열심히 공부해." 검사는 선심 쓰듯이 말했다. "검사님, 이제 다 끝난 겁니까?" "뭐가?" 검사가 되 물었다. "하철주 말입니다." 검사가 빙긋이 웃으며 말했다. "가서 학교나 잘 다녀."

5

학교 앞 자취방으로 돌아왔을 때는 한밤중이었다. 방에 들어서 자마자 습작 소설 「전설」을 꺼내 하철주가 없어진 시각이 언급된 부분을 찾아냈다.

……성일이 가뭇없이 우리 곁에서 사라진 것은 4월의 어느 새벽이다. 정확히 02시쯤에 나는 내무반에 들어갔다. 다음 근무 는 오 상경과 성일이다. 성일이가 누워 있을 구석 쪽으로 플래시 를 비췄다. 그런데 없다. 자리가 바뀌었는가 싶어 아래 침상을 살핀다……

황당했다. 습작에는 '정확히 02시쯤'이라고 적혀 있는 것이었다. 01시, 03시도 모자라 02시까지. 머리카락을 쥐어뜯었다. 소설을 쓸 때 혹시 의도적으로 01시가 아니고 '02시'라고 썼던 것은 아닐까. 아닌 것 같았다. 소설을 쓸 당시 있는 그대로 쓰겠다는 생각을 갖고 있었다. 한 달 전 소설을 쓸 당시의 기억이 맞다면, 하철주가 없어진 것을 발견한 시각은 02시쯤이었다.

나는 여섯 달 전의 과거를 재생하지 못해 헤매고 있었다. 과거를, 한 달 차이를 두고 다르게 기억하고 있었다. 믿을 수 없는 기억력이었다. 그렇다면 소설 속에 적은 02시도 정확하다고 할 수는 없지 않은가. 나의 모든 기억을 신뢰할 수 없지 않은가.

나는, 내가 몹시 의심스러웠다. 내가 본래 사악하고, 남의 눈치나 살살 살피는 놈이라는 것은 알고 있었지만, 이 정도로 기억력이 부족하기까지 한 줄은 몰랐다. 하철주의 탈영과 자살, 그리고 거기에 관련된 동료들의 입장, 행동에 대한 기억도 제대로 되어 있는 것이 아니라고 의심해봐야 하지 않을까. 나는 혼란스러웠고, 나에 대한 의심이 극한까지 치달아, 깡소주를 들이켜지 않을 수 없었다.

다음날 나는 습작 소설을 수거하기 위하여 합평회에 참여했던 학우들을 일일이 찾아다녔다. 검사가 할 일이 없어 한 대학생의 '습작'이라고 부르기에도 과분한 소설 나부랭이를 찾겠는가마는, 나의 소심함은 일말의 가능성을 고려하고 있었다.

만의 하나 나에 대한 조사가 아직 끝난 게 아니라면, 그리고 03시라는 검사 앞에서의 진술이 의심받는다면, 내 주변을 수색할 수도 있다는 지나친 걱정을 하고 있었다. 소설에는 02시라고 되어 있어 03시라는 진술과는 명백히 틀리므로 의심받을 여지가 충분했다. 그리고 무엇보다도 소설에 하철주를 때렸다고 무슨 자랑이라도 되는 듯이 적어놓았다. 그것도 모자라 동기 조병호가 때린 것도 적어놓았다.

소설은 허구다. 꾸며낸 이야기에 불과하다라는 주장이 검사에게 먹힐 것인가. 소설이라기보다는 한 편의 수기 같은 글이 아닌가. 검사가 하철주의 탈영과 자살에 관련하여 나를 옭아매려고 작정만 하면, 소설은 더할 나위 없는 증거가 될 수 있었다.

그 증거를 사전에 없애버리겠다고 소설 수거에 들어간 것인데, 스스로 생각하기에도 터무니없는 짓이 아닐 수 없었다. 용공적인 문서도 아니고, 국가 전복을 꾀하려는 세력의 불온한 문서도 아닌, 하찮은 소설 나부랭이를 검찰이 미쳤다고 찾아나설까. 그럼에도 불구하고 나는 소설을 회수하려는 요란법석을 멈추지 못했다.

아홉 부의 소설을 모두 회수했다. 내가 가지고 있던 것까지 모두 열두 부였다. 이렇게까지 궁상을 떠는 내가 이해가 가지 않았다. 검사가 두렵다는, 겁쟁이 심보만으로 이러는 것일까. 혹시 다른 까닭이 있지 않을까.

하철주에게 사죄하는 의미로 이런 지랄을 떠는 것은 아닐까. 그를 소설의 소재와 제재로 채택, 한낱 군대 이야기의 등장인물로 전락시켜버렸다는, 죄스러운 마음은 아니었을까. 하철주 짧은 삶을 이해해보려 하지도 않았으면서, 그가 진정 탈영하여 자살에 이르게 된 심정을 공감해보려 하지도 않았으면서, 그의 명복을 진심으로 빌어보지도 않았으면서, 오로지 내 이익을 위해 소설이란 형식에 그를 집어넣은 것에 대한 반성 때문은 아닐까. 소설은 이미 씌어졌으나, 이제라도 그 소설을 없애버림으로써, 조금이나마 하철주에게 사죄하려고 이러는 것은 아닐까.

그러나 나는 그렇다고 대답하지 못했다. 나는 검찰청의 없을 게 분명한 수색에 대비해서, 겁에 질려서, 소심해서, 소설을 태우는 푸닥거리를 자처하고 있는 것이다. 타는 소설 위에 마지막으로 디스켓을 던졌다.

6

검찰청에 다녀온 이후 한동안 두 가지 기우를 안고 살았다. 하나는 검찰청에서 또다시 출석요구서가 날아올지도 모른다는 것이었다. 학과에 들러 꼬박꼬박 우편함을 확인해보는 버릇이 생겼다. 다른 하나는 꿈속에서 하철주와 조우할지도 모른다는 것이었다. 그러나 아직까지는, 출석요구서도 날아오지 않았고, 꿈에 하철주가 등장하지도 않았다.

그리고, 첫 습작 소설 「전설」을 태우면서 했던 결심을, '다시는 소설을 욕망하지 않겠다'는 결심을, 한 계절도 되기 전에 송두리째 허물어버리고, 되지도 않는 소설쓰기에 괴로워하고 있는 중이었다.

정육점에서

아, 시발놈의 생일. 생일 같은 건 누가 만들었나. 미친년, 생일을 축하해?
별 웃기는 년이 다 있어. 군시렁거리며, 벌써 가물가물한 년의 얼굴을 붙잡아보려 애쓰고 있었다.

누가 지휘한 것도 아닌데 우리들은 한 입처럼 악을 썼다. "♩♩♩♩♩
♩!" 두어 시간째 골목을 지켰지만 년들을 들이지 못해 찌뿌드드한
얼굴로 쉬고 있던 아빠가 총알 빠르기로 퉁겨나갔다. 두 년은 군복
차림이었다. 청바지에 긴팔 셔츠를 입은 또 한 년, 저게 보통내기
가 아닌 것 같다. 저렇게 야물딱지게 생긴 년은 (최고의 신선도에
충분히 싼 가격이라고 판단하지 않는 한, 절대로 고기를 사지 않는
알뜰 주부 못지않게) 빡빡하게 마련이다.

　"거기로 밤송이 까는 애들로만 쫙 뽑아놨다니까. 쇼 화끈하지,
기술 죽이지, 요새 이런 확실한 애들 없어. 본전 뽑고도 남아." 아
빠가 청바지의 팔을 낚아채고 새살댔다. 우리들은 십대 댄스그룹
에 환호하는 중딩 고딩 못지않게 발악 응원을 했다. "♩♩♩♩♩♩♩!" 청
바지가 못 이기는 척 아빠에게 끌려 들어왔다. 우리들은 년을 삼킬
기세로 연미복을 나풀대며 갖은 아양을 떠벌렸다. "♪♪♫♪♪♫♪."

초등학교 다닐 때 컨닝 감시하던 담임 못지않게, 우리들을 하나하나 훑어보는 년의 시선은 꼼꼼했다. 아빠는 한 건 했구나! 김칫국을 마신 듯했는데, 청바지는 흥정에 있어 (누가 이 방면에 신발닳은 거 눈치 못 챘을까 봐 걱정이라도 되는 년처럼) 몹시 깐깐했다. 아빠의 말발이 년의 냉정함을 뚫지 못하고 있었다.

결국 년들은 우리 정육점 앞에 가래침과 군홧자국을 남겨놓고 다른 정육점으로 옮겨갔다. 사냥에 실패한 아빠가 팔짱을 끼며 씩둑였다. "해튼 군바리년들은 글러 처먹었어요. 자지를 날로 처먹으라고 그래." 년들은 터무니없는 가격으로 우리들을 사고자 했던 모양이다. 아빠는 먹잇감이 없나 골목 좌우를 두리번거리며 땅바닥을 툭툭 짓쳐댔다.

강철이 버릇을 드러냈다. "저년들 관계는 간단해서 좋겠다." 강철은 관계에 대해 말하기를 좋아했다. 요즘 들어 강철을 닮아가고 있는 내가 선수를 쳤다. "청바지 입은 년이 휴가 나온 애들한테 한턱 내는 관계겠지." "아니, 그 반대야. 청바지 입은 년이 휴가 나온 애들을 뜯어먹는 거야." "군바리가 무슨 돈 있다고?" "네가 뭘 몰라서 그래. 요새는 돈 쓰러 군대 간대. 자식 하나 제대시키고 나면 기둥뿌리가 흔들흔들한다는 거지." "거기는, 군대가 아니고 대학 아냐?" "요새는 군대도 마찬가지야." 강철과 나의 대화에 다른 아이들은 전혀 껴들지 않는 데 익숙해져 있었다.

우리는 이열 횡대, 잘 팔리는 순서대로 앉아 있다. 앞줄 왼쪽부터 참봉사, 태권, 타고르. 뒷줄은 물개정력, 강철, 그리고 마지막으로 제일 안 팔리는 나. 나는 동남아에서 온 피부 검은 아이, 타고르보다도 안 팔리는 신세였다.

하나가 더 있었다. 제일 잘 팔리던 애였다. 대만족은 우리들의 시중을 받는 왕처럼 맨 앞줄을 독차지했었는데 이틀 전에 갑자기 쓰러졌다. 그애의 유난히 흰 목이 바람맞은 꽃줄기처럼 옆으로 푹 꺾이던 모습이 아직도 생생하다. 그애는 어디론가 급히 실려갔고 아직 돌아오지 않고 있다.

참봉사는 과로라고 주장했다. "하루에 열 마리 이상은 하늘이 무너져도 받는 놈야. 지가 안 쓰러지고 배겨. 그리고 요령이 없어서 그래. 나도 개 나이 땐, 여러 번 기절했어." 대만족보다 네 살 많은 참봉사는 열아홉 살로 나랑 동갑이었다. 하루에 네 년을 받아본 게 최고 기록인 나는 아직 요령을 모르지만, 기절해보지 못했다.

아빠가 드디어 마수를 걸었다. 마흔 살쯤 되어 보이는 두 년이었다. 내가 찍히리라고는 기대도 하지 않는다. 세 명 이상 떼거지로 들어올 때나, 나는 묻어 팔릴 가망이 있다. 내가 메주 찌그려놓은 것처럼 생겼다는 것을, 누구보다도 내가 더 잘 안다. 다른 애들 갑절 공을 들여 화장을 해도, 고운 연미복을 뒤집어쓰고 있어도 내 추모를 감출 수가 없다. 두 년은 제삿상 음식 고르듯 열심이더니, 참봉사와 타고르를 낙점했다.

타고르를 점찍는 년들이 아주 많다는 것이 처음엔 의외였다. 한국년들이 자존심도 없이 백마라면 질질 싼다는 얘긴 들은 바가 있었는데, 직접 보니 해외 것이라면 인종을 구별하지 않고 밝히는 것 같았다. 타고르는 누가 봐도 동남아 외국인이라는 것을 알 수 있을 만큼 피부색이 남달랐다. 년들이 참봉사와 타고르를 따라, 지하로 향하는 나무계단을 밟아내려가는 소리가 요란했다.

"한 년은 사기꾼이고 한 년은 사기당할 년이야." 강철은 모래톱에서 금조각을 찾아낸 아이처럼 눈을 빛냈다. "내가 보기엔 친한 친구 같은데." "존물, 넌 항상 좋은 쪽으로만 보는데 그거 성격 결함 아냐? 뚱뚱한 년이 사기 칠 년 같아. 환심 사는 단계지. 저녁 내 내 술 사줬을 거야. 마지막으로 오입을 시켜주는 거지. 열 번은 더 먹여야 넘어올걸. 한두 번 가지고는 안 되지. 경찰청 사람들 보니까 일억 사기 치려고 오 년을 준비한 년도 있더라고."

지하철 끊어졌을 시각이 되면서부터 골목을 왕래하는 년들이 눈에 뜨이게 늘었다. 하지만 아빠와 삼촌은 쉽사리 건수를 올리지 못했다. 경쟁자들이 너무 많다. 이 거리에는 우리 같은 정육점이 백 개도 넘는다. 백여 개의 정육점에서 쏟아져나온 수많은 아빠들과 수많은 삼촌들이 쟁패를 벌이고 있는 것이다. 삼촌들이 더 극성스러웠다. 그들의 수입은 오로지 몇 년을 끌어오느냐에 달려 있으므로.

아직 보일러를 틀지 않아서 골목에서 밀어닥친 초가을 바람이 들쑤셔대는 이곳, 정육점은 조금 추웠다.

벗었다가 도로 입는 절차 때문에 화장실 가기가 여간 귀찮은 게 아니다. 연미복을 입은 채 일보다가 아빠에게 걸리면 벌금을 물어야 한다. "옷값이 얼만지 알어, 시팔놈아? 거기에 네 놈 드런 오줌 한 방울 묻으면 세탁비가 얼만지 알어, 시팔놈아?" 욕지거리로 그만이던 아빠가 벌금이라는 수단을 동원한 것은 두 달 전부터였다.

저녁때부터 참고 있던 오줌이라 더는 주체하기가 힘들었다. 연미복을 벗고, 구석의 꽃무늬 커튼 안으로 들어가 좌변기 뚜껑을 열었다. 팬티는 입지 않았기 때문에 붉은 반바지만 내리면 되었다. 샤워 꼭지가 나를 바라본다. 오줌 줄기가 시원하게 빠져나갔다. 담배 한 대 안 그을 수 없다. 좁장한 샤워실 겸 화장실은 금세 너구리를 잡는다.

백조에서 일할 때는 담배를 피우지 않았었다. 핵무기가 못 피우게 했다. 나보다 일곱 살이 많았던 핵무기는 친형이라도 되는 듯, 나를 못살게 굴었다. 딴에는 매상 올리겠다고 술을 열심히 마셔도 기껏 퉁바리만 먹었다. "요령껏 적당히 마시라고 그랬지, 빙신아! 네 뱃속이 남아날 줄 알아!" "네가 뭔데 지랄야. 새꺄, 나도 버릴 대로 버렸어!" 앙앙거리다가 뺨이 부르트도록 얻어맞은 적도 있었다. 핵무기는 나를, 저와 똑같은 입장의 찻집 종업원이 아니라 심부름하는 어린아이로 취급했다. 서울역에서 우연히 만났을 때부터 그랬다.

핵무기는 고향으로 가기 위해 샀던 기차표를 환불하고 나오는 길에, 광장에서 촌티 물씬 나는 검고 큰 가방을 든 채 얼뜨기로 갈 곳 몰라하고 있는 나를 발견한 거라고 했다. 그날부터 나는 백조의 골방에서 먹고 잤다.

통상 년들에게 '찻집'으로 불리는 곳이었다. 맥주와 양주를 판다는 표시와 함께 커피잔이 그려져 있는 네온간판이, 나도 처음 얼마간은 낯설었다. 백조가 우리 찻집의 이름이었다. 갈매기, 무릎과 무릎 사이, 얼음바다, 축제, 사랑과 평화, 바람 불어 좋은 날, 청춘시대, 까치 같은 것들이 우리 백조와 함께 찻집 골목을 형성하고 있었다. 백조에서 지내는 동안 내 귀를 따갑게 한 핵무기의 공자님 닮은 말씀을 엮으면 도덕책 한 권은 그냥 나올 것이다. 그러나, 백조를 나온 것은 실수였다. 돌이킬 수 없는.

낮에는 개인택시 운전사로 서울을 누비고 다닌다는 삼촌은, 마누라는 능력이 개씹만큼도 없지만, 초등학교 2학년인 아들은 누굴 닮았는지 보통 천재가 아니라고 자랑이 대단했다. 특히 바둑을 잘 둔다고 했다. 유치원 때 이미 1급 실력이 되어서 동네 사람들을 놀라게 했다고 한다. 컴퓨터학원, 보습학원, 태권도장 등등 해서 다섯

군데를 보내느라 돈이 많이 들어간다고 앓는 소리를 자주 했다.

"하이구, 빌어먹을 돈, 벌어도 벌어도 밑 빠진 독이네. 나도 좆 장사 오늘 내일 한다." 영계만 찾는 이런 데야 어렵겠지만, 여인숙 싸구려치들이야 충분히 만족시킬 수 있지 않겠냐는 거였다. 텔레비전에만 나오면 출세하는 것으로 믿는 속내를 드러내기도 했다. "새끼, 뼈빠지게 뒷바라지했는데 테레비에 못 나오기만 해봐라. 다리몽뎅이를 뿐질러버릴 테니께." 그 삼촌이 분발한 보람이 있었는지, 한시 넘어 세 년을 낚아왔다. 한 년은 완전히 맛이 가 있었다.

참봉사와 타고르가 짧은 타임으로 한 탕씩 했을 뿐 다들 마수걸이도 못한 판이라 내 차례가 오리라고는 생각지도 않았다. 태권과 물개정력이 먼저 내려가고 아빠는 뜻밖에도 나에게 기회를 주었다. "상 차릴 값은 만들어야지." 그냥 넘어갈 눈치가 아니었다.

나도 내일이, 아니, 오늘이구나, 오늘이 내 생일임을 몰랐다. 어제 아침 겸 점심을 먹고 났을 때 아빠가 광고했었다. "내일이 존물 귀 빠진 날이다. 함께 고생하는 처지에 챙길 것은 챙겨주고 사는 게 인간 도리 아니겠냐. 신경들 좀 써라. 내일 영업 끝나고 조촐한 자리나마, 해피버스데이투유라도 한번 불러보자."

어떻게 나도 까맣게 잊고 있었던 생일을 알고 있는 것일까. 나중에 생각해보니 이곳으로 팔려오던 날 계약서에 생년월일을 정확히 기입했던 것이 기억났다. '조촐한 자리'가 겁났다.

아빠는 녹음기처럼 외곤 했다. "시팔놈들아, 열심히 팔어. 허리띠를 졸라매고 모아. 개같이 벌어서 재벌처럼 쓰랬다. 구멍가게 하나 장만할 돈은 마련해서 이 바닥 떠야 될 것 아니냐. 언제까지 좆 팔고 있을래."

아빠의 말은 백 번 옳았다. 그러나 그 말은 하늘의 별을 따라는 애기나 매한가지였다. 자의건 타의건 이 바닥에 들어왔던 십중 팔구가 어떻게 귀결났는지 우리는 잘 알고 있다. 그래서 우리들의 정육점을 운영하고 있는 아빠를 우러러보는 것이다. 아빠는 십 중 하나로 하늘의 별을 딴 것이다.

나는 예전에 포기해버렸다. 구멍가게는커녕 빚을 갚고 이곳을 나가는 것부터가 불가능해 보인다. 언제부턴가 나는 내 빚이 얼마인가도 계산하지 않는다. 눈덩이처럼 불어 계산하기가 벅찰 지경이 되어버렸다.

도대체가 돈을 벌 수가 없다. 하루 두 년은 기본이고, 나머지를 반타작한다. 세 년을 받는다면, 두 년 값은 아빠 품에 기본적으로 들어가고, 나머지 한 년 값도 온전히 내 차지가 되는 것이 아니다. 아빠가 반을 또 가져간다. 그러고도 남은 반이 내 몫인데, 이것도 말이 그렇지, 먹여주고 재워주는 값을 아빠에게 지불하고 나면 남는 게 없다. 그러니까 한 푼이라도 벌었단 소리를 하려면 적어도 네 년은 받아야 한다.

그러나 내가 어떤 놈인가. 나로 말할 것 같으면, 하루 한 년을 다행으로 알고, 두 년에 감지덕지, 세 년에 백골난망, 네 년 이상 받으면 세상에 신이란 신은 다 불러내어 비나리 감사드리는 주제였다. 다른 애들은 평균 다섯 년 이상 손님을 받으니까 미래를 꿈꿔보기라도 한다지만, 나는 틀렸다.

그런 차에 생일이라니. 아빠는 생색만 내지, 순전히 내 주머니로 차려야 하는 생일상이었다. 아빠는 나를 병원에 팔아먹기로 작정을 한 모양이었다. 내가 빚이 억수로 많기는 했지만, 아직 병원에 입원할 정도는 아니었다. 그러나 버는 것 없이, 생일상 같은 거 꼬박꼬박 챙기다 보면 그날은 좀더 앞당겨질 것이다.

옛날엔 섬이 마지막이었다고 한다. 요즘은 병원이 마지막 이르는 곳이다. 일제시대 마루타처럼 숨이 끊길 때까지 온갖 실험을 당하고, 마침내 죽어서는 해부되어야 끝나는 병원에서의 삶, 그 병원에 갇힐 날이 멀지 않았다는 뼈저린 예감, 하늘이 열 쪽 나는 일이 있어도 백조를 나오지 말았어야 했다는 후회, 열아홉 살의 생일을 맞아야 하는 내 인생이 누군가의 장난인 것만 같은 억울함, 나와는 사뭇 다른 방식으로 십대를 살아가고 있는 아이들에 대한 부러움…….

갖가지 잡념에 시달리느라 잠을 제대로 못 잤다. 점심 겸 저녁을 먹고 나서 일찍 화장을 마친 애들은 나만 빼놓고 삼촌의 인솔로 바깥 나들이를 다녀왔다. 나는 홀로 남아서 마음 한구석으로는 몇 푼 돈에 쓰릴 가슴을 안고 내게 줄 선물을 고를 애들에게 미안해하며, 애꿎은 담배만 불태웠었다.

이 거리의 지하는 두 사람이 누우면 딱 맞는 쪽방들로 개미굴처럼 얽혀 있다. 쪽방 두 개를 터놓은 조금 넓은 쪽방에 우리들은 모였다. 앉은뱅이 탁자가 있고, 노래방 기계가 진부한 초기 화면을 띄운 채 조용히 잠들어 있었다. 두 년은 삼십대 중반으로 가정이 있는 몸들 같다. 막 술이 깨기 시작하는 년은 아직 서른이 안 되어 보인다.

나는 그년의 파트너가 될 줄 알았는데 덩치 큰 년이 나를 잡아당겼다. 얼굴로 보나 몸매로 보나 우리 셋 중 가장 나은 태권을 젊은 년에게 배려하는 눈치였다. 이년들은 무슨 관계일까. 회사 동료 같지는 않고 선후배간? 아무래도 강철의 버릇이 옮겨 붙은 모양이다.

"태권이라고 해요. 예쁘게 봐주세요." "물개정력예요. 모시게 돼

서 영광이에요." 나도 인사를 했다. "반가워요, 누나들. 존물이라고
해요." 내 파트너의 우악스러운 손아귀가 엷은 티셔츠에 가린 가
슴을 주물러왔다.

술과 안주가 탁자 위에 놓였다. 우리들은 쇼를 시작했다. 막내인
태권이 일번 타자로 나섰다. 태권은 연미복 대신 갈아입은 티셔츠
와 반바지를 홀랑 벗고 알몸뚱이가 되었다. 물개정력의 파트너가
맥주를 들이켜며 참담한 어조로 중얼거렸다. "참 쉽게도 벗는군."

태권은 엉덩이가 잘 보이도록 엎드려뻗쳐 자세를 취하고는 다리
를 최대한 벌렸다. 나는 보조로 나서 태권의 항문에 밀크로션을 발
랐다. 매끄러워진 항문을 헤집어 담배를 꽂아주자 태권은 가볍게
신음했다. 언제 보아도 태권의 항문은 작다. 태권이 몰래 쓰는 일
기를 훔쳐본 적이 있다. 나는 두 문장을 오래도록 잊지 못할 것이
다. '열여섯, 살 만큼 살았다. 신이시여, 계시다면 이쯤에서 끝내주
소서.'

태권의 조그만 등이 천장의 백열전구빛으로 인해 번들거렸다.
담배에 불을 붙여주었다. 태권이 항문에 힘을 주었다가 뺐었다가
했다. 담배연기가 뻐끔뻐끔 피어올랐다. 제일 쉬운 쇼임에도 불구
하고 태권은 너무나도 힘들어한다. 내려다본 태권의 옆얼굴이 땀
투성이다.

년들은 조용하다. 웃지도 않는다. 이상한 년들이다. 기분 나쁜 년
들이다. 왜 박수를 치며 환호하지 않는가. 삼분의 이쯤 태워졌을
때 뽑아주었다. 담뱃재가 부러져내렸다. 내게 건네받은 꽁초를, 태
권은 제 파트너에게 보물이라도 되는 것처럼 소중히 가져갔다. 태
권의 파트너는 뭐가 못마땅한지 계속 우중충한 얼굴이었는데, 그
꽁초를 마지막 한 모금까지 빨아대고 난 후에는 안색이 좀 펴졌다.

내 차례였다. 이번엔 내가 엎드려뻗쳐를 하고 태권이 보조가 되었다. 내 항문에도 밀크로션이 발라졌다. 보조가 된 태권이 싸구려 풍선에 바람을 집어넣었다. 엉덩이를 최대한 높였다. 둥글게 부푼 풍선이 내 가랑이 위쪽에서 하늘거렸다. 거꾸로 앉은 년들이 내 항문을 주시하고 있었다. 태권이 내 항문을 헤집고 나무젓가락을 박았다.

"누나들, 시작해요." 어쩐지 나는 악을 쓴 것만 같다. 꾀꼬리처럼 귀엽게 말하려 했는데. 힘을 모은다. 온몸에 제각기 퍼져 떠도는 힘톨들을 항문으로, 항문으로 끌어모은다. 항문이 미사일 발사대처럼 긴장으로 팽팽해진다. 똥구멍 속으로, 똥구멍 속으로 나무젓가락을 빨아들였다가, 하나, 둘, 셋! 시위를 놓듯 한순간 퉁겨내었다. 나무젓가락이 날아간다. 북한이 쐈다는 미사일인지 인공위성인지처럼 한껏 날아가 풍선을 폭파시켰으면 참 좋았으련만. 나무젓가락은 풍선의 거죽만 건드리고 힘없이 떨어지고 말았다. "미안해요, 누님들. 다시 해볼게요."

두번째도 실패했다. 흔한 일이 아니다. 세번째에도 풍선을 터뜨리지 못했다. 차라리 년들이 비웃어주기라도 했으면 좋겠다. 년들은 이상하리만치 조용하다. 나보다 태권과 물개정력이 더 불안해하는 것 같다. 년들이 금방이라도 자리를 박차고 나가버릴 수도 있는 일이다. 네번째에도 실패했다.

울화가 치민다. 나는 벌떡 일어나서는 상 위에 나자빠져 있는 나무젓가락을 집어들어 풍선을 힘껏 터뜨렸다. 명백히 반칙이었다. 년들이 이것도 쇼냐고 난리치면서 나가고, 나는 아빠에게 죽사발이 나고, 그런 광경들이 빠르게 펼쳐졌다. 태권은 파랗게 질렸고, 물개정력은 나를 잡아먹을 듯하다. 맥 풀리게, 년들이 박수를 쳤다.

우리들 중 유일하게 미성년자가 아닌 물개정력이 마지막으로 나섰다. 물개정력도 순식간에 알몸이 되었다. 일수 장부에 또박또박 기록하고 있는 우리들을 물개정력은 곧잘 비웃었다. "미친놈들! 차라리 나처럼 하늘이 무너지기를 빌어라." 물개정력은 어느 날 갑자기 자기가 없어지거든 쥐처럼 의학 발전에 공헌하고 있는 줄 알라며, 남 얘기하듯 낄낄거리고는 했다.

물개정력이 맥주병을 항문에 쑤셔박고 인상을 쓰자 퍽! 소리가 났다. 또 한번 둔중한 퍽 소리가 났다. "누나들, 마셔야지." 년들은 있던 것을 냉큼 마시고 물개정력의 항문에 의해 뚜껑이 열린 것을 철철 넘치도록 새로 받았다. 년들은 즐거워하지는 않았지만 분명히 신기해하고 있었다. 물개정력은 나의 실수를 벌충하려는 듯 계획에 없던 항문으로 오이 도막치는 쇼도 선보였다.

우리는 열심히 집어먹었다. 또 년들을 쉴새없이 먹였다. 년들은 이곳에 오기 전까지 실컷 마시고 실컷 처먹었기 때문에 잘 먹지 않으려고 했다. 배가 부른 것이다. 이곳은 년들에게 마지막 코스다. 내가 년들의 입장에서 생각해봐도 충분히 취하고 한껏 배부르지 않은 상태에서 우리에게로 온다는 것은 손해다.

사과 한쪽을 집어들고 입에 문다. 년에게 가져간다. 그럼 년은 음흉하게 웃으면서 다른 한쪽을 문다. 양쪽에서 몇 입 바득거렸을까, 사과는 가뭇없어지고 년의 두터운 입술이 내 입술을 삼킬 듯 요란을 떤다. 그런 식으로 안주를 없애가는 것이다. 년들은 술배도 부르다. 술이 빨리 없어지게 하려면, 나부터 목숨을 걸고 마셔야 한다. 다행히 나는 술발 하나는 세다. 태권은 손님 한번 치르고 나면 좌변기 가득 속엣것을 게워놓지만, 나는 끄떡없다.

나는 담배도 많이 피운다. 안주나 술은 눈치고 뭐고 볼 것 없이 먹어대라고 노상 교육인 아빠도 담배만은 몸 버린다고 걱정하는 소리를 늘어놓곤 했다. "뼈 삭아, 시팔놈들아." 담배는 아무리 피워봤자 돈이 안 되기 때문일 것이다.

하지만 담배를 안 할 수가 없다. 가슴 언저리에 뭔가가 쌓여 있는 듯 막막한 것이 담뱃불이라도 때고 있으면 걷히는 느낌이었다. "대마가 진짜 죽이는데." 바닷가에 버려진 폐선처럼 사사건건 세상 다 산 투인 물개정력은 줄담배 꽁초를 세우며 중얼거리곤 했다. "형, 해봤어?" "넌 대마도 여태 한번 안 해봤나." "난 진짜로 해본 적 없어." "바른생활 교과서구만. 난 마약 표본실이다. 홍콩, 베트콩, 킹콩까지 다녀왔다."

말끔히 비워진 접시와 빈 맥주병들은 또 한 상이냐 다음 순서냐를 결정하는 기로에 서 있는 순간의 것들이다. 물론 우리들의 입장에서는 또 한 상 받는 게 백 번은 좋다. 우리들은 년들에게 졸랐다. 나를 차지한 년이 전적으로 물주임을 눈치 깐 후에는 태권과 물개정력도 자기들의 파트너를 제쳐두고 함께 졸랐다. "♪ ♪ ♫ ♪ ♪ ♪."

년은 힘이 셌다. 년이 주무르고 지나간 자리에 어김없이 붉은 자국이 돋았다. 내가 이년의 파트너가 된 것은 태권에게 퍽 다행한 일일 것이다. 피부가 약한 태권은 힘센 년에게 주물러지고 나면 온몸이 멍투성이가 되어 종일 물파스를 바르고 있어야 하는 체질이었다. 다른 두 년이 아쉬운 눈치였고, 내 파트너는 어쩔 수 없다는 듯이 신용카드를 다시 내놓았다.

물개정력이 아빠에게 달려가고 년의 손길은 더욱 과격해졌다. 년의 반지 낀 굵은 손가락이 항문을 마구 찔러총 해댔다. 아빠는 참 빠르다. 사과 한 알, 포도 한 송이, 수박 몇 조각, 키위 두 알, 참외 반도막으로 만든 안주와 맥주 여섯 병이 새로 날라져왔다.

물개정력이 노래방 기계를 작동시켰다. 람바다! 우리들은 년들을 일으켜 세웠다. 음악에 맞추어 년들을 벗겼다. 년들도 우리처럼 알몸이 되었다. 년들의 음문께는 잔뜩 축축해져 있었다. 내 파트너 보지는 몸집 값을 하느라 면적이 허벌났을 뿐만 아니라, 음문에 조임기구까지 장착하고 있었다.

"노래 되냐?" 물개정력의 파트너가 마이크를 잡고 설쳤다. 진짜로 노래를 하겠다고 나대는 년은 또 처음이다. 한 시간 전까지만 해도 서로 적당히 감추고 책냄새 나는 말을 나누었을 사이일 텐데, 보란 듯이 보지를 내놓고 노래라. 년은 사모곡을 불렀다. "너희들이 이해해라. 쟤가 일찍 어머니를 잃었어요. 취하면 항상 저 노래지." 내 불알을 떡으로 만들고 있는 년이 껄껄거렸다. 사모곡은 기분 나쁜 노래다. 엄마가 생각나게 한다.

우리들은 세 개의 쪽방으로 갈라졌다. "누나, 잠깐만 기다려. 금방 올게." 나로서는 운수 좋은 날이라고 말할 수밖에 없었다. 생일상 차릴 값이라도 벌라는 아빠의 배려가 있기는 했지만, 재수가 아니고는 설명할 수 없는 부분도 있었다. 년들은 나를 퇴짜놓지 않은 것이다.

나는 퇴짜를 달고 사는 놈이다. 불평등은 어느 곳에나 존재한다. 찻집에 있을 때도 나는 항상 찬밥이었다. 년들은 핵무기만 눈여겨 보았다. 여기서도 마찬가지다. 과로로 쓰러지는 놈이 있는가 하면, 좆에 곰팡이가 스는 나 같은 놈도 있는 것이다.

목욕탕으로 들어가 붉은 바가지와 물수건을 챙겼다. "너 힘들겠다. 네 파트너 무식하게 생긴 게, 뱀탕 백 그릇쯤 처먹은 년 같다. 두 상짜리라는 거 알지? 고분고분 잘해." 물개정력이 걱정 겸 엄포를 놓는다. 다들 내가 못생기고 안 팔리는 주제에 성깔은 더럽다고 뒤에서 말하는 것을 알고 있다. "형두 참, 내가 바보요."

정육점의 세상은 대만족, 참봉사, 태권같이 잘 나가는 애들과 나처럼 못 나가는 애들로 뚜렷이 구분되어 있다. 내가 열심히 팔지 않으려고 했던가? 아니다. 나도 누구 못지않게 열심히 팔려고 했다. 그런데도 나는 항상 왜 뒷전이었던가. 못생겼기 때문이다. 그럼 왜 못생겼나. 태어나기를 그렇게 태어났다. 나보러 뭘 어쩌란 말인가. 못생긴 주제에 더러운 성깔마저 없으면 무슨 수로 이 바닥서 버텨내란 말인가.

년이 내 머리통을 움켜쥐고 흔들었다. 관 같은 방이 핑핑 돈다. "넌 왜 이렇게 못생겼냐?" 년이 여기서 까탈을 잡으려는 것일까. "누나, 왜 그러세요? 아파요." "말해봐. 뭐 믿고 이 따위로 생겼어?" 년의 저의가 불확실하다. 파트너를 바꿀 생각이라면 내 밥은 내가 지켜야 하겠기에 덤벼야겠지만, 그게 아니고 장난치는 것이라면 아파서 찡그리는 표정도 귀엽게 보이도록 해야 한다.

"너 눈물을 흘리고 있네." 년이 놀란 듯이 머리를 놓아주었다. "아파서, 너무 아파서." "못생겼다고 해서 화났냐?" "화 안 났어. 나 못생긴 건 내가 제일 잘 아는데 뭘. 누나, 누워." "너 울먹이고 있는 거 아냐?" "누나도 참, 맞아죽으려고 울어."

년의 사타구니를 물수건으로 훔쳤다. 더럽게 넓다. 년의 음문에 혀를 대었다. 꿀을 먹듯 핥았다. 미영은 일 분만 핥아주면 질질 쌌다. 그애의 보지를 핥는 게 재미있었다. 우리는 석 달 동안 동거를 했었다. 집에 들어가기 싫으면, 미영의 자취방에서 아침이 밝아올 때까지 쪼그려 앉아 있고는 했었다. "또 집에 안 들어갔나?" "들어가면 뭐 해. 허구한 날 전쟁턴데."

롤러스케이트장에 갔다가 윤간당할 뻔한 적이 있었는데 그때 임청하처럼 나타나 나를 구해준 게 미영이었다. 마음 맞는 친구들과 어울려 다니다가 뒈지게 혼나고 무기정학을 받았다. 그 참에 학교를 때려치웠다. 완전히 가출해서 미영의 자취방에 죽치고 들어앉았다.

미영은 조직에 스카우트되었다. 신고식을 하고 들어온 날 미영은 문신을 어루만지며 문득 물었다. "넌 나를 고문하는 거냐?" "사랑하는 거야." "사랑? 너 정말 웃기는구나. 개도 안 주워먹을 소릴 하고 자빠졌어." 그날 미영은 나를 처음으로 가졌다. 조직의 중간 보스 대신 미영이 옥살이를 하러 들어갔다. 다른 것은 다 참아도 배고픔은 쉽게 견뎌낼 수 있는 게 아니었다.

다방에 취직하여 차를 날랐다. 일부종사 비슷한 생각을 하고는 있었지만, 압력과 목돈의 유혹을 이겨낼 수 있을 만큼의 신념은 아니었다. 티켓팔이로 여러 여자와 잤다. 미영이 출소할 날이 다가오자 무서워졌다. 미영의 칼질에 회쳐지는 꿈을 여러 번 꾸었다. 도시를 무작정 떠났다. 서울에 와서 직업소개소를 거치지 않고 우연히 백조에 몸담을 수 있었던 것은, 지금 생각해보면, 하늘이 내게 마지막으로 선사해준 행운이었다.

가끔 미영이 생각난다. 미영이 소녀원에 들어가는 일만 없었다면, 이 모양으로 열아홉 살의 생일을 맞지는 않았을 것이다. 미영은 섹스가 끝나고 나면 탄복하고는 했다. "네 좆은 왕 짱이야!" 미영의 음액은 달콤했었다. 나는 미영이 두려워서라도 고향에 돌아가지 못한다. 입 안이 바싹바싹 마른다.

년이 나를 올라탔다. 년의 음문이 내 자지를 삼켰다. 조임기구가 자지를 엄청난 힘으로 조였다. 자지가 잘려나가는 것 같다. 어떤 개같은 년이 조임기구 같은 걸 만들어냈을까. "헉!" 나도 모르게 상체가 발딱여지고 년의 허리를 붙잡았다. 년의 힘찬 왕복운동은 지치지도 않고 계속되었다.

년이 나를 내려다보고 있다. 눈을 감아선 안 된다. 내가 쾌감으로 진저리치고 있음을 보여주어야 한다. 때로 힘없는 년들을 상대할 때는 거짓으로 신음 소리를 낸다. 년들은 우리들의 신음이 자신의 힘으로 인한 것이라 착각하며 즐거워한다. 그러나 이년은 절로 신음이 나오게 한다. 아프다. 몹시 아프다. 세상이 광속으로 회전한다.

"나두 하나 줘." 년은 불까지 붙여주었다. "누나 되게 세네." "아팠냐?" "응, 무지. 좆 망가지는 줄 알았어." 년은 무협지에서 수백의 군사를 생매장하고 난 장수처럼 호탕하게 껄껄댔다. 이대로 누워 있고 싶다. 영원히. 하지만 빨리 움직여야 한다. 년은 긴밤 손님이 아니다. 그게 낫다. 이런 년하고 긴밤 치렀다가는 정말이지, 세상 구경 마지막이겠다.

"너 몇 살이냐?" "스물둘." "스물둘? 너 정말 네 나이를 알기나 하는 거냐?" 그래 안다. 오늘이 내 열아홉번째 생일이다. "스물둘 맞아, 누나. 나이보다 어려 보인단 말 많이 들어." "하긴 나이가 무슨 상관이겠냐." "누나들은 무슨 관계야?" "관계?" "응."

"좆도 아닌 관계지." "직업이 뭔데?" "편집디자이너." "다른 누나들두?" "걔들은 다르지. 하나는 화가고 하나는 아직 학생이야." "그렇구나. 근데 편집디자이너가 뭐 하는 거야?" "사기 치는 거야. 좆도 아닌 것을 폼 나 보이게 하는 거지. 거지발싸개를 박세리 골프화라고 선전하는 식이야."

몸을 일으켰다. 물수건으로 년의 사타구니를 훔쳐주었다. 물수건을 뒤집어서 내 사타구니를 훔쳤다. "뭐야, 벌써 가려구?" "끝났잖아." "난 아직 안 끝났는데." "누나, 이러시면 곤란해요. 긴밤을 끊든지." 년이 내 팔을 당기자 나는 허수아비처럼 풀썩 쓰러졌다. 사실 말할 기운도 없었다. 년이 내 자지를 다시 일으켜 세우려고 난리를 쳐댔다.

바늘 하나짜리 시계가 새벽 세시를 힘겹게 넘어갔다. 네 명짜리가 들었다. 다들 지하로 내려가고 타고르와 둘이 앉아 있었다. 아빠는 퉤퉤거리며 돈다발을 셌다. 평일치고는 장사가 좀 되는 날이다. 삼촌들이 아등바등하는 소리가 골목을 쏘다니는 바람에 묻혀 들려왔다.

타고르는 분해서 울먹이고 있었다. 방금 치른 년이 팁을 안 주고 갔다는 것이다. "가끔 그런 드런 년도 있어. 때로는 이만원씩 주고 가는 년도 있는 것처럼." 나의 위로가 전혀 귀담아들리지 않는 모양이었다.

타고르는 우리들 중에서 유일하게 빚이 없었다. 동남아에서 왔다고 만만하게 볼 애가 아니었다. 나는 자린고비니 수전노니 하는 단어들을 타고르를 만나고 나서야 이해했다. 불법체류자인 타고르는 고향 부모형제를 봉양하기 위해 아득바득 붙어 있을 놈이었다.

"출출하지 않니?" 아빠 말이 끝나기 무섭게 타고르가 일어섰다. '타고르'는 단란주점에서 일할 때 얻은 이름이라고 했다. 타고르는 손님을 받을 때 이름뿐만 아니라 국적도 바꾼다. 뭔가 있는 것 같은 '인도'가 더 잘 팔린다는 아빠의 의견을 전적으로 받아들인 거였다. 한국말은 약간 서툴러도 라면 하나는 기가 막히게 끓이는 아이였다.

"오만원짜리로 차린다." 아빠에게 기습당했다. "아빠, 나 돈 없어요. 삼만원짜리로 해요." "시팔놈아, 입이 몇 갠데. 너 빚 갚으려면 하 멀었다는 건 내가 더 잘 알아요. 하지만 일 년에 한 번뿐인 날이다. 쓸 때는 써야 돈도 버는 거야."

"아, 시원하다. 넌 분식집을 차려도 큰돈 벌겠다." 내 칭찬에 타고르는 씨익 웃었다. 벨이 울렸다. 아빠가 젓가락을 집어던졌다. "시팔놈들!" 우리는 중국 무협지에 나오는 무사들처럼 날아다녔다. 너무 재미있어서 웃음이 나올 지경이다. 진짜로 쇼를 하는 것 같다. 불이 꺼지고 문이 잠기고 장막이 드리워졌다.

우리는 지하의 쪽방으로 기어들어갔다. "형, 이번엔, 진짜, 진짜로 잡히는 거, 아냐?" 타고르는 진정 불안해하고 있는 것 같다. 우리들의 아빠들이 쥐약을 잔뜩 먹여놓아서 여기는 까딱없다고 안심시켜주어도 소용없었다. 벨을 보라고. 긴급 단속 십오 분 전에 친절히 가르쳐주지 않느냐고, 증거를 제시해보아도 긴장을 풀지 못했다. 그럼 텔레비전의 잡혀가는 애들은 뭐냐는 거였다.

"희생양. 희생양 몰라? 약을 덜 쓴 것들은 시범 케이스로 가는 거야. 사소한 것들을 버려서 큰 것을 유지하는 거지." 괜스레 열을 올리곤 하는 강철은 고2 자퇴로 우리들 중 가방끈이 제일 길었다.

어둠 속에서 타고르가 덜그럭거렸다. "해튼 시팔놈하고는." 아빠가 피식 웃었다. 라이터를 당겼을 때 라면발이 들어가고 있는 타고르의 입이 보였다. 옆방에서 색쓰는 소리가 들려온다. 저건 누구의 소리일까. 저토록 감질나게 가짜 교성을 만들어낼 수 있는 것은, 그래, 참봉사다.

탈출을 시도한 적이 있었다. 서울역으로 가는 것은 잡히기로 작정한 바보짓이라는 것쯤은 알고 있었다. 이곳에서 지하철로 한 시간쯤 떨어진 곳까지 도망쳐서 안도의 한숨을 내쉰 지 오 분도 되지 않아 붙잡혔다. 내가 갈 수 있는 곳은 아무리 날뛰어봐야 이 세계의 그물망 위였다.

영업도 못 하게끔 내 몸뚱이를 뒤덮고 있던 피멍이 가실 무렵 이번엔 참봉사가 달아났다. 열흘이 지나 성공했구나 모두들 쑥덕이고 있을 때, 참봉사는 반쯤 죽어서 실려왔다. 내가 죽을 끓여주면, 냉큼냉큼 받아먹으면서도 전혀 고마워하지 않았다. "시발, 네가 그런다고 내가 고마워할 줄 알아? 어림도 없어, 시발." 그러면 난 따귀를 때려주었다. "입 닥치고 처먹어." 참봉사와는 직업소개소에서부터 동거동락해온 사이였다.

찬찬히 되짚어보면, 핵무기에 대한 질투심 때문에 일 년을 몸담았던 백조를 떠나게 된 것이었다. 테이블이 두 개밖에 없어서, 아주 가끔 손님이 넘치면 골방에까지 들여야 했다. 아빠가 '개같이 벌어서 재벌처럼 쓰랬다. 구멍가게 하나 장만할 돈은 마련해서 이 바닥 떠야 될 것 아니냐'고 훈계할 때의, 그 '구멍가게' 푼수였다.

주인형도 십 년 이상을 정육점에서 뒹굴었다고 했다. 주인 형도 하늘의 별을 땄던 것이다. 핵무기와 나를 제외한 나머지 한 자리는 거의 달마다 바뀌었다. 새로 온 동료들은 얼마 있지 않아 떠났다. 벌이가 시원치 않다는 것이었다. 술값이 싼 편이어서 우리들의 몫도 적었고 몸 팔기도 수월치 않았다. 주인형은 술장사지 좆장사가 아니었기 때문에 제 좆을 팔아먹건 말건 신경 쓰지 않았지만, 새벽 두시까지는 술 팔아주기를 바랐다.

백조 초창기부터 있었던 핵무기는 많은 단골 손님을 가지고 있었다. 손님들은 나를 눈앞에 두고도 핵무기만 찾았다. 핵무기는 두 테이블을 옮겨다니며 쉴새없이 바빴다. 한 번만 자달라고 조르는 년들이 한둘이 아니었지만, 핵무기는 한사코 거부했다. 그 일대의 부두목급 주먹에게 찍혀 핵무기는 강제로 당하다시피 한 적이 있었다. 핵무기는 보름을 앓았다. 주인형은 핵무기의 거기는 오래 전부터 못 쓸 지경으로 망가져 있었다며 눈물을 짰다.

그 젊은 여자는 우연히 왔다가 이틀걸이로 오기 시작했다. 핵무기만을 찾았다. 적극적으로 손님에게 봉사하는 핵무기의 모습은 낯선 것이었다. 봉사가 아니라 그들은 사랑을 하는 것 같았다. 주인형이 덩달아 흥분하고는 했다. "어이구, 그렇게들 좋아. 왜 이제 만났어." 핵무기가 딴 손님을 받고 있으면 그 여자는 자작을 일삼으며 끈기 있게 기다렸다. 내가 갖은 아양을 떨어도 겸연쩍게 웃을 뿐이었다. 나도 그 이십대 중반의 여자가 좋았다.

나에게 기회가 왔다. 핵무기가 고향 다니러 갔다는 말을 듣고 쓸쓸히 돌아서는 여자를 골방에 붙잡아놓은 뒤, 나는 사정없이 달려들었다. "이러면 안 돼!" 여자는 몹시 당황했다. 나는 홀딱 벗고서는 여자의 가슴을 움켜쥐고는 포달을 떨었다. "누나, 소원이야. 나좀 한번 먹어줘. 제발." 여자는 흥분해버리고 말았다. 내 육탄 돌격은 여자의 핵무기에 대한 예의를 성공적으로 결단내버린 것이었다. 여자는 보시한다는 투로 나를 따먹고, 나는 감격에 겨워 여자에게 따먹히고…….

여자는 이후로 다시 오지 않았다. 여자를 기다리는 핵무기에게, 주인형은 나와 여자가 한바탕 잘 놀아났음을 귀띔해주었다. 핵무기가 나를 대하는 것이 예전 같지 않다고 느끼지 않을 수 없었다. 가방을 싸들고 나가는 나를 주인형과 핵무기는 끈질기게 말렸다. 말리면 말릴수록 떠나야 한다는 생각이 굳어졌다.

"새꺄, 네가 똑똑한 놈이면 말을 않겠다. 너 같은 멍충이는 금방 신세 조져. 너 해부용 시체 되고 싶어?" "존물아, 형이 뭐 서운하게 했니? 숙맥아 말을 좀 해봐." 백조에서 번 돈을 탕진하고 직업소개소를 찾아가는 데에는 그렇게 많은 시일이 걸리지 않았다.

지하에서 올라온 것은 다섯시 무렵이었다. 장막은 다시 걷혀 있었고, 우리들은 빠짐없이 앉아 있었다. 나와 타고르를 제외한 나머지는 두어 시간쯤 있다가 지금 쪽방에서 처자고 있는 것들을 다시 한번 만족시켜주어야 했다. 골목의 색깔이 시나브로 푸르스름하게 변해갔다.

참봉사와 물개정력은 판에 천원을 걸고 홀라를 하고 있었다. 구경하는 태권이 간간이 물개정력을 편드는 훈수를 두었다. "형, 그거 내면 죽음이야." 그래도 참봉사가 일방적으로 따는 눈치였다. 강철은 지하에서 자고 있는 네 년의 관계에 대해서 지치지도 않고 혼잣말 궁리를 해댔다. 타고르는 멀고 먼 고국을 생각하는가, 골목을 바라보는 눈길이 그윽했다. 마지막으로 한 년만 더, 간절히 주문을 외우는 건지도 몰랐다. 아빠는 골목을 향해 끄덕거리며 졸고 있었다.

나는 파리 한 마리를 잡았다. 파리 다리가 여섯 개라는 사실에 깜짝 놀랐다. 네 개인 줄 알고 있었다. 두 날개와 다리 네 개를 떼어냈다. 파리는 남은 두 다리로 열심히 발발거렸다. 손님이 뜸할 때였다. 초저녁만 해도 신랑 뺨치게 정좌하고 있던 우리들은 이렇게 게게 풀어져 있었다. 그래도 어쩌다 년들이 골목에 나타나면 각기 하던 짓을 멈추고 일제히 미소를 띄우며 악을 썼다. "♪♪♪♪♪♪!" 그렇게 우리들의 아침은 밝아오는 중이었다.

젊은년 하나가 불쑥 들어왔다. 아빠가 정신 번쩍 난 듯이 반겼다. 우리들도 잠이 확 깨는 것을 느꼈다. 년의 게슴츠레한 눈이 우리들을 훑었다. 년의 검지손가락은 뜻밖에도 나를 가리켰다. 이렇게 모두 한자리 있을 때 홀로 지적받은 것은 이 정육점에 팔려와서 처음이었다. 하늘이 내가 생일 맞았다는 것을 알기라도 하는 것인가. 애들도 의외인가 보았다. 넌은 술도 마시겠다고 했다. 술을 마시겠다는 것은 쇼도 보겠다는 거였다. 노래방 기계가 있는 방으로 안내했다.

여럿이 있을 때는 아무렇지도 않았는데 단둘이 있자니 쇼하기가 멋쩍었다. "왜 그렇게 서 있냐?" "누나, 쇼 봐야지." "쇼? 무슨 쇼를 할 건데?" "항문으로 병마개를 딸 거야." "아프잖아?" "아프긴, 한두 번 해보나." "쇼는 충분히 보고 왔다. 그냥 앉아. 너두 밤새도록 피곤했을 거 아니냐." 넌의 상태가 긴가민가해서 쇼를 정말 안 해도 되는 건지 불안했지만, 털썩 주저앉고 말았다. 넌이 라이터로 투명한 소리 나게 뚜껑을 땄다. 넌은 갈증이 심한 듯 병나발을 불었다.

"무슨 쇼를 보고 왔는데?" "서민해쇼." "그게 뭐 하는 쇼야?" "너 혹시 서민해라는 사람 알아?" "몰라. 유명한 사람이야?" "서민해라는 사람이 있어. 십 년 전인가 죽여주는 시집을 냈었지. 많은 사람들이 그 사람 시를 보고 쓰린 가슴에 찬 소주를 부었어." "시? 진달래꽃 같은 거?" "그래. 근데 그 사람이 얼마 전에 감옥에서 나왔어." "왜 갔었는데?" "혁명을 일으키려고 했었거든."

"혁명? 누나, 갈수록 어려워지네." "네가 무슨 쇼를 봤냐고 물었잖아?" "쇼하고 혁명이 무슨 상관이야." "좀 들어봐. 그 혁명가는 감옥에서부터 스타가 됐거든. 스타 알지?" "스타, 알지. 그거 별 아냐?" "그래, 별. 언론이 자유가 된 그 별을 팔아먹는 쇼였어. 별이 말하더라. 내가 곧 하늘이다. 사랑하라. 연대하라. 사람에게 희망이 있다." "누나, 밝아오는 새아침에 귀신 봉창 뜯는 소리 같아. 무슨 말인지 하나도 모르겠어." 년은 피식 웃더니 손바닥으로 내 가슴을 툭 건드렸다. "네가 곧 하늘이라는 거지."

"개처럼 핥아보고 싶다." "뭘?" 년은 내 다리 사이에 무릎을 꿇고 앉았다. 년의 혀는 따뜻했다. 년이 내 밑천을 통째로 먹어치울 듯 기승을 부렸다. 거웃이 뽑히는가, 짜릿한 전율을 여러 번 느꼈다. 년은 악에 받친 것 같았다. 불쌍했다.

"그만 올라와." 배꼽을 맞춘 년은 혀를 요구했다. 년의 입에서 밤새도록 처먹은 것들이 뒤섞여서 만들어낸 악취가 났다. 년은 포르노 흉내를 내고 있었지만, 서툴렀다. 년은 경험 부족이었고 나는 지쳐 있었다. 년이 눌러대는 대로 가만히, 가만히 있었다. 년은 쉽게 만족하지 않았다. 아까 두 코나 뜨고 갔던 덩치 큰 년 못지않았다. 세상이 가뭇가뭇 옅어져갔다.

"누나는 뭐 하는 사람이야? 대삐리?" "백수." "백수가 이런 데 와?" "해 뜨면 반성할 거야." "해 떴을 거야." "이대로 누워 있고 싶다." "나두. ……누나, 오늘이 내 생일이다." "정말?" "응." "축하한다." "고마워." "생일잔치 해야 되겠구나." "이따가 할 거야." "내가 뭐라도 가지고 있으면 선물하겠다만, 보시다시피 알몸이다." "말이라도 고마워." "고향이 어디냐?" "다리 밑에. 누나는?" "나도."

"나 못생기지 않았어?" "취해서 눈에 뵈는 게 없어." "그랬구나. 맨정신이라면, 나 같은 건 거들떠도 안 봤겠지." "네가 유일한 곱슬머리였어. 중학교 때 짝사랑했던 애가 곱슬머리였지." "이거 볶은 거야." "어쨌든."

"누난, 살짝 맛이 간 사람 같아." "정확히 봤다. 하긴, 모두 제정신이 아니지." "맞아. 나두 살짝 맛 갔어." "그런 것 같았어." "누나가 보기에도 그래 보여?" "응." "그렇구나. 한 번 더 할래?" "서비

스냐?" "응, 특별히." "힘이 없다." "핥아볼까?" "동하지 않을 거야. 술담배로 너무 곯았어."

골목에 아침 햇살이 투닥거리고 있었다. 삼촌이 들어섰다. 태권이 지하에 갇혀 있는 두 년을 부르러 갔다. 네 명 중 둘은 일찍 가고 두 년이 남아 있던 거였다. 두 년은 은행 영업이 시작될 때까지 붙잡혀 있는 처지였다. 년이 가진 카드는 신용카드가 아니었다. "육십만원 찾아오라고 했죠? 여기 사만원." "오십육만원이라는 거야? 시발, 뭐가 그렇게 많이 나왔어?"

"많이 나오다니. 따져보면 될 것 아냐." 온화하던 삼촌의 얼굴이 맹수처럼 돌변했다. 여차하면 멱살 잡겠다는 거였다. "아휴, 시발 드러워서, 관둡시다." 하이힐을 꿰던 년이 갑자기 생각난 게 있는 모양이었다. "네가 나랑 잤니?" "예." "내가 팁 줬어?" "아뇨." 태권에게 만원짜리를 내미는 년에게, 이번엔 그새 애교 어린 얼굴로 바꾼 삼촌이 엉겼다.

"누나, 난 안 줘?" "뭘 줘요, 또?" "어머머, 은행 갔다 왔잖아. 수고비 줘야지." 년은 어이없어하면서도 만원짜리 한 장을 떨구었다. "야, 시발, 여기 왜 온 거야." "선배가 가자고 했잖아요?" "내가?" "기억 안 나세요?" "아, 시부랄, 이 버릇 개가 안 물어가나." 년들은 그렇게 사라져갔다.

아빠가 제 돈으로 케이크를 사가지고 왔다. 내 눈에 흙이 들어간 것일까? 한순간 아빠가 친아빠처럼 보였다. 자지를 회쳐 먹어도 시원치 않을 놈으로 치부하고 살았는데. "오늘 장사 끝내자." 아홉시. 다른 날보다 한 시간 정도 빨랐다. 물론 대낮에도 문 두드리는 년이 있다면 물불 안 가리고 환영이었지만. "미역국이라도 끓여 먹어야지."

한 입이라도 덜었으면 좋겠건만 삼촌은 미적미적 버티고 있었다. 대체 삼촌은 하루에 잠을 몇 시간이나 자는 것일까. 택시 영업은 언제 뛰나? 아, 시발놈의 생일. 생일 같은 건 누가 만들었나.

모두들 갑갑한 연미복을 벗느라 법석인데 누군가 불쑥 들어섰다. 좀전에 부랴부랴 나갔던, 홀로 와서 나랑 잤던 년이다. 년이 포도 한 상자를 내려놓았다. 우리들은 모두 놀랐다. 년이 나를 똑바로 쳐다보았다. "생일 축하한다. 변변치 않다만, 맛있게 먹어라." 사태 파악이 되기도 전에 년은 횡하니 사라졌다. "미친년! 육갑하고 자빠졌네." 다들 들을 수 있게 큰 소리로 비아냥거렸다.

아빠와 삼촌은 진지하게 상의해가며 중국집 전화번호를 눌러댔다. "너무 비싼 거 시키는 거 아녜요?" "아냐, 오늘 존물 돈 많이 벌었어. 그렇지 존물아?" 역시 아빠는 자지를 회쳐 먹어도 시원치 않을 놈이었다. 참봉사는 제 돈으로 사온 쇠고기를 넣고 미역국을 끓이느라 분주했다. 전에 한 열흘 죽 얻어먹은 걸 갚겠다는 거였다.

다른 애들은 나를 위해 준비한 선물에 끼울 쪽지를 쓰러 간 눈치였고, 나는 포도 한 송이를 들고 씨를 툭툭 뱉어내고 있었다. 끝물이라 그런가 신맛이 전혀 없는 참 단 포도였다. "미친년, 생일을 축하해? 별 웃기는 년이 다 있어." 군시렁거리며, 벌써 가물가물한 년의 얼굴을 붙잡아보려 애쓰고 있었다.

검문

"앞으로 이런 일 없도록 하자." 이 수경은 '이런 일' 이란 어떤 일을 가리키는 것인가, 애매모호하다고 생각했다. '검문' 을 말하는 것인가, '강도질' 을 말하는 것인가.

언덕을 넘어, 수박 넝쿨이 수천 평을 뒤덮고 있는 밭머리에 접어들자 다시 고속도로가 보였다. 멀리서 보면 차들은 아주 빠른 장난감 같았다. 남쪽에 있는가 했는데 어느새 시야에 한 일자 획을 그어놓고 북쪽에 꽁무니를 세우고 있었다.

이 수경의 아침을 헉헉 짓이기는 뜀박질은 '긴급구조대 사무실'이라고 써 붙인, 컨테이너 큰 것 두 개 잇대어 놓은 숙소께에 이르렀다. 레커차를 소유한 자동차수리센터들이 합자하여 꾸린 살림살이였는데, 고속도로에서 교통사고가 일어나면 고속도로경찰보다 훨씬 빠른 속도로 쏜살치는 사람들이 밤이나 낮이나 불을 켜놓고 24시간 대기하며 툭하면 노름판을 벌이는 곳이었다.

서 상경은 콩나물국을 끓이고 있었다. 소금을 너무 많이 뿌렸는지 짰다. 그는 보름 전 이곳에 발령받아 오기 전까지, 라면 끓여본 횟수를 손가락으로 꼽는 바를 제외하고는 조리라는 것을 해본 적

이 없었다. 이 수경이 건성으로 "대충 해. 하다 보면 돼. 나도 그랬
어" 하나 마나 한 말이나 해줄까, 가르쳐주는 이도 없이 짓고 끓이
고 볶고 경력 보름, 서 상경의 조리 솜씨는 맛을 따질 계제에 닿으
려면 한 멀었다. 그는 숟가락을 팽개치며 구시렁거렸다. "에라, 모
르겠다. 이 정도면 된 거지 뭐. 처먹지도 않을걸."

한 평이 될까 말까 한 부엌에서 나와 네 평쯤 되는 방을 가로질
러가는데 흉측하게 일그러진 것이 다짜고짜 밟혔다. 조 경장이 빠
져나온 자리였다. "시팔, 이불 좀 개면 안 되나." 네모 반듯하게 개
켜 한구석 이불채에 얹었다. 출입문을 열면 바로 여섯 평쯤 되는
사무실이었다. 사복으로 갈아입고 소파에 엉덩이를 붙인 조 경장
은 발에 구두를 꿰고 있었다. 창으로 아침 햇살이 눈부시게 쏟아져
들어오고 있었다.

옥상에는 두 평이 못 되는 방 하나가 게딱지처럼 붙어 있었다.
고속도로 사무소의 양해를 얻어 교통 초소 전경들이 사용해온 옥
탑방이었다. 대개 전역을 몇 달 남겨놓지 않은 말년 고참이 독방으
로 써왔다. 그러나 지금 옥탑방을 쓰고 있는 양 상경은 수경 계급
장도 달지 못한 신세였다.

양 상경은 쫓기고 있었다. 도망길은 항상 열려 있었다. 그러나
휴식이 없는 매순간 아슬아슬한 도주였다. 그래서 차라리 체포되
고 싶었으나, 절대로 멈출 수가 없었다. "양 수경님! 양 수경님!"
누군가 부르고 있었다. 그의 계급은 명백히 '상경'이었지만, 혼주
경찰서 소속 모든 전경들은 그의 성씨 뒤에 '수경'을 붙였다. 탈영
의 대가로 교도소 복역을 마치고 돌아온 그가 고위 공직자인 친척
배경으로 관례인 다른 경찰서나 전투경찰대로의 전출을 면했기
때문에 빚어진 상황이었다.

양 상경은 결사적으로 허우적거렸다. 서 상경의 목소리가 지푸라기라도 되는 양 붙잡고 늘어졌다. 마침내 그는 도주의 길에서 벗어날 수 있었다. "왜……?" "식사하십시오." "안 먹어……."

서 상경의 계단 밟아 내려가는 소리가 일부러 쿵쾅쿵쾅인 것 같아서 몹시 거슬렸다. 담배를 물었다. 양 상경은 주거니 받거니 하던 이 수경이 새벽 두시쯤 내려간 뒤에도, 다섯시께까지 음주를 계속했다. 음주는 거를 수 없는 깊은 밤의 일과가 돼버렸다. 간만에 기분 나쁜 꿈이었다. 집요한 추격자로부터 한없이 쫓기는 꿈. 탈영병일 때 가까스로 눈을 붙이면 어김없이 찾아오던 꿈이었다. 어느 낙후한 지방 도시의 허름한 벽돌 공장에서 보낸 몇 달간은 꿈만큼이나 끔찍했다. 무엇보다도 잠을 잘 수가 없었다. 겨우 잠들면, 저승사자처럼 추격자들이 나타났다. 그는 담배를 끄고 이불을 뒤집어썼다.

서 상경은 2층까지 내려온 뒤에 참고 있던 욕지거리를 뱉었다. "니미, 씹이다." 그는 아침의 여러 가지 잡다한 일들 중, 양 상경을 깨우는 일이 제일 싫었다. 대부분 아침밥을 먹지 않겠다는 대답을 들었다. 그러니까 깨우나 마나 한 일이었다. 땀에 흠뻑 젖은 이 수경이 계단을 뛰어올라왔다. 서 상경은 비켜서며 인사 치레 했다. "다녀오십니까?" "그래…… 양수경 일어났나?" "안 드신답니다." "그래……."

전경들은 샤워실도 얻어 쓰고 있었다. 샤워할 때마다 청소하는 성의를 보이기는 해야 했다. 알몸이 된 이 수경은 거울 앞에 서서 성기를 붙잡았다. 그의 손이 바쁘게 움직였다. 그는 지난해에도 이곳에 있었다. 그때 한번은 청소를 태만히 했다가 샤워실 사용이 중지된 적이 있었다. 어느 날 고속도로사무실 직원들은 한마디 통고도 없이 샤워실 문을 잠가버렸다. 영문을 모르고 갔던 고참은 싫은 소리만 잔뜩 듣고 돌아왔다. 그날 밤 지하실에서 '한따까리'가 있었다. 그땐 그랬다. 툭 하면 한따까리였다.

작년 11월에 대대적인 병력 교체가 있었고, 경찰서로 옮겨가게 되었다. 겨울이 끝날 무렵 수경 계급장을 달았고, 어린이날 어버이날이 끼어 있는 달에 들어서 최고 고참이 되었다. 또다시 대대적인 발령이 있었다. 이 수경은 여섯 달 사이에 최고 고참이 되어 톨게이트에 돌아왔던 것이다. 그의 얼굴이 억! 소리와 함께 일그러졌다.

막 출근한 성 순경은 근무복으로 갈아입고 혁대를 채웠다. 그는 순경이 된 지 2년째였다. 의무경찰로 군복무를 마치고 나서 한 계절을 빈둥거린 뒤에 바로 시험을 보았다. 별로 공부한 것도 없는데 찰떡처럼 붙었다. 경찰은 채용시험에 합격하고 나면 일정 기간 교육을 받는다. 교육기간 동안 이러저러한 절차를 통해 받은 점수를 토대로 근무지가 결정된다. 비교적 높은 점수를 받은 성 순경은 희망했던 지역, 고향 혼주시에서 경찰로서의 첫발을 디딜 수 있었다. 혼자 몸이 된 어머니를 모셔야 하는 맏아들의 입장이 십분 고려된 것일 수도 있었다.

그래서일까. 혼주경찰서에 와서도 집과 지척인 난해지서로 첫 발령을 받았다. 난해지서에서 1년 반을 보낸 뒤에, 올해 2월부터는 난해지서에서 차 타고 5분이면 족한 여기 톨게이트 초소장으로 근무하고 있었다. 그의 집은 톨게이트에서 도보로 15분 거리였다. 차가 없는 그는 걸어다녔다.

두 사람이 격일제로 초소장 근무를 했다. 하루 쉰 뒤에, 아침에 출근해서 다음날 아침에 퇴근하는 것이었다. 성 순경이 퇴근 직전인 조 경장에게 불쑥 물었다. "어제 했어요?" "읊었어." 성 순경은 바로 그 대답을 기다렸다는 듯이, 그럼 그렇지 하는 표정을 지었다.

"요새 애들 개판이죠?" "왜? 무슨 일 있었어?" "실적도 못 올리고 생활 태도도 안 좋고, 영 엉망이잖아요?" "아직 적응이 안 돼서 그렇겠지 뭐." "보름쨉니다. 적응하기엔 충분한 시간이라고요." "좀 더 두고 봐야지." 조 경장의 반응은 시큰둥했다.

성 순경이 한마디 더하려는데, 이 수경이 젖은 머리를 하고 벌컥 들어섰다. "성 순경님, 오셨어요." 성 순경은 이 수경의 인사를 받는 대신 창 밖으로 시선을 돌렸다. 출근 차량이 '통행권 발매기'와 '요금 내는 곳' 주위로 다닥다닥 밀려 있었다.

혼주시는 조선시대 때부터 경기 남부의 상업 중심지로서 수도권과 충청권을 잇는 지리적 요충이었다. 행락지로도 주가가 높았다. 유적지도 제법 있었고, 풍광 좋은 저수지가 여남은 곳이 넘었다. 최근엔 대도시에 직장을 가진 사람들의 주거지로 각광을 받고 있었다. S시는 1시간, U시는 30분, C시는 20분 거리였다. 또 그 대도시의 많은 학생들이 혼주시의 4년제 대학교에 다녔다. 이 시간에 고속도로로부터 밀려내려오는 차량들의 대부분은 혼주대학교를 목표로 하고 있었다. 이래저래 들고 나는 차량이 많았다. 특히 아홉시를 바라보는 이 시간 무렵의 혼주 톨게이트는 자동차 전시장을 방불케 했다.

"나는 이만 가봐야 되겠네. 수고들 하셔." 조 경장이 사무실을 나갔다. 조 경장을 배웅하고 들어온 이 수경이 성 순경을 흘깃 바라보았다. 두 사람의 눈길이 날카롭게 얽혔다. 시동 거는 소리가 들리고 잠시 후에 조 경장의 흰색 엘란트라가 창 밖으로 보였다.

조 경장의 집은 C시였다.

이 수경은 콩나물국을 한 수저 떠먹어보고는 비어져나오는 신음을 꾹 참았다. 소금물이 따로 없었다. 아침부터 밥하고 국 끓인다고 설친 졸병 무안해할까 봐 표시를 안 내려고 했는데, 서 상경은 표정을 읽은 모양이다. "죄송합니다." 이 수경은 반찬에도 젓가락을 거의 대지 않고 몇 수저 억지로 우겨넣다가 상을 휘둘러보았다. 물은 없었다.

이 수경은 여러 가지로 서 상경이 마음에 안 들었다. 벌써 보름째건만 콩나물국 간 하나 못 맞추는 것은 이해를 한다 쳐도, 물도 안 갖다 놓고 상 차리는 따위는 납득이 되지를 않았다. 자신이 졸병 때 서 상경처럼 행동했다면 맞아 죽었을 것이라는 생각을 자주 했다. "야, 물 좀 가져와라." 서 상경은 부리나케 부엌으로 달려갔다. 아침은 늘 이렇게 둘이서만 먹었다. 물에 말아먹는 것은 간단해서 좋았다. 밥그릇을 비운 이 수경은 리모컨을 눌렀다. "우리의 초소장님 기분이 영 더러워 보이더라." "글쎄 말입니다. 인사도 안 받던데요." "네 인사도 안 받았어?" "예." "생리하나."

"파인(지서 혹은 파출소) 열둘, 사오자(근무자) 파인장(지서장 혹은 파출소장), 솔밭(상황) 상무(이상 없음)." "칠팔(알겠다), 파인 열셋." "여기 파인 열셋, 사오자 김 피(P—순경), 파인장 순찰, 솔밭은 상무." "칠팔, 파인 열넷." "파인 열넷, 양 에스피(SP—경장), 파인장 관사, 올(모두) 상무, 수고 사오(근무하라)." "칠팔, 파인 열넷 양 에스피도 수고 사오, 검 하나."

관내 일점중이었다. 혼주경찰서 상황실에서 두 개의 파출소와 열두 개의 지서, 그리고 한 개의 교통 초소의 상황을 무전으로 점검하는 것이었다. 오전 오후 야간 해서 하루에 세 번 있었다. '검

하나'는 여기 교통 초소를 지칭하는 은어였다. '검 둘'이라고 해서 양제 검문소가 있었는데 그곳은 지금은 폐쇄되고 없었다. 여기 교통 초소도 검문소였다가 '범죄와의 전쟁'이 끝난 이후 '검 둘'처럼 폐쇄를 당하는 대신 교통 초소로 간판을 바꿔달았다.

서 상경은 혼주시 경찰무전기가 있는 곳이라면 장소를 막론하고 퍼질 자신의 목소리를 생각했다. 목에 힘을 준 다음 잡고 있던 무전기 키를 살짝 눌렀다. "여기는 검 하나, 사오자 서 시피(CP—전경, 의경), 올 상무, 정 시피 수고 사오." 지금 혼주시 관내 일점을 하고 있는 정 상경은 서 상경의 동기였다. "칠팔, 검 하나 사오자 서 시피도 수고 사오. 이상으로 관내 일점……"

오전에는 서 상경이 사무실 근무를 했다. 오후에는 이 수경이, 저녁때는 양 상경이 사무실을 지켰다.

"애들 뭐 하냐?" 스포츠신문 연예면을 감상할 참인데 등뒤에서 불쑥 날아온 퉁명스러운 소리였다. 서 상경이 오늘 처음으로 들어보는 성 순경의 목소리였다. "뭐 하긴 뭐 해요, 자죠." "자? 지금 몇신데 자? 군인이." 서 상경은 신문에서 눈을 떼고 성 순경을 살펴보았다. 예사롭지 않은 기색이었다.

서 상경은 고참들을 변호한답시고 말했다. "늦게까지 술 마셨어요." "술을 마셔? 군대 좋다. 너희들처럼 편한 군인이 또 있을란가 모르겠다. 그리고 너 오늘 태극기 걸었어?" "아, 맞아요. 어쩐지 뭔가 허전했다니까. 그걸 까먹었네." "까먹어? 임마, 고참들이 개판이면 너라도 잘해야 될 거 아냐? 이건 졸병놈이나 고참놈이나 똑같아." 서 상경의 얼굴에서 웃음기가 싹 가셨다.

양 상경은 옥상 난간에 팔꿈치를 올려놓고 톨게이트를 둘러싼 들판을 바라보고 있었다. 들판을 가로막고 있는 고속도로 둑. 고속도로를 달리는 차량들. 지평선은 보이지 않는 것인가. 아니면 고속도로가 지평선이어서, 저 차들은 지평선을 달리고 있는 것인가. 다 태운 담배꽁초를 휙 던졌다. 옥상 한쪽에 건조대가 있고 빨래들이 미풍에 흔들리고 있었다. 근무복, 작업복, 운동복, 수건, 팬티……, 그리고 노란 손수건. 그의 것이었다. 외박 나갔을 때 나이트에서 만난 계집애가 여관방에 남겨놓고 간. 건조대를 지나 모서리 배수관 구멍을 내려다보고 섰다. 오줌을 누었다. 아랫도리를 들자 알통이 불끈 솟았다. "하나, 둘, 셋……."

이 수경은 들고 있던 시집을 팽개쳤다. 시집은 방바닥을 죽 미끄러져 사물함과 텔레비전 받침대 사이의 공간에 엎어졌다. 블라인드를 걷지 않은 방은 침침했다. 무슨 얘기를 하는 건지 도무지 이해가 되지 않는 시들로 가득했다. F학점을 두려워하지 않으며 술 마시고 노는 일로 보낸 대학 생활 이 년이었지만, 그래도 그때는 시 한 편을 읽고 나면 감상이 있었다. 시도 꽤 썼었다. 그랬었는데…… 두 달 전 외박을 나갔을 때, 미림이 특별히 골라준 시집이었다. 요새 한참 평가받고 있는 시집이라고. 그는 미림의 얼굴을 떠올렸다. 두려웠다. 아무래도 미림의 태도가 예전 같지 않았다.

서 상경은 근무일지를 펴놓고 적기 시작했다. '5월 25일. 09:00 ~13:00. 근무자―상경 서훈. 근무 내용―컴퓨터 조회 및 검문검색. 특기사항―없음.' 다음엔 조회일지를 폈다. 세 장쯤, 떠오르는 대로 아무렇게나 빈칸을 채웠다. '서울 1가 5409―상무. 서울 2나 7653―상무. 경기 7노 4445―상무. 박봉팔 680513―상무. 하영철 540129―상무. 대전 4소 7766―상무……' 하는 식이었다.

다음엔 두꺼운 국배판 노트를 서랍에서 꺼냈다. 노트마다 '정신교육'이라고 씌어진 종이표가 붙어 있었고, '수경 이영진' '상경

양광수' '상경 서훈'이 각기 붙어 있었다. 서 상경은 손에 잡히는 대로 한 권을 펴놓고 오늘 날짜를 기입한 후에, 다음과 같이 적었다. '1—대민 친절, 2—상급자 지시사항 철저 이행, 3—청결한 환경 유지.' 다른 두 권에다가 글씨체만 다르게 해서 똑같이 적어넣었다.

성 순경은 영문법 책에서 눈을 뗐다. 뭔가 좀 하는 티를 내던 서 상경은 무전기와 컴퓨터 사이에 얼굴을 파묻고 오수에 빠져 있었다. 무전기 볼륨을 한껏 낮추어놓아 혼주시 경찰들의 무전 소리는 파리들이 윙윙대는 소리처럼 들렸다. 책에 꼬부랑꼬부랑 기어다니는 글자가 눈에 들어오지를 않았다. 그는 간부후보생 선발시험 준비를 하고 있었다. 그 시험에 합격하면 경위 계급부터 시작할 수 있었다.

순경으로 시작한 자가 경찰을 천직으로 알며 굳건히 버티는 동시에 징계를 거의 받지 않는다는 전제하에, 경장 경사를 거치고 경위에 오르는 데는 대략 이십 년이 소요된다. 물론 몇 년에 한 번 주어지는 진급 시험 때마다 붙거나, 빛나는 공로를 두어 번 세우거나, 타의 모범경찰로 인정받거나, 학연 지연 혈연 운이 있거나, 뇌물을 잘 바치거나 아부를 잘하거나 한다면, 훨씬 앞당길 수도 있을 것이다. 그러나 그것은 몇몇이 누릴 수 있는 재수였고, 대개는 이십 년을 각오해야 했다. 이러한 진급 제도는 당연히 간부급의 노쇠를 가져온다. 어느 분야에서나 그렇듯이, 패기 있는 젊은 간부급이 필요하다. 그래서 경찰대학이 있고, 간부후보생 제도가 있는 것이다.

성 순경은 시험에 합격해서 이 지긋지긋한 톨게이트를 떠나고 싶었다. 자신이 데리고 있는 전경들 때문에 울화가 치밀어야 하는,

이 사소함의 굴레에서 벗어나고 싶었다. 그는 영문법 책을 던져 서 상경의 등을 때리고 싶은 충동을 가까스로 참아냈다. 경비전화가 울렸다. 서 상경이 번쩍 깨어나 받았다. "감사합니다TG상경서훈입니다." 경찰서에 있는 제 동기 녀석들의 전화인지, 서 상경의 목소리는 금방 여유로워졌다.

이 수경은 어질어질한 잠 속에서 퍼뜩 깨어났다. 벽시계는 11시 30분을 넘어 있었다. 점심식사 준비를 해야 한다. 서 상경이 아침과 저녁을 하고, 이 수경이 점심을 했다. 경찰서 내무반에는 이 사실을 비밀에 부치고 있다. 서 상경이 세 끼를 다 하지 않고, 이 수경이 한 끼를 해준다는 사실이 경찰서 내무반에 알려진다면, 시끄러워질 것이다. 수경 짬밥에 밥을 짓는 일은 역사상 일찍이 없는 일이었다. 이 수경은 발령받아 온 날, 서 상경에게 선심 쓰듯이 "내가 점심은 해주마" 했던 것을 후회하고 있었다. 그는 잠시 뭉그적거리다가 어쩔 수 없이 부엌으로 들어갔다. 작년 내내 들락거렸던 부엌, 최고 고참이 되어서도 벗어나지 못하고 있었다.

양 상경이 부엌에 들어왔다. "밥 해?" "일어났어요?" "오늘은 무슨 요리야?" "글쎄요, 뭐 먹고 싶은 거 있어요?" "감자탕 먹고 싶은데. 이 수경 감자탕은 거의 예술이야." "그럼 감자탕이나 해볼까요." "뭐 도울 거 없나?" "됐어요. 나가 있으세요." "그럼 수고해." 양 상경은 냉장고에서 음료수 캔 하나를 꺼내가지고 나갔다. 어느 화물트럭 운전사가 박스로 놓고 간 음료수였다. 심심치 않게 뭔가를 주고 가는 운전사들이 있었다.

수산물 운송 트럭기사가 회 떠 먹으라고 주고 간 광어 두 마리와, 닭차가 복날이니 삼계탕이라도 해먹으라고 던져주고 간 살아 있는 닭 한 마리가, 경찰서 생활 육 개월을 제외하고는 검문소를 전전한 이 수경에게 가장 뚜렷한 기억으로 남아 있었다. 광어를 냉동칸에 넣어두었다가 밤에 꺼내보았더니 얼음이 되어 있었다. 회는 엄두를 못 내고 광어조림을 만들었는데, 아무도 먹지 않아 그냥 버렸다. 닭 앞에서는 괴물 만난 듯 벌벌 떨었다. 그는 물론 고참들도 닭을 잡아본 경험들이 없었다. 식당 아줌마가 방금 전만 해도 살아 있었던 닭을, 쓱싹쓱싹 순식간에 닭도리탕으로 만들면서 한 말이 있었다. "닭두 못 잡으면서 나라는 워칙이 지킨댜."

양 상경은 음료수를 한 입에 털어놓고 탁 소리 나게 내려놓았다. "아, 시원, 하다!" 성 순경의 시선은 문법책에 고정되어 있었으나 눈초리는 파르르 떨렸다. 서 상경은 전투화, 가스총, 사과탄, 야광벨트, 근무모자, 야간지시봉 등이 차례로 진열되어 있는 신발장과 창 사이의 틈에 쭈그리고 앉아서 이 수경과 양 상경의 단화에 광을 내고 있었다.

근무일지를 살펴본 양 상경은 만족한 얼굴로 덮었다. "성 순경님, 탁구 한 판 때리죠? 천원빵." 잘못 본 것일까. 성 순경의 표정이 싸늘했다. "그거 데끼리지, 너는 백날 해도 날 못 이겨" 하고 나와야 했는데. 성 순경이 중학교 때 탁구 선수였다는 말은 허풍이 아닌 것 같았다. 양 상경도 탁구 하면 어디 가서 기죽지 않는 실력이었는데, 성 순경에게는 연전 연패였다.

"성 순경님 탁구 치자고요. 복수의 칼날을 갈아가지고 왔는데……" 성 순경은 책을 탁 덮었다. 그리고는 방으로 획 들어가버렸다. 무안해진 양 상경은 서 상경에게 물었다. "저거 왜 저래?" "모르겠습니다. 아침부터 기분이 별론 것 같습니다." "시발, 요새 건수 없다고 삐쳤구만."

양 상경은 성 순경이 삐쳐 있는 이유가 제 초소장 근무 날 건수가 며칠째 없기 때문이라고 확신할 수 있었다. 희한한 일이기는 했다. 조 경장 때는 검문 시작한 지 한 시간도 안 되어 덥석덥석 잘도 잡히던 무면허 운전자들이, 성 순경이 초소장인 날은 서너 시간 열성을 부려도 걸리지 않았다. 조 경장 근무 날로만 따지면 사흘 연속 실적을 올리다가 어제 하루 공을 쳤고, 성 순경의 근무 날로만 따지자면 나흘째 줄곧 허탕이었다.

"야, 죽인다, 죽여, 예술이다, 예술." 이 수경의 감자탕을 연거푸 몇 수저 떠먹고 난 양 상경이 호들갑을 떨었다. 이 수경은 기분이 좋은 듯 피식 웃었다. 감자와 국물이 팍팍 줄어갔다. 성 순경만은 감자탕에 수저를 대지 않았다. 거의 맨밥을 먹고 있었다. 성 순경은 속도전을 마친 사람처럼 급히 사무실로 나가버렸다. 그가 밥을 먹고 나면 늘 하는 말, "잘 먹었다"도 없었다. 분위기를 즐겁게 만들어야 한다는 사명감에 불타듯 말이 많던 양 상경은 못마땅한 얼굴로 더이상 말이 없었다.

이 수경은 문턱에 걸려 있었다. 방문을 열어놓고 의자에 걸터앉아서 방의 텔레비전 화면을 바라보고 있는 것이다. 근무복을 입고 있다는 점만 빼고는 도대체가 근무자의 자세가 아니었다. 방 안에는 두 놈이 퍼질러져 있었다. 그들은 지금 이연걸이 허공을 날아다니며 신출귀몰한 무예를 뽐내고 있는 중국영화를 보고 있다. 어떻게 돼먹은 자식들이 근무할 생각은 않고 낮에는 비디오, 밤에는 술인가. 성 순경은 부글부글 끓어오르는 속을 주체할 수가 없었다.

성 순경은 사무실을 나왔다. 고속도로 사무실 직원들의 식당으로 갔다. 식당 아주머니는 김칫거리를 다듬고 있었다. "저 냉수 한 잔 마실게요." 컵 가득 찰랑하게 따라 한입에 들이켰다. "뭔 일 있는 겨? 얼굴이 꼭 시래기 버무려놓은 것 같네." "귀신이시네요."

"뭔 일이냐?" "저 새끼들 때문에요." "와?" "아주머니 눈에는 저것들이 군인들로 보이세요?" "웬 군인 타령이냐. 금배지 달고 댕기면 하늘이 무너져도 국회의원여. 군복 입고 있으면 지진이 나도 군인인 것이여. 사이 좋게들 지내."

지하실은 탁구대가 놓일 만큼 넓었다. 교통 초소의 1차 책임 관할자인 난해지서장이 대원들을 위해서 고속도로 사무소 직원들의 양해를 얻어 놓아준 탁구대였다. 양 상경의 공이 오른쪽 모서리를 퉁겼다. 서 상경은 받아서 대각선으로 넘겼다. 공은 높이 솟아올랐고, 각도를 잡은 양 상경이 회심의 미소를 띠고 강 스파이크! 서 상경은 몸을 날려보았으나 탁구공은 저 뒤로 날아가버렸다. "몇대 몇이냐?" "두 점 남으셨습니다. 19대 16." "야, 좀 분발해라. 재미없어 치겠냐." 10점을 접어주고 친 시합이었다. 양 상경이 19점을 먹는 동안 서 상경은 겨우 6점을 얻는 데 그쳤다. 서 상경은 또 천원 날아가는구나 생각하며, 서브를 먹였다.

"감사합니다톨게이트교통초소수경이영진입니다. 신문 감상하고 있었지, 뭐. 송 수경은 뭐 해? 그래? 그런 시발놈이 있나. 당연히 해야지. 잘했어. 서 상경? 잘해. 진짜로 잘한다니까. 양 수경은 나랑 술타령하는 걸로 세월 보내고 있지 뭐. 성 순경님은 공부에 여념이 없으시지. 크게 될 분이시잖아." 통화중인 이 수경의 눈과, 그를 바라보고 있었던 성 순경의 눈이 마주쳤다. 성 순경의 눈에 핏발이 섰다. "성 순경님 기분이 나쁘신가 봐. 종일 말도 안 하시고 막 째려본다."

이 수경이 전화기를 내려놓기 무섭게, 성 순경이 대뜸 일갈했다. "야, 새꺄. 너 뭐 하는 새끼야!" 이 수경은 성 순경의 불만이 정수리에까지 차오른 상태이며, 왜 불만인지도 충분히 헤아리고 있는 터라, 성 순경의 말뜻을 단박에 알아들었다. 이 수경은, 성 순경이 오늘 안으로 한바탕 훈계 시간을 가질 것이라고 확신하고 있었으며, 그에 대해 '무조건 잘못했다. 이후부터 최선을 다하겠다'는 반응을 보이기로 내심 각오하고 있었다.

그런데 성 순경은 대원 전부가 모여 대화하는 회의 형식을 갖추지도 않고, 내무반장 격인 이 수경과 단둘이 있는 상태에서 서두도 없이 공박해온 것이다. 이 수경은, 경찰서 동기가 성 순경의 안부를 물어왔을 때, 며칠 동안 성 순경 눈치 보느라 골치가 지끈거렸기 때문일까, 저도 모르게 성 순경 들으라는 듯이 빈정거린 게 화근임에 틀림없다고 생각했다.

이 수경은 예상 각본에 전혀 없던 '새끼'라는 육두문자를 듣는 순간, 끙끙 앓으며 준비해둔 저자세 각오가 팍 가라앉고 대신 화가 치밀었다. 사람 마음이라는 것은 참으로 순간적인 도가니탕이었다. 단어 하나에 아무도 예상치 못했던 사태를 촉발시키는. 이 수경은 성 순경이 "뭐 하는 새끼들이냐고 묻잖아?" 다그칠 때까지 아무 말도 못 하고 있었다.

"근무하는 새끼들인데요." 이 수경은 짧고도 긴 침묵 끝에 맞장 뜨기를 선택하고 만 것이었다. 성 순경이 대답을 받아 바로 되뇌었다. "근무하는 새끼들? 그래, 지금 근무하는 거라 말이지?"

성 순경의 본래 생각은 오늘 하는 꼬락서니를 지켜본 뒤에 스스로 깨달은 개전의 기색이 보이지 않으면 저녁때 점호 형식으로 다들 모아놓고 한바탕 할 생각이었다. 그런데 이상하게 시작되고 말았다. 이 수경이 제 동기와의 통화중 뻔뻔한 얼굴로 이기죽거린 것에, 도저히 참지 못하고 터뜨리고 만 것이다.

하지만 아무래도 상관없다. 어차피 타점은 이 한 놈에게 있으니까. 내무반장 격인 이 수경이 어떻게 하느냐에 따라 교통 초소라는 이 구조는 달라지는 것이다. 이 수경, 이 싹수머리 없는 놈만 잡으면 되는 것이다.

"성 순경님, 뭐 기분 나쁜 거 있습니까?" "근무하고 있다 이거지?" "그럼, 아닙니까?" "아닙니까? 이 새끼 좀 봐." 성 순경은 당황했다. 개기기로 작정한 말투가 아닌가. "근무복만 입고 있으면 근무야? 밤에는 마시고 오전에는 처자고 오후에는 비디오 보거나 탁구 치는 게 근무라 이거지?" "세시부터 검문하잖아요?" "그거, 한두 시간 잠깐 하는 거? 실적도 못 올리는 검문?"

"그럼, 우리가 할 근무라도 있습니까? 있으면 나도 하고 싶네요. 그거 검문도 사실, 해서는 안 되는 거잖아요?" "뭐? 검문이 해서는 안 되는 거야?" "아, 그렇지 않나요?" "뭐, 새끼, 너 제 정신이야?" "나도 나이 처먹을 만큼 처먹었어요. 새끼는 좀 빼고 말하죠." "어랍쇼, 인제 막 대드네. 야, 새꺄, 무면허운전자 단속 및 기소중지자 검거, 이게 왜 해서는 안 되는 거야?" "무면허운전자 단속 좋아하시네. 그게 단속입니까?" "이 새끼가 진짜, 단속이 아니면 뭐야?" 이 수경은 제 입에서 튀어나올 말이 무서워, 황급히 주둥이에 제동을 걸었다.

"단속이 아니면 뭐냐니까, 왜 말을 못 해, 새꺄!" 사무실에는 완강한 침묵이 흐르기 시작했다. 잡다한 무전이 잡혀 윙윙대기 일쑤인 무전기들도 웬일인지 고요했다. 이 수경은 담배를 물었다. 라이터를 당기는 그의 손이 부들부들 떨렸다. 성 순경은 미친개에게 물린 것 같은 당혹감을 떨칠 수가 없었다. 지하실에서 들려오는 톡톡 튀는 탁구공 소리가 고요를 흔드는 그네의 음악 같았다.

"단속이 아니면 뭐냐니까, 새꺄." 성 순경은 이 수경이 제발 대답하지 않기를 바라면서 기어이 다그쳤다. "몰라서 묻습니까? 돈 뜯어내는 거 아닙니까?" 이 수경은 결국 주둥아리를 닥치지 못했다. "돈 뜯어내는 거? 그러니까 뭐야, 강도질이라도 한다는 거야." 성 순경은 자신이 미친개에게 물렸음을 절감했다. "그럼 아닙니까?" 이 수경은 이왕 깬 접시, 가루로 만들어버렸다.

톡 건드리기만 해도 삽시간에 불붙을 것이 뻔한 위태로운 침묵이 제법 오래 이어졌다. 두 사람의 마음속에서는 수백 수천의 단어들이 복잡하고도 미묘한 심리를 거미줄치고 있었다. 계단 밟아오는 소리가 들리더니, 사무실 문이 열리고, 땀에 젖은 양 상경과 서 상경이 들어왔다. 사무실에 감도는 심상치 않은 분위기를 두 사람은 쉽게 감지할 수 있었다. 침묵이 깨졌다.

"이영진, 너 정말 웃기는 새끼다. 너 혼자 양심 있어? 우리가 강도면 너는 뭐야? 너도 강도잖아, 새꺄." "왜 아니겠습니까. 나도 강도죠." "그럼 뭐야, 대체. 제 얼굴에 침 뱉는 이유가 뭐야. 너 지금 양심선언 하고 있는 거야?" "난 그냥, 우리가 할 근무가 없다는 것을 말한 것뿐입니다." "그럼 뭘 어쩌자는 거야? 아무것도 하지 말고 이 모양으로 있자고? 술이나 마시고 탁구나 치면서?" "차라리 그게 떳떳하지 않겠습니까?" "떳떳? 너희들은 군인이야." "알아요, 나도. 그래서 나도 미치겠단 말입니다. 할 근무도 없고 무슨 근무를 해야 되는지도 모르겠고……."

양 상경은 어떻게 된 판속인지 재빨리 파악했다. 보아하니 성 순경이 이 수경에게 뭔가 트집을 잡아 건수 못 잡는 데 대한 문책을 했는데, 이 수경이 엉뚱하게 검문의 정당성을 문제 삼아 받아친 모양이었다. 뺨 맞은 이 수경이 고기 못 낚은 책임을 인정하기는 싫고 뺨은 아프고, 에라 모르겠다 심보로 한강 물 오염을 문제 삼은 꼬락서니일 터였다.

"새꺄, 강도질 청산하고 제대로 검문검색하면 될 것 아냐?" "왜 그런 쓸데없는 짓을 합니까?" "쓸데없는 짓?" "여기는 검문소가 아니라 교통 초솝니다. 검문할 이유가 없습니다. 경비과에서도 교통 혼잡하니까 되도록 검문하지 말라고 했지 않습니까." "새꺄, 그럼 나가서 교통정리라도 해야 될 거 아냐?"

서 상경이 생각하기에 이 수경의 태도는 그다지 떳떳해 보이지 않았다. 검문에 대해서 진실로 그런 생각을 가지고 있었다면, 발령받아 온 첫날 따졌어야 하지 않은가. 보름이나 지나서 웬 지랄이람. 그는 그저 내무반의 평화를 원했다. 윗대가리들이 갈등하면, 졸병인 자신만 고달픈 것이다.

"알아서 섰다가 천천히 빠져나가는 톨게이트에서 무슨 놈의 교통정리가 필요합니까?" "그럼 딱지라도 끊어." "지서와 경비과에 딱지 좀 달라고 몇 번이나 말했지만 안 주지 않습니까? 톨게이트에서 무슨 딱지를 끊냐고. 그리고 설령 검문을 해서 무면허운전자나 기소중지자 잡아봐야 누가 반겨줍니까? 지서에서도 귀찮아하고, 경찰서에서도 짜증내고……."

"그러니까 무조건 아무것도 하지 말자?" "예." "새끼, 정신상태가 글러 처먹었어." "강도가 되는 것보다는 낫죠." "당장 나가서 잡아와. 지서, 경찰서에다 내가 책임지고 넘기고 올 테니까. 방구석에서 뒹구는 꼴 못 보겠으니까, 당장 나가. 새끼들, 못 잡아오기만 해봐. 다 영창에 처넣어버리겠어."

2시 30분을 몇 분 남겨두지 않았다. 그러니까 다른 날보다 삼십여 분 일찍 도로에 나가게 되었다는 것이 성 순경과 이 수경의 티격태격으로 인한 결과였다.

양 상경은, 성 순경은 속 줍아터진 놈이고, 이 수경은 비겁한 놈이라고 생각했다. 성 순경은 초소장으로서 대원 하나 제대로 못 구슬리고, 이 수경 이 자식은 생각 따로 행동 따로 논다. 웃기는 자식들이다.

"검 하나, 여기 목(검문자) 하나." "칠팔, 여기 검 하나." "주조(주민조회) 한 방울(건)." "칠팔, 목 하나는 지셋(연락하라)." "칠팔, 주조, 김민엽씨, 백성 민, 낙엽 엽, 김민엽씨, 오십육년, 오십육년 칠월 오일, 칠월 오일, 오류공칠공오, 김민엽씨, 오류공칠공오." 애새끼 좆나게 빨리 부르네. "……칠팔, 잠잠(잠시)만 종기(기다려라)."

모니터에 주민조회 명령어인 ZZZZ가 아니라 아무것도 아닌 XXXX가 떠 있었다. 독수리 타법에 실수 연발이었다. "검 하나, 빨리 못 쳐!" 시팔, 더러워서. "……칠팔, 잠잠만 종기." 서 상경은 쭉 경찰서 타격대 생활을 했기 때문에 검문 경력이 보름밖에 되지 않았다. 당연히 은어 사용하고 자판 치는 것이 느리고 자주 틀릴 수밖에 없었다.

모니터에 김민엽씨의 본적 주소 주민등록번호 지문번호 등이 떠올랐다. "목 하나, 여기 검 하나." "시발, 이제 쳤어? 주이십(가능한 빨리)으로 지셋." "칠팔, 좌수(왼손의 지문) 오육육오삼, 오육육오삼." "우수(오른손의 지문)." "칠팔, 우수, 사오륙사륙, 사오륙사륙." "칠팔."

서 상경이 사무실에서 컴퓨터 조회를 담당하고, 이 수경과 양 상경이 소형무전기를 들고 도로에 나가 있었다. 양 상경은 줄기차게 무전을 보내왔는데, 이 수경으로부터는 감감 소식이 없었다.

성 순경은 멍한 얼굴로 천장 바라기를 하고 있었다. 무전기에서 상경과 양 상경의 나눔 소리가 버캐처럼 들끓었다. 방금 양 상경이 조회한 운전자도 다만 면허증을 집에 놓고 온 운전자에 불과했던 모양이다. 창 밖을 살폈다. '통행권 발매기'를 통과해 고속도로로 들어가는 진입로의 차량들을 일일이 세우고 검문하는 양 상경의 모습이 보였다. 이 수경은 '요금 내는 곳' 1번 창구 너머에 있는지 모습이 보이지 않았다. 고속도로에서 나오는 차량들의 통행이 막힘이 없는 걸로 보아 검문은 하지 않고 있는 것 같았다.

초소장으로 근무한 4개월 동안, 붙잡은 무면허 운전자의 4분의 3 가량을 지서나 경찰서로 끌고 가지 않은 것은 사실이었다. 보름 전에 있었던 아이들은 적극적이기까지 했었다. 그만 쉬라고 누구이 일러도 하루에 기어이 두 건 이상은 했다. 상당한 용돈벌이였다. 아이들에게나 자신에게나.

그런데 이번 아이들은, 특히 이 수경 저 녀석은, 틀렸다. "어, 성 순경님 담배 피우시네요." 서 상경이 눈치를 살피며 말을 붙여왔다. 성 순경은 여섯 달 전에 끊었던 담배를 자신도 모르게 피우고 있었던 것이다.

근무 교대가 있었다. 이 수경과 양 상경이 사무실로 들어오고, 성 순경과 서 상경이 도로에 나간 것이다. 교대할 때 성 순경과 이 수경은 서로 원수를 보듯 냉랭한 시선이었다. 양 상경이 서 상경의 어깨를 두드려주었다. "서훈 상경, 지금까지 몇 건이나 잡았지?" "두 건입니다." "너무 적지 않나? 오늘 한번 믿어보겠어."

이 수경은 방으로 들어가 큰 대자로 쓰러졌다. 파리 한 마리가 그의 몸뚱이를 배회하기 시작했다.

날이 저물고 있었다. 무전이 뜸해졌다. "이 인간들이 검문을 하는 거야, 마는 거야." 양 상경은 창 밖을 꼼꼼히 살폈다. 성 순경은 도로 한복판에 서서 땅그림을 그려대고 있을 뿐 검문할 의욕 자체가 없어 보였다. 서 상경은 '요금 내는 곳' 2번 창구 앞에 서 있었다. "저 새끼 저거 또 연애질하고 자빠졌네."

고속도로경찰들이 운전자 두 사람을 데리고 들어왔다. "수고합니다. 조서 좀 쓰고 갑시다." 양 상경은 교통 초소를 자기네 안방처럼 들락날락거리는 이들 고속도로경찰들이 못마땅했지만, 내색하지 않고 흔쾌한 표정을 지었다. 두 운전자는 서로 잘못이 없다고 시끄럽게 다투었다. 참다 못한 양 상경은 빽 소리를 질렀다. "아저씨들, 여기가 당신들 안방이야?"

서 상경은 '요금 내는 곳' 2번 창구에서 일하는 옥이에게 인사하고, 검문 위치로 나왔다. 옥이는 고속도로사무실의 새내기 직원이었다. 스스럼없이 말마디나 하는 사이가 되었다. 서 상경은 벼르고 별렀던 말, 다음주에 외박을 나가는데 그때, 놀이공원에 놀러가자는 말을 드디어 했다. 옥이는 좋다고 했다. 날아갈 듯했다. 사무실 쪽을 살펴보았다. 양 상경이 자신의 근무하는 모습을 훔쳐보고 있는지도 모른다는 염려 때문이었다.

아가씨들이 꽉꽉 쟁여진 합승차 하나가 얼른 안 가고 알짱거렸다. 필시 혼주대학교 재학생들임에 분명했다. 열려진 창문으로 몇이 고개를 내밀더니 뭐라고 주절댔다. 무슨 사고라도 났다는 신고인가 싶어, 서 상경은 재빨리 다가갔다. 아가씨들은 까르르 웃어젖히며 뭔가를 던졌고 봉고 꽁무니는 멀어져갔다. 도로에 떨어져 있는 것은 껌이었다. 한 통도 아니고 한 개.

서 상경은 분해서 씩둑였다. "저 시발년들이 누굴 거지로 아나. 이 개같은 년들을 그냥." 대학생이라면 우선 열부터 받고 보는 성격에 거지 취급까지 당하자 눈에 뵈는 게 없어졌다. 합승차를 향해 미친 듯이 뛰어갔다. "서, 시발년들아!" 오십 미터를 전력 질주했지만 결국 못 잡았다. "썅 대삐리들!"

또다시 교대가 이루어졌다. 어둑어둑해졌다. 이 수경과 양 상경은 야광벨트를 두르고 야간지시봉을 들고 나갔다. 서 상경은 저녁을 지으러 들어가고, 성 순경이 모니터 앞에 앉아 있었다. 사무실을 북새통으로 만들어놓았던 고속도로경찰들은 고맙다는 말을 남겨놓고 돌아갔다.

이 수경은 졸병 때를 생각했다. 졸병 때는 시키는 대로만 하면 만고 땡이었다. 그리고 그땐 범죄와의 전쟁이라고 해서, 알량한 자부심도 가졌던 것 같다. 교통사고의 주범인 무면허운전자와 수배자를 잡아들이고 있으니 조국을 위해 큰일 한다는 긍지를 가질 만도 했었다. 짬밥이 쌓이면서 수배자는 끽해야, 벌금미납자들로 재수가 없어 걸린 사람들에 불과하다는 것을 깨우치게 되었다. 진짜로 이 사회를 위해하는, 진짜로 나쁜 새끼들은 자신들 같은 얼간이들의 불심검문 따위에 걸리지 않는 것이다.

하지만 그들이 범법자인 것만은, 아무튼 분명한 사실이었다. 범법자와 무면허운전자들을 하루에 세 건은 단속해야만 발뻗고 잘 수 있던 시절이었다. 밤을 세워서라도 멀리 원정을 가서라도 잡아와야, 저 위에서부터 계단식으로 내려오는 질책을 면할 수 있었다. 물론 그때도 고참들과 초소장들이 건수를 채우고 남는 무면허운전자를 알겨먹었음을 모르는 바는 아니었다. 고참들이 두둑한 휴가비를 만들어가지고 나간다는 것도 알고 있었다. 그때 그 고참들을 보면서 마음속으로 다짐한 바가 있었다. '나만은 절대로 하지 않겠다.' 그랬는데 최고 고참이 되어 돌아온 그는 보름 만에 14만 원을 벌어들였다.

이 수경은, 점심밥을 하지 않을 수도 있는데 어쩔 수 없다고 자기 합리화하며 점심밥을 짓고 있듯이, 용돈벌이를 안 할 수도 있는데 어쩔 수 없다고 자기 합리화하며 용돈을 벌고 있는 자신이 싫었다. 붓을 꺾을 수도 있었는데 어쩔 수 없다고 자위하며 조선 청년을 개죽음으로 내모는 시를 썼던 친일파들하고 뭐가 다르단 말인가. 안 쓸 수도 있었는데 어쩔 수 없다고 자위하며 군부독재 정권을 찬양하는 시를 지은 시인들과 뭐가 다른가. 그는, 자신은 시를 쓸 바탕이 안 되어 있는 놈이라고 생각했다. 시는 자신처럼 사악한 영혼을 가진 자가 써서는 안 되는 것이다.

양 상경은 에스페로를 세웠다. "실례합니다만 잠시 검문 좀 하겠습니다. 협조해주시면 감사하겠습니다." "또 해? 여기까지 오면서 세 번이나 당했어." 옆좌석에는 양 상경의 또래로 보이는 여자가 앉아 있었다. "급히 나오느라고 못 가지고 왔어. 저쪽 검문소에서는 다음부터 가지고 다니라고 그냥 보내주던데." 양 상경은 거짓말이라고 생각했다. 세 번씩이나 검문에 걸렸다는 것부터가 의심스러운데, 그냥 보내주었다니. 면허증 미소지자를 확인하지 않고 그냥 보내주는 검문자는 없었다.

"그럼 주민등록증이라도 보여주시겠습니까?" 주민등록증을 가지고도 면허증 조회를 할 수가 있어 면허소지 여부를 알 수 있었다. "이 사람아. 지갑째 놓고 왔으니까 주민등록증도 당연히 없지." 어떤 예감을 한 양 상경은 운전자의 반말을 꾹 참았다. 예감이 없었다면, 일방적인 반말에 상응하는 모욕을 주었을 것이다. 일부러 고급 승용차를 잡아 시비 걸기를 즐기기까지 하는 양 상경이었다. 반말하는 운전자는 차종에 상관없이 용서를 못 했다. 양 상경은 타고난 말발로 반말 운전자가 한 열흘은 두고두고 기분 나쁠 언사를 퍼부어주곤 했다.

"그럼 성함하고 주민등록번호 좀 불러주시겠습니까?" "그건 왜?" "아저씨가 신분증이 없어서 잠깐 조회 좀 해보려고요." "아, 우리 바빠." "바쁘시더라도 조금만 협조해주십시오. 금방 됩니다." "아, 정말 귀찮게 구네." "성함이?" "이태우." "이태우씨요?" "그래." "주민번호는?" "육오일이일오." "육십오년 십이월 십오일요?" "그렇다니까." 운전자는 짜증이 나 죽겠다는 투였다. "일단 차를 좀 갓길로 빼주시겠습니까."

저녁밥을 지어놓고 다시 컴퓨터 앞에 앉아 있던 서 상경이 기쁨에 들떠서 소리쳤다. "초소장님 잡은 모양인데요." 성 순경은 서 상경의 말에 대꾸하지 않았다. 무전 내용을 통해, 이미 짐작하고 있는 바였다. 양 상경과, 방금 주민조회를 받은 운전자가 걸어들어오고 있었다. 그들 머리 위로 톨게이트를 밝히는 불빛들이 휘황해 있었다. 이 수경이 창 밖을 가로질러 쓰레기장께로 가는 게 보였다.

"바쁜 사람 붙잡고 지금 뭐 하는 거야?" 운전자가 대뜸 타박을 해왔다. "손 줘봐요." 서 상경은 기다리지도 않고 운전자의 손을 채서는 지문을 보았다. "아저씨, 진짜 이름이 뭐예요?" 거의 탄성을 지르듯 하는 음성이었다. 단속 경험이 일천한 서 상경인지라 흥분을 잘했다. "진짜 이름? 이 사람이 지금 무슨 소리 하는 거야."

성 순경은 점잖게 나섰다. "일단 앉으세요." "당신이 대장이야? 당신들 지금 뭐 하는 거야?" "훈아. 지문번호 좀 불러봐." 운전자의 양해를 구하지도 않고 그의 손을 챘다. 밖에서 양 상경이 한 번, 방금 서 상경이 한 번, 해서 두 번이나 확인했지만, 성 순경은 자신이 직접 확인해야 안심이 되었다. 서 상경이 불러주는 번호는 대개 제 상문이었는데, 운전자의 지문은 대개 와상문이었다. 열 손가락 중

일곱 개의 지문번호가 틀렸다.

"이 사람들이 진짜, 손에 뭐 묻었어? 왜들 이래?" "이름이 뭐요?" "이태우라니까." "이태우말고 진짜 이름." "아니, 지금 무슨 소리 하는 거야." "당신, 뭐 믿고 반말야." 성 순경은 인상을 험악하게 일그러뜨리고 불퉁거려주었다.

성 순경은 자동차등록증을 찬찬히 살펴보았다. 차 소유주의 이름은 '박상일'로 되어 있었다. "훈아, 이 사람, 지문 뽑아봐." 서 상경이 조회해준 박상일씨의 지문번호와 운전자의 지문이 일치했다. "박상일씨죠?" "그건, 내 불알친구고, 난 이태우라니까요." 운전자는 기가 많이 꺾여 있었다.

"그 반대겠지. 당신이 박상일이고, 친구가 이태우씨겠지. 지문을 속일 수는 없지." "그깟 지문이 뭔데, 자꾸 지문 타령을 하는 거요?" "지문이 뭐냐면 댁이 주민등록증 만들 때 스탬프 꽉꽉 묻혀서 찍은 그날부터 경찰 컴퓨터에 등록된 바코드 같은 거지." "어쨌거나 난 이태우라니까." "자꾸 이러면 친구분 이태우씨도 처벌받아. 공범이 되는 거라고." 이런 공격은 즉방이었다. 자기로 인해 다른 사람까지 피해를 볼 것이라는 협박. 한국인은 의리 빼면 시체가 아닌가.

서 상경이 잽싸게 면허증 조회를 한 모양이었다. "정지기간 중에 운전을 하셨구만. 면허는 당연히 취소고, 벌금 내고 한 몇 년 면허 딸 생각 안 하면 되겠네."

쓰레기장과 고속도로 사무소 건물 사이에는 잔디밭이 있었고 사철나무가 푸르게 자라 있었다. 근무모와 야광벨트를 벗고 무전기 매달린 혁대를 풀어놓은 채, 이 수경과 양 상경은 담배를 피우고 있었다. "양 수경님, 이런 질문 해도 되나 모르겠는데……" "뭐, 해봐." "왜 탈영했었어요?" 양 상경의 얼굴이 순간적으로 어두워졌다가 펴졌다.

"나라고 뭐 특별한 이유가 있었겠냐. 사람을 말이야, A형 B형 O형 AB형 네 가지로 구분하잖아. 사람들은 그 네 가지로 사람을 구분할 수 있다고 생각해. 웃기지 않나. 그게 가능하나. 탈영이라는 것도 그래. 내가 탈영 이유를 말해보았자, 너에게는 여자 문제 아니면, 구타에 못 이겨서, 가정 문제, 조직에 영합할 수 없는 유아독존 자아이기 때문에, 하는 빤한 몇 개의 경우 중 하나로 들리겠지. 내가 말해도 너는 내가 탈영했던 이유에 진정으로 공감할 수 없단 말이지. ……왜, 탈영해보게?" "그러고 싶은 심정이네요."

"아서라. 탈영 그거 아무나 할 수 있는 게 아니다. ……그나저나 우리의 초소장님께서는 잘 엮고 계시나 모르겠군. 그 새끼 돈 좀 있어 뵈던데." "책임 지고 지서에 넘긴다고 그랬잖아요?" 이 수경은 빈정거린 것이었는데, 양 상경은 "말이 그렇지. 그게 쉽게 되나" 진지하게 받았다. "내가 엮으면 이십은 거뜬한데." 양 상경은 자신의 말발이 성 순경보다 두세 배는 우위임을 자신하고 있었다.

서 상경이 그들에게 다가왔다. "나가 있으랍니다." 쭈뼛쭈뼛거리는 서 상경에게 양 상경이 만원짜리를 내밀었다. "가서 담배나 사 와라. 디스 한 보루." 백 미터 떨어진 곳에 주유소와 슈퍼가 있었다.

"제발, 제발 한 번만 좀 봐주십쇼. 어떻게 딴 면헌데." 억울한 누명을 쓴 사람처럼 펄펄 뛰던 운전자는 지푸라기라도 잡으려는 자처럼 간절하게 변해 있었다. "정말, 딱 한 번만 봐주십시오. 아버님 위급하다는 연락받고 급히 가는 길이었습니다." 운전자가 부모까지 팔아먹는다고 생각한 성 순경은 치밀어오르는 구역질을 꾹 참았다. "사료 팔아먹고 사는 놈입니다. 면허 없으면, 굶어죽습니다."
"그만 갑시다." "아이구, 경찰님 가긴 어딜 갑니까?" 성 순경은 한
숨 섞어 말했다. "어디는 어디겠어. 경찰서지."

에스페로 운전자는 사지를 벗어나는 짐승처럼 허둥지둥 창 밖
어둠 속으로 멀어져갔다. 성 순경이 바지 주머니에 넣어두고 있던
오른손을 빼냈다. 그 손에 세종대왕님 열 장이 쥐어져 있었다. 네
장은 도로 성 순경의 바지 주머니 속으로 들어가고 여섯 장은 이
수경 앞에서 바르르 떨었다. 성 순경은 외치고 싶었다. '새꺄, 세상
은 이런 거야.' 그러나 아무 말도 못 했다.

이 수경은 '이건 강도질입니다' 소리치며 지폐를 거부하고 싶었
다. 그러나 무표정하려고 애쓰며, 받고 말았다. 이 수경은 지폐를
모두가 보는 가운데 갈기갈기 찢어버리고 싶었다. 그러나 양 상경
과 서 상경에게 두 장씩 공평하게 나눠주었다. 나머지 두 장은 이
수경의 근무복 상의 주머니 속으로 빨려들어갔다.

서 상경은 밥상을 차리러 들어갔다. "이영진." 이 수경은 성 순경
이 나직이 부르는 소리에 푹 수그렸던 고개를 들었다. "강도한테도
의리가 있는 거야. 강도보다 더 나쁜 새끼가 어떤 새낀 줄 알아?
바로 의리를 저버리는 놈이야." 이 수경은 피식 웃었다. 양 상경은
속으로 중얼거렸다. '끝까지 꼴값들이군.'

성 순경이 또 말했다. "앞으로 이런 일 없도록 하자." 이 수경은
'이런 일'이란 어떤 일을 가리키는 것인가, 애매모호하다고 생각했
다. '검문'을 말하는 것인가, '강도질'을 말하는 것인가. 이 수경은
참담한 어조로 답했다. "예, 제가 잘못했어요." 속으로는 전혀 다른
말을 웅얼거리고 있었다. '나 같은 놈은 뒈져야 해. 의리마저 없는
조삼모사 강도, 이렇게 박쥐처럼 살아서 뭣하나.'

양 상경은 '쇼 끝났군' 비웃음을 짐짓 활짝 웃음으로 바꿔 "초소장님, 탁구나 한 판 때립시다. 복수혈전" 했다. 성 순경은 일부러 표정을 밝게 고치며 받았다. "거, 좋지."

이 수경은 일반전화를 붙잡고 아홉 개의 번호를 눌렀다. "나야. 별일 없지? 그렇구나. 거기만 사회냐? 여기도 사회다. 여기는 그 어느 곳보다 냉혹한 사회다. 아니, 그냥, 너 혼자 어려운 척하는 것 같아서. 미안해. 나도 모르게 말이 그렇게 나왔어. 기분이 좀 안 좋아서. 미안하다고 했잖아. 면회 안 올 거야? 그놈에 바쁘다는 소리 지겹다. 관둬!" 전화기를 집어던졌다. 창에 부딪혔지만, 창도 전화기도 무사했다.

서 상경은 홀로 청소를 했다. 사무실, 방, 부엌, 마지막으로 화장실. 몇 달을 더 참아야 이런 더러운 꼴 안 하고 사나. 하긴 점호 같은 거 않는 게 어딘가. 지금 경찰서 있는 동기 녀석들은 점호한다고 쌔 빠지고 있을 거 아니냔 말야. 그는 물걸레질 여파로 질편한 사무실 바닥을 슬리퍼로 딱딱! 두들기면서, 지갑을 펼쳐보았다. 배춧잎이 열여섯 장. 보름 만에 십육만원이라, 햐, 이건 괜찮은 장산데. 이번 외박 때, 사생결단을 내고 옥이를 노려볼 결심이었다. 호텔은 모르겠지만, 모텔은 들어가고도 남는 돈이 그에게는 있었다. 그런데 서 상경은 자꾸 뭘 빼먹은 것 같은 느낌이 들었다. 그의 눈에 어둠 속에서 펄럭거리고 있는 태극기가 들어왔다.

중소기업 상품설명회

내곡리 대터골 사는 곽현자(48세)는 오늘도 설거지를 해치우기 무섭게,
지난봄 생일 때 서울 근방에서 공장 다니는 큰아들이 선물해준 종합화장품 세트를 꺼내놓고
밤나들이 차비를 하였다. 클렌징 크림으로 얼굴을 닦아내고,
스킨로션과 젤 바르고, 밀크로션과 영양크림 덧씌우고,
파운데이션으로 톡톡거린 뒤에, 눈썹 화장에 립스틱까지 일사천리, 숙달된 폼이었다.
"또 가시남?"

"정말 그때는 장 같았어요. 새벽부터 황혼까지 인산인해였는데. 읍내 빼고는 인근에서 가장 큰 오일장이었거든요." 장태석(29세)은 김미숙(34세)의 말대로, 저 마당에 한때는 제법 근사한 장이 서고는 했었는지도 모른다는 생각이 들었다.

　김미숙은 모처럼 어머니를 회상하였다. 장날이면, 어머니는 광산촌의 국밥집을 리어카로 장터에 옮겨놓다시피 했었다. 막장을 막 벗어나온 광부들을 상대로 한 나흘 동안의 수익과, 장날 하루의 수익이 맞먹을 만큼 어머니의 국밥은 인기가 좋았다. 수업이 파하는 즉시 한달음에 어머니에게로 달려가 서투른 일손이 되고는 했었다. 초등학교와 장터는 도로 하나를 사이에 두고 있었다. 그것은 지금도 마찬가지였다.

　석탄합리화방안으로 광산들이 속속 문을 닫고, 광부들이 무더기로 떠날 때, 미숙이네도 떠났었다. 김미숙이 전국교직원노동조합

가담으로 해직 시절을 보내는 동안 어머니는 병원 신세를 지다가 끝내는 영영 돌아올 수 없는 길로 갔다. 복직이 된 미숙은 대도시로 갈 수도 있었지만 고향의 모교를 지원했다. 모교는 몰라보게 달라져 있었다. 시설이 열 배쯤 좋아졌다. 그런데 학생 수는 놀랍도록 줄어들어 있었다. 그녀가 다닐 때는 학년당 세 학급에, 학급당 학생 수가 60여 명에 가까워 천여 명이 다니는 학교였는데, 지금은 한 학년에 한 학급, 학급당 학생 수는 이삼십 명이 고작이라 재학생이 백오십 명도 못 되었다.

어머니가 국밥을 팔던 장터도 많이 변했다. 요새도 오일장이 섰지만 아침 늦게 장이 서서 정오 넘기 무섭게 파했다. 거래되는 가짓수가 보잘것없었고, 장을 찾는 사람도 세라면 셀 수 있을 만큼 드문드문했다. 시내(십 년 전 읍이 시로 승격했다) 상권의 장악력 확장과 교통의 발달은 면 단위의 오일장을 더이상 존립하지 못하도록 만들었다. 교회 옆에서 자취하는 미숙은 방학중에도 대부분의 시간을 학교에서 보내고 있었다. 그녀는 소설을 쓰고 있었다.

그들이 말 몇 마디라도 나누는 사이가 된 것은 보름 전쯤부터였다. 이내 무렵이면 어김없이 나타나 학교 울타리께서 잠시 얼쩡거리는 장태석이 먼저 말을 걸었다. 장터 한쪽에 불 밝혀진 마을회관 2층 강당이 장태석의 일터였다. 김덕수(42세) 소장과 이진호(26세) 대리가 여인들을 데리러 관광버스를 끌고 나가면, 코앞인 학교에 나와 몇 대의 담배를 머릿속이 띵할 때까지 몰아 피우는 것이 장태석의 중요한 일과 중의 하나였다.

"한번 구경 오세요." "저 같은 젊은 사람도 오나요?" 얼결에 "전혀 안 오죠" 했는데 정확한 답은 아닌 듯싶었다. 김미숙의 경우처럼 미혼인 여자는 한 명도 오지 않았다고 확신할 수 있었기 때문

278

에 그렇게 대답했는데, 아무리 젊은 사람들이 드문 촌이라지만 나이로 따진다면야 미숙의 또래가 한둘만 왔었겠는가. 대충 꼽아도 미숙보다 못한 나이인 것 같은데 학부모인 단골 여인들이 스무 명은 되었다.

장태석이 다시 입을 열었다. "제가 얼마나 추접스럽게 돈을 벌고 있는지 보여드리고 싶어서요." "추접스럽게?" "예. 이래 봬도 제가 대졸입니다. 지방대지만 저도 4년제 대학을 나왔다고요. 하, 그런데 말입니다…… 제가 왜 이렇게 됐는지, 왜 이러고 있는지, 모르겠어요." "그건 피차 일반예요."

내곡리 대터골 사는 곽현자(48세)는 오늘도 설거지를 해치우기 무섭게, 지난봄 생일 때 서울 근방에서 공장 다니는 큰아들이 선물해준 종합화장품 세트를 꺼내놓고 밤나들이 차비를 하였다. 클렌징크림으로 얼굴을 닦아내고, 스킨로션과 젤 바르고, 밀크로션과 영양크림 덧씌우고, 파운데이션으로 톡톡거린 뒤에, 눈썹 화장에 립스틱까지 일사천리, 숙달된 폼이었다. "또 가시남?"

농촌드라마 〈대추나무 사랑 걸렸네〉에서 잠시 시선을 뗀 이문호(52세)는 아내의 변신이 참으로 놀라웠다. 아내는 좀 과장해서 말하자면 드라마에 목숨 건 여자였다. 그 여자가 두 달 전부터 드라마 보기를 발기 안 되는 서방 보듯이 하고 있었다. 아내가 밤마다 출근 도장을 찍고 오는 거기가 어떻게 돌아가는 판 속인지 어림짐작 안 되는 것은 아니었다. 누가 어떤 푼수를 떨었으며, 누가 어떤 노래를 불렀으며, 아내가 찧고 까불어대는 바를 꿰맞추어보면 대강 졸가리가 잡혔다.

"뭐여? 그게 전부여? 그 따위 거 땜이 서방 집 지키는 개 만든다는 겨?" "내가 말을 마야지. 백 번 들으면 뭐 할껴. 당신도 참석혀 보면 생각이 달라질 거시유." 드라마보다 하나도 재미있을 것 같지 않은데, 아내는 그곳 나들이에 미쳐 있는 것이다. 아내 말마따나 제 눈밖에 믿을 게 없다고 한 번은 직접 보아야 어찌 된 조홧속인 지 진실된 영문을 헤아리겠다는 생각에, 동반 나들이를 계획하면 서도, 삼동네 여인들은 죄다 모인다는 그 판에, 남녀 차별인가 불 알 달린 것들은 얼씬도 못 하는 것인지 안 하는 것인지 하여튼 찾 아볼 수 없다는 사실이 무서워, 몸이 따라주지 않고 있었다.

"댕겨 오께유. 집 잘 보구 있슈." "거기서 개근상 같은 거는 안 주남?" "개근상이 뭐래유?" "무식허긴. 꼬박꼬박 나온다고 주는 바 가지는 없느냐 말여." "잉? 그러고 보니께 말 되네유. 오늘은 개근 바가지도 하나 달라고 혀야겠네."

송대관의 〈네 박자〉가 불빛을 빠끔히 내놓으며 어둠으로 물들어 가는 동리를 쿵짝쿵짝, 쿵짜자쿵짝, 뒤흔들어댔다. 작년 가을 아스 팔트로 환골탈태한 면 도로를 기세 좋게 달리는 관광버스 이마빡 에 붙은 스피커가 내뿜는 고성방가였다.

"……바그라, 바그라, 바그라헬스클럽, 오늘도 불원천리 엄마들 모시러 쌔 빠지게 달려왔습니다. 오늘도 다양한 행사 펼쳐집니다. 누가 누가 잘하나 노래자랑, 댄스 댄스 흔들다 죽은 사람 때깔도 좋다, 오늘도 기뚱차게 흔들어봅시다, 댄스경연대회! 인생에 도움 되는 상품, 삶에 기름칠해주는 상품, 겁나게 좋은 동시에 무지하게 싼 상품으로만 짝 뽑아놨습니다, 상품설명회! 오늘도 이렇게 푸짐 한 행사 준비되어 있습니다. 어서, 어서, 나오셔서, 탑승해주십시오. 기쁨과 만족이 있는 바그라, 바그라헬스클럽 대행사로 모십니다……."

관광버스는 고갯길을 끄덕끄덕 올라 저수지 갓길을 달렸다. 저수지 윗마을 삼현리가 제1기착지였다. 낚시꾼들의 불빛이 저수지를 테두리 두르고 있었다. "팔자 늘어진 놈들이구만." 김덕수는 핸들을 거칠게 꺾으며 뇌까렸다. 그러는 본인도 넉 달 전까지는 팔자 늘어진 사람처럼 텐트 하나 달랑 짊어지고 저수지 찾아 전국 산천을 주유하고 다녔다. 도망자였던 것이다.

싸잡아 말하기 좋아하는 대양리 장골의 남정네들은 그녀들을 '자전거부대'라고 불렀다. 누군가 장골 역사를 쓴다면 박미자(51세)와 이금순(53세)의 업적을 거론하지 않을 수 없을 것이다. 두 사람은 장골 자전거 역사의 신기원을 창조하였다.

두 사람이 같은 날 한 시에 자전거를 구입한 것은 삼 년 전이었다. 두 사람은 시내 식당일을 다녔다. (해수욕장을 기반으로 하는 시내의 상업 발달, 기계영농의 보급, 대규모 농공단지 조성…… 이와 같은 요인들은 상당수의 평라면 여인들을 전업 농부에서 출퇴근인으로 바꿔놓았다.) 시내행 버스를 타기 위해서는 평라면 정류소까지 십오 분을 바삐 걸어야 했는데, 자동차 오토바이는 말할 것도 없고 초등학교 아이들 자전거 보고도 '나 좀 안 태워다 주나' 횡 재수 발발하기만 바라오다가 마침내 용기를 낸 것이었다.

도시 사람들처럼 인터넷 타고 초고속으로 날아가지는 못할지언정, 가랑이가 찢어지든 굼벵이와 동무라는 소리 듣든, 쫓아가는 시늉은 하고 있는 1999년의 장골인지라, 자전거 한 대 소유로도 '그집 부잣집' 소리를 듣던 시절은 호랑이 고스톱 치던 때 얘기가 되었다. 해서 두 사람의 결단에 다른 장골 여인네들은 물론 남정네들까지 촉각을 곤두세운 것은, '자전거를 구입했다'에 대한 놀라움이 결코 아니었다.

　장골에는 차 운전을 할 줄 아는 여자는 아직 없었지만, 자전거를 자유자재로 타고 다니는 여자가 일곱 명이었고, 그중 셋은 자전거를 우습게 보며 오토바이를 상시로 몰고 다녔는데, 이들에게는 20대 후반에서 30대 후반이라는 공통점이 있었다. 그러니까 박미자와 이금순, 두 사람이 장골 뉴스의 초점이 된 가장 큰 이유는, 감히 40대 후반의 여자 몸으로 자전거를 배우려 했다는 데에 있었다. 두 사람은 보름여 간의 피나는 연습을 통하여 마침내, 쉰 살에 즈음한 여자도 자전거를 탈 수 있다는 사실을 증명해냈다.

　두 사람의 성공에 고무받은 장골의 40대 후반에서 50대 초반의 여인들은 너도나도 자전거 타기에 도전하였다. 그러나 자전거는 네 사람만을 운전자로 인정했을 뿐이었다. 포기한 여인들의 자전거는 자식들이 이미 장성하여 도회지로 떠난 터라 달리 이용할 사람이 없어 현재 창고에서 하릴없이 세월과 놀고 있었다.

　박미자와 이금순, 그리자 나머지 네 여인, 김필례(47세), 양둘희(52세), 노춘자(54세), 조태복(56세), 이들이 바로 자전거부대였다. 여섯 여인은 자전거를 탈 줄 알게 된 뒤에 유난히 뭉쳐다녔다. 끼리끼리도 그런 끼리끼리가 없었다. 장골 부녀회를 집단 탈퇴, 그녀들만의 부녀회를 조직하려는 기미마저 보였다. 여섯 대의 자전거가 나란히 달려가는 모습을 보고 있으면 '자전거부대'라는 말이 절로 나오는 것이었다.

　그런데 이들 자전거부대는 중소기업 상품설명회 갈 때에도, 바그라헬스클럽의 관광버스를 이용하는 다른 여인들 보란 듯이, 한사코 자전거를 끌고 나갔다. 오늘도 어김없이 장골의 자전거부대

가 삼생이(장골의 동구에 해당하는 삼거리) 가로등께를 통과하고
있었다.

"차표 두 장하고, 하나는 애 꺼여, 한라산 한 갑하고, 너 뭐 집었
냐? 저놈의 새끼 아이스께끼라면 환장을 해가지구, 돈은 여깄네."
만원짜리였다. 대학교 재학중인 평라면 정류소집 둘째아들 김성지
(25세)는 방학중 효도한다고 카운터에 붙어 있는데 돈 계산에 영
젬병이었다. 이런 아저씨처럼 몇 푼 되지도 않는 거, 가짓수 요란
하게 찾으면 산수는 더욱 복잡해졌다. 그나마 계산 끝날 때까지 세
월아 네월아 기다려주니 그저 고마울 따름이었다. 성질 급해가지
고 난리쳐대는 분을 만나면 셈이 더 안 되었다.
　효성스러운 마음으로 임하는 카운터지기였으나 프로야구 중계
는 세상없어도 보는 것을 원칙으로 하고 있었다. KBS 위성방송과
인천방송 덕분에 일 주일에 사흘 정도는 저녁 시간을 스포츠와 함
께 보낼 수 있었다. 오늘도 중계가 있었다. 어머니가 설거지를 하
는 동안 잠깐 나와 있는 것인데, 어째 좀 늦으시는 것 같았다. 그새
삼성 라이온스 이승엽이 한 방 때려낸 것 아닌가. 이거 팔짝팔짝
뛰겠다.
　부리나케 나온 이효태(53세)가 붙잡을 겨를도 안 주고 카운터를
빠져나갔다. 선수를 친 것이었다. "엄마, 또 거기 가?" "금방 갔다
오께." "패 죽여도 프로야구는 봐야 한다니까." "찌개 그릇 하나만
사가지고 얼른 오께." "아, 진짜루, 엄마, 너무하네." 성지는 짜증스
러운 얼굴로 발을 동동 굴렀다.

　원래는 마을회관이 아니었다. 지금은 평라면을 등지고 외지에

터 잡은 사범이 태권도장을 열었던 건물이었다. 1층은 살림집과 사무실로 썼고, 2층이 도장이었다. 사범은 삼 년을 겨우 버티고 건물을 내놓았다. 초등학교 학생수의 감소율과 태권도를 배우겠다는 아이의 감소율이 거의 일치하는 데에야 도리가 없었다.

건물은 팔리지 않았다. 어쩌다 은밀한 장소를 필요로 했던 젊은 이들에게나 이용되었을까. 건물은 사람 기운을 쐬지 못하고 폭삭 삭아갔다. 한 리이면서도 1리와 2리 구분이 심했던 수원리 사람들이 확실히 두 동강 나면서 건물은 회생하게 되었다. 수원 2리 사람들이 사범을 어렵게 수소문하여, 싼값에 임대, '수원 2리 마을회관' 간판을 달게 된 것이었다.

사시사철 마을 늙은이들의 사랑방이 된 1층과, 강당인 2층은 옥외 계단으로 연결되어 있었다.

태극기 밑에 보라색 커튼에는, 출입구에서도 판독이 가능하도록 크고 굵은 고딕체로 '축! 바그라헬스클럽 여름 대행사 KBS MBC SBS 방영!'이라고 씌어진 플래카드가 길다랗게 붙어 있었다. 철제 의자를 모두 치운 마룻바닥에는 돗자리가 수십 장 깔려 있었다. 연단에는 노래방 기계와 나무탁자가 있었다. 탁자 위에는 물건 상자들이 차곡차곡 놓여 있었다. 노래방 기계와 탁자 사이에도 프라이팬, 바가지, 양동이 등등의 물품이 촘촘히 쟁여져 있었다.

플래카드는 창문에도 붙어 있었는데, 전면 벽의 것과 내용이 달랐다. '중소기업 상품설명회'라고만 적혀 있었다. 창틀마다 모기향이 연기를 피워올리고 있었다. 모기향은 돗자리 곳곳에도 놓여 있었다. 출입구께에는 상추 씻을 때 유용할 것 같은 구멍 숭숭 뚫린 바구니가 잔뜩 포개져 있었다. 그리고 두 대의 대형 선풍기가 쏴아 쏴 돌고 있었다.

관광버스에서 콩나물처럼 우겨져 있다가 우르르 쏟아진 여인들은, 해방된 기념으로 맑은 공기 한 호흡 여유롭게 할 짬도 없이, 쫓기는 사람들처럼 다투어 가파른 계단을 올랐다. 업어치나 메치나 마룻바닥 돗자리 위이겠으나, 종일 고되었던 등허리를 기댈 수 있는 까닭에 자타가 인정하는 상석, 좌우측 창가와 출입구 쪽 벽 밑을 차지하기 위해서 남보다 한 걸음이라도 빠르자는 것이었다. 도보로 출석하는 근거리의 여인들이 이미 상석을 선점하고 있게 마련이었으나 전혀 비비고 들 틈이 없는 것은 아니었기에 그 다툼이었다.

하지만 느긋한 사람들도 있었다. 삼현리 골패나무골 사는 조화자(65세)처럼 '구경은 맨 앞에서'를 신조로 삼고 살아온 여인들, 또 시력 버린 지 오래라 돋보기 쓰고도 긴가 민가 하는 회평리 작은골 정끝자(62세) 같은 여인들은, 앞에 나앉기를 꺼려하는 타인들의 경향 때문에, 좋아하는 맨 앞자리를 맡아놓고 있는 처지였으므로, 계단 밑에 엉덩이 붙이고 담배 한 대 피우거나, 계단에 때아닌 육이오 피난 시절을 연출하고 있는 사람들을 손가락질하거나 하는 여유가 있었다. 느긋한 여인들 중에는, 누가 먼저냐를 따지는 일이라면 소꿉 시절부터 꼴찌를 도맡아왔기에 무슨 일에서건 으레 남들 다 한 뒤를 기다리는 대양리 만취동 사는 박점순(47세) 같은 이도 있었다.

출입구께 파란 양동이에서 검은 비닐주머니를 한 장씩 꺼낸 여인들은 신발을 벗어 비닐주머니에 넣은 뒤 소중하게 들고, 아직 끝나지 않은, 상석 차지하기 경쟁을 계속했다. 삼현리 도장굴 사는 박태자(63세)는 네 장을 꺼냈다. 그렇게 모은 비닐주머니가 얼추

백 장이 넘었다. 순식간에 백여 명이 들어차 만원사례를 빚은 듯하지만 퇴장할 때 보면 이백여 명에 가깝게 되는 판이라, 서른 켤레나 들어갈까 한 작은 신발장은 순전히 폼이었다.

여인들이 입장하는 동안 노래방 기계는 뽕짝을 줄기차게 뽑아냈다. 동네별, 초등학교 동창별, 계원별, 일가친척별…… 갖가지별로 삼삼오오 동아리를 이루어 앉은 여인들은, (물론 왕 따돌림당했는지, 홀로 고고한지, 원래 혼자 동떨어지기를 좋아하는지, 개인별도 있었다) 판 시작을 기다리며 지지배배 수다를 이어갔다.

"……영석이 아버지가 논 보러 갔다가유, 어디서 쿠룩쿠룩 쌓는 소리가 들려서 가물치나 되나 하고 보니께, 발바리더래유. 논도랑이 처박혀서 죽네 사네 하고 있으니께 냇가다 던져놓고 깨끗이 씻겨줬대유. 근디 이 발바리가 집이 있나 없나, 집이 안 가고 영석이 아부지 오토바이를 쫓아서 우리집까지 왔다니께유. 안 가는 규. 때리는 시늉을 해도 안 가고, 어제는 출근할 때 삼거리까지 데려다 났는디 집이 와 보니께 도로 와 있더라니께유. 찾으러 다니는 이도 없구. 이따가 발바리 찾아가라는 광고 방송 좀 부탁혀야 될라나뷰. 벌써 삼 일째 우리집서 뒹굴고 있는디, 불쌍허다고 밥을 줘서 붙어 있나, 이제 밥 주지 말아야겠슈……."

"……나는 분명히 밥해주러 들어갔는데 이 개차반 것이 청소까지 시키는 겨. 돈 됐다 뭐혀. 청소하는 아줌마를 구하면 될 것 아녀. 애새끼들두 열 명이나 되는데 그것들 시키던가. 젊은것들이 조금만 마음 안 맞으면 사직서 찍 써버리니껜, 만만한 게 나여. 밥해주는 아줌마는 벼룩시장이다 한번 내면 기차 타는 데까지 줄 선다고 그냥 괄신 겨. 불만이 한두 가지가 아니라니께. 젊은것들 모처럼 배 터지게 먹으라고 시장 좀 좋게 봐오면 누구는 돈이 썩어나냐고 지랄지랄이지를 않나……."

"……팔불출이 아니라 천불출이 되더라도 자랑 좀 해야 되겠네. 어떤 집에서는 유치원부터 시작해갖구 대학원이라든가 거까지 소 팔고 논 팔아서 가르쳤더니만 말짱 허사, 취직도 못 해가지고 빌빌거린다는디, 우리집 큰애는 고등학교나 겨우 졸업시켜줬지 입힌 것두 없고 먹인 것두 없는디, 벌써 과장 되어부렀어. 오늘 아침 전화 왔어. 내가 자랑하고 싶어서 죙일 아가리가 근질근질했다니께. 어떤 디는 과장이 별것 아니어서 지나가는 똥개도 인사 차리는 법이 없대지만, 태수가 댕기는 회사는 과장이 엄청난 감투여. 거, 뭐시냐, 니, 회사에서 서열 오위라대. 사장 빼고 부사장 빼고 이사 빼고 부장 빼면 그 다음 아닌가? 애가 워낙에 특출났지. 나 같은 한심 두심 한 부모 안 만났으면 크게 됐을 겨. 그리두 갓 서른 살에 과장여. 옛날로 치면 거의 장원 급제 아니겠나?……"

김덕수 소장이 정각 여덟시에 노래방 기계 볼륨을 한껏 올려 팡파르를 울리자, 여인들의 대화는 감쪽같이 잦아들었다.

"……아직도 아들 딸한테 목숨 거는 엄마들이 많은 것으로 아는데 말짱 헛것여. 자식 키워보았자 남는 건 한숨뿐여. 자식들이 모셔준다? 천만에 만만의 말씀. 21세기가 내일모레여. 요새 어떤 자식이 부모를 모실라고 해? 지 부모 땡전 한푼 남아 있을 때까지는 모시는 척하겠지. 논 팔고 밭 팔고 집까지 팔아서 자식 밑천 대주고 자식한테 얹혀봐. 그날로 엄마들 인생 종치는 거여. 며느리한테 구박받고 아들놈한테 눈치받다가 시름시름 가는 거여. 엄마들 텔레비 드라마 환장하게 좋아하지? 드라마가 틀린 말 하는 거 하나도 없어. 이중에도 계실겨. 자식들한테 치마 속곳까지 내주고 삼

팔 따라지 돼버린 엄마들. 계시지? 가슴에 손을 얹고 누구 한번 나 그렇다고 용감하게 손 들어보셔. 바가지 하나 드리께."

아무래도 시어머니 모시고 사는 여인들은 듣기 거북하고, 며느리 데리고 사는 여인들은 고개 꼿꼿이 세우고 귀 쫑긋하는 분위기였다. 아무리 골짜기 동네에서 발생한 사건이라도 딱 사흘이면 면 전체에 모르는 사람이 없어지는 평라면인데다가, 부락을 초월하여 총집합한 자리라, 손 들었다가는 두고두고 남의 집 밥상 안주로 오르내릴 판이었다. 공짜가 좋다지만 함부로 이목을 집중받겠다고 나설 자 없을 듯싶었다. 그러나 우리집 고부간 갈등 있다고 광고하는 팔목들은 일곱이나 되었다.

"거봐. 이렇게 많잖아. 이분들말고도 손 들고 싶은데 며느리랑 같이 와서 손 못 든 분들도 많을 것여. 사나이 약속은 천금보다 비싸다. 이 대리 장 대리 뭐 해?" 싸구려 바가지를 몇 개씩 든 이진호와 장태석은 입추의 여지가 없는 것 같은, 여인들의 숲을 잘도 껑충거리며 손 들어올린 여인들에게 바가지를 안겨주었다.

"그래서 나중에 암담한 신세 안 당하려면 노후 대책을 잘해야 돼. 노후 대책 별것 아녀. 가지고 있는 것 꽉 움켜쥐고 절대로 내놓지 않으면 돼. 이제까지 줄 만큼 줬어. 더 줄 게 뭣이 있어? 아직도 정신 못 차리고 빌빌거리는 주제에 애비 에미 재산 빼앗을 궁리하는 건 자식도 아녀……"

미수 가까운 조부시어머니까지 모시고 사는 황룡리 초쟁이 엄미순(50세)이 달려나오더니 마이크를 빼앗았다. "소장 이 양반이 어젯밤이 방아는 안 찧고 삼강오륜을 깨쳤나뷰. 얘기가 너무 효도적이네. 불효하는 년 노래나 한 곡조 뽑을라요. 신신애, 〈세상은 요지경〉 틀어주쇼." 여인들이 강당이 떠나가라 박수를 쳐댔다. 이진호가 노래를 선택하고 시작을 누르자, 분위기는 삽시간에 바뀌었다. 염미순은 비틀비틀 몸을 흔들며 〈세상은 요지경〉을 풀어냈다. "나 온 김에 한 곡 더 하겠슈. 이번이는 태진아의 〈옥경이〉유." 노래하는 그녀는 가정사를 잊은 듯 보였다.

상품으로 바가지 두 개를 받은 염미순이 들어가자, 한구석에서 "소장!"이라는 매가리 없는 외침이 있었다. 몇 여인이 따라했다. 수십 여인이 동조했다. 곧 거의 모든 여인이 팔꿈치를 치켜올리며 소장을 연호했다. 이 순간 김덕수는 김대중 대통령 부럽지 않았다. "엄마들, 내 노래 듣고 싶어서 똥줄 탔지? 왕년에 전국노래자랑 은상까지 탔던 불운의 명가수, 김덕수가 한 곡조 뽑습니다. 곡명은 이무송의 〈사는 게 뭔지〉."

흥을 이기지 못한 수원 1리 86번지 사는 이부자(53세)가 튀어나오더니 큰 가슴을 출렁거리기 시작했다. 누가 테이프 끊어주기 애타게 바라고 있던 회평리 함박굴 김금자(57세)가 합세하여 춤 난장이 제법 어울렸다. "앵콜! 앵콜!" 여인들의 아우성에 답하여 김덕수는 김수희의 〈남행열차〉로 달려갔다.

커튼 뒤로 들어갔다 나온 장태석의 가슴이 불쑥 솟아 있었다. 뿐만 아니라 가발 쓰고 배꼽티에 미니스커트, 여장을 한 것이었다. 툭 튀어나온 가슴을 어루만지며 허리와 엉덩이로 요사를 떨어대는 장태석에게, 여인들은 저도 모르게 손뼉을 치며, 휘파람을 불어대고, "오빠" "언니!"를 부르짖었다.

신이 난 김금자, 막내아들뻘 장태석의 손을 맞잡았다. 당겼다 놓았다 무대를 휘저었다. 여인들의 열광은 도를 더해갔다. 이어 울렁울렁 울렁대는 〈울릉도 트위스트〉. 춤추고 싶어 안달난 여인들 몇 더 나와 무대는 점입가경으로 치달아가는데, 이쯤에서 잠시 숨 고르자! 블루스 타임으로 옮겨갔다. 궂은 비 오는 명동의 거리 〈명동 블루스〉 흐르는데 이번엔 광현리 큰골 과부 주옥님(45세)이 여장 남자 장태석을 와락 껴안고 마룻바닥을 지끈지끈 밟아대었다.

경비전화가 아니고 일반전화가 울렸다. "지서장 양훈규(40세) 유." "예, 수고하십니다. 현재 수원 2리 마을회관에서 벌어지고 있는 상황에 대하여 문의 말씀 드리려고 합니다." "뉘신듀?" "예? 예, 저는 서울서 대학 다니는 학생인데 모처럼 집에 왔다가 시끄러워서 티브이도 못 보고 있습니다." "그류? 문의해보슈." "한마디로 말해서 왜 단속하지 않는 거냐, 이겁니다." "뭘유?" "마을회관 사기꾼들 말입니다." "사기꾼이라…… 증거 있슈?" "증거는…… 보나 마나 사기꾼 아닙니까? 저것이 정상적인 영업 형태로 보이십니까? 백퍼센트 불법 영업입니다." "알았슈." "예?" "알았다구유." "단속하겠다는 겁니까?" "조사해보께유. 끊어두 되쥬?"

양훈규는 전화기를 내려놓으며 중얼거렸다. "불법 아닌 게 어디 있남." 법에 걸기로 덤벼든다면야 뭐에는 못 걸까. 두 달 전에 수원 2리 이장 김수창(56세)이 낯선 사내를 대동하고 왔다. 사내는 '바그라헬스'라는 상호와 '소장'이라는 직함과 '金德修'라는 한자 이름이 박힌 명함을 내밀었다. "이분은 박으라나 빼라나……" "바그라헬스클럽요." "니, 그려, 바그라헬스를 운영하시는 분인디 우리 마을회관서 석 달간 상품설명회를 갖기로 혔어. 전국노래자랑 분위기로다 좀 시끄러울 것 같다니께, 참조하라구."

면내 고기 좋은 집에서 갈비로 1차를 하고 시내로 진출, 단란주점에서 2차를 가졌다. 사내의 얘기를 들어본즉, 여기저기 부도 위기에 취하여 헤매고 있는 중소기업체들의 제품을 헐값에 매입, 약

290

간의 이문을 붙여, 저렴하면서도 좋은 물건 구하기 힘든 농촌 사람들에게 공급하겠다는 거였다. "우리나라 산업의 근간 쓰러져가는 중소기업 살려 좋고, 면민 여러분 푼돈에 고품질 쓸 수 있어 좋고, 모두 다 좋자는 거죠." "취지는 좋으신 것 같은데 믿을 수 있는 중소기업이냐, 이게 문제 아니겠습니까."

"아, 당연한 말씀이시죠. 제가 천지신명을 걸고 말씀드리건데, 우리 바그라헬스와 거래하는 중소기업들은 물건 하나는 기똥차게 만듭니다. 은행놈들하고 대기업놈들이 지들만 살겠다고 옥죄는 바람에 돈줄 딸려 어려움을 겪고 있기는 합니다만, 방송 3사에도 한두 번씩은 다 나왔었습니다. 거, 아이엠에프 때 말입니다. 금 모으기 운동이다, 통장 하나씩 갖기 운동이다, 숱한 운동 했잖습니까. 아시겠지만 그때 중소기업살리기 운동도 했었잖아요? 그때 한 번씩은 매스컴 탄 기업들예요. ……이 상품설명회, 면민 여러분들께는 절호의 기회예요. 대도시 백화점 같은 데 가서 기십만원에 살 것들을 파격적인 가격으로 공급해드릴 겁니다."

단란주점에서 짝꿍이었던 여자를 봉투 하나와 함께 여관까지 붙여주었는데, 거시기 한판 기분좋게 때리고, (공짜 오입은 넣자마자 찍 해도 헤 입 벌어지도록 좋다) 여자 뒷물한다고 쏴아거릴 때 슬쩍 보니, 안마시술소 가서 대여섯 번 몸 풀 만한 돈이 들어 있었다. 그 다음날부터 마을회관은 당장 시끌벅적이었다. 한 보름은 마을회관 가까이 사는 사람들로부터 시끄러 못 살겠다는 (지서도 고성방가의 사정 거리에 있어 충분히 공감할 만했다) 탄원이 빗발쳐 이걸 어떻게 해야 되나 고민이 되지 않을 수 없었다.

지서장을 구한 것은 이번 사태였다. 저기 먼 골짜기 삼현리에서까지 몸 달아 찾아오는 지경에 이른 것이다. 수원 2리 사는 여인들은, 제 마을회관이라고 텃세를 부리기 위해서라도 내남없이 출근부를 작성하러 가는 듯했다. 남편들은 텔레비전 볼륨 높이고 귓구멍 솜으로 틀어막고 있을지언정, 제 아내가 좋아라고 손뼉치고 있는 자리를 신고하기는 멋쩍다 싶었는지 항의전화가 툭 끊겼다.

간만에 걸려오는 불법 타령 전화였다. 사흘도 못 되어 도로 서울로 기어갈 놈이 시골 사는 제 어머니의 즐거움을 알겠는가. 방금 전화를 걸어온 대학생은 적법인지 불법인지는 선무당 점치듯 따져보겠지만, 제 어머니가, 동네 아주머니들이, 면의 여인들이, 그 자리에 밤마다 모여 왜 그토록 기꺼워하는지는 조금도 따져보지 않을 것이다.

"……엄마들, 놀 만큼 놀았으니께 이제 장사 좀 해볼랍니다. 좀 더 놀자구요? 오늘은 그만. 장사해야 될 것 아닌감. 먹고 살아야지 안 그려? 오늘 노래하고 춤추고 싶었는데 체면 때문에 못 나오신 엄마들, 그려서 상품 바가지 못 타신 엄마들, 내일을 기약해주셔. 내일은 내일의 달이 떠올라. 그럼 엄마들 우리는 팔구 엄마들은 사구, 누이 좋고 매부 좋은 시간 시작합니다. 오늘에 특급 상품은 바로 이것여." 김덕수가 높이 쳐든 것은 사각팬티였다.

"그게 그 팬티 같죠? 그러나 이 팬티는 시중에 판매되는 팬티와는 질적으로 다른, 차원이 틀린, 바그라 팬티입니다. 우리 회사 이름이 뭐여? 아시다시피 바그라헬스클럽여. 이 팬티는 다른 업체에서 받아온 것이 아니고, 우리 바그라헬스클럽의 제품여. 우리 바그라헬스클럽의 명예를 걸고, 자존심을 걸고, 심혈을 기울여 특수 제작한 특허품여."

김덕수는 품안에서 종이 두 장을 꺼냈다. "이것은 특허증이고,

이것은 미국 로스엔젤레스 산업박람회에서 우수 상품이라고 일등 받은 상장여. (언젠가 뉴스에서 집중 보도된 바 있듯이 미국에서 상 타오는 것은 어려운 일이 아니다. 특허증도 상품성이 있느냐 없느냐가 관건인 것이지, 증 받는 자체는 그렇게 어렵지 않다는 사실은 널리 알려져 있다.) 멀어서 안 보인다, 눈이 나빠 안 보인다, 하시는 분들을 위하여, 복사혀왔어. 안 나눠드리고 뭐 하고 있냐." 이진호와 장태석이 복사물을 앞자리 여인들에게 나눠주었다. 복사물은 판이 끝날 때까지 돌고 돌며 구겨질 것이었다.

"……엄마들은 아직도 이 팬티가 다른 팬티하고 뭣이 다른지 모르겠죠? 당연하지. 이 팬티를 다른 팬티와 질적으로 다르게 하는 정수는 안에 있거든." 팬티를 까뒤집어 보였다. "자, 물방울 같은 것들이 뽀송뽀송 솟아나 있지? 이것이 바로 바그라여. 바그라가 뭡니까? 내가 누누이 강조해왔듯이, 피부에 접촉하는 인삼 녹용이여. 그 인삼 녹용 바그라가 이렇게 잔뜩 달라붙어 있으니 이걸 입으면 어떻게 되었어? 말할 수 없이 좋지. 우선 치질, 엄마들이나 엄마들 보듬구 자는 낭군네들이나 할 것 없이 치질로 고생하는 분 썼지? 그 치질 많이 잡으면 한 달, 적게 잡으면 보름 만에 완전 해결돼. 병원 가서 주사 맞고도 못 고치는 치질 그냥 간단히 고쳐줘." 김덕수는 음흉하게 웃었다. "그리고 아직 하고 싶은 마음이 굴뚝 같은데 남편이 안 도와줘서 못 하시는 엄마들 있지? 그것도 해결해줘. 아버지들 발기부전 바로 해결해줘. 바그라가 거시기 혈관으로 침투, 발딱 일어나지 않고는 못하게 만들어. 효능 또 있어……."

출입구에 세 남자가 꽃밭 훔쳐보는 나비꼴을 하고 있었다. 수원 1리 65번지 사는 박태수(43세), 수원 2리 315번지와 329번지에 사는 김경식(63세)과 양달세(72세). 박태수는 마을회관 앞을 지나가다가 우연히 발걸음 된 차에 소문의 실체를 확인해보고자 올라온 것이었고, 김경식과 양달세는 아홉시 뉴스 시작할 때쯤 되면 귀신에게라도 홀린 것처럼 저도 모르게 출입구에 와 있게 되는 단골들이었다. 하지만 감히 여인들의 숲에 기어들지는 못하고 출입구 언저리에서 두 눈만 말똥말똥하고 있는 것이었다.

　"……그럼 이 좋은 바그라팬티가 얼마냐?" 김덕수는 손가락 세 개를 세워 보였다. 수원 1리 6번지 사는 최진희(43세)가 "삼천원?" 했다가 "누구셔? 또 엄마여? 엄마는 꼬박꼬박 꺼드는 것은 좋은데 통이 작은 게 흠이셔"라는 말을 들었다. "삼만원. 배춧잎 딱 세 장야. 엄마들, 순간적으로다 이건 너무 비싸다는 생각이 뇌리를 스치셨을 껴? 하지만 절대로 비싼 것 아녀. 내가 예수님과 부처님과 천지신명의 이름으로 자신 있게 말하는데 그냥 헐값여. 이 바그라팬티 서울 백화점 가서 사면 얼마인 줄 아셔? 십이만원 달라고 해. 십이만원. 그 십이만원을 겨우 삼만원에 판다 이겁니다……."

　한통속으로 팬티라도 남성용과 여성용이 있고, 삼각과 사각이 있고, 어른 게 있고 아이 게 있고 제각각이지 않느냐는 질문이 있었다. 물론 다 구비되어 있는데 가격은 동일하다는 대답이었다. "……그러니께 엄마는 아기 것이 어른 것보다 더 싸야 되지 않냐는 질문이신 모양인데, 그럼 내가 한 가지 되물으께. 엄마 아들 딸래미가 입고 다니는 윗도리가 엄마 입고 있는 티셔츠보다 싸던감? 그게 그거지 않던감?"

　"……자, 그럼 손을 들어주시기 바랍니다. 바그라팬티로 행복한 생활 설계하실 엄마들 손 번쩍번쩍 들어주세요?" 이진호가 낮게 조절해놓았던 볼륨을 한껏 높였다. '너는 누구냐, 나는 누구냐, 이 땅에 태어난 우리는 모두 신토불이……' 였다.

두어 시간 동안의 상품설명회는 3단계로 정리할 수 있었다. 1단계는 노래하고 춤추는 판이었다. 2단계는 최하 만원에서 최고 오만원 상당의 상품이 주인공이 되었다. 3단계는 오천원 이하의 저가품들의 잔치였다.

사겠다고 나서는 여인이 서른 명 안팎인 2단계는 비교적 조용할 것 같지만 그렇지도 않았다. 나머지 여인들이 스타 만들기를 작정이라도 한 것처럼 열광해대기 때문이었다. 지금도 그랬다.

바그라팬티를 사겠다고 열댓 명의 손이 올라갔다. 그러자 나머지 여인들이 저게 어디 사는 누구냐며, 괜스레 박수를 쳐대며, 환호성을 질러대는 것이었다. 손을 든 여인들은 주목받는 인생이라도 되는 듯 우쭐거리는 표정이 되지 않을 수 없었다. 허리에 돈주머니를 찬 이진호와 장태석은 바그라팬티 박스를 어깨에 짊어진 채 손 올린 여인들에게 다가가고, 김덕수는 한 여인의 손이라도 더 올려놓기 위해서 목청을 돋워댔다.

뭐가 되었든 오늘은 나도 한번 몇만원짜리 사서 스타 한번 되어보겠다고 작정했던 여인, 마음은 혹하였는데 너무 비싸다 싶어 결단이 안 서는 여인, 사고 싶은 마음은 굴뚝 같은데 돈이 안 되어 안타까운 여인, 이건 명백히 사기다 타인들을 비웃으면서도 왠지 흥겨움에 도취되어 있는 여인, 저년은 돈이 얼마나 많길래 몇만원짜리를 날마다 사는가 시기하는 여인, 바그라팬티를 받자마자 품질보증서부터 꺼내 지갑에 넣는 여인, (몇만원짜리 상품에는 품질보증서가 들어 있었다. 김덕수 소장의 얼굴 사진이 박혀 있다는 것이 이채로웠다. 김덕수는, 행사 마지막 주에 품질보증서를 최고 만원 최하 오천원 상당의 물품으로 바꿔주는 자리를 갖겠다고 했는데, 그렇지 않아도 유치한 모양에 적혀 있는 바가 별로 없어 의심스러운 품질보증서인지라, 그마저 내주면 구입한 물건에 대해서는 아무것도 보장받을 수 없다는 점에 유의하는 여인은 없는 것 같았다) 신토불이에 맞춰 어깨를 덩실거리는 여인, 여장 남자 장태석의 허벅다리에 시선을 집중하고 있는 여인, 바그라팬티를 모자처럼 써서 좌중을 웃기는 여인……, 여인들의 도가니였다.

천여 권의 책이 들어차 있는 골방. 취직을 포기하고 낙향, 검찰직 공무원 시험을 준비하고 있는 이민호(28세)는 마을회관에서 들려오는 신토불이와 여인들의 호들갑 소리에 흔들 다리로 박자를 맞추어가며 소주병을 홀짝거리고 있었다. 노트북에 이런 글이 떠 있었다.

……인터넷에 '인' 자도 모르는 세기말의 그들은 노래와 구매 행위로 날마다 술판을 벌인다. 그들이 구입하는 것은 물품이 아니라 한여름밤의 즐거움. 그들은 추억을 가질 것이고 사기꾼들은 추운 겨울을 따듯이 보낼 것이다. 상부는 추억으로 하부를 지배한다. 당신들은 어디에 가서 무엇을 하고 오는가. 당신의 즐거움이 상부를 살찌운다. 미친 새끼 잠이나 자라. 너는 올해 안에 꼭 공무원이 되어야 한다…….

이민호는 발바닥을 몇 번 긁더니 마루에 나가 연고를 가지고 들어왔다. '곰발바닥'이라는 무좀 연고였다. 어머니가 마을회관에서 사온 천원짜리 연고는 다들 이름이 독특했다. 뼈 아픈 데 바르는 연고 '바르고'는 그러려니 하겠는데, 상처 난 데 바르는 연고 '웃기는 게 껍데기'에는 웃지 않을 수가 없었다. 정말이지 그렇게 웃어보기는 올해 처음이었다. 아까 서울 사는 친구와 통화할 때 그 연고 얘기를 했더니, "너는 시골 가서도 헛소리냐?"는 핀잔만 들었다. 때로는 믿어지지 않는 진실이 있다는 생각을 하면서, 그는 '곰 발바닥'을 짜내어 발바닥에 문질렀다.

3단계가 시작되었다. 이진호와 장태석에게 몸이 열 개 있어도 모자라는 시간이 온 것이었다. 김덕수는 "……그럼 이것이 얼마냐. 단돈 천냥!"으로 치약에 대한 소개를 마쳤다. 여인들이 벌떼같이 손을 들어올렸다. 손 안 들면 바보라도 된다는 듯한 분위기였다. 이진호와 장태석은 몇 박스를 허물어 큰 바구니에 쏟았다. 바구니째 들고 움직였다. 허리에 찬 돈주머니 사용할 겨를이 없었다. 나간 치약 숫자만큼 꼬깃꼬깃한 천원짜리가 바구니에 깻잎처럼 쌓였다.

"여기는 사람도 아녀. 왜 빨리 안 줘?" "나는 만원짜리 냈어야. 내 돈 구천원!" "세 개 달라니까 왜 하나만 준다냐." "어떤 년이 치는 겨." "총각, 여기, 여기!" "냈다니께. 내가 도둑년으로 보여?" "맨날 신토불이여. 딴 것 좀 틀어." "저것이 너 큰 거 아녀?"

천원짜리 물파스, 이천원짜리 파운데이션, 이천원짜리 칼국수, 천원짜리 세탁비누, 이천원짜리 물통, 천원짜리 먼지털이개…… 저가품들이 차례로 여인들의 손목을 사냥했다. 대형 선풍기 두 대가 가쁘게 돌아가고 있다지만 이백 명이 운집한 실내, 무더위가 악명을 떨치고 있는 계절인데도 땀은 흘릴지언정 더위를 타는 여인은 없는 것 같았다.

바야흐로 김덕수 소장이 "……오늘도 성원해주신 엄마들에게 심심한 감사를 드립니다. 아까 바그라팬티 사신 엄마들은 품질보증서 세탁기 같은 데 돌리지 말고 확실히 챙기실 것 다시 한번 강조 드리는 바입니다. 내일은 더 좋은 상품으로 엄마들 모실 것을 약속드리면서, 좋은 밤 아름다운 내일 되기를 빌어 마지않으면서, 오늘의 중소기업 상품설명회를 이만 마칠까 합니다. 바구니 하나씩 받아가시는 것 잊지 마시고 버스 타고 오신 분들은 장마당에서 잠시만 기다려주시고, 자, 끝내겠습니다. 감사합니다." 허리를 90도로 꺾었다.

'……내일 또 만나요……' 와 함께 강당은 퇴장 소용돌이에 휩싸였다. 출입구의 이진호와 장태석은 달려드는 여인들에게 서비스 바구니 한 개씩을 들려주었고, 그 바구니까지 받고 나서야 여인들은 비닐주머니에서 신발을 꺼내고 그 대신 그날 구입한 물품들을 쟁여 넣었다. 우르르 쏟아져나오는 여인들을, 열시를 넘어선 밤하늘의 달이 바라보고 있었다.

어머니는 약간 미안한 표정이었다. 평라면 정류소집 둘째아들 김성지는 차라리 웃음이 나왔다. "엄마. 거기가 그렇게 재밌슈?" 아들이 야구 못 보았다고 성질낼 줄 알았는데 선선히 나오자 이효태는 마음이 쾌했다. 남편 없으면 아들 눈치 본다더니만 하나도 그르지 않았다. "아들아, 이것 좀 입어봐라. 바그라팬틴디 정력에 대단히 좋다더라."

대양리 장골의 '자전거부대'는 삼거리 농막께서 잠시 멈추었다. 오늘은 박미자가 샀다. 맥주 한 캔씩 쭉 하는 것이 절차가 되었다.

자신이 그날 산 것을 다투어 소개하였다. 여섯이 찰떡처럼 붙어 있어 누가 뭣 사고 무엇 안 샀는지 서로 훤히 꿰고 있으면서도 그랬다. 오늘의 고가품 바그라팬티를 산 노춘자의 목소리가 단연 컸다. 과부 노춘자는 자신의 인생에 있어 최대의 적인 치질을 제거할 희망에 부풀어 있었다.

내곡리 대터굴 곽현자는 드르렁드르렁 잠든 남편 이문호를 흔들어 깨웠다. "이봐유, 일어나 봐유." "뭐여, 왔으면 처자지 뭐 하는 짓거리여?" "저녁에 목욕했쥬? 이것 좀 입고 자유." 곽현자는 비몽사몽인 남편의 눈앞에 팬티를 흔들어댔다.

시내 여관 가서 다방 아가씨 불러 품고 자겠다는 이유를 대고, 김덕수 소장과 이진호 대리가 사무실이 있는 한 시간 반 거리의 광역시로 관광버스와 함께 멀어져가는 것을 지켜본 뒤, 홀로 남은 장태석은 어렵사리 얻어낸 김미숙의 전화번호를 눌렀다.
그들은 다시 초등학교 울타리 안에 있게 되었다. 저녁과 다른 점이 있다면 마을회관에 불이 꺼졌으며, 더욱 어둡다는 것이었다. "소설을 쓰고 있었어요." "소설요? ……어떤? 요새 잘나가는 여성 작가들 소설 같은?" "아뇨. ……지리멸렬한 삶을 그대로 드러내는, 그런 소설요." "안 팔리겠군요."
장태석은 김미숙을 어떻게 해보고 싶은 욕망에 온몸이 달떠 있었다. "태석씨는 계속 그 일을 할 거예요?" 장태석은 자신이 먹고 사는 일에 대하여 생각하면, 이상하게도, 자기보다 세 살이 어린 이진호는 여장을 하지 않는다는 사실이 뼈아팠다. 물론 이진호가 김덕수의 처남이라는 것을 알고 있었다. "아뇨. ……뭔가 다른 것을 해야겠죠."

이진호와 김덕수는 사무실에서 나와 포장마차에 있었다. 처남이 매형에게 말했다. "다른 데로 옮길 때 된 거 아닙니까? 긁을 만큼 긁은 거 아녜요? 더 긁을 게 있겠어요?" 매형은 직업이 짐작되는 여자가 여관으로 들어가는 것을 무심히 바라보고 있었다. "내일은 내일의 달이 떠오른다, 이 말 멋있지 않냐?" "무슨 영화서 들은 말 같은데요?" "그래, 약속한 석 달은 채워야지." 이진호는 매형의 말 뜻을 제대로 헤아릴 수가 없었다. 아까부터 하고 싶었던 말을 소주 잔에 떨어뜨렸다. "촌 사람들 은근히 돈 많네요. 우리, 집 한 채 값 은 벌었죠?"

짚가리, 비롯다

하지만 아들은 알 것 같았다. 아버지와 자신 사이에, 저 말 못 하는 어미소와 새끼소의 소통만큼이나
많은 소통이 이루어지고 있음을. 착각일는지도 몰랐다. 한 생명을 비롯는 진통으로 걱정에 휩싸인 오밤중은
감상에 빠지기 딱 좋을 만큼 스산했던 것이다.

내현리 안골 사는 김씨의 논농사는, 노심초사 끝에 거둔 나락을, 논바닥이나 농로에 좋은 가을볕으로 사나흘을 말리든, 조카 준호의 건조기에 넣어 하룻밤 새에 말리든, 잘 건조해서, 삼분의 이 가량은 정부의 추곡수매에 내놓고, 나머지를 방앗간에 맡겨놓는 것으로 마무리되지 않았다.

　김씨에게는 또 거둬들여야 할 것이 있었다.

　다음해 추수 때까지 한우, 스물에서 스물다섯 마리 먹일 짚을 장만해야 했다. 김씨 소유의 논은 다섯 마지기가 전부이고 소작토를 합쳐도 겨우 열한 마지기라, 거기서 나오는 짚만으로는 한우들 모내기 전에 아사할 판이었다. 김씨는 마지기당 몇만원에, 되도록 많은 짚을 사들여야 했는데 그것도 발품깨나 팔아야 하는 일이었다.

　지푸라기 사들이는 게 무슨 대수로운 일이냐고 이해 안 간다는 사람도 있겠지만, 김씨가 사는 근방은 날 좀 더워지면 소똥에서 기어나온 파리떼로 (좀 과장해서 말하자면) 천지가 뒤덮일 만큼 소 키우는 집이 많았다.

하찮기로 소문난 지푸라기가 금싸라기 흉내까지야 못 내겠지만 짚 쟁탈전을 방불케 할 만큼은 존재가 귀했기 때문에, 이왕이면 꼬락서니 좋은 논바닥 것으로다 충분히 찜을 할라치면 (값은 둘째치고) 부지런히 나대야 하는 것이었다.

아무려나, 부족하나마 짚 거둘 논을 확보한 김씨는 해마다 고민하지만, 기계보다는 여인들 쪽으로 기울고는 했다.

기계가 좋기는 좋았다. 베일러baler라고 하는데, 짚단으로 묶었으면 수십 뭇 나왔을 분량을 컴퓨터 쓰는 젊은 애들 디스켓에 압축해 넣듯이 네모난 혹은 둥근, 하나의 뭉텅이로 뚝뚝 떨어뜨려놓으니 다루기 편해 좋고, 여인들 여남은 명 손으로 왼종일 걸릴 것을 몇 시간여 만에 쓱싹해버리니 한갓져서 좋았다.

하지만 (여인들을 불렀을 경우보다 두세 곱 드는 비용에도 간담이 서늘하지만) 그 흔하지 않은 기계 불러대는 게 쉽지 않았다. 베일러는 농사 좀 크게 짓는다는 집에서도 소 또한 제법 가지고 있지 못하다면, 콤바인처럼 무리해서 갖추는 기계는 못 되는 모양이었다. 콤바인은 삼동네에 대여섯 되는데, 베일러는 삼동네를 통틀어 농사도 많이 짓고 소도 많이 키우는 조카 준호만 가지고 있었다.

준호가 처음 농사 지으면서 한 십여 년은 농사 대선배 김씨에게 많이 배우고 크게 신세졌는데, 근래 십여 년은 외려 김씨가 준호에게 신세지는 일이 많았다. 세대교체가 이루어지고 있었던 것이다. 시쳇말로, 김씨는 구시대의 농군, 준호는 새시대의 농군이었다.

김씨는 준호가 없었다면 기계 영농의 기치를 건 시대에 발맞추어 나가기가 한층 더 힘들었을 것이다. 그건 김씨뿐만 아니라 안골의 거의 모든 농사꾼들이 그랬다. 어느덧 마흔을 바라보고 있는 준호 또래 몇몇을 제외하면 자식들을 도회지에 터잡게 하는 데 성공한 늙다리들의 안골이었다. 노인들은 아직 땅문서를 움켜쥐고 있었지만 농사 지을 힘은 쇠하였다.

준호 혼자 안골 농사의 절반을 짓는다고 해도 틀린 말이라고 시비 걸 사람이 없을 정도로, 안골 사람들의 준호의 기계에 대한 의존도는 갈수록 심각해지고 있었다. 추수 때만 봐도 그렇다. 준호는 계획표를 짜서 온 동네의 벼를 탈곡하고 서리 내린 뒤에야 제 논 팔십여 마지기에 들어설 수 있었다.

준호는 "작은아버지, 힘들어서 못 하겠슈. 내년부터는 동네 농사 안 지을 규. 지 농사만 지을 규." 해마다 투정이 없는 것은 아니지만, 명년에도 변함없이 동네 어른들이 부탁해오는 농사일부터 돌보고 제 논바닥을 쳐다볼 위인이었다.

김씨는, 조카가 새로운 기계를 사들이고 해마다 논을 늘리고 사육 두수를 불리고, 또 지역에서의 입지가 거듭나고 하는 것이, 자기 일인 것처럼 상쾌했다. 준호는 셋째형님의 차남이었다. 중풍으로 앓던 형님이 그예 돌아가신 것이 벌써 이십여 년 전이었다.

준호는 한우도 백여 마리 넘게 키우기 때문에 지푸라기도 김씨보다 대여섯 곱은 필요했다. 저 멀리 남포 간척지까지 진출하여 부족분을 메워야 했다. 제 짚 장만하기에도 시간이 태부족하여 눈에 핏발이 서 있는 준호 사정을 생각하면, 준호의 베일러는 북망산보다 멀리 있는 기계였다.

이래저래 결국 동네 여인들 예닐곱을 일당 이만원 삯에 불러 대엿새를 묶게 하고는 했다. 여인들은 대개 (김씨보다도 나이가 많은) 노년이었다. 안골에 아무리 젊은 사람이 없다지만 전혀 없는 것은 아니었다. 그러나 젊은 축들은 과수원에 출퇴근, 사과나무 시중은 들어도, 짚 묶는 일 같은 것은 하지 않으려고 했다. 하는 일 없이 정부 돈만 타먹는다고 소문난 공공 근로보다 못한 품값을 받고 짚 묶기에 나설 남성들도 없었다.

천상 짚 묶기는, (남성들이나 젊은 여인들이 "다 늙어가지고 뭔 돈이 그렇게 필요하다고 악착을 떠는지 모르겠어유"라고 평하는) 몇만원을 기약하고서 하루 종일 마늘을 깔 수 있는 정신력의 소유 자인 나이 많은 여성들이나 기꺼워할 품팔이일 터였다.

어쨌거나 그런 나이 많은 일꾼이나마 아직까지는 건재하다는 것 은, 김씨에게는 퍽 다행스러운 일이었다.

여인들은 논바닥을 엉금엉금 기면서 지푸라기를, 미스코리아 선 발대회에 출전하는 여자들 허리통만한 굵기로 추려 한 동아리로 묶어내는데 그것을 짚단 혹은 짚뭇이라고 했다. 김씨는 그 짚단을 백여 뭇씩 한군데 쌓아 짚가리를 엮어 세웠다. 여인들은 묶고 김씨 는 쌓고 하다 보면, 어느새 까마득히 누렇게 논바닥을 덮고 있던 지푸라기들은 무더기 무더기 짚가리로 서 있게 되는 것이었다. 물 론 그것으로 끝나는 것이 아니었다. 논바닥의 짚가리를 축사 가까 이 옮기는 일이 남아 있었다.

한겨울 몰아닥치기 전에 짚가리를 축사 가까이 옮겨놓을 수만 있다면 얼마나 홀가분하겠는가마는 그러기가 해마다 쉽지 않았다. 논농사 이외에 갖가지 한 해 농사 뒷마무리에 종종거리느라 차일 피일 미루다 보면, 어느새 눈 쌓여 있고 시린 바람이 들판을 점령 하고 있었다.

준남은 자신의 선택을 증오하고 있었다. 어떻게 해서든 서울에서의 삶을 지속했어야 했다. 대학을 졸업하고 일 년 남짓 다닌 회사는 여러 가지로 어려웠다. 몇 달씩 월급을 주지 않는 것은 차라리 견딜 수 있는 문제였으나, 일거리가 주어지지 않는다는 것은 참아낼 수 없었다. 돈 없이는 살 수 있어도 일 없이는 살 수 없었다.

사표도 내지 않고 회사를 그만둔 뒤에, 신춘문예에 투고할 소설을 썼다. 결과는 참패였다. 이십대를 바쳐 소설쓰기에 헌신해왔다는 자부심이 있었다. 예심 통과도 못 한 결과는 그 자부심이 실력, 혹은 수준과는 무관한 것이며, 어쩌면 착각이라는 것을 증명해주었다.

준남은 한 달 가까이 직장을 구하러 다녔다. 출판사에 가서 면접을 보기도 했고, 선배를 만나 아쉬운 소리를 하기도 했다. 직업소개소에 가서 은행 경비원 자리를 얻기도 했다. 배를 타기 위해서 서울역에 나가기도 했으며, 인력시장을 기웃거리기도 했다.

어느 친구가 말했다. "너는 일자리를 얻기 위해 노력하는 것처럼 보일 뿐야. 너는 목숨을 걸지 않고 있어." 친구의 말이 맞았다.

준남은 아직도 착각 속을 헤매는지도 몰랐다. 소설을 써서 먹고사는 사람이 되고 싶었다. 소설쓰기를 직업으로 하고 싶었다. 신춘문예 예심도 못 통과한 실력이지만 일 년만, 아니 여섯 달만, 목숨을 걸고 한다면 뭐가 돼도 될 것이라 믿었다.

준남은 자신에게 소설쓰기말고는 어떠한 전망도 없다고 생각했다. 대학교 때 학원강사 생활과 지난 일 년간의 서울에서의 회사생활은 준남을 (소설쓰기를 제외한) 거의 모든 일에 두려움을 갖는 겁쟁이로 만들어놓았다. 대개의 남자들을 진짜 사나이로 만들어준다는 군대는, 준남만큼은 더욱더 나약한 청년으로 만들어놓았다.

졸업 후의 사회도 그러했던지, 대개의 사람들은 겪으면 강고해지는 모양인데, 준남은 한심해져 있었다.

밀린 사글세가 보증금을 따라잡았으며, 생활비를 충당하기 위해 긁어온 카드가 정지되었다. 그럼에도 불구하고 그는 일자리 구하는 일에 목숨을 걸지 않았고 끝내는 아버지의 품을 생각하게 되었다.

준남은, 부모의 가업을 이어 공장을 운영하는 지방도시의 친구한테 갔었다. 준남은 바로 다음날, 일을 해보기도 전에 포기해버렸다.

"왜, 갑자기 생각이 바뀌었어? 못 하겠지? 그래도 배운 게 있는데 젊은 놈이 아줌마들 틈에서 장갑이나 짜고 있을 수는 없는 거 아니냐?"

친구가 물었었다. 어디로 갈 거냐고. 준남은 친구가 준 차비를 손아귀에 틀어쥐고 서울과 고향을 오래도록 저울질했었다.

김씨는 더운 계절에는 매일, 추운 계절에는 이틀거리로 외양을 쳤다. 스물두 놈이 번갈아가면서 쉬지 않고 똥과 오줌을 싸대니, 도시 사람들 좋아하는 청결한 환경을 따라가자면 농사일 작파하고 종일토록 외양간만 치고 있어야 할 것이었다.

한 놈은 죽음을, 한 놈은 탄생을 준비하고 있었는데, 소똥을 긁고 있자니 죽을 놈이 자꾸만 눈엣가시였다. 게다가 죽을 놈은(다른 녀석들은 튼튼한 네 다리로 요리조리 비켜가면서 청소를 도왔는데) 저 홀로 잘났다고 요동도 하지 않았다.

육성비육을 시작한 지 아홉 달째인 12개월령인데 지지난주에 간이체중측정법(줄자로 흉위와 체장을 측정하여 체중을 공식에 의하여 산출해내는 법)으로 340킬로그램이 넘게 나왔던 놈이었다. 대단히 뛰어난 비육이라고는 할 수 없겠지만, 김씨의 경제 형편상 열악할 수밖에 없는 생장 조건을 감안한다면, 참으로 흐뭇하게 자라주고 있었던 것인데, 막판에 배신을 때린 것이었다.

놈이 발병한 지 엿새째였다. 놈의 증세는 딱 하나, 서 있지를 못한다는 것이었다. 혼자 힘으로는 어렵고 아들과 힘을 모아 고삐를 잡아당겨 억지로 일으켜놓으면 삼 초를 못 견디고 푹 가라앉았다. 답답하게시리 그 외에는 유별난 증세가 없었다.

아픈 놈답지 않게 식욕 좋고 되새김을 잘 하니 식체도 아니고, 기침도 않고 콧물도 안 흘리고 열도 없으니 폐렴 같은 호흡기 질병과도 관계가 멀 터였다. 고창증, 혹은 탄저(炭疽)와 기종저(氣腫疽) 같은 전염병이었다면 벌써 죽었을 것이다.(전염병에 대해서는 예방 주사를 게을리 하지 않았다.)

타박상이라도 입은 것인가 해서 네 다리를 짯짯이 훑어보았지만, 미미한 외상도 발견할 수 없었다. 부제병(소 발굽의 병 중 가장 많이 발생하는 병) 또한 아니다 싶으면서도, 혹시나 하여 (아내 발도 닦아준 적이 없는데) 발굽을 깨끗이 씻어내고 옥도정기를 발라주기도 했지만 소용없었다. 분명히 무슨 병인가에 걸려 있기는 한 모양인데 병명조차 알 수 없는 것이었다.

김씨는 기생충을 의심했다. 김씨가 오랜 세월 소를 키워와 수의사 뺨친다면, 기업의 규모로 소를 키우는 조카 준호는 김씨보다 더 뺨칠 수의사일 텐데, "이렇게 희한하게 앓는 소는 보다 보다 처음 봐유" 도무지 모르겠다며 도리질만 칠 뿐이었다. 그런데 축협의 젊은 정식 수의사는 창상성심낭염(創傷性心囊炎)이라고 주장했다. 그렇다면 근본적인 해결책이 없었다.

"빨리 팔아먹으슈. 냅둬봐야 소용없다니께유. 한 시간이라도 근수 더 나갈 때 파는 게 상책유."

"쇠를 먹었다면 배때기가 이상해야지, 워째 서지를 못혀?"

"그럴 수도 있쥬. 사람 병두 이거다 저거다 하지만 증상은 을마나 천차만별유. 소 병은 더 다양 복잡하다니께유. 아저씨, 수의사 말두 뭇 믿으면 어떡해유?"

김씨는 기생충 잡는 주사와, 별의별 것 다 의심한다고 영양실조를 의심하며 영양제도 한 방 놓아주었다.(원래 병세를 정확히 진단하지 못한 상태에서, 주사는 최후의 수단이었다. 주사를 놓아서 차도가 있으면 좋지만 덜컥 가기라도 한다면 뼈까지 스며든 주사액 때문에 뼈다귀 값도 못 건지는 것이었다. 약하디약한 주사를 놓고도, 김씨는 여간 떨었던 게 아니다.)

역시 주사는 효력이 없었고, 사람이 나타나는 대로 팔기로 마음을 굳혔다. 조만간 도살장 행차할 놈이니 죽을 놈으로 치부하는 것이었다.

집에서 기르는 암소가 낳은 놈이니 송아지 값은 안 들었다만 그간 들인 사료 값이 얼마인가? 병든 소는 아무리 잘 팔아도 제 값에 반값이나 받을까 말까일 테니, 본전이나 챙길지 모르겠다.

그나저나 사겠다는 작자가 도통 없나, 왜들 소식이 종무한가. 김씨는 조카 준호로부터 소식이 굼뜨자 두세 군데 더 파발을 띄워놓았다.

정말이지 기가 막혔다. 일어서지도 못하는 놈이 이토록 겉모습이 멀쩡할 수 있단 말인가. 불쌍하다는 생각이 들다가도, 희번드르한 낯짝을 보면, 성질을 못 이겨 장화 발로 배를 냅다 걷어차지 않을 수 없게 얄미웠다. 발길질로는 성이 안 찬 김씨는 똥 묻은 삽

자루를 휘두르기 시작했다. 삼각부에 퍽퍽퍽 작렬했으나, 놈은 한 점 아픈 기색이 없다.

탄생을 준비하고 있는 놈도 속을 썩이기는 마찬가지였다. 김씨는 문득 소똥 치우다 낳을 놈 생각이 난 게 무슨 텔레파시인가 하여, 부리나케 축사 밖으로 나갔다. 분만실 통풍창에 허리를 기울였다.

다른 놈들은 축사의 한 평도 못 되는 공간에서 움죽거리는 데 반하여, 판자때기나마 울타리로 두르고 두 평에 가까운 공간(헛간이나 다름없지만 말이 좋아 '분만실'이라 칭하고 있다)을 독차지하고 있으며 고삐도 매우 느슨하게 묶여 있는 배불뚝이는, 새 생명을 까지르기로 예정된 날짜를 넘긴 지 사흘째였다.

외음부에 점액이 흐르고 유방이 팽대해진 것으로 보아 때가 임박한 것은 분명한데, 출산 예정일 우습게 알기를 전통으로 하는 녀석들이어서 그런지, 속을 썩이고 있었다. 역시나 녀석에게서는 어떠한 기미도 보이지 않았다.

"이놈의 집구석은 사람새끼나 소새끼나 나를 못 잡아먹어 안달이 났다니께."

김씨는 남의 집구석 얘기하듯 가래침을 뱉어냈다.

열흘 전이었다. 김씨는 ㄱ은행 신용카드회사에서 걸려온 전화를 받았다. 아들이 꽤 많은 카드빚을 져놓고 몇 달째 연락이 되지 않아 부모님께 문의하는 것인데, 아들이 갚을 능력이 없는 것 같으니 부모님이 막아주어야지 어쩌겠느냐는 내용이었다.

김씨는 아들 때문에 쌓이고 쌓인 울화가 한꺼번에 치밀어오르는 것을 용케 견디고, 일체 다른 말 없이, 통장과 그 통장에 넣을 액수만 밝히라고 요구했다. 그런데 아들놈이 뭐 쥐뿔 잘한 게 있다고 되레 목소리를 높이는 것이었다.

"그건 제 일이여유. 제 일이니까 제가 알아서 처리할 겁니다."

김씨는 부르르 떨다 못해 헛웃음이 나오려고 했다.

"네눔의 새끼가 뭘로 돈을 벌어? 쓸 줄만 알지 벌 줄은 모르는 네깐 게 뭘로?"

"글쎄, 아무튼 제가 알아서 갚는다니까요?"

준남은 '저는 열심히 쓰고 있어요. 곧 한탕 합니다. 뭐라도 됩니다. 상금 받아서 갚을 겁니다'라고 말하고 싶었지만, '아무튼' 소리만 되풀이했다. 솔직히 자신이 없었다. 열심히 하는 폼을 잡고 있는 것은 사실이었지만 뭐가 되지를 않았다. 새로이 써지지도 않았고, 썼던 것도 고쳐지지 않았다. '내가 이렇게 못쓰나?'를 주문처럼 중얼거리는 나날이었다. 하지만 욕망은 미래가 불투명하기 때문에 갖는 것 아닌가. 석 달 안에 한탕만 하면 (그까짓 것 얼마나 된다고) 깨끗이 갚을 수 있어, 이런 막연한 오기까지 버릴 수는 없는 것이었다.

"야, 이눔아, 감옥 간단 말여."

은행 사람들은 '감옥'으로 아버지를 협박한 모양이었다.

"그거 그 새끼들이 늘상 하는 말이에요. 그까짓 거 가지구 감옥 가면 대한민국 사람 다 감옥 가게유."

"어이구, 이걸 그냥, 애새끼가 변변치 않으면 주둥이나 닥치든가, 아가리만 살아갖구."

김씨는 손바닥을 높이 치켜들고, 견딜 수 없는 현기증을 느꼈다. 준남은 눈을 감았다. 고등학교 3학년 때 문예창작과에 안 보내준다고 시위하느라 가출했다가 돌아온 그날 이후로는 아버지에게

312

맞아본 적이 없었다.

김씨는 때리지 않았다.

한 시간여를 버티던 준남은 결국 "백오만원유"라고 말했다.

김씨는 아들이 눈치 채지 못하게 안도의 숨을 내쉬었다. 카드회사 사람은 겁만 줄 뿐 액수를 시원히 밝히지 않았다. 김씨는 무조건 삼백만원 이상이라고 지레 짐작하고 떨었던 것이다. 이렇게 자식이 밖에서 지고 온 빚 때문에 세상에 있는 한탄은 다 불러내어 법석떠는 꼬락서니를 숱하게 보아왔다.

"안되었구나. 내 자식은 개갈 안 나는 직장에 다닌다만, 아싸리 통이 좁아터져서 그런가 금전 사고는 안 친다" 중얼거리고는 했었는데, 참으로 타인을 함부로 비웃을 일이 아니었다.

정말이지 백오만원은 김씨의 예상에 비해 현저히 적은 액수였다. 조카 준호에게 돈 빌리러 뛰어가면서 이렇게 불퉁거렸을 정도였다. "지우 돈 백이 뭐여? 천상 간 큰 도적놈도 못 될 놈이여. 애새끼가 그르케 배포가 작아서 워디다가 쓴댜."

김씨는 버스 타고 시내로 진출, 입금까지 시키고 난 뒤에야 돌아왔다. 어떻게 아들을 믿을 수 있겠는가? 손에 쥐어주면, 변변치 않은 놈, 서울로 튈지도 몰랐다. 튀는 것까지는 좋은데 빚을 안 갚고 튈까 봐 그게 걱정인 거였다.

김씨는 아들의 방문을 벌컥 열고 통장과 도장을 집어던졌다.

준남은, 한마디 호통도 없이 방문을 꽝 닫는 아버지를 향해 무릎을 꿇었다. 감사해서라기보다는, 자신이 혐오스러웠기 때문이다.

꽃샘추위 때문에 예정된 틈을 놓쳤던 김씨, 봄 재촉하는 큰비 예고되어 있는 주말 이전에 끝장 볼 각오였다. 들판에 겨울색이 완연히 빠지고 3월 초순, 이번에 비 맞히면 또 언제 마를지 하 세월인 데다가 논갈이 때가 다가오고 있었다.

사흘째였는데, 소작토와 마지기당 몇만원에 지푸라기를 산 남의 논의 짚가리들은 모두 해치웠고, 오늘은 안골로 들어가는 시멘트 도로에 붙은 청라논이었다.

논바닥에서 솟아올라온 짚단이 경운기 짐칸에 높다랗게 쟁여진 짚가리 위에서 간신히 움죽거리고 있는 김씨의 얼굴을 때렸다. '새 끼, 그거 참, 제대로 못 던지나.' 김씨는 치미는 욕지거리를 꾹 참 았다. 금세 또 날아오는 짚단을 한 손으로 막아 잡고, 얼굴 때렸던 놈을 얼개 푼수로 깔았다. 또 얻어맞지 말아야 긴장하고 있는데, 올라오는 짚단이 멈췄다. 빠끔히 밑을 내려다보니 아들은 매끼가 풀린 짚단을 묶고 있었다.

준남이 마지막 짚단을 아버지에게로 던져올리고 나자, 겨우내 짚가리가 밑둥을 박고 있던 자리가 허옇게 드러났다. 아직 눈을 못 뜬 생명 대여섯이 께지럭거리고 있었다. 대충 둘러보니 아니나 다 를까 새끼고 뭐고 꽁지 빠지게 달아나는 어미쥐가 보였다. 팍 밟아 죽일까 다리 한 짝을 들어올리기는 했는데, 털 한 오라기 나지 않 은 분홍빛 살결에 머물러 있는 햇빛이 눈부시기도 해서, 차마 관두 었다.

"바 안 올리고 뭐 하고 자빠졌냐?"

김씨의 지청구가 준남의 감상을 깨뜨렸다.

김씨가 오줌을 누는 사이에, 준남은 주전자로 도랑물을 떠와 물 탱크 뚜껑을 열고 급수를 해주었다. 물탱크에 실구멍이 났는지 방 울방울 새어서 때때로 물을 부어주어야 했다. 시동걸이를 빼든 준 남은 잔뜩 힘을 머금은 얼굴로 용을 썼다. 엔진이 피식피식 힘을 얻어 기운차게 울 찰나, 아들이 시동걸이를 뺐다.

'병신! 몇 번을 말해야 알아듣는단 말인가? 스물여덟이나 처먹고 경운기 시동도 못 걸다니. 저게 사람새끼여, 뭐여.' 김씨는, 대여섯 번 줄기차게 시도했으나 그예 시동을 울리지 못한 아들에게서 시동걸이를 빼앗았다. 시뻘겋게 달아오른 준남은 무르춤하게 비켜서서 고개를 떨구었다. 김씨는 단 한 번에 시동을 걸었다.

김씨가 짚단을 더미로 실은 경운기를 몰고 삼 킬로미터쯤 떨어진 집으로 출발하자, 준남은 담배를 물었다. 논배미 하나에 짚가리 여남은 개꼴인데, 아버지는 한 경운기에 두 개 반의 짚가리밖에 못 싣고 움직이기 때문에, 일의 진행이 마냥 굼벵이였다.

준남은 명색이 농부의 아들 소리를 듣는 주제에 경운기를 운전하지 못했다. 준남은 자신을 아무것도 할 줄 모르는 미련퉁이 취급을 하는 아버지 앞에서 감히 경운기 배워보려는 시늉을 하기 싫었다. "네깟 게 무슨 경운기를 몰아" 혹은 "깝죽거리다 대가리 깨져!" 하는 핀잔이나 들을 것이었다.

준남은 대여섯 짚가리를 아무렇지도 않게 까마득히 올려싣고 다니는 용감무쌍한 동네 형님들의 경운기를 바라보고 있으면 착잡하기 이를 데 없었다. 동네 형님들처럼 경운기에 잔뜩 싣고 달리기는 고사하고 경운기 운전도 못 하는 자신에 대하여 자학을 넘는 살기가 돋기 때문만은 아니었다. 나이가 들면 확실히 담력이 졸아든다는 것을 확인했기 때문이기도 했다. 예전엔 아버지도 어질머리가 나도록 높이 싣고 다녔다.

준남은 필터를 떼어내고는 꽁초 머리를 뜯어발겨 논바닥에 뿌렸다. 논둑에 세워둔 자전거에 올라탔다. 요새는 동네 할아버지들도 외면하는 싸구려 짐자전거였다. 아버지의 무게를 한 십 년 싣고 다니다가 오토바이에 밀려 헛간에 처박혀 있던 놈이었다.

준남은 아버지의 오토바이를 타지 않았다. 기계 앞에만 서면 바보가 되는 아들도 50cc 원동기라면 자신있게 탈 수 있었다. 하지만 아들은 까딱 잘못해서 오토바이에 칠이 벗겨지기라도 한다면 무슨 구박을 당할지 모른다는 두려움 때문에 감히 엄두를 내지 않았다.

칠이 다 벗겨진 녹슨 쇠가 해골 뼈다귀 같고, 구멍 숭숭 뚫려 스펀지가 비어져나온 안장은 흰색 비닐주머니로 둘러쳐 변통을 해주었기에 그나마 꼴이 나고, 핸들 앞에 부착된 짐바구니는 날 잡아 떼어낼 작정 하게끔 너덜거리고, 마모된 고무 덩어리 페달은 밟아지는 게 신통방통하고, 바큇살은 휘어진 우산살한테 비아냥감이고, 어느 한구석 어여삐 뵈지 않는 자전거, 자전거가 이렇게 형편없이 낡은 것은 세월 탓도 있겠지만 버려져 있었던 탓이 더 클 것이었다.

그러고 보니 자신이 이 자전거에게만은 썩 의미가 있는 존재라고, 준남은 씁쓸히 생각했다.

준남은 어머니가 차려놓은 상에서 찌개 냄비만 들어올려 가스레인지에 데웠다.

아내가 시내 제과점에 청소일을 다니는 관계로, 김씨는 아들이 낙향하기 전에는 늘 홀로 점심을 먹었다. 김씨는 차라리 혼자 먹을 때가 좋았다고 생각했다. 홀아비도 아니면서 환갑을 내일모레로 남겨둔 나이에 홀로 끼니 때우는 것도 곤욕스러운 일이었지만, 세상을 들었다 놓았다 혈기 방자해야 할 스물여덟 나이에 허구한 날 시르죽은 골상으로 오락거리는 장남과 겸상하는 것은 더욱 곤욕이었다.

준남도 농촌에서의 일상사 중, 아버지와 단둘이 밥 먹는 점심시간이 가장 견디기 어려웠다.

부자의 식사는 완강한 침묵 속에서 아주 빠른 속도로 진행되었다. 유선방송의 드라마 주인공들의 가벼운 웃음소리나마 있었기에 그나마 사람들의 식사시간 같았다. 원래 할말이 없는 것인지, 할말이 너무 많아서 아무 말도 할 수 없는 것인지, 근본적으로 부자지간이란, 말이라는 기표가 무의미한 관계인지, 하여튼 그들은 말없이 숟갈질하는 데 익숙해져 있었다.(게다가 요새는 ㄱ은행 신용카드 사건이 부자의 뇌리 속에서 감돌고 있어서 더 말이 없었다.)

축사 옆 밭자락에 거대한 짚가리가 세워지고 있었다. 가로 5미터 세로 8미터의 폭인데 높이는 3미터쯤 올라가 있었다.

준남은 짚뭇 묶은 바를 풀었다. 짐칸을 뒤로 넘겼다. 흙사태 나듯이 달팽이 집 같은 짚더미가 무너져내렸다. 짚단은 짚가리와 축사 사이에 뒤죽박죽으로 나뒹굴었다.

김씨는 축사 안의 병신 소와 분만실의 새끼 낳을 놈을 살펴보지 않을 수 없었는데, 오전과 별 다름이 없었다.

"쌍으로 지랄들이구먼."

불퉁거리고, 짚가리에 비스듬히 세워진 사다리를 기어오르는 아버지의 타울타울한 모습이, 아버지의 육십 년을 요약해주는 이미지 같았다.

준남은 짚단을 던져올리면서, '아버지가 시킬 리도 없겠지만, 자신은 아버지처럼 요령 좋게 짚가리를 쌓지 못할 것이다. 지금 아버지의 짚가리 쌓는 실력은 반세기 가까이(아버지는 열대여섯 살 때부터 상농사꾼이었다고 한다) 축적된 바에서 표출되는 미립인 것이다' 고 생각했다.

자신은 가로 1미터 세로 1미터 높이 1미터의 짚가리를 쌓는 데에도 터무니없이 긴 시간을 잡아먹을 것이며, 모양을 잡지 못해 쓰러질 것처럼 위태롭다가 센바람이라도 한 뭉텅이 지나쳐가면 훌러덩 나자빠지도록 만들 것이다.

사흘 동안 짚단만 던져올려댔더니 준남은 저도 모르게 이골이났다. 처음엔 짚단의 속성을 알지 못해서 허발만 쳐댔다. 당연한 말이겠지만 짚단의 밑동에 무게의 중심이 있다. 무게의 중심 쪽을 잡고 던져올리려 한다면 작용하는 것은 사람의 힘뿐이다. 몇 킬로그램 안 나가는 물건이라도 그런 식이라면 사람 힘만 빠지고 얼마 이동시키지 못한다. 짚단도 마찬가지다.

짚단의 끝을 잡고 손목의 힘을 이용해야 한다. 끝을 잡아채주면 무게중심이 쏠려 있는 밑동이, 무게 없는 끝부분 대신 반작용의 원리로 가속을 받는다. 하여 짚단은 원을 그리며 허공으로 솟아오르게 된다. 약간의 힘만 주고도 짚단을 위로 던져올릴 수 있다. 위에서 잡는 아버지도 편하다. 무게중심인 밑동이 정점에 놓였을 때 잡으면 되니까.

물론 이런 어설픈 추론을 바탕으로, 짚단을 자유자재로 던지게된 것은 아니었다. 아버지의 지청구를 먹어가면서 줄기차게 반복하다 보니 감각적으로 수가 난 거였다.

시멘트 도로에 붙은 논다랑이의 남은 짚가리를 해치우러 왔던 부자는 시청 사람들과 만났다. 공무원들은 아버지의 논에 용지말목을 묻고 있었다. 용지말목까지의 논은 도로 확장 영역에 포함되

318

는 것이었다.

경운기를 세운 김씨는 후닥닥 뛰어가더니 방금 묻힌 용지말목을 끙! 뽑아서 수로에 집어던졌다. 첨벙 소리가 경쾌했다.

공무원은 이런 일 많이 겪었다는 듯이 여유 있었다.

"뭣 하고 있다냐. 던졌으면 끄내야지."

부하 직원들에게 명령하고서는 김씨에게 말했다.

"워째 그러신대유. 이려 봐야 아무 소용 읎다는 것 알믄서?"

이십여 년 전 경지 정리 후 들판의 지형이 또 한번 크게 바뀌려 하고 있었다. 저기, 들판을 지워버리며 길게 누워 있는 것이 새로이 건설중인 2차선 지방도로였다. 기초공사가 끝나 그 위를 덤프 트럭들이 흙먼지를 펄펄 날리며 우당탕대고 있었다. 그 도로의 건설은 인근 소도로들의 확장을 불가피하게 만들었다.

김씨의 논과 접경해 있는 시멘트 도로도 환골탈태가 예정된 모양이었다.

고시된 보증금은 (기대도 안 했지만) 사람 열 받기 딱 좋은 헐값이었다. 도로가 삐까번쩍해진다고 해서, 공단이 들어선다거나 관광지로 개발되거나 할 전망이 전무한 근동이라 땅값이 셀 리 없으니, 당연한 것일 터였다.

설령 보상금이 수월치 않게 책정되었다손 치더라도, 푼돈 받아보았자, 돈이라는 것은 가지고 있으면 어느 사이에 솔솔 빠져나가 언제 있었던가 싶은 물 같은 것이며, 어쩌니저쩌니 해도 쏟아부은 만큼 결실을 주는 땅뙈기를 건사하는 게 백번 낫다고 생각하는 김씨인지라, 생짜로 땅을 빼앗기는 기분이었다.

셋째형님이 떼어준 두 마지기에 세 마지기를 보태는 데 십 년이 걸렸다. 한 마지기 늘릴 때마다 얼마나 환호작약했던가. 자식 셋을

다 대학 구경시키느라, 더이상 논을 늘린다는 것은 애당초 불가능했고, 석탄밥을 먹고 우골탑을 세울망정 논만큼은 지켜왔는데, 엉뚱한 놈이 와서 빼앗아가고 있었다.

"알지. 세상천지에 정부 이길 놈이 있간디."

"알면서 왜 그렸슈?"

"나는 아직 도장 안 찍었어."

"어차피 찍을 거잖유?"

"찍은 다음이 와."

"거, 이왕 내주는 땅, 이런 일 봐서 먹고사는 저 같은 놈두 좀 신상 편하게, 적당히 해두시면 안 된데유?"

"안 뎌. 열 받아서 그렇게는 안 뎌. 그게 정부서 좋아하는 '절차에 합당하게' 아닌감?"

"알았슈. 다음에 오께유. 저두, 아저씨 소문은 익히 들었슈. 안골 사또가 별명이라면서유? 어련하겠슈. 아저씨 눈에 안 띄게 박을께유."

"잘 생각했구먼. 고마워서 쓴 쇠주라도 한잔 대접하고 싶구먼."

"됐슈. 소주는 아드님이랑 나눠 드시구, 즈일랑 시비 안 거는 저쪽 논으로 이동하께유."

준남은 아버지의 심정과는 딴판으로 그 보상금이라는 것에 혹해 있었다. 아버지는 울며 겨자먹기로 보상금을 받게 될 것이다. 아버지로부터 그 보상금을 뜯어내 다시 서울로 가는 것이다.

그런 생각을 하고 있는 자신이 공무수행 트럭에 잔뜩 실려 있는 용지말목에 머리를 부딪고 싶을 정도로 짜증이 나기는 했다.

준남은, 늘 밤이었으면 좋겠다고 생각했다. 아버지가 잠들어 있는 밤, 그 밤이 좋았다. 아버지가 쉼없이 일하는 낮에는 미칠 지경이었다. 소똥 긁는 소리, 경운기 몰고 가는 소리, 일하다가 들어와서 거실에서 술 마시는 소리, 소리, 소리들이 가슴을 쉼없이 할퀴어댔다.

준남은 낮에도 밤과 마찬가지로 한 문장이라도 더 만들어내기 위해서 컴퓨터 앞에서 죽치고 있었다. 써지지 않았지만, 써야 한다는 강박관념 때문에, 움직일 수 없었던 것이다. 그래서 손가락을 자판 위에 올려놓은 채로 온갖 사념을 검색하느라 골이 뒤흔들렸고, 그 영향으로 밤에도 글이 되지 않는, 참으로 병신 육갑 떠는 생활을 하고 있었다.

그래서 차라리 낮에는, (요즘처럼) 아버지에게 구박받으며 일하는 것이 좋았다.

애초에 아들에게 일 비슷한 것은 흉내도 못 내게 하려 했던 김씨의 의지는 많이 희석되었다. 농촌 일이라는 게 빌릴 손이 없으면 어쩔 수 없이 호락질로 꾸려나가지만, 노는 손이 있으면 쓰고도 부족을 느끼게 마련이어서, 그간 아들은 아버지 뒤를 졸졸 따라다니며, 다양한 일을 조금씩은 했다.

낮에 일을 하면, 밤에 글도 잘 써졌다. 낮의 노동 때문에 한결 잡생각이 없었던 머리는, 밤을 맞아 팽팽 돌아가는 것이었다.

그렇다면 아버지가 시키기 전에, 스스로 아버지를 좇아다니며 일을 해야 할 것이었다. 밤에 글을 잘 쓰기 위해서라도. 그런데 준남은 아버지가 시키기 전에는 절대로 몸을 움직이려고 하지 않았다. 준남은 노동을 몹시 두려워하고 있었다. 노동의 강도와는 무관한 것이었다.

준남이 두려워하는 것은, 아버지로부터 지청구를 먹지 않기 위해, 노동의 내내 아버지의 눈치를 살피는 자신의 모습이었다.

아버지가 시키니까 어쩔 수 없이 할 수는 있어도, 스스로 원해서 할 수는, 차마 없었다. 노동의 시간 내내, 아버지가 무서웠고, 자신이 혐오스러웠다. 자신을 혐오한다는 것은, 어쩔 수 없이는 해도, 스스로 원해서 하기는 어려운 일이었다.

그래서 준남은, 즐거운 마음으로 본격적인 농번기를 기다리고 있었다. 아버지는 어쩔 수 없이 아들을 낮 내내 끌고 다녀야 할 것이다. 준남은, 써지지 않는 글쓰기 때문에 낮에 괴로워하지 않아도 되는 것이었다.

소 울음소리가 요란했다. 소들의 저녁시간이 된 거였다. 녀석들은 시계가 없어도 기가 막히게 밥 때를 알았다. 조금만 늦어도 뒷산 소나무까지 귀 틀어막게 하는 괴성을 합창해댔다.

김씨는 소 밥 주는 일조차 아들에게 시키지 않으려고 했다. 아들놈이 일하느라고 시간을 빼앗겨 소설을 못 썼다는 있을지도 모르는 변명을 사전봉쇄하려는 의지였다.

소설 쓰는 일이, 한 시간도 채 안 걸리는 소 밥 주는 일도 모른 체할 만큼, 대단한 것이겠나. 준남은 "운동 삼아 하께요" 이런 같잖은 이유를 대고서야 아버지로부터 양동이와 작두를 빼앗을 수 있었다.

우선 축사의 수도를 틀어 커다란 양동이에 물을 받기 시작했다. 작은 양동이 두 개에 큰 양동이의 물을 가득 퍼담아서 축사로 들어갔다. 그림동화나 만화영화에 나오는 깨끗한 소들은 없었다.

두세 마리당 하나꼴로 물 전용 구유를 끼고 있었다. 물구유 한 개를 찰랑찰랑 채우려면 두 양동이씩 들이부어야 했다. 녀석들은,

322

물은 반기지 않았다. 반기거나 말거나 준남은 물구유부터 넘실넘실 채웠다.

짚단을 무더기로 끌어다놓고 한 단씩 작두로 허리를 동강냈다. 옛날에는 동강이 아니라 손가락만한 크기로 잘게 썰어 주었다. 그때는 작두질하는 것도 큰일이었다. 좀더 거슬러오르면 삶아서 주던 시절도 있었다. 사육 두수가 늘어감에 따라, 아버지가 나이를 먹어감에 따라, 짚 주는 방법은 간단해져왔다.

25킬로그램짜리 두 포대가 정량인 사료통을 살펴보았다. 거의 바닥이었다. 광에서 사료를 떠메고 왔다. 사료 포대의 봉합을 풀 때 매듭을 잘못 건드리면 난맥으로 엉켜 낫 끝으로 찢어야 해결나는 상태가 되기 쉽다. 요즘에 와서야 준남은 입구를 잘 뜯었다.

이런 간단한 일조차 (경운기 시동 거는 것도 그렇다) 문리가 트이는 데 오랜 시간을 필요로 했다는 데에서도 알 수 있듯이, 준남은 노동에 있어 (힘과 끈기는 남 못지않았지만) 요령을 체득하는 데 참으로 둔한 체질이었다.

준남은 자신이 그렇다는 것을 용역 노가다 때 알았다. 무거운 것 지고 나르는 일을 할 때는 "요새 젊은 것 같지 않구만" 하는 말을 들었지만, 못을 박는다거나 시멘트 공그리를 친다거나, 약간이라도 기술이나 요령을 요하는 일을 나가면 여지없이, "이런 병신새끼를 왜 보낸겨. 내가 다시 그 사무실서 사람 부르면 개다"라는 말을 들었다.

"야, 소 끄내자."

김씨는 허둥대고 있었다.

아버지와 아들은 장갑을 끼었음에도 불구하고 손바닥 실핏줄이

터지도록 밧줄을 잡아당겼다. 죽을 놈은 만사가 귀찮은 것인지, 아직 사료를 못 먹었기 때문인지, 일어설라치면 참을 수 없는 고통이 동하는 것인지, 아니면 저의 최후를 짐작한 것인지, 꼼짝을 하지 않았다. 340여 킬로그램의 몸무게에, 저항 의지를 소갈머리에 담아 버티는 것이었다.

김씨는 그예 성질을 이기지 못하고 작대기를 집어들더니 놈의 대가리를 사정없이 내리쳤다. 때리는 아버지와 맞는 놈, 그들을 지켜보는 아들은 귀뿐만 아니라 가슴까지 먹먹해졌다.

죽을 놈이 체념했는지 대가리에서 힘을 빼고 나서야 몸뚱이가 움직이기 시작했다. 놈은 끝내 일어서지는 않았다. 아버지와 아들은 혼신의 용을 쓴 끝에 놈을 앉은뱅이질 채로 축사 밖으로 끌어내는 데 성공했다.

김씨의 죽마고우 최씨가 동반하고 온 나이 많은 소장수는 노회한 얼굴로 놈을 요모조모 뜯어보았다.

"육십만원밖에 못 드리겄네. 이상은 절대루 안 되니께 파실라면 파시고 말라면 마슈."

최소한 백만원은 생각하고 있던 김씨는 속이 뒤집히는 것 같았다.

준남은 아버지의 얼굴이 삽시간에 노을보다 붉은 색으로 물드는 것을 보았다. 왜 아버지는 흥정 앞에만 서면 저런 약한 모습을 보이는 것일까?

"안 듀. 이게 워칙이 키운 손디. 육십만원이라니. 아무리 병들었어도 그런 개값에는 팔 수 없슈."

"어허, 사주는 사람이 있다는 것만두 감사혀야 될 것인디. 아, 어떤 미친놈이 인체에 해롭건 안 해롭건 간에 찝찝하게시리 병든 소

324

를 먹는댜? 정육점이다 좋게 넘길라믄 나두 밑지고 들어가야 할 낀데, 여기서까장 손해볼 수는 없잖우?"

"그리두 안 듀. 차라리 퇴비장에 장사 지내고 말지……."

아버지는 소장수와의 기싸움에서 이미 패한 것 같았다. 흥정의 결과는 뻔한 것이었다. 아들은 기억하고 있었다. 아버지가 사고 파는 일에서 보여왔던 밑짐의 순간들을.

소장수와도 친하고 김씨와도 친한 최씨가 누구에게랄 것 없이 말했다.

"오만원만 더 얹자구. 사는 사람두 파는 사람두 기분 좋게, 잉?"

죽을 놈을 태운 일톤 트럭이 시야에서 사라질 때까지 묵묵히 지켜보고 있던 김씨는 손에 쥐고 있던 현금 뭉치를 호주머니에 쑤셔 넣었다.

아버지를 위로할 말을 찾고 있던 아들은 고작 한다는 소리가 이랬다.

"손해 많이 보셨쥬?"

김씨는 울 것 같은 얼굴로 말했다.

"소 운다. 사료나 줘라."

안방에 들어간 김씨는 다시 한번 돈을 세어보기 전에 조카 준호에게 전화부터 걸었다.

"팔었네. 이리저리 알아보느라고 고생했을 텐디, 그르케 돼버렸네. 니? 니, 육십오만원 받았구먼. 돈이 문제가 아니라, 그놈의 소새끼를 보고 있으면 복장이 터질라고 혀서. 그려, 그르케 생각혀야지 워쩌었어. 그려, 소 키우다 보면 별일이 다 있지. 암튼 수고혔네. 그려, 바쁜디 들어가."

김씨는 아들이 소설가가 될 수 있으리라고는 믿지 않았다.

"십 년 해서 안 된 게 일 년 해서 되면, 나두 허겄다. 만날 큰소리만 뻥뻥."

이것이 김씨의, 눈 몹시 퍼붓던 날 불쑥 내려와 저녁잠을 깨워놓고서는 텔레비전 흉내내나 무릎까지 꿇고 "일 년만 더 도와주십시오. 아버지 밑에서 농사일 도우면서 일 년만 더 써보겠습니다" 어쩌고 하면서 소설가가 되고야 말겠다는 의지를 피력한 아들에 대한 견해였다.

김씨는 소설이 뭔지 잘 몰랐고 알고 싶지도 않았다. 중졸로 마감한 학창 시절 때 교과서로 배운 바 있고 결혼하기 전에 열댓 권 읽은 기억이 없는 것은 아니었지만, 소설 따위를 붙잡고 어쩌고 할 겨를이 도대체 없었던 세월이었다. 자신의 인생과 영원히 무관할 줄 알았던 그 소설이라는 것이, 아들이 문예창작과에 입학한다고 박박 우기면서부터, 김씨의 삶으로 다가왔다.

김씨는, 문창과라는 데를 졸업만 하면 자동적으로 소설가가 되는 줄 알았다. 그런데 아들의 이십대를 지켜보니 소설가는 아무나 되는 것이 아닌 듯했고, 아들은 그 소설가가 될 재목이 못 되는 것임이 분명해 보였다.

"잘 키워봐. 또 아나, 우리 동창 ○○처럼 될는지." 힘도 돈도 들지 않는 말이라고 아낌없이 격려해주는 친구도 있었지만, "소설? 허이구, 골치 아픈 아들 뒀구먼. 그거 고시나 마찬가지여. 되면 재수고, 안 되면 팔자다 해야 하는 짓거리여" 충고랍시고 해주는 동창도 있었다.

김씨는, 아들이 소설가가 되겠다는 망상에서 벗어나 공무원 시험 준비에 돌입하기를 내심 바랐다. 어찌하여 천우신조로 혹 소설가가 될 수는 있다손 치더라도, 소설 써서 먹고살 수는 결코 없을 것이니까.

혹 ○○○(김씨가 유일하게 이름을 알고 있는 소설가였다. 그의 소설을 읽은 적도 없고, 만나본 적도 없다. 혹시 반세기 전쯤에 마주친 적이 있었을라는가는 모르겠다. 토박이로 어울리는 중학교 동창생들이, 이 지역 출신으로 소설 옆구리에 끼고 다니는 대한민국 사람치고 그 이름을 모르는 자가 없을 만큼 알아주는 ○○○라는 소설가가 있다는데, 그도 동창이라는 것이었다. 하여 동창인가 보다 하는데, 그 당시 중학교가 요즘 같은 학교였나. 자기 반 동무들 이름 다 외울 때쯤이면 새 학년이 시작될 만큼 숫자도 바글바글하고, 전학이다 퇴학이다 수시로 들고났으며, 게다가 김씨는 말만 학교를 다닌 것이었지 학교에 있을 때보다 큰형네 논바닥에 있을 때가 더 많아서, ○○○는 생판 모르는 사람이었는데, 그 이름을 기억하게 된 것은 순전히 아들놈 때문인 것이다. 아들이 소설 소설 하니까, 심심치 않게 동창생들 사이에서 거론되는 소설가 ○○○의 이름을 기억하게 된 것이다. 아들은 ○○○를 몹시 우러러보는 모양이었다. 그렇게 우러르면서도 먼발치서라도 뵌 적은 없다는데, 말하는 것을 들어보니, ○○○, 그 사람 소설을 어지간히 끼고 다닌 모양이었다)처럼 된다면 모를까, 소설 써서 먹고살겠다니, 병신 소가 벌떡 일어날 개소리 아닌가?

그러나 김씨는 아들이 스스로 포기할 때까지(팍팍 밀어주지는 못하겠지만) 지켜봐주기로 작심하고 있었다. 집에서도 안 되겠다고 징징거리면 어디 조용한 절방이라도 구해줄 마음의 준비가 되어 있었다. 극구 말려보았자, 아버지 때문에 소설가가 되지 못했다는 한탄을 제삿상 앞에서 꺼이꺼이 하는 꼴이나 보지 않겠는가?

한 편에 삼백만원이나 준다는 문예공모에 투고할 단편소설을 쓰다가, 자정을 훌쩍 넘겼다. 구름과 어울리다 피곤했는지 잔물잔물 한 달이 떠 있었다. 준남은 오줌을 누러 나왔다가 축사 분만실의 동태가 심상치 않음을 느꼈다.

양막이 터지고 제2파수가 일어나 태아가 만출된 것이 직전의 일인가 보았다. 아버지가 재빠른 손길로 새 생명의 코와 주둥이에 묻은 끈끈한 점액을 부드러운 헝겊 걸레로 훔쳐주고 있었다. 원활한 호흡을 돕는 것이다. 아무리 믿는 주인이지만 불안으로 발광하던 어미소는 아버지가 새끼에게서 떨어지자 정신없이 혓바닥을 내둘렀다. 제 새끼를 속히 마르도록 하기 위한 본능적인 행위였다.

아들은 반 시간여를, 어미소와 새끼소 그리고 아버지, 이 삼자간의 황홀한 접촉을 외경으로 지켜보았다. 갓 태어난 송아지가 비록 아름다웠으나, 녀석을 낳은 어미소의 아름다움에, 또 (미래의 어느 날에는 이들 소 가족을 돈을 위해 팔 것이지만 어찌 되었든 이 순간에는) 생명의 탄생을 혼신으로 돕고 있는 아버지의 아름다움에 비할 수 있겠는가.

어미소와 새끼소가 조금 안정된 기미를 보이자, 아버지가 송아지의 탯줄을 자르고 옥도정기를 발라주었다. 어미소는 충분히 새끼를 핥았다고 생각했는지 구유 속, 소금이 조금 섞인 따뜻한 밀기울죽을 엿보았다.

이제 새끼소 홀로 치러야 되는 의식이 남았다. 사람도 제 어미도 도와줄 수 없는 일, 첫 걸음마를 떼어야 하는 것이다. 바르작바르작 힘겨운 시간이 지나고 드디어 송아지가 네 발로 섰다.

걷기 시작했으므로 일단은 안심이지만, 어미의 젖을 먹기 전까지는 출산이 무사히 끝났다고 말할 수 없었다. 송아지가 허약하여 어미의 젖을 곧바로 못 먹는다면, 사람이 도와주어야 했다. 처음 먹는 젖(초유)은 면역 물질이 들어 있으므로 송아지가 반드시 먹어야만 했다.

그렇게 시간이 흘러가는 동안 부자는 (아들이 아버지에게, 곁에 당신의 못난 아들이 함께 하고 있음을 강조하기 위해서 "아버지 제가 뭐 도울 일 없을까유?" 말마디를 떼고, 아버지가 "새끼는 소가 낳는디 네가 뭐 할 일이 있다냐. 아침 일찍 짚 실으러 가야 뎌. 얼른 들어가 자" 퉁명스럽게 받은 것을 제외하고는) 아무 말이 없었다.

하지만 아들은 알 것 같았다. 아버지와 자신 사이에, 저 말 못 하는 어미소와 새끼소의 소통만큼이나 많은 소통이 이루어지고 있었음을.

착각일는지도 몰랐다. 한 생명을 비롯는 진통으로 격정에 휩싸인 오밤중은 감상에 빠지기 딱 좋을 만큼 스산했던 것이다.

해설　김만수 (문학평론가, 인하대 교수)

농촌과 주변을 향한
리얼리즘적 시각의 복원을 위하여

논리적으로는 맞지 않음에도 불구하고 유지되는 삶의 순리, 김종광은 그 숨어 있는 질서를 드러내는 재주를 가지고 있으니, 그 솜씨는 가히 노회하다 해도 지나침이 없다. 필자는 김종광의 소설을 읽어나가면서, 그의 소설이 '도저한 단편소설 지향'에서 한치도 벗어난 적이 없다는 점을 확인한다.

1. 형식의 새로움:이름 뒤에 나이를 병기하는 방식

신예작가 김종광의 소설에는 작지만 의미 있는 형식 실험이 있다. 등장인물의 이름 옆에 나이를 병기해둔 것이 그것. 예컨대 「많이많이 축하드려유」에서,

작대기 두 개짜리 계급장을 단 전경이 절도 있게 경례를 붙였다. "잠시 실례하겠습니다. 어떻게 오셨습니까?" 정인자(19세), 심정희(21세), 구원정(26세)은 한마디씩 이기죽거렸다. "어떻게 오긴, 잘 왔지." "새로 오셨나 봐." "구엽게 생기셨네." 전경은 얼굴이 벌게져서 어쩔 줄을 몰라했다.

작가는 정인자(19세)가 "어떻게 오긴, 잘 왔지"라고 말하고, 심

정희(21세)가 "새로 오셨나 봐"라고 말하고, 구원정(26세)이 "구엽게 생기셨네"라고 이죽대는 장면을 위와 같이 신속하고 원활하게 압축하고 있다. 우리는 경찰서 앞에 부동자세로 버티고 서 있는 신참 전경 앞에 들이닥친, 세파에 닳고 닳은 다방 아가씨 세 명의 모습을 재빠르게 포착할 수 있다. 물론 위의 장면에서 정인자, 심정희, 구원정의 인물 성격은 확연하게 구별되지는 않으며, 굳이 구별될 필연성도 없다. 그러나 이러한 형식 실험이 위의 장면을 영화적인 그림으로 구현하는 데 큰 도움을 주고 있는 것만큼은 사실이다. 이름 뒤에 나이를 병기해둔 방식이 뭐 그리 대단한 형식 실험이냐고 반문할 수 있지만, 어쨌든 그가 창출한 새로움인 것만은 분명하다. 좀더 중요한 점은 이러한 형식 실험이 작품의 미학을 결정짓고 있다는 것.

필자는 김종광의 소설을 읽어나가면서, 그의 소설이 '도저한 단편소설 지향'에서 한치도 벗어난 적이 없다는 점을 확인한다. 다시 말해, 그의 소설에는 시간의 경과, 거창하게 말하면 역사와 현실의 변화를 추적하고자 하는 의지가 없다. 시간은 어느 순간에 정지되어 있고, 작가는 극히 제한되어 있는 시간 속에서 벌어지는 사건을 그리고 있다. '정인자(19세), 심정희(21세), 구원정(26세)'은 그 나이에 묶여 있고, 소설은 이들 인물들이 겪어온, 혹은 겪어나갈 세월의 변화를 추적하지 않는다. 작가는 다만 원동기 면허시험을 보러 온 다방 아가씨들의 '현재'만을 조망한다. 그녀들의 과거 혹은 미래의 모습에 대해서 작가는 아무 말도 보태지 않는다. 그러므로 그의 소설은 무대의 시간과 공간이 제한되어 있는 연극의 형식과도 비슷하게 느껴진다. 드라마의 첫 부분에 등장인물의 나이와 직업이 간략하게 소개되고, 이들 인물이 극의 진행 속에서 그 나이와 직업에 걸맞은 배역만을 맡는 것처럼, 김종광의 소설 주인공들은 이름 뒤에 병기된 나이 혹은 직업에 맞춰 자신의 배역을 맡고 있다. 그들은 철저히 자신의 배역만을 담당하고 있을 뿐이다.

물론 그가 이처럼 등장인물 다음에 나이를 병기해둔 것은 그의 작품에 등장하는 인물의 숫자가 너무 많기 때문에 이들의 인물 성격을 효율적이고 경제적으로 제시하기 위한 방편으로서의 의미도 있을 것이다. 작가는 개별자로서의 주인공을 유별난 위치에 올려놓지 않는다. 주인공은 작품 속의 군소인물들과 어울려 하나의 무대에 올려지는데, 작가는 균형감각을 살려 이들 군소인물들을 배열하는 일에 더 관심이 많은 것 같다. 어쨌든 우리는 그의 작품에 등장하는 많은 인물들을 기억하기 위해서라도 이들 앞에서 잠깐씩 독서의 시간을 지연시킬 필요가 있는데 '정인자(19세), 심정희(21세), 구원정(26세)'을 읽어나가면서, 우리는 19세의 다방 아가씨, 21세의 다방 아가씨, 26세의 다방 아가씨의 모습에 잠깐씩 관심을 돌리게 된다. 형식주의자의 개념을 빌리면, 이러한 기법이야말로 일종의 '낯설게 하기'인 셈. 우리는 엑스트라에 지나지 않는 군소인물들 앞에 잠시 멈춰 서서 그들의 인물됨에 잠시라도 시선을 고정해야 한다. '말 탄 자여, 지나가라'는 예이츠의 묘비명 앞에서 대부분의 바쁜 사람들, 혹은 말 탄 사람들은 그냥 지나칠 것이다. 그러나 인생에 절망해본 자, 타인의 인생에 귀기울이는 독자들이라면 그 앞에 주저앉아 예이츠의, 그 죽음의 사연을 되새기게 될지도 모른다. 우리는 김종광의 소설을 읽을 때, 그 이름과 나이의 유별난 병기 형식 앞에서, 약간의 시간적 여유를 가지고 멈춰 서서, 각 인물과 그 인생의 의미를, 조금이나마 상기하게 된다. 그 때문에 그가 이름 뒤에 나이를 병기한 것은, 작지만 의미 있는 형식 실험인 것이다.

2. 구성상의 새로움:주인공을 확정하지 않는 방식

이번 소설집에는 11편의 단편소설이 실려 있다. 1998년 여름에 『문학동네』 문예공모로 등단한 그는 한 계절에 한 편꼴로 단편소설을 발표하고 있는데, 이번 단편집은 발표 순서대로 이들 작품을 모은 것이다. 이번 소설집에 실린 작품들에는 또다른 구성상의 새로움이 있으니, 그것은 주인공이 따로 없다는 점. 전반부에 실린 몇 편의 작품이 특히 그러하다.

그의 데뷔작인 「경찰서여, 안녕」은 경찰서의 내부를 소설 공간으로 삼고 있다. 경찰서 내에서 잔심부름을 하는 아이가 있는데, 예전에 도벽이 심했던 문제아였다가 한 형사의 보호로 경찰서 내에서 심부름을 하는 아이로 변해 있다. 작가는 감나무에 묶여 있는 검둥이가 그 쇠줄을 벗어나기 위해 안간힘을 쓰는 장면을 두 차례나 삽입하여, 경찰서라는 제한된 공간을 탈주하고자 하는 소년의 욕망을 상징하고자 했지만, 이러한 소년의 모습을 그리는 것이 이 소설의 주제가 될 수는 없다고 본다. 작가가 그 소년의 말투를 빌려, '경찰서여, 안녕'이라는 소설 제목을 끄집어내었다 하더라도, 독자가 눈여겨보는 것은 소년의 탈주 욕망이 아니라, 그저 '경찰서의 내부 공간'이다.

이 작품에는 악인이 없다. 유형사는 아이를 폭행하는 거친 형사지만, 자신의 불행했던 과거가 소년에게서 되풀이되는 것을 견딜수 없어서, 사랑의 매를 드는 그런 위인으로 그려져 있다. 간혹 식당의 김치를 훔쳐먹는 전투경찰도 나오고, 이를 고자질하는 위인도 나오지만, 그들 역시 악인으로 그려져 있지는 않다. 오히려 작가는 인간의 악행보다는 선행에 더 관심이 많은 것처럼 보인다. 경찰서에는 범죄 용의자들과 이를 추적하는 경찰들만 사는 게 아니며, 그 공간에도 사람이 살고 있음을 보여주는 데에 작가는 매우 용의주도하다. 이들 인물들은 소설의 적재적소에서 그만그만한 선행과 악행을 벌이면서, 평범한 인간의 모습을 가장 평범하게 드러내 보이고 있는 셈이다. 이 작품의 주인공을 소년이라고 생각하는 것이 틀린 것은 아니지만, 사실 이 작품에서 주목되는 인물들은 경찰서 주변의 모든 사람들이다. 작가는 이들 모두에게 골고루 시선을 배분하면서, 경찰서라는 공간에서도 변하지 않는 인간의 보편적인 속성을 드러내고 있다.

「많이많이 축하드려유」는 김종광의 능청스런 입담이 잘 살아난 작품이다. 이 소설의 문체는 『우리 동네』 연작으로 유명한 이문구의 문체를 연상시킨다. 이문구의 소설을 읽을 때에는 충청도 사람들의 말씨가 이토록 재미있을 리 없으며 단지 이문구의 독특한 문체에 힘입어 이러한 재미있는 입담이 가능했을 것이라고 짐작했는데, 이제 김종광의 소설까지 읽고 보니 충청도 말씨에는 어느 누구도 흉내낼 수 없는 독특한 해학이 숨겨져 있는 것 같기도 하다. 물론 이를 잘 포착해내는 자만이 작가인데, 김종광은 원동기 면허를 따기 위해 경찰서에 모인 인물군상들을 통해 이를 집약적으로 드러내고 있다. 이 단편소설에 등장하는 인물은 거의 30명을 넘는다. 게다가 이들 인물들이 천방지축으로 지껄이는 입담은 모두들 수준급이어서, 이들을 상대로 면허 시험을 치르게 하고 면허를 발급해줘야 하는 경찰서 사람들의 고충도 상당할 것이라는, 독자로

서는 조금 엉뚱한 걱정이 들 정도이다. 그런데 경찰서에서는 이러한 번거로운 행사를 잘 감당하고 있으며, 작가 김종광도 그들의 장광설을 단정한 소설 형식으로 잘 추스리고 있다는 느낌이다.

이 소설을 읽으면 마치 만화경과도 같은 세상의 무질서 속에서 조화와 질서를 발견하는 유의, 희한한 느낌을 경험하게 된다. 글자도 모르는 노인들이 그럭저럭 원동기 면허시험에 합격하고, 행동과 언행이 분명한 젊은이들이 시험에 떨어지는 현상이 논리적으로는 전혀 앞뒤가 안 맞는 것으로도 보이지만, 여기에는 일종의 질서가 숨어 있다. 거동이 불편한 노인들이지만 조심성이 많으니 교통사고율은 낮을 수 있고, 젊은이들은 지나친 혈기 때문에 오히려 사고가 많을 수 있으니, 이러한 상황을 적절히 가감하여 노인들은 합격시키고 젊은이들은 한두 차례 시험에서 떨어뜨리는 게 오히려 현명한 순리일지도 모른다는 생각이 이 작품에는 깔려 있는 것 같다. 논리적으로는 맞지 않음에도 불구하고 유지되는 삶의 순리, 김종광은 그 숨어 있는 질서를 드러내는 재주를 가지고 있으니, 그 솜씨는 가히 노회하다 해도 지나침이 없다.

「전당포를 찾아서」는 가치 있는 무엇인가를 찾아나서는 '추구의 플롯'에 대한 통쾌한 패러디이다. 잃어버린 시간을 찾아나선 마르셀 프루스트의 시간 여행, 동방의 빛을 찾아나선 예이츠의 낭만주의적인 여행 따위와는 달리, 이 작품의 주인공은 고속버스비를 마련하기 위해 싸구려 시계를 들고 서울 시내에서 전당포를 찾아 헤매고 있다. 고상하고 영웅적인 인물들의 추구와는 달리, 이 주인공이 전당포를 찾아나서는 이야기는 우리 사회에서 주변부 인생이 겪고 있는 자잘한 일상에 뿌리두고 있다는 점에서 철저히 리얼리즘적이다. 이 작품의 줄거리는 의외로 간단하다. 지방 대학교에 다니는 학생들은 부모의 가난, 가망 없는 취직 문제 등으로 이래저래 고민이 많은데, 게다가 그가 다니는 대학의 이사장이 저지른 학내 부정이 밝혀져 학생들은 서울로 상경하여 시위를 벌인다. 그러나 경찰들은 학생들을 '닭장차'에 태운 다음, 서울 시내 곳곳에 학생들을 분산시켜 떨궈버린다. 서울 한복판에 대책 없이 버려진 박무현은 집으로 돌아갈 차비가 없어 무작정 금은방을 찾아가지만, 금은방 주인은 그가 내민 싸구려 시계를 받아주지 않는다. 결국 박무현은 파출소에 찾아가 읍소하여 약간의 여비를 얻어 간신히 집으로 돌아온다.

　이 작품은 숱한 '나'들의 에피소드로 이어지고 있다. 이 작품에 등장하는 '나'들은 한결같이 권력이나 재력과는 관계 없는, 평범하고 주변적인 인물들인데, 이들 서민들의 일상이 어수룩한 대학생 박무현의 동작선을 따라 배열되는 구성을 취하고 있다. 1절에서 '나(이정호, 25세)'는 2절에 등장하는 또하나의 '나'인 박무현을 바라보고 있으며, 3절에서의 '나(정철주, 23세)'는 2절의 주인공이 다니는 대학교의 총학생회 문화부장이다. 작가는 지방 대학의 초년생, 복학생, 학보사 신문기자, 대학 이사장이 근무하는 건물의 경비원, 이 건물에 시위를 하러 가는 대학생, 이들을 진압하는 전투경찰, 장기를 두는 일로 소일하는 노인네, 이래저래 고민이 많은 대학 시간강사, 금은방 주인, 파출소 소장 등을 화자로 등장시키면서 하나의 사건을 조립하고 있다. 작가가 사건을 조립하는 방법은 마치 레고 게임을 연상시킨다. 레고라는 블록은 단순한 부품에 지나지 않지만 이를 조립하면 다양한 물체로 변환될 수 있는 것처럼, 비유컨대, 작가 김종광은 단순한 레고를 조립하여 재미있는 도형을 조립해내는 재주를 가진 것으로 보인다. 그것은 사소한 하나의 사건을 전체 속에 녹아들게 하여 새로운 의미를 구축해내는 능력과도 통한다.

「모종하는 사람들」은 작가의 체험에서 나온 이야기들로 보인다. 주인공은 대학을 나왔지만 취직 자리를 구하지 못해 전전긍긍하던 중, 실직자들을 구제하기 위한 정부사업 중의 하나인 공공근로 사업에 지원한다. 도로변에 모종을 심는 간단한 일이지만, 억수로 비가 쏟아지고 있으니 애환이 없을 리 없다. 작가는 이들 모종하는 사람들의 일상을 가감없이 그대로 옮기고 있다. 춥고 배고픈 일이지만, 일에 지쳤을 때 한 잔씩 마시는 막걸리 맛도 괜찮고, 작업 도중에 건네는 실없는 농담 따위도 싫을 리 없다. IMF라는 미증유의 사태를 시대적 배경으로 삼고 있으면서도, 작가의 시선은 시종 여유롭다. 일하는 사람의 어려움과 당당함을 이만한 넉넉함으로 포용하고 있다는 점은 신예 작가답지 않아서 한편으로는 놀랍기도 하다. 성급한 흥분과 비약 없이 전달되는, 일하는 사람들의 이야기는 독자들로 하여금 노동의 고됨과 기쁨, 삶의 막막함에 대한 슬픔과 분노, 그럼에도 불구하고 넉넉한 희망의 여백을 함께 느끼게 해줄 것이다.

「편안한 밤이 오기 전에」에는 중소도시에서 구멍가게를 꾸려나가는 최씨 노인의 시각에서 본 삶의 풍경이 포착되어 있다. 작가는 이들의 삶을 그려내는 데에 예민하다. 예컨대, 최씨 노인과 아내 사이의 미운 정, 고운 정은 다음과 같은 문장 속에서 참으로 재미있게 그려져 있다.

"음마, 또 무식이라구 혔슈? 내가 무식이 찾지 말라구 혔쥬? 영감은 뭐 배운 거 있슈? 초등학교 울타리 한평생 고쳤다구 그걸 배웠다구 유세 떠는 규? 그런 규?"

　아내, 열 받았다. 이럴 땐 별안간 벙어리로 돌부처 되는 게 최상수다. 그렇지 않아도 너무 많이 배운 자식놈들한데 말발 딸려, 학력 무(無) 인생을, 툭하면 한하는 사람을 건드렸으니. 아내는 산 보고도 시옷을 못 쓰는 사람이다. 앉혀놓고 가갸거겨 가르쳐준다고 폼 잡았다가, "갈쳐줄라면 젊은 때 갈쳐줘야지, 사잣밥 먹을 날 내일 모레 글피루 받아놓구 뭔 지랄이래유" 황천길 재촉하는 소리 듣고 나서는, 그래, 네 똥 굵다! 관 뚜껑 닫힐 때까지 일자 무식으로 살아라, 놔두고 살아왔다.

　영감과 아내 사이에서 벌어지는 사건은 위의 문장처럼 매우 희화화되어 있지만, 이렇게 희화된 조각들이 모여 만들어낸 소설의 공간 속에는 시골 소도시의 사람들과 풍속이 잘 투영되어 있다. 위의 인용문에서 구사되는 바와 같은, 최 노인의 독특한 충청도 사투리는 그가 지닌 독특하고 완고한 인생관과도 통하는 것인데, 그것은 노인들만이 가질 수 있는 여유와 지혜에 근거한 것이어서 단단하기 그지없다. 작가는 최 노인의 완고한 어투를 빌려, 아무리 세상이 변하여도 변하지 않아야 하는 것이 있다는 점을 분명히 말하고 있다.

　앞에서도 말했지만, 이번 소설집의 전반부에 실린 작품들에는 뚜렷한 주인공이 없다. 또 주인공이 고투하여 얻고자 하는 형이상학적인 주제나 대상도 없다. 그저 평범한 사람들의 일상이 투명하게 반영되어 있을 따름인 것이다. 작가는 그다지 극적인 긴장이 없는, 군소인물들의 배치를 통해, 우리 현실의 오밀조밀한 면을 잘 그려내고 있는 것으로 보인다. 극적인 주인공에 집약되는 통일적인 구성을 배제하고 다수의 군소인물을 배치함으로써 작가가 담아낸 작중현실의 이면에는, 우리 사회를 움직이는 주체가 바로 이들 '다수'의 민중들이라는 메시지가 깔려 있다. 이런 점에서 볼 때, 위의 작품들은 정통의 리얼리즘 소설이 가질 수 있는 미덕을 고루 갖춘 작품들로 평가할 수 있다.

그러나 이 작품집의 후반에 실린 작품들은 화자로서의 '나'를 등장시키고 있어, 전반부에 예거한 작품들과는 확연하게 구분된다. 「전설, 기우」는 군대에서의 비인간적인 체험이 한 개인에게 작용하는 악몽과도 같은 자의식을 그리고 있고, 「정육점에서」는 이 시대의 사창가 모습을 인간 정육점에 빗댄 풍자의 묘미가 살아 있다. 또 「검문」에서는 도로에서 검문을 맡고 있는 전투경찰들의 체험을 다루고 있으며, 「중소기업 상품설명회」는 시골에까지 침투한 경박한 소비풍조의 일단을 그리고 있는 작품이다. 이들 작품들의 중심에는 화자로서의 '나'의 모습과 작가로서의 '나'의 모습이 진하게 겹쳐져 있다. 이들 작품들에는 '나'의 심리적 정황과 현실적 배경이 직접 드러나고 있어, 전반부에 예거한 작품들보다는 독자들에게 친밀감과 체험의 진실성을 직접 보여주는 장점이 있는 반면, 지나치게 주관적이고 자기 중심적인 서술이 오히려 작품의 밀도를 떨어뜨리고 있는 게 아닌가 하는 생각도 든다.

그 전형적인 경우가 「짚가리, 비릊다」라는 작품이다. 이 작품은 제목부터가 이색적이어서 '비릊다'라는 어휘를 국어사전에서 찾아보니 '아이를 낳으려는 기미가 있어 동작을 일으키다'라고 해설되어 있다. 한 사람의 작가로 성장하는 일에 고통과 인내의 시간이 없을 리 없으니, 작가는 이 작품에서 자신의 고통과 인내의 시간을 어미 소가 새끼를 낳는 장면과 겹쳐 펼쳐 보이고 있는 셈이다. 아버지의 농사일도 단순해 보이지만, '나' 자신이 아버지처럼 농사일을 해보니까 겪어볼수록 힘들다는 것. 거기에서 작가는 중요한 삶의 교훈을 얻어내고 있는 것으로 보인다. 그러나 작가가 노동을 통해 중요한 교훈을 얻었다고 해서 독자가 그 교훈을 받아들이는 것은 아니다. 이 작품은 작가로서의 '나'의 고충을 진솔하게 드러내고 있지만, 그 직설적인 형식이 전반부의 단편들에서 보여진 바와 같은, 관찰자로서의 날카로운 풍자 정신을 오히려 감소시키고 있는 게 아닌가 우려해본다.

결론적으로 볼 때, 이 작품의 후반부에 실린 작품들에는 '나'의 모습이 직접적으로 투영되어 있어, 작가의 의뭉한 능청과 날카로운 풍자의 묘미가 전반부의 작품에 비해 떨어진다. 아마도 작가에게는 전반부의 작품군(3인칭 서술 위주의)에서 보여준 철저한 풍자와 세태 반영의 방법론, 후반부의 작품군(1인칭 서술 위주의)에서 발견되는 진지한 자기 탐구의 정신을 어떻게 조화시켜나갈 것인가 하는 숙제가 주어진 것 같다.

3. 단상 1 : 닭과 닭고기의 차이에 대하여

김종광의 소설은 참으로 반듯하다. 인물이 지나치게 많이 등장하고, 그들 인물들 모두가 요설적인 입담 하나만큼은 수준급이어서 작품의 구성이 산만해질 가능성이 있음에도 불구하고, 김종광은 이들을 '보이지 않는 손'으로 용케도 통제하여 단편의 형식으로 꾸려내고 있다. 물론 그의 반듯한 소설의 텃밭에는 김유정의 반어, 채만식의 풍자, 이문구의 능청스런 입담이 함께 심어져 있다.

그리고 그의 텃밭을 키우는 건 작가의 고향인 충남 보령 주변의 사람들과 풍속들이다. 주변 사람들로부터 전해들은 바와 소설 속의 내용을 바탕으로 유추해보면, 김종광은 대학에서 문예창작을 전공했고, 군대 생활은 전투경찰로 보냈으며, 최근에 이르기까지도 본격적인 전업 작가라기보다는 대졸 실업자 정도에 가까운 생활을 했던 것으로 보인다. 그의 작품에 경찰서 이야기가 두어 편 있고, 시골이나 읍내의 풍속들이 잘 그려져 있는 것은 이러한 경험에서 나온 것으로 짐작된다.

그는 단단하고 반듯한 작가들이 대부분 그러하듯, 그가 경험한, 자신만의 경험을 잘 이용한다.

> 그는 물론 고참들도 닭을 잡아본 경험이 없었다. 식당 아줌마가 방금 전만 해도 살아 있었던 닭을, 쓱싹쓱싹 순식간에 닭도리탕으로 만들면서 한 말이 있었다. "닭두 못 잡으면서 나라는 워칙이 지킨다."

그의 소설 「검문」의 한 대목이다. 군인이건 경찰이건 닭 한 마리 잡지 못하고 편하고 도시적인(?) 군대 생활을 하고 있으니, 식당 아줌마가 닭을 잡으면서 그들을 두고 이렇게 신랄하게 나무라는 것도 충분히 공감이 된다. 이 해설을 쓰는 필자도 닭을 잡아본 적이 없다. 닭 잡는 이야기에 대해서는 박목월 시인이 썼던 수필이 기억난다. 닭 하나 정도는 제대로 잡을 수 있어야 어른이 될 수 있다는 것. 목월은 닭 한 마리 잡지 못하는 자신의 심약함을 질타하면서, 어른 되는 일의 어려움에 대해서 실토했던 것으로 기억된다. 그런 관점에서 보면, 지금의 젊은이들의 대부분은 닭 한 마리 제대로 잡을 수 없으니, 어른 되기 틀린 셈이다. 살아 있는 닭을 비틀어

죽인다는 것은 참 잔인한 일로 보인다. 그러나 닭을 잡아보지 못한 젊은 세대가 윗세대보다 덜 잔인한 것은 아니다. 권정생이 쓴 『우리들의 하느님』이라는 에세이집에서 이런 글을 읽은 기억도 난다. 어미 닭이 키우지 않고, 기계 장치를 통해 부화된 병아리는 커서도 병아리를 돌볼 줄 모른다는 것이다. 부화장에서 태어난 병아리는 '닭'으로 태어난 게 아니라, '닭고기'로 태어났기 때문이라는 것. 권정생은 닭 이야기를 꺼낸 다음, 우리에게 넌지시 묻는다. 당신들은 '인간'으로 태어났는가, 아니면 공부 열심히 하고 출세하고 돈을 버는 '기계'로 태어났는가.

경험을 통해 얻어지고 전승되는 것에는 이처럼 설명하기 힘든, 엄숙한 삶의 질서가 있다. 경험이 인간을 성숙시킨다는 것, 작가에게 있어 경험은 창작과 삶의 가장 중요한 도구라는 점. 작가 김종광은 자신의 경험을 통해서 사물을 바라보는 성숙된 작가의식을 일구어가고 있는 것으로 보인다. 앞의 책에서 권정생은 부모가 우리들의 하느님이고, 가난한 이웃이 우리들의 하느님이고, 넓게는 자연이 우리들의 하느님이라고 가르친다. 어미 닭은 병아리를 부화하기 위해 3주일 동안 제자리를 지키고 있어야 한다. 어미 닭은 부화가 덜 된 새끼에게 체온을 전해주기 위해 자리를 뜰 수 없으니, 아무것도 먹을 수도 없고 함부로 운신도 못하며 3주일의 고통을 참아야 한다는 것. 닭이 그러한 것처럼, 우리들의 부모들이 자식을 그렇게 키웠고, 그러한 체험의 고통이 오히려 인간을 인간답게 성숙시킨다는 것. 부모 노릇 안 해보고는 부모의 마음을 이해할 수 없다는 것. 작가 김종광은 농촌 체험, 군대 체험을 통해 사람 사는 일의 무게, 즉 고통과 인내의 의미를 드러내고 있다.

4. 단상 2 : 삶의 본원적 고향으로서의 농촌에 대하여

우리나라에서 가장 큰 댐은 무엇인가. 나는 가끔 학생들에게 이런 질문을 한다. 소양댐이 더 큰지 충주댐이 더 큰지 긴가민가하지만, 내가 준비한 정답은 그런 유의 것은 아니다. 논둑의 높이는 몇 뼘에 불과하지만, 논둑이야말로 우리나라에서 가장 큰 제방 역할을 한다는 것. 우리 강산의 어느 곳에서나 쉽게 발견할 수 있는 논둑은 그 낮은 제방에 물을 가두어 곡식을 길러내고 홍수를 막아낸다. 그러니, 가장 큰 홍수 조절 능력을 갖춘 댐이 논둑이라는 사실은 당연하다. 이러한 관점에서 보면, 우리 농업은 타산이 맞지 않으므로 차라리 도태되는 게 낫다는 식의 경제 논리는 우리 농촌이 가장 낮으면서도 가장 든든한 제방의 구실을 맡고 있다는 사실을 망각한 단견일 것이다.

어느 틈엔가 농촌이 슬며시 사라지고 있다. 농민이 줄어들자 농민의 아들들이 줄고, 이제 농촌과 농민을 소재로 한 소설들도 기억 저켠으로 서서히 밀려나고 있다. 요즘 신세대 작가들이 농촌을 소재로 한 소설을 쓰지 못하는 이유는, 그들의 경험 안에서 이미 농촌이 사라지고 있기 때문일 것이다. 작가는 쓸 수 있는 것만 쓸 수 있을 뿐이다. 그런데 신예작가인 김종광이 시대착오처럼 보이는 농촌 이야기를 가지고 우리 앞에 우뚝 섰다. 그리고, 적어도 당분간은, 그는 농촌을 주제로 한 소설을 쓸 것이다. 필자는 작가가 점차 독자들의 관심 바깥으로 밀려가는 농촌의 문제를 지속적으로 환기시키고, 이를 통해 농촌 문학을 우리 문학의 의미 있는 영역으로 편입시키는 일에 앞장서주길 기대한다.

어느 언론사 간부가 쓴 이런 글도 기억난다. 예전에는 눈이 오면 저기압으로 인한 연탄가스 중독 사건에 모든 시사적 관심이 집중되었다는 것. 그러나 요즘의 언론은 눈으로 인해 대관령을 넘어가는 도로가 막혀 스키 타기가 힘들다는 보도 등을 주로 다룬다는 것. 그 간부는 이런 말을 보탠다. 지금도 연탄가스 중독 사건은 있고, 겨울을 넘기기 힘든 사람이 많다는 것. 그런데 취재 기자가 그 생활권에서 멀어졌으니, 그에게는 아무래도 관심이 덜 갈 수밖에 없다는 것. 김종광은 아직까지는 가난한 부모, 적당히 착하고 적당히 세속적인 주변의 이웃들, 발전의 전망이 없이 그럭저럭 하루하루를 살아가는 주변부 사람들의 인생에 시선을 두고 있는 것으로 보인다. 그가 그 소외의 현장에 좀더 천착해줄 것을 기대하며 글을 맺는다.

작가 후기

저는 휴대폰에다 'pro 작가'라고 적고 다니는 주제꼴답게 '소설(희곡을 포함한) 전사'로 살겠다고 사사로이 다짐합니다. 고착된 몸이 아니고, 면면히 흘러가는 어떠한 것의 한때에 대하여, 당대를 살아가는 우리가 '소설'이라 명명하고 있는 것이라면, 고작 1세기 동안의 역사에 한정하여 벌이고 있는, 죽음까지 동원한 따따부따는 얼마나 우스울까요.

소설 써서 먹고 사는 사람이 되고 싶었고, 그렇게 된 이상, 작금의 소설 시장이 제 아무리 난해해 보이더라도, 소설이 격과 차를 분명히 지닌 어떠한 것이라는 믿음을 버릴 수가 없습니다. 소설을 향한 진군을 멈추지 않는다면, 이전보다 더 높은 차원의 희열(격)을 맛볼 수 있을 것인데, 어찌 멈출 수 있겠습니까.

인터넷과 섹스 모르면 한국 사람이 아니라는 분위기의 2000년 (우리 젊은것들은 지극히 자유로운 척 허세를 부리고 있지만, 더욱 더 전제되고 있지 않은가요?), 올해 모내기철에도 아버지는 논바닥에서 들판을 장악하셨습니다.

"나는 문인이 아니고 작가다. 나는 예술하지 않고 노동한다." 이렇게 주절거리며 저녁녘에 갯벌 도로를 달렸었는데, 다시 시작해야겠습니다. 정당한 노동에 대하여, 정당한 대가가 구현되는, 소설계의 민주 되기를 염원하며.

2000년 6월
보령시 철둑 밑에서
김종광

문학동네 소설집
경찰서여, 안녕
ⓒ 김종광 2000

1판 1쇄 │ 2000년 7월 13일
1판 6쇄 │ 2013년 8월 26일

지은이 김종광
펴낸이 강병선
책임편집 김현정 이은석
마케팅 신정민 서유경 정소영 강병주 │ 온라인 마케팅 김희숙 김상만 이원주 한수진
제작 서동관 김애진 김동욱 임현식 │ 제작처 한영

펴낸곳 (주)문학동네
출판등록 1993년 10월 22일 제406-2003-000045호
주소 413-120 경기도 파주시 회동길 210
전자우편 editor@munhak.com │ 대표전화 031)955-8888 │ 팩스 031)955-8855
문의전화 031) 955-8890(마케팅) 031) 955-8864(편집)
문학동네카페 http://cafe.naver.com/mhdn

ISBN 89-8281-301-2 03810

* 이 책의 판권은 지은이와 문학동네에 있습니다. 이 책 내용의 전부 또는 일부를
  재사용하려면 반드시 양측의 서면 동의를 받아야 합니다.
* 이 도서의 국립중앙도서관 출판시도서목록(CIP)은
  e-CIP 홈페이지(http://www.nl.go.kr/cip.php)에서 이용하실 수 있습니다.
  (CIP제어번호: CIP2008001349)

www.munhak.com